谨以此书

献给东北抗日联军的英雄们！

国家出版基金项目
NATIONAL PUBLICATION FOUNDATION

红旗热血黑土

HONGQI

REXUE

HEITU

100位 抗联英雄的故事

100WEI KANGLIANYINGXIONGDEGUSHI

姜雅君◎主编

黑龙江教育出版社

主　　编：姜雅君

编写人员：姜雅君　孙桂娟　胡凤斌
　　　　　衣利巍　高　源

插　　画：张明扬

铁岭绝岩，林木丛生，

暴雨狂风，荒原水畔战马鸣。

围火齐团结，普照满天红。

同志们！锐志哪怕松江晚浪生。

起来呀！果敢冲锋，

逐日寇，复东北，天破晓，光华万丈涌……

这雄壮豪迈的歌声伴随着江畔、密营中的熊熊篝火，冲破暗夜的浓云，回荡在怒吼的白山黑水间，激励着东北父老乡亲共赴国难。这是20世纪三四十年代，中国共产党领导的东北抗日联军的《露营之歌》；这是抗联将士浴血奋战、气壮山河的真实写照；这是先烈们英勇不屈、百折不挠的英雄赞歌。在中华民族的危亡时刻，在血与火、生与死的考验面前，以杨靖宇、赵尚志、赵一曼等为代表的中华优秀儿女挺身而出，义无反顾地与强大而凶残的日本侵略者殊死搏斗，谱写了东北抗联可歌可泣、惊天动地的英雄篇章，铸就了光耀千秋、永垂不朽的英雄业绩。

14年的风雪严霜，砥砺了抗联将士的铮铮铁骨；14年的艰苦卓绝，凝聚成顽强不屈的抗联精神；14年的沙场鏖战，涌现出无数的英雄豪杰；14年的苦难悲壮，化作共和国今日的辉煌。现在，战场上的硝烟虽然早已散去，但先烈的英魂永在，浩气长存。传颂英雄们的战斗故事，爱国抗敌的热血将在青少年一代的身上奔涌；缅怀先烈们的高尚情操，将激励后人坚定理想信念；弘扬伟大的抗联精神，必将激励中华儿女昂扬奋进，实现民族的伟大复兴！

目 录 |MULU

目 录 MULU

红旗 热血 黑土——100位抗联英雄的故事

目 录

目录 MULU

红旗 热血 黑土——100位抗联英雄的故事

目 录 MULU

目 录
MULU

四、智斗敌寇 龙潭虎穴巧周旋

目录

目录

目录 MULU

目 录
MULU

八、鱼水情深 军队百姓一家人

抗联精神 光辉永存

摆在我案头的是由东北烈士纪念馆的研究人员编写的《红旗 热血 黑土——100 位抗联英雄的故事》。本书介绍了东北抗战时期抗日联军的 100 位英雄在与日本侵略者殊死战斗中的英雄业绩。这些业绩并不是他们战斗经历的全部,而只是他们所经历的战斗中的几个片段。但就是这些片段,已经让我震撼,让我对这些英雄产生由衷的崇敬之情。

20 世纪风云变幻,人类经历了两次世界大战。在第二次世界大战即世界反法西斯战争中,中国东北抗日联军的武装抗日斗争,揭开了中国人民抗日战争的序幕。东北抗日联军的斗争,得到了全中国人民和全世界爱好和平人民的声援、支持和关注。东北抗日联军坚持抗日斗争 14 年,给日本侵略者以沉重打击。

东北抗日联军的历史,是中国共产党历史的一部分,是中国抗日战争历史的一部分,也是世界反法西斯战争历史的一部分。在东北抗联的历史上,有一长串闪耀着光辉的名字将在历史上永存:杨靖宇、王德泰、赵尚志、冯仲云、李延禄、周保中……更有无数无名英雄,给中国的历史增添光辉,将永远被人们纪念。今天,在九一八事变爆发 81 周年之际,日本右翼势力在领土问题上严重挑战二战后的国际秩序,我们认真回顾东北抗日联军艰苦而光辉的战斗历程,重温英雄们的光辉业绩,有着深远的历史意义和重要的现实意义。这也正是《红旗 热血 黑土——100 位抗联英雄的故事》出版的重要意义所在。

1931 年 9 月 18 日,日本帝国主义悍然发动了侵略中国的战争,在仅 4 个月的时间内即占领了东北三省的所有大中城市;1932 年 3 月,日本侵略者制造的傀儡伪满洲国登场,东北沦陷在日本帝国主义的铁蹄之下,东北人民陷入了水深火热之中。在这民族危亡的紧急关头,中国共产党代表中华民族的根本利益,高举抗日救亡的伟大旗帜,迅速、多次发表宣言,做出决议,向全国各阶级、各阶层人民发出了抗击日本帝国主义侵略的号召。这些宣言和决议,愤怒声讨了日本帝国主义的侵略暴行,揭露了日本帝国主义侵略东北是为了发动更大规模的侵略战争,号召人民群众奋起抗击日本侵略者。

在中国共产党的号召、影响和领导下,东北人民首先掀起了轰轰烈烈的武装抗日浪潮。东北军中一部分爱国将士不顾国民党蒋介石的不抵抗命令,高举救亡大旗,奔赴抗日战场。以马占山为首的"黑龙江救国军"于 1931 年 11 月发动了震惊中外的江桥抗战,给进犯黑龙江省的日本侵略军以迎头痛击。此后,东北爱国军警纷纷建立起义勇军、救国军、自卫军等众多的抗日武装,以及民间的大刀会、红枪会等武装(当时统称义勇军),同日本侵略者展开了殊死搏斗。在不到半年的时间内,义勇军总数即达 30 余万人。他们到处袭击日军占领的城镇和据点,破坏敌人的交通运输,英勇地阻击了日军的进犯,表现了中国人民不畏强敌,誓死抵御外侮的崇高爱国主义精神。

由于日本帝国主义的猖狂进攻，加之国民党的不抵抗政策的阻挠，未能给予这些抗日武装以应有的支援，也由于义勇军自身存在的弱点，这一大规模的抗日运动未能持久，不到两年时间，这些队伍就大都溃散了。

就在义勇军进行抗日活动的同时，为了组织和领导东北人民的抗日战争，中共满洲省委根据党中央的有关指示，着手创建中国共产党自己的抗日武装，并以此为基干，团结东北尚存的义勇军队伍共同抗日。中共满洲省委以及中共河北省委、中共北平市委等，派出党的干部和许多共产党员、进步青年到这些队伍中去，推动他们的抗日斗争，争取他们接受共产党的领导，坚持抗日救国。共产党员周保中、李延禄、胡伦、张建东等就曾在救国军中工作，掌握了一部分队伍，后来发展成为抗日联军。与此同时，党组织还陆续派出杨林、杨靖宇、赵尚志、冯仲云、童长荣、张甲洲等许多干部和党员到东北各地，依靠地方中共党组织建立自己的抗日武装。从 1932 年春到 1934 年，先后建立了磐石、巴彦、海龙、延吉、和龙、珲春、汪清、安图、汤原、饶河、珠河、密山、宁安等十几支抗日游击队。这些游击队紧紧依靠人民群众，凭借简陋的武器，依靠游击队员们大无畏的革命精神，同日本侵略者展开了顽强的斗争。在游击队活动的区域，清除了敌伪的统治，建立了抗日组织和抗日政权，形成了游击队赖以生存的游击根据地，从而使游击队在斗争中不断发展壮大。

1933 年 1 月 26 日，中共中央给满洲省委发出了《中共中央给满洲各级党部及全体党员的信》，即"一·二六指示信"，正确地指出了九一八事变后国内阶级关系的新变化，并在此基础上提出了在东北实行"全民族的统一战线"，动员全民族的力量与共同的敌人——日本侵略者做斗争的策略。为了贯彻这一总的策略方针，指示信提出在已有抗日游击队的基础上建立人民革命军，建立选举的民主革命政权。1933 年四五月间，指示信被送达满洲省委。5月中旬，满洲省委在书记李实的主持下召开扩大会议，传达贯彻"一·二六指示信"。5月15日，会议做出了《关于执行反帝统一战线与争取领导权的决议》。此后，从1933年9月至1936年1月，中共满洲省委根据中央的指示，在各地已建立的抗日游击队的基础上，陆续建立了东北人民革命军第一至第六6个军，进一步扩大了游击根据地，磐石、珠河（今尚志）、汤原等地还建立了县级抗日政权，其他各地也建立了代行抗日政权的反日会、农民委员会等组织；人民革命军发展到6 000余人，游击区扩大到东北三省40余县。人民革命军执行统一战线政策，联合义勇军余部和反日山林队等其他抗日武装，在南满、北满、东满和吉东各地区建立起了反日联合军总司令部或总指挥部，团结各抗日队伍，运用游击战术，积极主动地打击敌伪势力，粉碎了敌人的多次"讨伐"，极大地动摇了日伪在东北的殖民统治。

1935年，中共中央发表《中华苏维埃政府、中国共产党中央为抗日救国告全体同胞书》，即"八一宣言"。东北人民革命军各部响应中国共产党的伟大号召，积极准备组建抗日联军。1936年2月20日，以中国共产党领导的东北人民革命军和汤原、海伦游击队的名义发表了《东北抗日联军统一军队建制宣言》，宣布东北人民革命军"一律改组军队建制为东北抗日联军"，同时表示"欢迎目前东北各反日武装军队参加东北抗日联军组织"。根据《东北抗日联军统一军队建制宣言》的要求，从1936年2月至1937年10月间，中国共产党直接领导的抗日部队陆续改编为东北抗日联军第一、第二、第三、第四、第五、第六、第七军，杨靖宇、王德泰、赵尚志、李延平、周保中、夏云杰、陈荣久分任各军军长。此后，中共北满和吉东党组织又把谢文东所部"东北民众救国军"、李华堂所部"抗日自卫军吉林混成旅第二支队"、汪雅臣所部抗日军"双龙队"和祁致中所部"东北山林义勇军"（报号"明山队"），陆续改编为东北抗日联军第八、第

九、第十、第十一军,谢文东、李华堂、汪雅臣、祁致中分任军长。到1937年10月,东北抗日联军共建11个军,约3.5万余人,抗日游击区扩大到东北70余县,形成了南满、东满、吉东、北满四大游击区,并建立了20余块游击根据地,在更大的范围内开展抗日游击战争。

1936年6月,中共满洲省委撤销后,东北先后建立了南满、北满、吉东三个省委。在三个省委的领导下,三大游击区的抗联部队分区开展游击活动。在北满活动的抗联第三、第四、第六军以及谢文东、李华堂、汪雅臣、祁致中部,于1936年联合成立了以赵尚志为总司令的"北满抗联总司令部",各部队主要活动在今黑龙江省三江平原和松嫩平原地区。1936年7月,在东、南满活动的抗联第一、第二军合编为抗联第一路军,以杨靖宇为总司令;1937年10月,在吉东和哈南活动的抗联第四、第五、第七、第八、第十军合编为抗联第二路军,以周保中为总指挥;1939年5月,活动在北满的抗联部队第三、第六、第九、第十一军合编为抗联第三路军,以李兆麟为总指挥。

七七事变后,全国抗战爆发。东北抗联各部在东北各地展开了更加积极的游击战争,消灭日伪军,破坏敌人的经济、军事设施,打乱了日本侵略者的侵华后方基地,给日伪统治以重大打击,有力地配合了八路军、新四军的抗日游击战争和正面战场的抗日战争。日本侵略者视东北抗联为"满洲治安之癌"。

为了消灭抗日联军,巩固侵华后方基地,自七七事变,特别是1938年10月日军占领广州、武汉前后,东北日伪当局先后调集十几万日、伪军对我抗联部队进行"分区大讨伐",实行野蛮的经济封锁,在游击区和根据地采取烧光、抢光、杀光的"三光"政策,强化"保甲"制度,强制广泛推行"集团部落"政策,制造"无人区",极力阻断抗联部队和人民群众的联系,企图困死、饿死抗日联军。东北抗联的斗争进入了极端困难的时期。

为了"围歼"在松花江下游、乌苏里江以西、黑龙江以南地区活动的抗联第二路军和北满抗联部队(即后来的抗联第三路军),日本侵略者调集日军3个师团、伪军4个旅团共6万多兵力,对这一地区进行为期3年的"三江省大讨伐"。为了打破敌人的"围歼"图谋,保存抗联实力,开辟新的游击区,抗联第二路军和第三路军从1938年春、夏开始,分别进行了西南和西北远征。远征部队冲破敌人的封锁、追击,忍受着夏季蚊、蠓虫的叮咬,冬季 -40℃甚至 -50℃的严寒,克服了常人难以想象的困难,进行了艰苦卓绝的对敌斗争。第三路军西征部队终于到达黑嫩平原并开辟了广大的新游击区和游击根据地。第二路军的西南远征部队则由于敌人的重兵封锁,活动在五常的抗联第十军遭受重挫不能接应以及地理环境不熟等原因未能到达预定的目的地。抗联部队的西南、西北远征,是抗联历史上极为悲壮的一页。

在第二、第三路军的远征中,涌现了许多惊天地、泣鬼神的英雄事迹和英雄人物。以抗联第五军妇女团指导员冷云为首的八位抗联女战士在随军远征西南、折返游击区途中,为掩护部队撤退,在后退无路且子弹用尽的生死关头,视死如归,毫不犹豫地投入乌斯浑河的滚滚激流,壮烈牺牲,谱写了一曲中华民族大无畏的壮烈悲歌。

抗联第三路军在强大日伪军的分割包围之下,加之"集团部落"的广泛推行,几乎完全断绝了给养,靠吃树皮、草根、野果充饥。有时为了弄到一点粮食,往往要付出十几人、甚至几十人牺牲的代价。在严寒的冬季,既无草根可食,又无野果充饥,因冻饿而牺牲的战士甚至比因作战而牺牲的战士还要多。

敌人对伪三江省的"大讨伐"还没有结束,又开始了对抗联第一路军的所谓"南部地区大讨伐"。敌人以日军为主力,出动军、警、宪、特共7.5

万人,采取"步步为营""篦梳山林""穷追到底"等战术,恨不得挖地三尺,铲除南满抗联部队。

抗日联军的将士们在 14 年的苦斗中,始终就是在这样恶劣的条件下,与数倍、甚至数十倍的敌人周旋抗争,许多优秀指挥员为国捐躯。杨靖宇将军就是在与敌人的殊死搏斗中壮烈牺牲的。他在敌人的重重包围和枪林弹雨中临危不惧,镇定自若,身靠一棵参天大树向敌人猛烈射击,直到生命的最后一息。杨靖宇牺牲后,残暴的敌人将他的遗体剖开,在他的腹中发现的竟是草根和树皮而没有一粒粮食!赵尚志重伤被俘后,仍痛斥敌伪特务,英勇牺牲。

1940 年末、1941 年初,由于日本侵略者反复、疯狂地"讨伐",东北抗日游击区和地方党组织遭到毁灭性破坏,幸存的党员和地方干部都转移到抗联部队;抗联部队也由于残酷的环境而大量减员。3 万多人的队伍只剩不足 2 000 人,而且由于敌人实行"集团部落",抗联难以接近群众,兵员也难以补充,给养无法筹集,几乎不能保证起码的生存条件。在这种极为困难的情况下,东北抗联根据与苏联远东军达成的互相支援的协议,决定除留下一部分队伍在东北境内继续坚持进行游击活动之外,大部分队伍陆续转移到苏联境内,在中苏边界的苏联一侧建立南、北两个野营,进行休整和军事训练。1942 年 8 月 1 日,两个野营合编为抗联教导旅(番号为"苏联远东红旗军独立步兵第八十八旅"),周保中任旅长,李兆麟任政治副旅长。教导旅在进行政治学习和军事训练的同时,还不间断地派出小股部队回东北进行军事侦察、游击活动、群众工作和建立党的组织。为了坚持中共东北组织的独立性,保持抗日联军的光荣旗帜,在教导旅中成立了东北党组织特别支部局(亦称"东北党委员会"),崔石泉任书记。

1945 年 8 月 8 日,苏联对日宣战。8 月 9 日,百万苏军从西、东、北三个方向以摧枯拉朽之势向东北挺进。抗联教导旅指战员协同苏联红军反攻东北,进驻长春、沈阳、哈尔滨、大连、吉林、延吉、牡丹江、佳木斯、齐齐哈尔、绥化、北安等57个大中城市和县镇,各地抗联负责人以当地苏军驻军副司令的身份,进行肃清日伪残余势力、发展建立党的组织、联络抗联失散人员、发动群众、建立人民自卫武装等工作。1945年10月,东北党委会与中共中央东北局接上了组织关系,同党中央派到东北的大批干部及挺进东北的八路军、新四军部队会合在一起。11月3日,中共中央决定东北抗联与挺进东北的八路军、新四军合并,改编为东北人民自治军,著名抗联将领周保中任自治军副总司令。1946年1月,东北人民自治军改称为东北民主联军。至此,东北抗日联军胜利地完成了自己艰苦卓绝的抗日历程,在党中央的统一领导下,踏上了解放战争的光荣之旅。

东北抗日联军的将士们,在14年艰苦卓绝的抗日战争中,铸就了伟大的抗联精神,这就是:不屈外侮、奋起抗敌、捍卫民族独立的伟大民族精神;忠贞爱国、矢志不渝、勇赴国难的爱国主义精神;困境求存、险境无畏、绝境赴死的大无畏牺牲精神;愈挫弥坚、宁死不屈、坚韧不拔的顽强奋斗精神。这些精神与日月同辉,永放光芒!

《红旗 热血 黑土——100位抗联英雄的故事》的作者们,怀着对英雄无比崇敬的感情,以生动的笔触,再现了英雄们当年的战斗场景,再现了英雄们那种大无畏的牺牲精神和崇高的爱国主义情怀,读来令人感动。这里记述的100位英雄,只是抗联无数英雄之中的一小部分。他们之中有的如杨靖宇、赵尚志、赵一曼等是大家耳熟能详的革命英烈,有的则是人们不熟悉的,却是为了中华民族的至高利益而不惜流尽最后一滴血的抗日志士。但是,无论是熟悉的还是不熟悉的,无论是高级领导干部还是普通一兵,也无论是本书收入的还是本书没有收入的,他们都是抗联这一英雄群体中的一员,都是我们心中永远的英雄!

《红旗 热血 黑土——100位抗联英雄的故事》就是为了弘扬抗联精神而写作的。对于今天的青少年来说,这是一部生动的爱国主义的教材。以史为鉴,以史鉴今。在当前形势下,本书的出版有着特殊重要的意义。我很高兴向广大读者推荐此书。

常好礼
九一八事变81周年前夕于哈尔滨

东北人民革命军
东北抗日联军 **各军游击活动区域示意图**
（1934 年 1 月—1937 年 12 月）

苏

联

朝　鲜

图　例

游击根据地

游击区：

1军 ①	5军 ⑤	9军 ⑨
2军 ②	6军 ⑥	10军 ⑩
3军 ③	7军 ⑦	11军 ⑪
4军 ④	8军 ⑧	

漠河　额尔古纳　呼玛　黑河　瑷珲　嫩江　龙镇　通北　海伦　绥棱　庆城　佛山　萝北　汤原　富锦　宝清　虎林　密山　绥芬河　东宁　宁安　牡丹江　敦化　延吉　珲春　和龙　安图　抚松　临江　通化　桓仁　宽甸　凤城　丹东（安东）　庄河　复县　金县　大连　旅顺　盖平　海城　辽阳　沈阳　抚顺　新民　法库　开原　铁岭　四平街　双阳　吉林　永吉　磐石　桦甸　舒兰　五常　延寿　阿城　哈尔滨（滨江）　双城　扶余　农安　长春　德惠　怀德　昌图　开通　洮南　龙江（齐齐哈尔）　安达　肇东　肇州　大赉　泰来　景星　富拉尔基　依安　明水　拜泉　克山　克东　讷河　嫩江

佳木斯　依兰　勃利　方正　木兰　通河　巴彦　兴山　汤原　樺川　桦南　同江　饶河　抚远

松花江　牡丹江　嫩江　黑龙江　乌苏里江　图们江

一、创建武装 星星之火已燎原
CHUANGJIANWUZHUANGXINGXINGZHIHUOYILIAOYUAN

1931年，没有芬芳，没有花香，祖国天空阴霾密布，神州大地山河破碎，中华民族已到了生死存亡的危险关头！中国共产党毅然举起抗日大旗。团结起来吧，热血儿郎！抢火炮，夺洋枪，创建自己的武装，誓把日本侵略者彻底埋葬！

罗登贤

——"共产党人要与东北人民同患难"

罗登贤(1905—1933),原名罗举,化名达平,广东省南海人。1925年3月,加入中国共产党。同年参与领导了省港大罢工,是工人运动的著名领导者。1928年,在党的第六次代表大会上当选为中央委员、中央政治局候补委员。1931年春,被派往东北工作。11月任中共满洲省委书记兼组织部长,领导东北的抗日斗争,是东北抗日武装的主要创建人。1932年北方会议后,调往上海,任中华全国总工会上海执行局书记。1933年3月被捕,8月就义于南京雨花台。

1932年初的一天,北满中心城市哈尔滨笼罩在一片冬日的阴霾中。在中共地下党的重要联络站——位于松花江桥下牛甸子小沙岛上的冯仲云家里,新任满洲省委书记罗登贤主持召开了北满党的高级干部会议。

会上,罗登贤分析了当前严峻的斗争形势,号召东北全体党员与东北人民共存亡,坚持抗战到底。他说:"蒋介石国民党以不抵抗政策出卖东北同胞,我们中国共产党人一定要与东北人民同患难,共生死,争取东北人民的解放。""敌人在哪儿蹂躏我们的同胞,我们共产党人就在哪儿和人民一起与敌人抗争。"接着,他庄严地声明:"不驱逐日寇,党内不允许任何人提出离开东北的要求。谁提出这样的要求,那就是恐惧动摇分子,就不是中国共产党党员。"罗登贤的话,揭露了国

敌人在哪儿蹂躏我们的同胞，我们共产党人就在哪儿和人民一起与敌人抗争。不驱逐日寇，党内不允许任何人提出离开东北的要求。如果谁提出这样的要求，那就是恐惧动摇分子，就不是中国共产党党员。

——罗登贤

民党卖国投降不抵抗政策,更加坚定了广大党员干部为反抗日本侵略而斗争的决心。

1931年春夏之交,中共中央任命中央政治局候补委员罗登贤为中央驻满洲省委代表,到对日斗争的前沿东北工作。他到达沈阳后,化名"达平",协助满洲省委工作。

9月18日夜,日军进攻北大营的炮声在沈阳上空一阵阵响起,罗登贤与大多数沈阳市民一样,彻夜未眠。第二天上午,在省委机关所在地——沈阳小西边门附近的詹大全家里,召开了中共满洲省委紧急会议,罗登贤与省委主要领导共同分析了这次事变的性质,并发表了中共满洲省委《为日本帝国主义武装占领满洲宣言》。这是中国共产党在九一八事变爆发后发表的第一个公开宣言,揭露了日本帝国主义的侵略野心和国民党政府的不抵抗政策,号召东北各族人民紧急行动起来,采取罢工、罢课、罢市等形式,反抗日本帝国主义的侵略。

11月,驻沈阳的中共满洲省委机关突然遭到搜查,满洲省委大部分领导被捕,中国共产党在东北的领导机关随即陷入瘫痪。而此时,日本关东军对东北的占领正迅速推进。大敌当前,罗登贤临危受命,被中共中央任命为中共满洲省委书记,负责重新组建满洲省委,同时决定将省委机关迁到哈尔滨。1931年末,26岁的罗登贤来到了日军尚未占领的哈尔滨,领导新一届满洲省委开展工作。

以罗登贤为首的中共满洲省委,在工人、农民和青年学生中广泛进行抗日宣传,领导他们以罢工、罢课、示威游行等方式反抗日本帝国主义的侵略。在组织东北人民开展反日斗争的同时,还派出一批党团骨干深入义勇军中,支持和协助抗日义勇军开展斗争。他根据各地义勇军的不同情况,或派党员去加强领导,或派有经验的干部加入义勇军做兵运工作。仅派到吉林救国军中的就有李延禄、胡泽民、周保中等人,他们在救国军中都担任了重要职务。

1932年初,中共中央机关刊物《红旗周报》第20期传到东北,该期刊登了周恩来以"伍豪"为笔名写的《日本帝国主义占领满洲与我党的当前任务》一文,罗登贤组织满洲省委的主要领导进行了认真学习。大家认识到,要取得抗日战争的彻底胜利,必须建立党直接领导的抗日武装。

从1932年春开始,在罗登贤主持下,中共满洲省委先后选派了一批优秀党员,深入农村,为创建党领导下的抗日武装展开了艰苦的斗争。除原在吉东抗日义勇军中的周保中等人外,还派出满洲省委军委书记杨林、杨靖宇到南满,大连市委书记童长荣到东满,满洲省委军委书记赵尚志到巴彦,满洲省委驻下江代表冯仲云到汤原开展工作。许多党员被派往各地之前,罗登贤都亲自找他们谈话,交代工作任务,鼓励他们为东北的民族解放事业做出贡献。经过两年多的努力,先后建立了磐石、巴彦、海龙、延吉、珲春、和龙、汪清、安图、汤原、珠河、密山、宁安等十几支党直接领导的反日游击队。这些游击队后来发展壮大成为东北抗日联军。

1932年底,由于王明"左"倾路线的影响,罗登贤被撤销省委书记职务,调回上海担任中华全国总工会上海执行局书记。不久,他领导发动了上海日本纱厂工人的反日大罢工。1933年3月28日,由于叛徒出卖,罗登贤被国民党当局逮捕。在狱中,面对敌人的威逼利诱,他毫不动摇,坚定地说:"我是始终要为无产阶级利益奋斗的,什么也不能动摇我,我将生命献给我们的党与无产阶级。"

8月29日凌晨,敌人决定秘密杀害罗登贤。临刑前,敌人问他还有什么话,他大义凛然地说:"我个人死不足惜,全国人民未解放,责任未了,才是千古遗憾。"这位为创建东北抗日联军播撒了第一批抗日火种的共产党员在南京雨花台英勇就义。

罗登贤根据九一八事变后的新形势,把满洲省委的工作重点由城市转移到农村,组建起党领导的抗日武装,为东北抗日联军的建立奠定了坚实的基础,成为中国共产党在东北领导抗日武装的创始人。1935年,中国共产党在"八一宣言"中写上了罗登贤的名字,肯定了他为抗日救国建立的历史功绩。

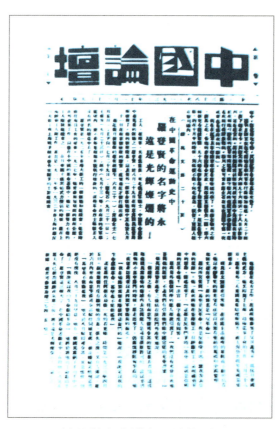

《中国论坛》刊登悼念罗登贤的文章

童长荣

——东满抗日战旗红

红旗 热血 黑土 ——100位抗联英雄的故事

童长荣(1907—1934),字烂华,又名张长荣,安徽湖东(今枞阳县)人。1924年,加入中国共产党。1925年,留学日本,任中共旅日东京特别支部的领导人,因组织"中国留日各界反日出兵大同盟",被日本当局逮捕入狱,后被驱逐出境。1928年秋,他回到上海组织"反帝大同盟",曾任中共上海沪中区委宣传委员、区委书记等职。1930年,调任中共河南省委书记。1931年,担任中共大连市委书记。九一八事变后,担任中共东满特委书记,组织和领导东满抗日游击队,为东北抗日联军第二军的成立奠定了基础。

为了加强党对东北地区抗日武装的领导,1931年11月,中共满洲省委决定,派童长荣到抗日斗争最激烈的东满地区,担任东满特委书记。

童长荣来到东满地区以后,积极开展抗日活动。他领导了大规模的春荒斗争,以燎原之势蔓延至东满全区。这次斗争,捣毁了日本的走狗机关,打击了日本侵略者,鼓舞了民众的斗争勇气,扩大了反日斗争组织,加强了抗日武装力量。

通过对东满形势的分析,童长荣发动群众建立和发展工会、农会、妇女会、少先队、赤卫队等反帝组织,并大力开展士兵工作,着手创建游击队。他整编了一些溃散的旧军队和抗日武装,团结一切愿意参加抗日活动的爱国人士,增强了抗日斗争力量,东满地区的抗日游击斗争得到了蓬勃发展。

然而，童长荣却因劳累过度，肺病复发，身体日渐消瘦。几个月后，他的病情日趋恶化，经常大口咳血，几度濒临死亡。童长荣心想，自己可能不久于世了。他怀着无比遗憾的心情，用颤抖的手写了一封信，请求满洲省委从东满斗争的需要出发，速派人来接替他的工作。但是，不知为什么，信送出后却杳无回音。忧心如焚的同志们昼夜守护在他的身边，决不放弃对他生命的拯救。在当时的艰苦环境中，要想医治他的病谈何容易。不但没有医生，就连最起码的药品也极其匮乏。好在山里生长着许多野生的中药材，大家挖来甘草、野百合和桔梗等药材，熬成汤药，给童长荣服用，并想方设法弄来一些营养品，滋补他虚弱的身体。童长荣虽卧床不起，却仍拼命工作，力撑东满地区刚刚建立起来的斗争局面。在大家的精心护理下，童长荣的病情竟然奇迹般地好转起来，身体日渐恢复。

童长荣非常重视根据地和游击队内的党政建设和宣传教育工作。东满党组织和根据地内曾创办了《斗争》《两条战线》《战斗日报》《少年先锋》等多种刊物。在紧张的工作之余，童长荣撰写了大量文章，宣传党的路线政策，介绍国内形势，鼓舞抗日斗志。仅在《两条战线》上，童长荣就撰写了数万字的宣传抗日救国的文章，激励着抗日军民前赴后继，勇往直前。

东满地区抗日热潮的高涨，使日本侵略者心惊胆战，对抗日游击队更是恨之入骨。1932年冬至1933年春，日本侵略者集结了大量兵力，对游击区进行疯狂的军事"围剿"。童长荣和东满特委的其他负责人一道，领导广大军民，与日军周旋于深山密林之中，展开了英勇顽强的殊死搏斗，共作战60多次，歼敌数百人，还缴获了大批的武器弹药，取得了反"围剿"斗争的胜利。到了1933年冬，东满地区已经建立了12个比较固定的游击根据地,并发展组建了 5 个游击队。游击根据地人口达到两万人,东满游击队成为东满人民团结抗日的核心力量。东满地区还成立了人民革命政府,从此,群众性的革命运动更加轰轰烈烈地展开,游击队得到了人民群众的大力支持。

童长荣对东满抗日军民怀有深厚的感情。在战斗中,他身先士卒,英勇顽强,冒着枪林弹雨率众出击,不顾个人安危在阵前指挥作战;在行军中,他总是与战士同甘共苦,以身作则,表现出一名共产党员的优秀品质。

有一天,他在延吉县八道沟的一个屯子召开会议,临近结束时,突然发现有日伪军的讨伐队前来袭击。童长荣沉着指挥,掩护军民迅速突围。由于他指挥得力,群众和部队都安全转移。但在战斗中,童长荣胳膊负了伤。敌人进村后,发现一个人都没有,他们恼羞成怒,放火烧毁了全村的房屋。敌人撤退后,童长荣要带部队返回村子。战士们都劝他去密营养伤,童长荣对大家说:"群众的房子被敌人烧光了,他们是为了支援抗日,支援游击队,才弄得无家可归。我们如果丢下不管,不关心群众疾苦,今后还会有谁相信我们呢?"于是,他不顾伤痛,亲自率队返回村庄,帮助村民重建了房屋。望着胳膊伤口处还渗着鲜血的童长荣,老百姓和战士们无不为之动容。

在与日伪军的作战中,东满的抗日力量日渐强大。1933 年秋,东满抗日游击队的总人数已达 700 多人。敌人十分害怕,从 1933 年冬至 1934 年春,开始向东满抗日游击队发动了更加疯狂、残酷的"大讨伐",制造了震惊东满的"小汪清惨案"。童长荣拖着久病之躯,率队转战于山林之中。

1934 年 3 月 21 日,天气格外阴冷。童长荣带领几十名战士和 100

多名自卫队员,转移到汪清县十里坪一带。此时,大家已经是饥寒交迫,困苦不堪。正在这时,童长荣看见路边有一位妇女抱着一个孩子,在寒风中瑟瑟发抖。他马上脱下衣服送给她,让她把孩子包好。就在这一天,敌人拉网搜山,将游击队团团包围。童长荣指挥部队奋力还击,不幸中弹,身负重伤。一位朝鲜族女战士用尽全力将他背出重围,可是,童长荣因流血过多,还是献出了年仅 27 岁的生命。

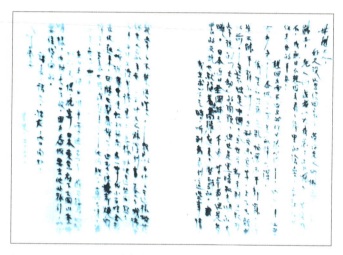

童长荣写给母亲的家信

李红光
——创建磐石抗日游击队

李红光（1910—1935），又名李弘海、李义山，朝鲜京畿道龙任郡人。1930年加入中国共产党，是磐石抗日游击队的主要创建人。曾任东北人民革命军第一军第一师师长，在东北抗日战场上，他以勇敢善战、足智多谋著称，是一位杰出的军事指挥将领和朝鲜族的抗日英雄。

李红光16岁那年，因不堪忍受日本帝国主义的殖民统治和残酷压榨，就随父母从朝鲜迁居到中国吉林省伊通县。他聪明好学，写得一手好汉字，还能讲一口流利的日语。

1930年，李红光在伊通县加入了中国共产党，第二年就担任中共双阳、伊通特支组织委员，并被选为磐石中心县委委员。李红光积极投身反帝反封建斗争，成为当地农民运动的骨干。

磐石地处吉林东南部，是长白山与东北平原的连接地带。境内山峦起伏，河流密布，吉海铁路贯通南北，是开展游击战争的理想之地。

日本侵略中国后，为了保卫党的机关，惩治亲日走狗，李红光按照中共满洲省委的指示，在磐石县建立了一支抗日武装队伍，俗称"打狗队"，李红光任队长。这支由7人组成的"打狗队"，就是磐石游击队的前身，也是中国共产党在南满地区领导抗日武装斗争的开始。为了加强队伍

一、创建武装 星星之火已燎原

　　「打倒日本鬼」「不当亡国奴」，这是所有反抗者宣言中最简短的宣言。这宣言气壮山河、直冲霄汉。

　　这是磐石抗日游击队主要创建人——一个来自朝鲜的中国共产党党员心底的呐喊。

的政治工作,中共满洲省委又派杨君武任政委。李红光和杨君武经常深入村镇,宣传抗日救国思想。一些爱国青年主动要求参加到抗日队伍中来,队伍迅速扩大到 30 余人。人多了,队里的武器就不够了。

在呼兰镇,有一个地主武装大排队,头子叫李保董,绰号"二阎王",他手下有 20 多号人马,队员都是一些纨绔子弟和地痞无赖,他们横行乡里,无恶不作,经常勾结日寇,与党领导下的抗日群众组织反日会为敌。

李红光同杨君武仔细研究后做出决定,要去夺取大排队的武器,除掉地方这一害。

一天夜里,李红光率领队伍秘密潜伏到大排队附近,先将房子团团包围,并把一门俗称"二人抬"的土炮,装上火药和铁沙,架在离门口不远的地方。李红光和杨政委带着四五名队员,装扮成赌徒的模样,大摇大摆地走进了屋子。只见里面南北两铺大炕,炕上挤满了人,吆五喝六地叫嚷着。"二阎王"正赌在兴头上,眼睛盯着骰子,一动不动,根本不知道自己已经死到临头。李红光向大家递了一个眼神,队员们立刻跳上大炕,枪口对准了这些赌徒。李红光拿着手枪,大喝一声:"不许动!谁动就打死谁!"

大炕上的人,一个个都被这突发情况给镇住了,一点都不敢动弹。游击队员们一拥而入,三下五除二,将屋里的 20 多支枪全部缴获,"二阎王"也被绑了起来。

李红光说:"我们是抗日游击队!需要借几条枪去打日本鬼子,我们不会伤害你们。"

随后,李红光召集当地群众,开了一个公审大会,历数了"二阎王"认贼作父、杀害三名抗日群众的罪状,将他当众处决。其他大排队成员,经过教育,都放回了家。游击队员们扛着新缴获的枪支弹药,奏凯而归。

"打狗队"成立以后,还多次配合其他反日团体破坏铁路、桥梁,给日本侵略者及其走狗以沉重打击。1932年春，李红光参加了磐石中心县委发动的蛤蟆河子农民大暴动，七八百农民手持大刀、长矛，高呼"不当亡国奴""打倒日本帝国主义"等口号，举行反日示威游行，没收地主的粮食，逮捕汉奸走狗。为了阻止敌人运兵镇压，李红光率众把吉海铁路一段铁轨推到了河里，并且烧掉了枕木，破坏了桥梁，拆毁了电线，确保了抗日群众的安全。轰轰烈烈的农民运动，震动了日伪统治，扩大了党的影响，为壮大党领导的抗日武装力量，打下了坚实的群众基础。

同年5月，经中共磐石县委批准，"打狗队"更名为磐石工农义勇军，也称磐石抗日游击队，成为南满抗日的革命火种。

不久，由一个日军中队和两个伪军连队组成的"讨伐"队，开始对磐石游击根据地进行"扫荡"。李红光同游击队其他领导商量后，决定采取"化整为零""设伏袭击"的战术，粉碎敌人的这次扫荡。

李红光把游击队分成了若干小组，离开驻地后，就开始轮番骚扰敌人。敌人晚上只要一睡觉，游击队就向他们放枪，然后马上撤离。几天下来，敌人被折腾得疲惫不堪。随后，李红光又派出一个小队公开在黑石镇活动，并故意让敌人发现。黑石镇东北面有一片山地，敌人进镇前一定会从山下的大路通过。李红光指挥部队，在山上设下了埋伏。只见伪军走在前后两头，日军夹在中间行进。李红光下令，集中主要火力向日军射击。随着一连串的枪响，日军乱作了一团。接着，游击队开始大声向伪军喊话："中国人不打中国人，你们快跑啊！"伪军见状，不敢往山上冲，战斗力锐减。等到日军费尽气力攻到山顶时，游击队早已分批撤退了。最后，敌人的扫荡只能以失败告终。

1932年11月，中共满洲省委派杨靖宇到吉海铁路沿线巡视工作，帮助整编磐石游击队。1933年1月，杨靖宇正式担任游击队政委，部队扩编为中国工农红军第三十二军南满游击队，下设三个大队、一个教导队。李红光任教导队政委。从此，李红光就开始跟随杨靖宇转战在白山黑水间，为打击日本侵略者立下了赫赫战功。

1935年5月，在与日军的一次战斗中，李红光不幸中弹，壮烈牺牲，年仅25岁。

抗日英雄李红光，您的精神不死，您永远活在中国人民的心中！

东北抗日武装队伍使用的枪

金百万

——战斗在密山

金百万(1909—1935),原名金亨国,朝鲜族。1929 年参加革命群众组织反日会。1931 年加入中国共产党。1932 年底,根据党的决定,他到密山县筹建密山抗日游击队。曾任密山反日游击队副队长、东北人民革命军第四军第三团政委。1935 年 9 月,金百万在执行任务时被叛徒杀害。

九一八事变后,东北沦陷,祖国的大好河山落到日寇手中,东北人民生活在水深火热之中。夺回我河山,拯救我人民,是中国共产党人和爱国志士的强烈愿望和使命。面对国民党政府的不抵抗政策,要把日寇赶出我国土,只有拿起武器与敌人战斗。于是,在中国共产党领导下的抗日武装在东北逐渐成立并壮大起来。

1932 年底,根据绥宁中心县委的指示,共产党员金百万等一行 10 余人组成假家庭,到密山哈达河定居,开始筹建密山抗日游击队工作。他们一边参加劳动,一边秘密发动群众,进行抗日活动。要创建密山抗日游击队,没有武器怎么行? 于是,他们千方百计搞武器。当时,驻防在密山一带的只有自卫军第二十六旅,金百万与大家研究如何从自卫军那里夺取枪支。经过精心谋划,最终大家一致认为,唯有打入自卫军内部,见机行事。

说来也巧，自卫军第二十六旅要扩充兵员，正在到处招兵。金百万等4人利用这个机会，打扮成青年农民，来到部队当兵，赢得了自卫军第二十六旅领导人的信任，分配到下属单位。经过一段时间后，他们跟那里的士兵混熟了，摸清了情况。便不失时机地向他们进行抗日爱国宣传，发展抗日会员，待机哗变。1933年7月，日本侵略军侵入吉东，自卫军第二十六旅准备逃往苏联。金百万等趁士兵喝酒之机，偷偷地携带4支步枪神不知鬼不觉地离开自卫军，回到密山，这就是为创建密山抗日游击队筹集的第一批枪支。

从此之后，他们靠这4支步枪展开了夺取敌人武器的活动。先后在哈达河西岗伏击大地主崔老四，把崔老四打死，得匣枪1支；在通往密山县的公路上，又伏击了哈达河大排队队长等6人，缴获手枪1支、步枪5支、子弹数百发。

不久，金百万等人又乔装打扮，堂而皇之地来到马鞍山大排队。与大排队队员混熟后，乘机进行抗日宣传，积极做他们的思想工作，发展反日会员，争取他们对抗日的支持。金百万利用大排队队长回家的机会，主动与大排队队员一起喝酒，将他们灌醉，一举缴获了14支枪，胜利而归。

同年9月，金百万等被派到勃利县人四站活动。一天中午，当他们路过一所伪军营房时，发现伪军正在屋内围着一张长条桌子赌博。金百万和其他几位同志简单地商量几句后，他装作没事的样子进屋，顺手抓起门旁的枪支，厉声喊道："不许动！今天我来，只要你们的枪，不要你们的命！谁敢乱来，我就打死谁！"伪军被这突如其来的喊声惊呆了。这时，屋外的几名同志也应声赶了进来。就这样，他们又缴获了11支步枪。

金百万和他的战友们，还利用种水稻、打猎等积攒下来的钱，买了一些枪支。

在获得了一些武器后,1934 年 2 月,密山反日游击队在哈达河正式成立,金百万任副队长,兼任党支部书记。当时游击队共有队员 30 多名,其中党员 10 名。

不久,敌人得到游击队成立的消息,于是组织部队围攻游击队,妄图将其一举歼灭。一天清晨,日军 20 多人和伪军一个营约 150 人包围了游击队,并占领了山头。当时,游击队员都是新组织起来的,虽然经过短期训练,但枪法都不太准。当时情况十分危急。金百万命令全体队员做好战斗准备,要求大家节省子弹,采用打排枪的方法消灭敌人。敌人一上来就集中火力打,叫敌人有来无回。后来,有一支反日山林队前来支援,经与山林队研究,决定派大部分队员抄敌人后路,留下一部分队员原地阻击。经过与日伪军数小时激战,打死日伪军十多名,游击队员无一伤亡,取得了游击队成立后第一次战斗的胜利。

同年 10 月,金百万率领密山反日游击队同李延禄领导的东北人民革命军第四军共同攻打了密山县城。游击队突破县城北门,缴获步枪数十支。

在攻打密山县城战斗之后,密山反日游击队被扩编为东北人民革命军第四军第二团,金百万任第二团第一连连长。不久,他被调到第三团,任团政委。

1935 年 9 月,金百万在执行任务时,被叛徒杀害于勃利县通天沟。年仅 26 岁。

夏云杰
——夜袭鹤岗

夏云杰（1903—1936），山东省沂水县人，1932年加入中国共产党，是汤原抗日游击根据地的创建者之一，曾任汤原反日游击总队政治委员、东北人民革命军第六军军长、东北抗日联军第六军军长。

1932年春，日军的飞机连续轰炸汤原，仅仅三个月的时间，日本侵略者就占领了松花江下游两岸的通河、依兰、佳木斯、富锦、绥滨等地。

在中华民族危亡的关键时刻，东北各地都在酝酿着各种抗日武装力量。夏云杰胸怀抗日大志，积极投入到抗日斗争的行列。1932年，他参加了中共满洲省委巡视员冯仲云在汤原县举办的学习班，提高了政治觉悟，并光荣地加入了中国共产党。1933年8月，夏云杰开始担任中共汤原中心县委军事委员。他多次主动深入到工矿和乡村，向群众宣传中国共产党的抗日民族统一战线政策，大力开展抗日救国活动。汤原县委根据建立抗日民族统一战线的政策，发出了"反日队伍联合起来，团结一致，共同进行反日战争，推翻日本帝国主义在下江的统治"的号召。

夏云杰四处宣传，多方争取，团结了一些抗日武装力量后，就开始积极筹建汤原抗日游击队。经过努力，松花江下游（下江）地区的许多义勇军部队,纷纷要求联合抗日。年末,夏云杰与汤原县委研究决定,成立汤原反日游击总队,任命戴鸿宾为总队长,游击总队下辖4个队,共有150多人。1934年,中共满洲省委正式任命夏云杰为政治委员,作为游击总队的党代表。汤原反日游击总队就是东北抗日联军第六军的前身,这支队伍是松花江下游一支重要的抗日武装力量。

夏云杰率领汤原反日游击总队到处打击日伪反动势力,发展和保护抗日斗争力量,受到了广大人民群众的拥护和称赞。当地的老百姓都相互传颂:"夏云杰的队伍爱人民,齐心协力为了打日本。"

后来,夏云杰指挥游击队联合反日力量进攻太平川,开辟了新的游击区。他对太平川伪自卫团团长张传福进行爱国主义教育,使他率领30余名士兵携枪起义,走上了抗日的道路。开明地主黄有、刘显等人也是在他的教育和争取下,携带着武器,抛弃了家产,参加到抗日队伍中来,游击队的规模得到了不断壮大;他还率领汤原游击队智夺太平川警察署,巧取反动地主的土围子,夺取了大量武器,使游击队发展到700余人。游击队在松花江下游到处打击日伪反动势力,发展抗日斗争力量,建成了以太平川为中心的抗日游击根据地。

1936年1月,汤原反日游击总队整编为东北人民革命军第六军,夏云杰任军长,李兆麟为代理政治部主任,冯治纲为参谋长。部队下属4个团,人数达千余人。

夏云杰领导东北人民革命军第六军全体指战员,以汤原为根据地,出没于崇山峻岭,活跃在三江平原,到处打击日伪军,汇成了强大的抗日洪流,不断推动抗日游击战争的蓬勃发展。

同年春,东北人民革命军第六军根据东北抗日联军统一建制宣言,改为东北抗日联军第六军。不久,抗联第六军就在夏云杰的领导下打了一场漂亮仗——奇袭鹤岗煤矿。

鹤岗煤矿原名汤原县矿山镇。中共汤原中心县委很早就重视领导和发动该矿工人，同日本当局进行经济和政治斗争。县委曾派刘忠民等打入煤矿内部，发展救国会会员20余人。救国会会员施清久，深得日本指导官金井的信任，不断为抗联第六军提供各种军事情报，使得第六军对鹤岗煤矿的情况有了充分的了解。夏云杰与军部领导研究后决定，袭击鹤岗煤矿，以振奋松花江下游地区军民的抗日斗争士气，扩大抗日联军的政治影响。

1936年4月，夏云杰在距离鹤岗25公里处的铁路沿线上，集结了200多人的队伍，先进行了一次试探性的进攻。发现情况后，敌人惊恐不安，马上宣布戒严，并且加强了防守。但是，抗联第六军这次并未真正进城，让日伪军着实虚惊了一场。

不久，趁敌人麻痹大意，刚要放松之时，夏云杰又调集300余人，对鹤岗进行第二次进攻。这天晚上，抗联第六军手枪队秘密潜入矿区，将施清久及其家人安全地转移到了汤原游击区。

5月的一天深夜，在施清久的引导下，夏云杰率领300多名抗联战士第三次进攻鹤岗，直奔矿山警察队。只听一声巨响，吊桥和敌人的车库被炸毁，抗联部队封锁了日本守备队和矿警一中队的营房。夏云杰率领抗联第六军主力部队，顺利冲进鹤岗煤矿事务所。战斗中，两名日本指导官当场被击毙。矿警队长赵永富刚准备拿枪向抗联战士射击，就被他的警卫员小张（救国会会员）一枪打死。这次战斗，抗联部队没有一人伤亡，就取得了胜利，并缴获了轻机枪1挺、长枪30余支、子弹6 000余发。

夏云杰随后召开群众大会，宣传中国共产党的抗日主张，号召鹤岗各阶层民众积极支持抗联部队。结果，当场就有26名矿警人员要求参加抗联第六军。黎明之前，夏云杰带着部队迅速地撤回了汤原游击区。

抗联部队攻打鹤岗,让日伪军政要员大为震惊,从此,敌人更加惧怕抗联,每日都坐卧不安,胆战心惊。

1936年11月,夏云杰在黑龙江省汤原县丁大干屯为抗联部队筹备给养时,遭到日伪军的袭击,身负重伤,壮烈殉国,时年33岁。在牺牲之前,他还反复地叮嘱身边的人:"一定要同侵略者斗争到底,一定要把日本鬼子赶出中国!"

《滨江时报》报道夏云杰牺牲消息

张甲洲
——创建巴彦抗日游击队

张甲洲（1907—1937），号平洋，别名震亚，又名张进思，黑龙江省巴彦县人。1930年8月加入中国共产党。9月考入清华大学政治系，并先后任中共北平市委宣传部部长和代理书记等职。1932年5月组建巴彦反日游击队。1933年赴富锦，以从事教育工作为掩护，进行抗日活动。1937年去抗联十一军时，途中与敌遭遇，在战斗中牺牲。

九一八事变后，东北全境沦陷。在这民族危亡的关键时刻，在党的号召和影响下，东北各地的抗日斗争风起云涌。正在清华大学读书的张甲洲也积极参加抗日救国运动。他先是来到哈尔滨从事国际情报工作，后来他向组织请求，准备从北平号召一批东北籍的学生，回家乡黑龙江巴彦县组建抗日游击队。

张甲洲回到北平后，正赶上北京各大院校学生准备赴南京进行请愿斗争，张甲洲马上加入其中。到了南京，贴标语，撒传单，向民众宣传抗日救国的思想。国民党反动军警大打出手，肆意抓捕爱国学生，愤怒的学生夺下棍棒进行还击。在混乱中，张甲洲和张文藻机智地夺下了两名军警的手枪，并藏了起来。后来，张甲洲又回到了北平，在各大院校奔走，组织动员学生回东北武装抗日。

1932年5月，张甲洲回到巴彦县，利用社会关系，联络各方爱国志士,在七马架以结婚办酒席的名义,组织起一支200多人的东北人民抗日义勇军,即巴彦抗日游击队,报号"平洋",意为平灭东洋鬼子。张甲洲任总指挥,王家善任副总指挥。在成立大会上,张甲洲发表了热情洋溢的讲话,使在场的队员们感到热血沸腾。最后,张甲洲握紧拳头慷慨激昂地说:"大家一定要记住,我们宁可抗日战死,也决不能当亡国奴!"

为了增强抗日的力量,张甲洲联合一些反日绿林武装,使队伍不断壮大。中共满洲省委也十分重视这支由党组建的抗日武装,特派遣军委书记赵尚志,化名李育才,来队里担任参谋长。不久,队伍改名为东北工农反日义勇军,并且在队中抽调了一批精干分子组成模范队,游击队的素质得到了显著提高。

这支队伍经过一个多月的训练,战斗力得到了很大提高。可是,队里的武器不多,为了补充武器弹药,张甲洲决定攻打龙泉镇。龙泉镇里有个天增泉烧锅,经理叫张振禄。天增泉烧锅有土墙,四角还有炮台,有炮勇护卫,防守十分严密。当游击队来时,遭到了猛烈抵抗,游击队久攻不下。张甲洲在全面分析了形势之后,觉得硬拼是不行的,于是下达了停火的命令。

张甲洲单枪匹马来到天增泉烧锅门前,要和张振禄谈判。大门打开了,只让他一个人进去。张甲洲见到张振禄后,晓之以理,动之以情,宣讲抗日救国的大义。张甲洲饱含深情地说:"我们游击队来打龙泉镇,是为了要枪和子弹去打日本鬼子。国家兴亡,匹夫有责!当前,抗日是大事。我们都是中国人,不应该自相残杀,要团结起来一致对外。现在,你们不打,我们打,先借给我们一些枪支弹药,等打完了日本鬼子再还给你们,你看如何?"张振禄听他说得句句是理,只好拿出了5 000发子弹和几支大枪送给了游击队。

游击队的指挥部设在陈魁屯,离这里4公里处,有个大地主的土围子王四窝堡。王四依仗着家里有土墙和炮台,横行乡里。张甲洲决定亲自去拜访,说服他拿出武器支持抗日游击队。张甲洲骑着马,带着几名警卫员去找王四谈判。王四也只准张甲洲一个人进门。不料,张甲洲刚一进院,就被王四的家丁用绳子绑了起来。警卫员见状,马上回游击队去报告。王四抓到了张甲洲后,就劝他投降,张甲洲严词拒绝。王四便把张甲洲关了起来,派人去县里报信请功,并让县里派兵来押解。游击队得到消息后决定包围王四窝堡,让王四放人。

王四怕游击队来抢人,当晚,就叫护勇张兴把张甲洲秘密关到院外的一户人家里。张甲洲在与张兴交谈的过程中,了解到他出身贫苦,并且参加过大刀会,打过日本鬼子。张甲洲向他讲述了抗日救国的道理,并且说:"为了乡亲们不当亡国奴,我才拉起队伍打鬼子,没想到今天落入了圈套,无法再抗日了!"张兴听后,深受感动,急忙给他松了绑,并亲自护送张甲洲回到了游击队,他自己也参加了游击队。不久,张甲洲率队伍打进了王四窝堡,王四早已逃走。张甲洲召集群众开会,进行抗日宣传,并开仓放粮,赈济灾民。此后,又有一些抗日武装陆续投奔游击队,队伍发展到600余人。

8月下旬,为了振奋民众的抗日斗志,张甲洲派人与活动在巴彦东北老黑山的反日义勇军马占山部的才鸿猷团、在木兰蒙古山活动的反日山林队"绿林好"这两支武装队伍取得了联系,决定三方联合,在8月30日,以鸡叫第一遍为号,共同攻打巴彦县城。

巴彦县有日伪武装300多人,县城四面有岗楼,都有土兵把守。8月30日清晨,随着一声鸡叫,张甲洲率游击队立即攻打南门,经过激战,敌人很快溃败,部队顺利攻下了巴彦县城。进城以后,张甲洲命令游击队员严守军纪,不得侵害百姓。大家走上街头,贴抗日标语,撒传单,号召抗日救国。

随后,巴彦抗日游击队又接连取得了一系列的战斗胜利,成为活跃在哈北地区抗击日本侵略者的一支劲旅。

后来,张甲洲化名张进思,于 1933 年初只身来到富锦,任教于富锦中学,并以此为掩护,秘密从事党的工作。1937 年 8 月 28 日,张甲洲在赴抗联独立师(抗联第十一军前身)的途中,与日伪军遭遇,不幸中弹,光荣牺牲,年仅 30 岁。

一代英雄,把满腔热血都洒在了他深爱的黑土地上,这里的人们永远也不会忘记他!

关化新

——只身孤胆闯土围

关化新（1906—1938），河北省山海关人，中共党员。1933年10月任中共珠河中心县委书记，1934年10月调任东北反日游击队哈东支队副官处工作，后历任东北人民革命军第三军第一团参谋长、第二团团长，东北抗日联军第三军第二师政治部主任、师长。1938年春率队在松花江北岸方正、通河一带活动。5月在去省委汇报工作途经小古洞沟时被敌人包围，战斗中英勇牺牲。

关化新虽是知识分子，却没有一般知识分子的文弱，透过架在高高的鼻梁上的近视眼镜，可见一双炯炯有神的眼睛，闪烁着智慧的光芒。当时他在哈东各县群众中享有很高的威望，他领导的第二团被群众称为"赵尚志二团"，是群众交口称赞、敌人胆寒畏惧的代名词。

1935年，东北人民革命军第三军主要活动在哈东各县。为了不断扩大抗日游击根据地的范围，第三军一方面积极贯彻执行统一战线政策，宣传和组织各界各阶层人士团结抗战，一方面又要与日伪军作战，有时还要与顽固的豪绅做必要的斗争。

宾县三岔河有个田姓大地主，拒不缴纳抗日捐，引起了周边民众和抗日战士的愤慨，纷纷要求对其进行惩罚。关化新解释说："我们不要操之过急，先做些争取教育的工作吧。"他亲自给田家写了一封信，首先向他们宣传抗日救国的道理，然后希望田家以实际行动支援抗战，向抗日部队捐助 12 支步枪、5 000 发子弹，在农历八月初一送到部队驻地。最后还说，如果送来有困难，部队可以派人去取。

田家收到信后震动很大。他们商议着，不给吧，怕抗日军不答应，找上门来不好办；给吧，又怕日本人知道了会给全家招来麻烦。左右为难，不知如何是好？最后，田掌柜拿定主意，认为抗日部队没有日本人力量大，装备更不如日本人，只要再加固加高一下自家的炮楼院墙，抗日军是打不进来的。

八月初一，田家既没送枪，也没有回信。关化新召集大家开会，他说："我们去田家大院，要围而不打。目的是重兵压境，迫其纳捐。决不能轻易地和他们动武。动武，一是伤人，二是消耗弹药。我们要节约弹药打鬼子。"

八月初二，关化新带领部队来到了田家大院外，只见大门紧闭，高高的土围和四角的炮楼上不见一个人影，大院内悄无声息。关化新见田家摆出了要打仗的架势，略一思索，下令部队隐蔽起来不要动，自己只身大摇大摆地向土围子走去。围子里马上有人冲他喊："什么人？干啥来了？""我是关化新，带着队伍来取枪支弹药。""别再往前走了，再走就开枪了！""怕死我就不来了！"

关化新一面说话，一面继续向前走。猛然听到炮楼里一声枪响，关化新觉得胸口一震，停下脚步，用手一摸，装在上衣口袋里的怀表被打坏了。就是这块怀表，保住了关化新的命。关化新镇定自若地把打坏的怀表又装进兜里，继续走向土围子。围子里寂静无声。

关化新走到土围子的大门前，大声对着里面说："我不是来跟你们打仗的，我是来跟你们掌柜的商量事情的。快把门打开，让我进去。"

静默了一阵子，角门打开，四五个家丁紧靠着关化新把他夹挟进围子里，进了正屋。

关化新进了屋，不慌不忙地坐下来，拿出一支烟慢慢吸完，然后抬眼慢慢扫视了一遍站得满满一屋子的人，慢慢站起来，一字一顿地说："现在人也不少了，我来个自我介绍。我叫关化新，是河北山海关人，家里有爹娘，还有老婆孩子；念过一些年书，算个文化人吧。那我不在家好好生活，撇下妻儿老小来这儿干什么呀？打鬼子！我不甘心当亡国奴，更不愿我的同胞和我们的子孙后代当小鬼子的牛马，任他们欺负和屠杀。你们的家境是不错，但你们也一直担心家财会被日本人随时夺去，家人会随时丧生在日本鬼子的刀枪下，对不对？作为中国人，就应该团结起来，一致抗日，把小日本赶出咱们的家园，这样咱们自己和咱们的子孙后代才能有真正的好日子过。我们有多少抗日战士，为了抗日救国，不惜抛家舍业，和鬼子拼了命。我们不要求你们别的，只请求你们支援我们一些枪支弹药，也算是你们为打小日本出了力。我想这对你们家的生活应该不会有什么影响吧？请你们全家好好想想。"

关化新入情入理的诚恳之言，使在场的每一个人都深受震动，他们不敢迎接关化新火热的目光，都低下了头。这时，一个五十来岁的老头从人群后走到关化新面前，用颤抖的声音说："我就是这家掌柜的。"他叫其他人都出去，惭愧地对关化新说："关团长，我错了，请你一定要饶恕我，我是怕被鬼子知道招来麻烦哪。"关化新宽慰他说："这一点我们理解。如果你们愿意支援我们，就在这个月初十上午把枪弹偷偷送到我们驻地附近去，我派人去接应。我们不向外人说，鬼子是不会知道的。你看怎么样？"田掌柜当即满口答应下来。后来他兑现了自己的承诺。

关化新凭借自己抗日救国的信心和过人的胆识与智慧，为部队赢得了武器装备，壮大了抗日队伍，扩大了民众支援抗日部队的阵线，为狠狠打击日本侵略者奠定了基础。

徐光海
——乔装缴枪械

徐光海（1907—1938），朝鲜庆尚南道人。早年参加反日斗争，1930年加入中国共产党。1933年被派到义勇军中做争取改造工作，为壮大汤原游击总队立下功劳。后任抗联第六军第一师政治部主任、下江特委常委、富锦县委书记，参与领导下江党政军工作。1938年11月23日，带领锅盔山后方医院人员转移时，与敌遭遇，牺牲于宝清县张家窑。

1934年7月，徐光海被党组织派到报号"阎王"的义勇军中做争取、改造工作，通过积极努力，三个月后，他带领"阎王"队的21名义勇军队员参加了汤原游击总队，被分配到总队副官处工作。

1935年，汤原游击总队发展到较大的规模，经常面对日本关东军及其走狗地主自卫团的"讨伐"。但当时出于革命斗争的策略考虑，对于投靠日军的地主、汉奸和自卫团，主要是先缴他们的武器，然后对其提出警告，如屡教不改，再予处决。为此，游击队经常冒充伪军，机智巧妙地打击地方反动势力。徐光海和裴敬天在这些特殊的战斗中充当了重要的角色。

徐光海身材魁梧，一脸络腮胡子，长得有些像日本人，而且机智、老练，于是经常由他来装扮"日本指导官"。他是朝鲜人，也会说几句简单的日语，

乔装袭敌，是一种智慧，也是一种斗争策略。为了获取武器，游击队员经常冒充伪军，机智巧妙地打击地方反动势力，壮大抗日力量。

一般就用朝鲜话来冒充日语,蒙骗敌人。裴敬天年纪轻些,长相有些书生气,就由他来扮成"翻译官"。

当时在汤原县附近的火龙沟有个叫姜海泉的大地主,一向勾结官府,欺压百姓。日军占领东北后,他又投靠了日伪政府,纠集亲信,购买枪支弹药,组建了自卫团,经常伙同伪警察队袭扰我抗日队伍。还在火龙沟一带布哨设卡,盘查路人,遇到不顺眼的人,就带到团部严刑拷打。当地群众对他们又恨又怕,称他为"姜霸天"。因此,汤原抗日游击总队一直想拔掉这颗"钉子",为民除害。

机会终于来了。一天,我军在火龙沟的地下交通员送来情报:月底前佳木斯的伪军司令部要派一个连驻防火龙沟,姜海泉为了讨好伪军,正在积极筹备粮草、住处,还特意组织了一个秧歌队准备欢迎日伪军。汤原抗日游击总队队长夏云杰和副队长戴鸿宾商量后,决定将计就计,命令徐光海和裴敬天带领战士们装扮成伪军,提前赶赴火龙沟,收缴自卫团的全部武器。

1935 年 2 月 12 日清晨,徐光海、裴敬天化装成日军军官,骑着大马,身着黄色毛呢料子上衣,腰挂战刀,率领百余名穿着伪军服装的游击队员,打着伪满洲国国旗,浩浩荡荡地向火龙沟开进。姜海泉得到手下团丁的报告后,马上来到村口,只见从北面开过来一支伪军队伍,为首的两人骑着高头大马,谈笑风生,便认定是日本指导官亲率的驻防部队,于是赶紧命令秧歌队到村口集合,随时准备迎接驻防部队。

徐光海等率队到达村口后,跳下马来,与姜海泉说了几句寒暄的客套话,姜海泉见日军长官对自己如此客气,感到受宠若惊。一路上秧歌队敲锣打鼓,姜海泉则是点头哈腰,陪伴左右,将"伪军"们迎进了姜家大院,并带着几个手下殷勤款待,设宴为长官们接风。秧歌队的群众聚集在门口看热闹。

等待开宴的时候，徐光海提出让姜海泉把他的自卫团弟兄们都叫来，大家一起喝个相识酒，以后还要多多合作。姜海泉连连点头称是，命令30多个团丁全部武装到大院内集合，自己亲自指挥大家表演了一套平时持枪训练的动作。然后，让团丁们把枪架在枪架上，准备与"伪军"长官们一起就餐。

就在团丁们将枪放好，刚刚落座之时，徐光海突然拔出手枪对准姜海泉，大喝一声："都不许动，把枪放下！"与此同时，门口的游击队员迅速将两名岗哨的枪夺下。姜海泉和他的几个随从吓得直哆嗦，乖乖地交出了身上的短枪。

接着，徐光海向自卫团丁和附近一些围观的群众讲话，他首先告诫伪自卫团："我们是共产党领导的抗日队伍，专打日本侵略军、伪军和帮助他们做坏事的人。对你们自卫团，我们要缴你们的械，解散你们的队伍。可是如果你们屡教不改，再敢欺压百姓，为虎作伥，与抗日军为敌，我们就不会这么客气了。"接着，他又向在场群众揭露日本侵略军的侵略罪行，号召人们起来反抗。老百姓压抑已久的抗日情绪顿时迸发出来，一时间"打倒日本帝国主义"的口号声此起彼伏。

这次行动，我军未费一枪一弹，就缴获了伪自卫团30多支长枪和短枪，还有大量子弹，打击了地方反动势力，也武装了游击队。

同年9月，汤原游击总队到安邦河一带开辟抗日游击区。一天傍晚，在队长戴鸿宾带领下，十几名游击队员化装成一支伪警察队，列着整齐的队形，朝着汉奸地主何梦林大院前进。何梦林接到报告后，站在炮台上远远望见穿着日本军服的徐光海，以为是日本指导官来了，慌忙跑出大门迎接，全家烧茶、做饭，招待"贵宾"。徐光海用"日语"说了些客套话，乘其不备，突然掏出手枪对准何梦林，亮明身份，要求他交出武器支援汤原游击队。但这个顽固的亲日分子,狡猾抵赖,不肯交出武器。徐光海命令战士把他带走,没收其全部财产,充作抗日经费。同时,还把部分物资和粮食分给贫苦农民。游击队的行动得到了安邦河地区人民的热烈拥护,当时就有不少人参加了抗日游击队。

徐光海为汤原游击总队的创建和壮大做出了重要贡献,在一次战评会上,受到了总队领导的表扬。而他与裴敬天巧妙化装、智取武器的故事更是在部队中传为佳话。

徐光海用过的手电筒

东北抗日联军发展过程
（1931年9月18日—1945年8月）

磐石反日游击队	东北人民革命军第一军 军长兼政委 杨靖宇	东北抗日联军第一军 军长兼政委 杨靖宇		
海龙反日游击队				
延吉反日游击队			东北抗日联军第一路军 总司令兼政委　杨靖宇 副总司令　王德泰 政治部主任　魏拯民	东北抗日联军教导旅
和龙反日游击队	东北人民革命军第二军 军长　王德泰	东北抗日联军第二军 军长　王德泰		
珲春反日游击队				旅长
汪青反日游击队				周保中
安图反日游击队				
抗日救国游击军	东北抗日同盟军第四军 军长　李延禄	东北抗日联军第四军 军长　李延禄		
密山反日游击队				
绥宁反日同盟军	东北反日联合军第五军 军长　周保中	东北抗日联军第五军 军长　周保中	东北抗日联军第二路军 总指挥　周保中 副总指挥　赵尚志 (1940年2月任)	
宁安反日游击队				
饶河民众反日游击队	东北人民革命军第四军第四团 团长　李学福	东北抗日联军第七军 军长　陈荣久		
东北民众救国军		东北抗日联军第八军 军长　谢文东（后叛变）		副参谋长 崔石泉
反满抗日救国义勇军 （双龙）	东北人民革命军第八军 军长　汪雅臣	东北抗日联军第十军 军长　汪雅臣		政治副旅长 张寿篯
珠河反日游击队	东北人民革命军第三军 军长　赵尚志	东北抗日联军第三军 军长　赵尚志		
巴彦反日游击队 （失败）				
海伦反日游击队 （失败）	东北人民革命军第六军 军长　夏云杰	东北抗日联军第六军 军长　夏云杰	东北抗日联军第三路军 总指挥　张寿篯 （又名李兆麟） 政治委员　冯仲云 (1940年4月任)	
汤原反日游击总队				
自卫军吉林混成旅第二支队		东北抗日联军第九军 军长　李华堂（后叛变）		
东北山林义勇军 （明山）		东北抗日联军第十一军 军长　祁致中		

二、还我河山　志士挺身赴战场
HUANWOHESHANZHISHITINGSHENFUZHANCHANG

　　抗日烽火迅速燃遍了东北,杨靖宇、赵尚志、周保中等革命志士在民族危亡之际,怀着还我河山的壮志豪情,挺身而出,驰骋在硝烟弥漫的抗日战场,用鲜血和生命谱写了惊天地、泣鬼神的英雄篇章……

陈庆山
——青春无悔

陈庆山（1910—1934），黑龙江省爱辉县人，共青团员。曾就读于东省特别区许公职业学校、哈尔滨工业大学俄文专科班。1934年春投笔从戎，曾任东北反日游击队哈东支队司令部秘书长。在赵尚志率领下，辗转奋战于哈东地区，与日伪军进行了英勇的拼杀。11月下旬，在肖田地战斗中为掩护部队突围壮烈牺牲。

1931年九一八事变后，日本侵略者强占我东北、残杀中国民众、野蛮掠夺东北丰富的资源，对东北实行残暴的法西斯殖民统治。为了争取民族的独立与自由，1933年10月10日，中国共产党直接领导的抗日武装珠河东北反日游击队在珠河铁道南的三股流（今尚志市三阳乡）宣告成立，赵尚志为队长。游击队成立后，迅速发展壮大起来。不久，在建立抗日统一战线方针指导下，游击队与一些抗日义勇军组成东北反日联合军司令部，联合抗日，赵尚志被推举为总司令。

正在哈尔滨工业大学俄文专科班学习的陈庆山就是在这样风起云涌的抗日救国浪潮下，于1934年春来到珠河东北反日游击队，在少年先锋连当战士，不久，加入了共产主义青年团。陈庆山参加游击队后，一直在赵尚志身边，在南征北战中，保卫着游击队领导同志的安全。他作战勇敢顽强，曾多次在反击敌人"讨伐"的战斗中，随同少年连攻打敌人据点。1934年五六月，他参加了攻打宾县县城、三岔河突围等重要战斗。

宾州是哈东重镇，距哈尔滨仅60公里，是日伪当局在哈东地区设置的重要据点之一。该城周围设有炮楼、暗堡等工事。在各炮台之外，皆设卡为营，城壕上边设有电网，城防设施十分坚固。

5月9日下午2点，反日联合军各队人马在赵尚志统一指挥下包围了宾县县城，分东、南、西三路进军。战斗中，陈庆山和队友们为了瓦解敌军，不断向敌人喊话，规劝他们不要当亡国奴，要调转枪口打日军；劝说守城敌军放下武器，向反日联合军投降。敌军非但不理，反而凭借坚固的城墙拼命向城外射击。反日联合军遂发起猛烈进攻。为打开突破口，反日联合军用一门木制大炮轰城。随着木炮震天之响，南城门旁的炮楼被打中，城墙被轰破一角。这时，陈庆山等少年连10余名战士冒着呼啸的枪弹，在硝烟中顺着木炮轰开的缺口冲入城内，闯进靠南门附近的伪警察所，收缴了枪支弹药。

攻打宾州之战，极大地震慑了附近一带的敌人，"木炮打宾州，声威震敌胆"的故事长期以来一直被传为美谈。反日联合军、特别是珠河游击队的影响进一步扩大。陈庆山经过战斗的洗礼，更加成熟了。

1934年6月上旬，赵尚志率领反日联合军来到宾县三岔河（今三宝乡）一带活动，以扩大抗日根据地。不料，有汉奸将反日联合军在三岔河的活动向敌人密报，宾县、珠河、哈尔滨的日伪军600余人突然从东、西两路奔袭三岔河。

正在柴家大院开会的赵尚志、张寿篯等人听到枪响，立即部署战斗。张寿篯率队到岭东三门高家一带阻击由元宝河方向来的敌人，赵尚志率骑兵队和一中队去田家油坊增援。经过激战，赵尚志及其所率部队被包围在义勇军"铁军"驻地三门王家大院。

敌人用大炮、机枪等重火力不断向王家大院猛烈轰击，东院的"铁军"见势不好，拼死冲出，于是东院失手。这样，中院的赵尚志所率部队暴露于敌人火力之下，处境十分危险。为摆脱危险境地，赵尚志率部英勇反击，消灭了东院的敌人，夺回东院炮台。随后，接连打退敌人多次疯狂进攻，固守阵地。

夜幕降临，突围的时机到了。已坚持战斗大半天的骑兵队、一中队的战士们在赵尚志的指挥下奋勇出击，突破敌围。恰在此时，张寿篯率援军赶到，义勇军"九江"部也赶来增援。敌人遭受两面夹击，死伤骤增，只得撤退。赵尚志与骑兵队、一中队终于脱离险境。

敌人退后，游击队移驻三门高家。次日清晨敌人又来攻袭，游击队及义勇军在西岗与之激战两小时后退至乌拉草沟。第三天，敌人又来进攻，与"九江"队开火。赵尚志率队前去助战，敌人闻风而逃。

三岔河以及乌拉草沟战斗历时三天两夜。游击队及反日联合军顽强战斗，突破敌围，予敌以沉重打击，扩大了游击队、反日联合军的声威，增强了广大民众的抗日信心和决心。战斗中，陈庆山始终战斗在赵尚志身边，英勇顽强，不畏牺牲，在炮火硝烟和横飞如林的子弹中实践着自己反满抗日的誓言。

1934年6月29日，东北反日游击队哈东支队正式成立。支队设立司令部，赵尚志担任支队司令。陈庆山在赵尚志的培养教育下进步很快，深得游击队领导同志的信任和器重，被任命为哈东支队司令部秘书长。

11月下旬，赵尚志率领哈东支队部分队伍由方正西进宾县，返回珠河道北地区活动。队伍行至方正与宾县毗连地区腰岭子附近的肖田地准备宿营时，被700余人的日伪军突然包围。赵尚志立即组织部队迎击敌人。敌人人数多，火力强，又占据有利地势，我军处于险地。战斗激烈异常，打至天黑，陈庆山率领骑兵队阻击敌人、掩护部队突围。他沉着指挥，率部顽强抵抗，打退了敌人多次进攻，为部队突围赢得了宝贵的时间。就在部队冲破敌围、安全转移时,陈庆山不幸中弹壮烈牺牲。

为了祖国的独立、自由、解放,为了民众摆脱亡国奴的命运,陈庆山积极投身于反满抗日的武装斗争中,不惜献出了自己年仅 24 岁的宝贵生命。

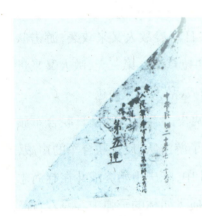

东北人民革命军第三军部队用过的旗帜

史忠恒
——坚不可摧的抗日英雄

史忠恒(1906—1936),吉林省永吉县人。1934年初加入中国共产党。曾任抗日救国军第一团第三营营长、救国游击军第三团团长、东北人民革命军第二军第二师师长。1936年10月,史忠恒率领部队去图佳线老松岭附近截击日军军用列车,激战中史忠恒身负重伤,不幸牺牲。

史忠恒是吉东和东满地区闻名遐迩的钢铁英雄。他在20年的军旅生涯中,特别是在参加抗战的5年里,屡建奇功,从班长到师长,写下了他人生最瑰丽的篇章。

1933年,刚刚成立不久的抗日救国游击军,在军长李延禄率领下,于2月初来到八道河子。部队刚驻下就得到情报,日军治田大佐率领400余名日军和部分伪军,向八道河子扑来。史忠恒奉命率领第三团埋伏在八道河子沟口截击敌人。战斗异常激烈,敌人在炮火掩护下,轮番向史忠恒部的阵地冲锋,均被打退。在鬼子又一次发起进攻时,史忠恒的胸部连中三弹,幸好子弹没有穿透他的胸腔,只是钳在肉里。坚强的史忠恒,用小刀把子弹挖出来,正想解开绑腿包扎伤口时,突然有两颗手榴弹落在他的面前,史忠恒飞起一脚,把其中一颗踢下山去,正要去踢另一颗,已经来不及了,嗞嗞作响的手榴弹"轰"一声突然爆炸,他的腰部、腿部被炸伤了三处。旁边的几个战士见团长负了重伤,跑过来要帮他包扎。

此时,敌人又一次冲了上来,已经接近山顶了。史忠恒一把将战士推开,立起身来,大喊一声"冲啊!"喊声未落,他手中的双枪早已喷射出两排子弹扫向敌人,他带着重伤,带着浑身的血迹,率领战士冲向敌阵,打退了敌人的进攻。他的英雄事迹,很快传为佳话,他被称为"铁将军""打不烂的史忠恒"。

从1932年到1935年期间艰苦卓绝的战斗中,史忠恒曾五次负伤,身上斑斑弹痕不下十余处,每一次伤愈,都是虎口余生。

1934年4月,在东满特委和宁安县委联合召开的军事会议上,根据东满特委书记童长荣的建议,史忠恒所在的第三团留在汪清,以利于团结巩固业已溃败的救国军。史忠恒团由东满特委直接领导,但名义上仍属于救国军,归吴义成指挥。

为了以新的胜利振奋军心,同年9月6日,吴义成部救国军在汪清、珲春、延吉反日游击队的配合下,以近两千人发起对东宁县城三岔口的攻击。史忠恒团负责攻打西门外的日军碉堡,为攻城部队扫除障碍。战斗打响后,第三团的"爆炸队"(即敢死队)向敌碉堡发起冲锋,因地势不利,没有掩护物,部队伤亡很大。史忠恒不禁怒火万丈,他说:"哪怕是铜墙铁壁,也要把你砸烂!"他手持双枪,率敢死队顺壕沟向碉堡冲去,实施连续爆破。一块弹片飞来,史忠恒的一只胳膊受重伤,他不顾伤痛,命战士们继续进攻。日军见来势猛烈,无法死守,便用火烧了碉堡撤出战场。史忠恒因伤势过重,倒在血泊里。当汪清县工农游击大队政委金日成得知此消息后,立刻命崔春国率部把史忠恒营救出来。史忠恒十分感激地说:"我的第二次生命是金日成给的!"

1936年1月,东北人民革命军第二军扩编成两个师,史忠恒任第二师师长。

10月,史忠恒率部到老松岭附近截击日军军用列车,激战中,史忠恒身负重伤。后虽经救治,终因伤势过重,这位钢铁英雄不幸牺牲,年仅30岁。

王德泰

——激战抚松城

王德泰（1908—1936），山东人。1931年加入中国共产党。曾任东北人民革命军第二军独立师师长、东北人民革命军第二军军长、东北抗日联军第一路军副总司令。1936年11月末，在抚松县小汤河与敌激战中牺牲。

王德泰是东北抗日联军的卓越将领之一，曾率领部队攻打抚松县城，威名远扬。

1936年6月，根据抗日斗争形势的发展，东满、南满的党组织和第一、第二军高级干部在金川县河里召开会议，决定建立中共南满省委。为了便于统一领导，集中指挥，更有力地打击敌人，抗联第一、第二军合编为东北抗日联军第一路军，杨靖宇任总司令，王德泰任副总司令，兼任第二军军长，同时任中共南满省委委员。

东北抗日联军第一路军成立后，王德泰率领第一军的第二师和第二军的第四、第六师转战于东、南满广大地区，开辟了长白、临江等县新的游击区。

1936年8月，王德泰为进一步吸引敌人，扩大声势，配合杨靖宇部队向辽西进军，决定联合"九站""万顺""万军"等抗日山林队千余人，攻打抚松县城。抚松是日本侵略者在南满的统治中心之一，守城的有日军200余人和伪军一个营。抗联各部队于17日向抚松县城发动了突然袭击。第二军指战员英勇奋战，一举攻占了东山炮台，使守敌陷入三面包围之中。敌人惊慌失措，死伤惨重。当我主力部队在小南门一带进行激烈的攻城战斗时，东边和北边的反日山林队却开始退缩。由于配合作战不利，给敌人提供了死守待援之机。在这种情况下，我军主动撤出阵地。敌人错误地认为我们的撤退是溃逃，打开城门蜂拥追来，遭到我军的伏击，伤亡惨重。攻打抚松的战斗虽未能达到占领全城的预期目的，但给敌人造成重大伤亡，沉重打击了敌人的嚣张气焰，扩大了我军声威及政治影响。

同年9月，王德泰率领第二军一部在抚松小汤河袭击了伪靖安军，经过激烈战斗将150余名敌人全部消灭，缴获步枪151支、轻机枪2挺、掷弹筒1个及其他军用物资，取得了重大胜利。

王德泰所带部队之所以能取得一个又一个胜利，得益于其部队强大的凝聚力和战斗力。多年来王德泰为加强抗日力量，在团结友军、建立广泛的抗日民族统一战线方面做了很多工作。改变了死守游击区的做法，注重了对敌军的瓦解工作，加强了与山林队、救国军余部的联合作战。

早在1932年，王德泰曾亲自到三道弯做争取山林队的工作。这个地区山林队很多，他们主张抗日，但反对共产党，不与党领导的抗日游击队合作。山林队纪律涣散，骚扰百姓，抢东西，抽大烟，虽有较好的武器，但战斗力很差。王德泰对山林队士兵进行耐心的争取和教育，向他们宣传团结抗日的道理。经过王德泰艰苦细致的工作，山林队对党领导下的抗日游击队有了深入的了解和认识。

为进一步改善我军与山林队的关系，王德泰在1935年1月至5月间，制订了与山林队共同抗日的行动纲领，主持成立了联合指挥部。

参加指挥部的有十多个山林队头目，计千余人，王德泰被推选为总指挥。在共同斗争中，我军的威信日益提高，党的统战工作得到进一步发展。据有关材料记载，从1935年1月到8月，伪军士兵不断倒戈哗变参加我军，其中80人以上的哗变事件就有8起之多。

这一系列工作，使我人民革命武装得到进一步发展和壮大，给东满人民以巨大的鼓舞。东满地区的抗日斗争进入了一个新的高涨时期，更为部队取得一次次战斗的胜利打下了坚实的基础。

1936年11月末，在抚松县小汤河与敌人的激战中，我抗日联军的卓越将领王德泰不幸中弹牺牲，年仅28岁。

二、还我河山 志士挺身赴战场

李福林

——"哈东司令"勇斗日寇

李福林(1907—1937),原名公道轸,又名崔东范,曾用名金东范,朝鲜咸镜北道人。1930年加入中国共产党。曾任中共满洲省委巡视员、东北反日游击队哈东支队党委书记、东北人民革命军第三军执法处处长、东北抗日联军第三军第一师政治部主任兼哈东游击队司令、中共北满临时省委委员和省委组织部长、东北抗日联军依东办事处主任。

由于家境贫困,李福林只读了4年书,就不得不随家人一起逃难,从朝鲜咸镜北道稳城郡来到了中国东北,在吉林省和龙县明岩村落脚,给地主干活。

少年李福林既懂事又勤劳,为了给家里减轻负担来到和龙县城的家中药铺当上了学徒。药铺里的劳动和生活十分艰苦,可是李福林不怕困难。他利用闲暇时间,阅读了大量的进步书籍,思想觉悟得到了很大提高,并开始参与一些革命活动。1928年春的一天,李福林正与几名革命同志在他的家里秘密开会,突然有一伙持枪的反动警察冲进屋来,不由分说,就将他们抓了起来。在押送他们回警察署的途中,李福林偷偷解开了绳子,当走上一座小桥时,趁着警察不防备,猛地一拳就把看押他的警察打进了水里,他迅速逃离,躲过了警察的追捕。

二、还我河山 志士挺身赴战场

几次被捕，几次脱险，严刑拷打锻造这位年轻的共产党员。被组织营救后，李福林愈发清醒地认识到，「要想把日寇赶出中国，必须要靠武力才能实现。」

李福林躲进山里，继续从事革命活动。后来，在哥哥的帮助下，他筹集了一些路费，忍痛离开了父母双亲，走上了抗日救国的道路。1929年，李福林来到宁安县东京城领导农民运动；不久，他又去海林县从事秘密工作。第二年，李福林来到阿城县，继续领导农民运动，并光荣地加入了中国共产党。同年11月，李福林同志在海沟一带做群众工作时，不幸被敌人逮捕。随后，敌人将他押送到阿城县拘留，后来又把他转押到吉林监狱和奉天（今沈阳）监狱。面对敌人的严刑拷打，李福林始终没有泄露党的任何秘密。九一八事变后，李福林被党组织营救出狱。

1932年春，党组织派李福林到哈尔滨从事抗日活动，他开始担任中共满洲省委巡视员。按照省委指示，珠河县委改组为珠河中心县委，李福林担任县委组织部长。在此期间，他一面领导珠河中心县委，开展救济难民的活动，一面进行抗日宣传，积极筹建抗日组织。不长时间，他就发展了百余名会员。入秋后，李福林和金策等人在珠河县蚂蚁河东，组织了一次一千多人的反日示威游行。这是珠河地区第一次大规模的群众性反日斗争，游行队伍浩浩荡荡，高呼着反日口号，喊声震天。日本侵略者对游行群众进行了残酷的镇压，许多人都被关进了监狱。李福林和县委的领导认识到，要想把日寇赶出中国，必须要靠武力才能实现。于是，根据上级的指示，李福林等人开始从事组建珠河地区抗日武装的工作。

1933年夏，李福林、李启东等人打入抗日义勇军孙朝阳的部队，从事抗日斗争。同年秋，这支队伍的内部出现了分裂，一部分人密谋要杀害赵尚志、李福林等人。在危急时刻，李福林等7人携带着1挺机枪和10支大、小枪支，迅速脱离了这支队伍，与珠河中心县委取得了联系。同年10月，县委决定：以李福林等7人为基础，再补充6名队员和一些枪支，正式成立了珠河反日游击队,并任命赵尚志为队长,李福林为党支部书记。游击队多次对敌作战,广泛宣传抗日救国思想,得到了爱国群众的热烈拥护,队伍很快发展到40多人。

1934年6月,珠河反日游击队改编为东北反日游击队哈东支队,李福林担任哈东支队党委书记。在李福林的辛勤努力下,全队90余名党团员,成了部队的骨干力量,游击队的活动区域不断扩大,取得了一系列战斗的胜利。1935年初,为了适应抗日形势的发展,根据中共满洲省委的指示,以哈东支队为基础,并吸收地方青年义勇军,成立了东北人民革命军第三军,李福林担任第三军执法处处长。他随同部队东进,开辟松花江中下游抗日根据地。后来部队进行了扩编,他又担任第一团政治部主任,在延寿、方正一带坚持游击斗争,从军需物资和兵员等方面,有力地支援了赵尚志领导的第三军主力部队的西征。1936年8月,东北人民革命军第三军改编为东北抗日联军第三军,他担任东北抗日联军第三军第一师政治部主任,并兼任哈东游击司令。

李福林率领第一师的指战员,活动在延寿、方正、依兰、林口、通河等地区,同时代表东北抗联第三军司令部同这些地区的抗日义勇军和山林队结成抗日民族统一战线,联合对日作战。他指挥部队消灭了大量的敌人,多次粉碎日伪军的"围剿",保卫了抗日群众的生命财产,使广大同胞深受鼓舞。因此,人们都亲切地称李福林为"哈东司令"。

1936年9月,李福林被选为中共北满临时省委委员,担任省委组织部长。同年冬,他担任了东北抗日联军第三、第六、第八、第九军联合组成的抗日联军依东办事处主任,为各军筹备作战物资。

1937年,李福林率领一师一团转战在哈东一带,多次袭击敌人的据点,打死日军、伪警察部队几十人,并缴获许多武器弹药。同年4月,他率领少年连和警卫连170多人去省委开会。在途中，因汉奸告密，部队在通河县二道河子北山，被六七百日伪军团团包围。战斗进行得非常激烈，从清晨一直打到傍晚，抗联部队打退了敌人的数次进攻。激战中，李福林的双脚被敌人的子弹打断，他一面命令副官率队突围，一面迅速销毁随身携带的文件。当他看见部队冲出敌人的包围圈时，嘴角露出了笑容。敌人叫嚣着冲了上来，李福林身中数弹，壮烈牺牲。

英勇杀敌的抗日战士

宋铁岩

——喋血摩天岭

宋铁岩（1910—1937），原名孙肃先，字晓天，吉林省永吉县人；曾用名宋占祥、铁坚、铁英、孙铿、孙克敏等。1931年考入北平中国大学，同年加入中国共产党。曾任东北人民革命军第一军独立师政治部主任、东北抗日联军第一军政治部主任。1937年2月11日拂晓，在本溪游击根据地老和尚帽子密营处，与围追敌人激战，掩护部队撤退时不幸中弹牺牲。

1936年2月，东北抗日联军第一军成立后，宋铁岩任第一军政治部主任，并当选为中共南满省委委员。他一直跟随杨靖宇将军转战南北，给日军以有力打击，使抗日游击区不断扩大。

同年6月，抗联第一、第二军主要负责同志在吉林省金川县河里召开了重要会议，决定将第一、第二军联合编成东北抗日联军第一路军，并将中共东满、南满两个省委合并组成东南满省委（也叫南满省委），宋铁岩仍担任省委委员。在这次会议上决定：第一军军部、第一师、第三师远征辽西、热河等地区，打通与关内红军和党中央的联系，进而扩大游击区域，在更大的地区发动群众，开展抗日游击战争。

按照会议决定的军事计划，会后，宋铁岩随总司令杨靖宇，率第一军军部从河里出发，向南活动，去布置第一、第三两师的西征任务。军部在南进途中,首先在通化大荒沟消灭了奉天骑兵教导团一部200多人。然后运用疲劳战术拖着伪东边道"剿匪"司令、大汉奸邵本良部,进入通化、兴京、桓仁、宽甸等县山区。最后,在6月下旬来到本溪境内,与活动在那里的我军第一师会合。接着在本溪以东赛马集山区梨树甸子设下埋伏,一举将疲惫不堪的邵本良部的一个主力团和一个炮兵中队全部歼灭,给日伪军以极其沉重的打击。

歼灭邵本良部队后,我军进行短期休整,并进一步研究了西征的路线和战略战术等问题。决定由政治部主任宋铁岩率领第一师从南路开始西征,杨靖宇率领军部返回集安、宽甸一带,开展游击活动,以牵制敌人兵力,掩护第一师西征。

7月初,宋铁岩率领第一师由宽甸、本溪交界处分三路出发。第六团由凤城、岫岩方面向西挺进。第四团从抚顺和本溪中间地带进击,以吸引和分散敌人兵力。中路是宋铁岩率领的司令部、警卫连、第八连、第九连、第十连和少年营等主力部队,共400余人,计划从宽甸和凤城中间地带插入辽阳附近,然后跨越南满铁路,渡过辽河,直奔辽西、热河地区。但结果没有达到预期目的。当我主力部队冲破敌人的封锁,迅速向西挺进,翻越陡峻的摩天岭,到达辽阳附近时,敌人发觉了我军西征的意图,立即调集了两个师团以上的兵力,疯狂阻击,层层包围。宋铁岩见敌人兵力过重,不易突破,为了减少损失,争取主动,打击敌人,决定回师摩天岭,设伏于各主要峰道,勒马待机。日军金田中队200余人紧追而来,宋铁岩指挥伏击部队,不畏强敌,英勇奋战,狠狠地打击敌人。这一战,歼灭了金田大尉以下50余人。当日战斗数次,至晚,又消灭日军30余人,给敌人以歼灭性打击。

胜利后,抗联第一路军总司令杨靖宇亲自写了一首《西征胜利歌》,颂扬这次战斗。

《西征胜利歌》

红旗招展枪刀闪烁我军向西征；

大军浩荡人人英勇日匪心胆惊。

纪律严明到处宣传群众俱欢迎，

创造新区号召人民为祖国战争。

中国红军已到热河眼看到奉天，

西征大军夹攻日匪赶快来会面。

日匪国内党派横争革命风潮展，

对美对俄四面楚歌日匪死不远。

紧握枪刀向前猛进同志齐踊跃，

歼灭日匪金田全队我军战斗好。

摩天高岭一场大战惊碎敌人胆，

盔甲枪弹缴获无数齐奏凯歌还。

同志们快来高高举起胜利的红旗，

拼着热血誓必打倒日本帝国主义。

铁骑纵横满洲境内已有十大军，

万众蜂起勇敢杀敌祖国收复矣。

此后，因敌人重兵阻拦，无法前进，宋铁岩率队于9月间返回老游击区。由于长途征战，劳累过度，宋铁岩肺病加剧，遂带领一部分队伍进入本溪游击根据地老和尚帽子密营休养。

1937年2月11日拂晓，敌人从四面包围上来，宋铁岩带病指挥队伍奋勇还击。为了减少损失，宋铁岩让一部分队伍先撤，他带领几名战士留下来掩护。宋铁岩因身体虚弱，行动困难，在越过一个小山岗时不幸中弹牺牲。第一军出色的政治领导干部、军事指挥员、杨靖宇将军的得力助手宋铁岩，就这样离开了他眷恋的土地和战友，年仅28岁。

陈荣久

——"魁武将军"

　　陈荣久（1904—1937），黑龙江省宁安人。1933年6月加入中国共产党。他是东北抗日联军第七军的缔造者之一，曾任东北抗日救国游击军军部副官、东北抗日联军第七军军长兼第一师师长。他指挥部队对敌作战，机智勇猛，冲锋时总是抢在前面，撤退时总是走在最后，群众都叫他"魁武将军"。

　　日本帝国主义侵略中国东北时，陈荣久正在东北军第二十一混成旅骑兵二营七连当兵。在目睹了日军烧杀抢掠的残暴罪行后，他感到悲愤异常。七连连长胆子很小，他惧怕日军的强大武力，不敢反抗，准备率队投降。陈荣久得知后，坚决反对他这么做。他激动地对士兵们说："我们绝不能投降，我们不能做亡国奴。大家一定要打起精神，同小日本血战到底，胜利一定属于中国！"士兵们被他的爱国热情深深地打动了，纷纷表示支持抗日救国。陈荣久立即带领士兵们缴了连长的枪，举起抗日的旗帜，投奔抗日救国军。

　　陈荣久率部起义的消息，很快就传到了他的家乡，宁安东京城一带的爱国青年都想投奔陈荣久，去参加他的抗日队伍。不久，救国军整编，陈荣久被推举为新编第五连连长。他率部先后在穆棱、海林、宁安等地与日军交战，沉重地打击了日本侵略者的嚣张气焰。1933年2月，陈荣久率领部队回到宁安，参加了共产党员李延禄创建的东北抗日救国游击军。李延禄任命他为军部副官。抗日救国游击军在宁安一带与敌人展开了英勇的斗争，陈荣久参与指挥了二道河子、东京城、马莲沟等多次战斗。

为了扩大抗日武装力量，开辟新的游击区，中共满洲省委指示抗日救国游击军去密山地区活动。1933 年 5 月，陈荣久随部队到达黄泥河子，同在这里活动的杨泰和领导的第一团会合。到达密山后，陈荣久又协助李延禄，在郝家屯召开了反日山林队首领联席会议，订立了联合作战的协定，促进了反日山林队之间的联系与合作，使抗日武装不断壮大。他指挥部队与日寇殊死战斗，冲锋陷阵，不畏艰苦，给敌人以沉重打击，被老百姓称为"魁武将军"。

在党的培养和教育下，陈荣久的思想觉悟不断提高，1933 年 6 月，他加入了中国共产党。他严于律己，吃苦在前，努力钻研政治和军事知识，很快就成为抗日救国游击军的主要领导成员。1934 年秋，陈荣久被党组织派到苏联莫斯科东方大学学习。陈荣久感慨万分，他说："像我这样一个大字不识的大老粗，也能有机会出国学习，感谢党和同志们对我的培养和关怀。我一定要学好革命理论，提高自己的本领，将来回国后继续为中华民族的解放事业奋斗到底！"

1936 年秋，陈荣久从苏联学成回国。党组织决定派他去虎林、饶河一带，以东北抗日联军第四军第二师为基础，组建东北抗日联军第七军。陈荣久穿越深山密林，克服了重重困难，终于在饶河县暴马顶子找到了这支部队。

1936 年 11 月，东北抗日联军第七军正式成立，陈荣久担任第七军军长兼第一师师长，崔石泉任参谋长，李学福任第二师师长，景乐亭任第三师师长，全军 700 多人。东北抗日联军第七军建立后，在陈荣久军长的领导下，整顿并发展党组织，肃清了队伍，清理了特务，积极开展抗日游击活动，部队人数很快达到 1 000 余人。

抗联第七军的迅猛发展，引起了敌人的万分恐惧。敌人马上调集了日伪军，对抗联部队进行"围剿"，到处烧杀抢掠，疯狂屠杀抗日军民。面对敌人的疯狂进攻，陈荣久指挥部队在茫茫的林海雪原与敌人展开了苦斗。他深入各抗联部队、村屯，研究和部署作战方案，号召并动员广大群众支援抗联部队物资，并联合各抗日武装，四处打击敌人，终于取得了反"围剿"斗争的胜利。

1937 年春，敌人又调集军队，组织春季"大讨伐"，妄图一举消灭抗联第七军。陈荣久马上主持召开第七军领导干部会议。通过仔细分析，决定分路截击来犯之敌。陈荣久亲自率领 150 多名战士，在饶河县西北小南河天津班活动；崔石泉率领一部分队伍去消灭饶河城北西林子的日伪据点。

由于叛徒告密，致使攻击西林子的抗联部队遭到了顽强的抵抗。崔石泉发现情况后，果断下令部队撤退，向天津班转移，与陈荣久会合。与此同时，日本驻饶河的参事官大穗调集日伪军在后面紧追不舍。

陈荣久同崔石泉商量后，决定打一个伏击战。陈荣久立即组织队伍占据有利地形，埋伏在山岗之上。当敌人进入伏击圈后，他一声令下，抗联战士手中的各种武器，一起朝敌人开火，打得日伪军人仰马翻，乱作一团。战斗持续了三个多小时，陈荣久在战斗中身负重伤。正当抗联将士准备发起冲锋时，饶河县伪警察大队长苑福堂带领一支部队，突然从背后围攻过来。陈荣久忍着伤痛指挥抗联将士奋力反击，击退了敌人的多次进攻。大穗见援兵来助，又率领部队发起了攻击。敌人叫喊着，冲上山来。大穗挥舞着战刀在前面指挥。一名抗联战士立刻瞄准了他的脑袋，一枪就将他击毙了。敌人见大穗倒地，顿时群龙无首，都惊恐地退下山去。

陈荣久立刻率领部队，趁着夜色，冲出了敌人的包围圈。他一直都走在队伍的最后面，指挥部队突围。结果，一颗罪恶的子弹又一次击中了他，陈荣久将军不幸壮烈牺牲了，时年33岁。人们很难忘记这位冲锋时总是抢在前面，撤退时总是走在最后的"魁武将军"。

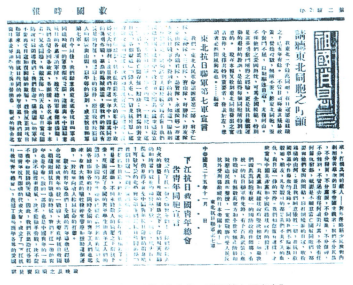

《救国时报》刊登的"东北抗日联军第七军宣言"

李海峰

——血战小孤山

　　李海峰（？—1938），早年当过猎手，后来参加了东北抗日联军，曾任东北抗日联军第五军第三师第八团第一连的连长，由于枪法精准，被称为"射手之王"。1938年3月18日，他率领16名抗联战士为了掩护大部队撤退，被日伪军包围在一座小孤山上，他们英勇作战，多次打退敌人的进攻。最后，包括他在内的12名战士壮烈殉国。

　　在黑龙江省宝清县的西部，有一座小山，当地人管它叫"小孤山"。山只有百米来高，但却乱石凌厉，灌木丛生。小孤山巍然耸立在完达山脉蓝棒山麓尖山子脚下的河谷平原上，好似一位勇士守卫着这片崇山峻岭。

　　当时，中共吉东省委、东北抗日联军第二路军总指挥部和第五军第三师的密营，均设在蓝棒山。为了保卫根据地，从山里到山外，设了好几道卡子。最外边的是头道卡子，设在宝清西沟尖山子西北坡漫岗拐弯处。这里地势险要，是进出"密营"的咽喉要道，战略位置十分重要。所以，上级特意派有"炮手连"之称的八团一连在这里把守。

　　八团一连有60多名战士，多数人过去都当过打猎的炮手。"炮手"是当时北方人对猎人的赞誉，在部队里被称为"炮手"，就是公认的神枪手。连长李海峰，枪法更是有名，被称为"射手之王"。

二、还我河山 志士挺身赴战场

蓝棒山顶云雾垂，宝石河边雪花飞。寇贼凶焰犹未尽，十二烈士陷重围。神枪纵横扫射处，倭奴伪狗血肉堆。竟日鏖战惊天地，胆壮气豪动神鬼。不惜捐躯为革命，但愿失土早归回。他年民族全解放，指点沙场吊忠魂。

——周保中

1937年,日本帝国主义发动了全面的侵华战争,并对东北抗日联军进行疯狂的"讨伐"。为了粉碎日寇的"讨伐"计划,总指挥部命令部队进行转移,向蓝棒山北麓的李炮营集中。

1938年3月18日,清晨,山谷里刮来了刺骨的寒风,天空阴云密布,纷纷扬扬下起了漫天的大雪。连长李海峰让副连长率领一连的大部分战士先行撤退,他和指导员班路遗带领13名战士,在头道卡子等待总指挥部的交通副官张凤春。

八时许,张副官带来了最新的情报:富锦和宝清的鬼子已经出动了,正在到处搜山。了解到敌人的动向,小分队立即向李炮营进发。

北风呼啸着卷起鹅毛般的雪片直扑抗联战士的面颊,山谷中的积雪已经没过了膝盖。

两个多小时,小分队只走了十来里路。当到达石灰窑南沟时,李连长突然发现,在几里地之外,有骑兵正朝他们奔来。为了大部队的安全,绝不能暴露进山的道路,要把敌人引走。

李连长当即下令:"快速前进,占领小孤山,咱们跟小鬼子拼了!"战士们快速攀上山顶,寻找有利地形,用身旁的岩石、树木和积雪,筑起了简易的"雪垒"阵地,架好枪支,准备与敌人战斗。

追击他们的敌军一共有400余人。伪兴安军骑兵由日军特别训练的蒙古骑兵队组成,每名骑兵都装备有马枪、马刀、手枪、套马杆子和滑雪板。日本守备队骑兵的装备更是精良,轻重武器一应俱全。他们发疯般地狂叫着,扑向了小孤山。

连长李海峰做了战前动员,他要求战士们瞄准敌人,注意隐蔽,要弹无虚发,最大限度地消灭敌人,绝不能给"炮手连"丢脸。战士们毫不畏惧,个个群情激昂,摩拳擦掌,都表示要痛歼鬼子,绝不手软。

敌人先是试探着用机枪向山头猛烈扫射,见没有什么动静,就开始喊话，想让抗联的战士们交枪投降。可是，山头依然寂静无声。敌人的骑兵便肆无忌惮地蜂拥而上，离山头越来越近了，从上面望去，密密麻麻，满山都是骑兵。正当敌人得意的时候，李连长一声枪响，冲在最前面的骑兵从马上跌落下来。接着"雪垒"后的机枪、步枪、手枪同时打响。刹那间，敌军人仰马翻，乱作一团，留下几十具尸体，连滚带爬地退到山下。

敌人被刚才的失败吓破了胆，不敢贸然冲锋了。他们在山脚下架起了骑兵炮，开始对山顶的阵地狂轰滥炸。同时，敌人在对面山坡上架起了两挺机关枪，向"雪垒"扫射。

太阳快要落山了，可是，激烈的战斗仍在继续。在东南面，有十几个鬼子已经冲到了抗联战士的阵地，王发、李才、王仁志、陈凤山、朱雨亭、魏希林、夏魁武相继中弹牺牲。战士张全富见几个敌人端着刺刀向自己逼来，迅速拣起手榴弹，迎着敌人冲了过去。剧烈的爆炸声过后，张全富与敌人同归于尽。班指导员被爆炸声震醒，他用尽最后力量，打死了剩下的两个鬼子，自己也壮烈牺牲。在西北面，李芳邻、王仁志中炮牺牲。李海峰双腿被炸断，左手被打穿。他让张凤春和杨德才替自己上子弹，哪个方向有敌人冲过来就朝哪个方向射击。李海峰枪法如神，撞在他枪口下的敌人，没有一个能活命的。敌人的进攻又一次被打退了，杨德才也中弹牺牲了。

夜幕中，小孤山出现了片刻的宁静。山下，敌人已经精疲力尽了，正处于短暂的休息中。山上，抗联勇士们经过一天激烈的拼杀，只剩下了五人，子弹已经打光。

李海峰把张凤春叫到身边说："张副官，你身上有重要的文件，决不能落到敌人手中。趁着现在天黑，你快带上受伤的三名战士突围，我来留守阵地。"战士们含着眼泪说什么都不走。李海峰坚定地说："这是命令,这里的情况要向部队汇报,你们必须突围。我的腿断了,不能拖累大家,你们多活一个人,抗日就会增加一分力量。"接着,他把自己的驳壳枪送给了张凤春,叮嘱他说:"这支枪留给你打鬼子用吧,牺牲战士的名字一定要报告给上级!"

战士们用雪掩埋好战友的遗体,含泪离去了,李海峰心里轻松了许多,他静静地伏在阵地上,手里握着一颗手榴弹。过了一会儿,一群敌人冲到了山顶,见他趴在雪上一动不动,就走了过来。随着一声巨响,李海峰壮烈殉国了。

抗联十二烈士的鲜血洒在了小孤山上,他们以少战多,创造了歼敌百余人的战绩。后来,小孤山更名为十二烈士山,以志纪念。

马德山
——开辟下江游击区

马德山（1911—1938），原名金成浩，朝鲜族。九一八事变后加入中国共产党。曾任抗联第六军第四团连指导员，第四团政治部主任，抗联第六军第一师师长。1938年3月29日，马德山率第六军第一师部队深入绥滨边境地区开展游击战争，在三间房伏击伪警察队的战斗中英勇牺牲。

"马德山同志对革命忠实之表现，工作活动之积极，很可赞许。"这是抗联第五军军长周保中在给抗联第六军军长戴鸿宾的信中的一句话。马德山是一位优秀的军事指挥员，第六军中英勇善战的好师长。

1936年6月，党组织送马德山到东北抗日联军军政干校学习3个月。毕业后，任抗联第六军第四团某连政治指导员，后任第四团政治部主任。同年11月，抗联第六军司令部在汤原西北石场沟活动，遭日伪联合"讨伐"队袭击，军长夏云杰不幸牺牲。不久，中共北满临时省委批准第六军第四团团长戴鸿宾任抗联第六军军长。马德山被任命为第一师师长。

1937年2月2日，第六军军部召开的军政联席会议决定：派第一师到富锦、同江、宝清地区开辟、建立抗日根据地。

马德山遵照军部的命令率部东征的途中，在桦川县火龙沟遭到六七百日伪军的包围。马德山指挥部队，与敌人激战一天，打退敌人的多次冲锋，突出重围，安全转移。

一师部队到达富锦后，深入广大农村发动群众，建立抗日救国会，坚持抗日斗争，打击日伪反动政权。

日本关东军对第六军第一师开辟、建立根据地的活动，视为眼中钉、肉中刺，调兵遣将，进行疯狂破坏。1937年3月，150余名日军骑兵，在富锦夹信子以东尾追我军。马德山没有与来犯之敌应战，而是依靠人民群众的支持，率领部队拖着敌人不停地跑，在敌人被拖得筋疲力尽之后，他们选择了有利的地形，给敌人以沉重打击，击毙日军30余名，缴获战马10余匹。

敌人不甘心失败，又调集重兵，向我军扑来，妄图以优势兵力把我军消灭在三江平原。马德山识破了敌人的阴谋，避开敌人主力，运用灵活机动的游击战术，与敌人周旋。他抓住机会，集中打击富锦、宝清、绥滨各县农村"集团部落"中的警察和自卫团。同年5月，他们在富锦缴了汉奸郭成自卫团的械，得枪20余支；缴夹信子自卫团和警察的械，得枪40余支。在夹信子以西，还解除了汉奸地主高二麻子自卫团的武装，为部队解决了许多子弹和给养问题。

第六军第一师和其他兄弟部队协同作战，积极做好群众工作，终于开辟了富锦、宝清游击根据地。

1937年七七事变后，下江人民抗日斗争异常活跃，伪军哗变抗日事件不断出现。同年9月，马德山、徐广海在依兰县县委的密切配合下，争取伪军第三十八团某营长及其下属两个连伪军哗变抗日。同时，解除了依兰县东部地区汉奸地主王志安自卫团武装。以后，又通过伪军第三十五团的一个号兵，以打牌为借口把我军手枪队引入该团的骑兵营营部，乘敌麻痹无备，顺利解除其全营武装。

这一年，松花江下游抗日斗争形势不断高涨。第六军第一师发展到近 2 000 人,武器装备也得到了很大改善,增加了机枪连和迫击炮连,成为富锦、宝清一带抗日主力部队之一。他们在与日伪军警浴血奋战中,立下了显赫战功。

1938 年 3 月 29 日,马德山率第六军第一师部队深入绥滨边境地区开展游击战争,在三间房伏击伪警察队的战斗中英勇牺牲。这位英勇善战的好师长为了驱逐日寇、夺回我河山献出了宝贵的生命,时年 27 岁。

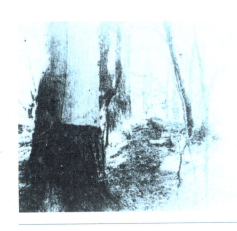

抗联战士剥吃树皮的树干

李学福

——智勇将领 百姓爱戴

李学福（1901—1938），朝鲜族，吉林延吉人，原名李学万，别名李葆满。1915 年随同母亲、哥哥迁居到饶河县。受崔石泉等的影响参加了革命。1933 年初加入中国共产党。曾任饶河县反日总会负责人、饶河反日游击大队大队长、东北人民革命军第四军第四团团长、东北抗日联军第七军军长等职。因长期艰苦斗争，积劳成疾，患了严重的半身不遂症，于 1938 年 8 月 8 日病逝。

李学福，虽然 38 岁早逝，却英名永存。抗日战争中他出生入死，浴血奋战，屡建战功。由于长期征战，疲惫困顿，加之生活条件的恶劣，他积劳成疾，病患严重，为了中华民族的解放事业献出了自己宝贵的生命。

让我们走近这位英雄，用心灵去感知他那可亲可敬的英雄事迹吧！

在虎饶地区有一支被群众称为"葆满"队的抗日队伍，那就是李学福领导的饶河反日游击大队，因他别名叫李葆满，所以他的队伍在群众中有了"葆满"队的爱称。由此可见，当地群众对李学福和这支队伍的喜爱。

李学福诚恳朴实，身居官位却没有官架子，先百姓之忧而忧，后百姓之乐而乐。无论走到哪里，他都和战士们同吃同住，亲如手足。他领导的军队，纪律严明，军民关系如鱼水之情，每到一地，他都同队员一起帮助群众铲地，拔草，挑水，推碾拉磨。哪家的老人有病，哪家的孩子没上学，哪家没米下锅,只要百姓有困难的地方,就有李学福的身影,他已经把自己融入到群众之中,因而深受群众的拥护和爱戴。他待人诚恳,朴实坦率,善于团结和帮助同志,他率先垂范、身先士卒的模范带头作用激励鼓舞了全体干部、战士,因此他所率领的部队有着极强的凝聚力和战斗力。

李学福不仅率领部队与百姓打成一片,而且在与敌人的斗争中,也充分显示了他的智勇和卓越的作战指挥才能。

1934年9月,为粉碎敌人"讨伐",李学福深入群众了解敌情,协助反日会开展活动,组织群众建立了侦察敌情和传送信件的交通联络网,还研究出解决游击大队的粮食、衣服等军需物资的办法,充分地做好了粉碎敌人"讨伐"的一切准备工作。入冬后,为适应冬季深雪作战环境,他挑选出80余名年轻力壮的战士,进行滑雪训练。

1935年1月29日,日本侵略者从佳木斯等地调动大批军队向饶河游击区进犯。李学福用少数队伍诱敌深入,将敌人引到雪深没膝的大旺砬子山峦中。这时滑雪队员出其不备,迅速勇猛地冲向敌群,以排子枪齐射,歼灭一批敌人之后立即转移。就这样我军靠滑雪板和敌人兜圈子,消灭敌人数百人,使日伪军在"讨伐"中连续不断地遭受损失。在李学福的带领下,饶河游击大队在艰苦斗争的环境中成长壮大起来,成为抗日战争中的一支劲旅。

抗日战争中的模范党员、优秀的军队指挥官李学福,他的英雄事迹至今还在虎饶地区的人民群众中广为传颂。

二、还我河山 志士挺身赴战场

张传福

——抛家舍业赴国难

张传福（1902—1938），吉林省公主岭人，1905年迁居黑龙江省汤原县。1933年被迫任汤原县太平川伪自卫团团长，1934年秋率队起义，参加汤原反日游击总队，任中队长。1935年秋加入中国共产党。历任东北人民革命军第六军第四团团长、东北抗日联军第六军第二师师长。1938年8月23日在黑金河西沟岔口遇敌袭击，壮烈牺牲。

　　张传福，1902年出生于吉林省公主岭的一户农家。靠着辛勤的劳作，全家人过着衣食无忧的生活。1904年，日俄两国为各自的侵略利益在我国东北地区展开了一场血腥厮杀，中国民众却成为这场不义战争最大的牺牲品和受害者。张传福家族也不例外，兵荒马乱中，只得抛下辛苦积攒下的土地、房屋等家业，逃到远离战场的松花江下游地区的汤原县，定居于太平川田家屯。每每提起这件事，全家人无不气愤难平，对侵略者的强盗行径充满了切齿的仇恨。这场家国的灾难，随着张传福的成长，在他内心中的烙印不断加深。

　　经过20多年的苦心经营，张家的家业又逐渐发展起来，全家37口人，有房15间，土地百来垧，还有车有马，特别是张家粉坊在太平川一带远近闻名。由于张传福精明能干，在老掌柜（张传福的伯父）离世后，在叔伯兄弟中排行老六的他当上了掌柜的，承担起率领家族继续发展的重任。

正当张家的日子蒸蒸日上的时候，1931年，蓄谋已久的日本军国主义者悍然发动了九一八事变，并很快占领了全东北。面对残暴的侵略者，作为家族的领头人，为全家安全考虑，张传福委曲求全，1933年违心地当上了太平川伪自卫团团长。

虽然表面上归附了日伪统治，张传福内心对侵略者的仇恨却更加强烈了，他不愿成为侵略者的忠实走狗，背负"认贼作父""背叛祖宗""汉奸""为虎作伥"的骂名。为此，每逢被迫随日伪军"讨伐"抗日游击队时，张传福的自卫团都依照游击队提出的"中国人不打中国人"的主张，放空枪应付了事。针对张传福的表现，中共汤原县委派地下党员同他接触，进一步激发他的爱国热情。张传福满腔热情地接受了共产党的抗日救国主张，表示坚决抗日，在时机成熟时率部参加抗日游击队。

张传福的行动被伪太平川警察署长察觉，他向县里密报张传福"通匪"。伪县警察大队长廉仲平于1934年农历10月21日途径太平川时，训斥张传福"为什么不打胡子（指抗日游击队）？""这么长时间了，怎么连一个人、一条枪、一匹马都没打下来？"还恶狠狠地打了张传福一个嘴巴，命令他第二天到县里去。

张传福见形势不妙，立即和党组织取得联系。当晚，汤原游击队领导人戴鸿宾与张传福进行了紧急商谈。事不宜迟，迟则生变。第二天天亮前，游击队攻打太平川警察署，张传福乘机率30多人投奔汤原反日游击队，走上了公开反满抗日的道路。

在张传福起义抗日的影响和带动下，他家的粉匠刘子良以及其他民众、自卫团团丁等不断加入游击队，甚至黄有、刘文等一些爱国的开明地主也先后变卖家中财产，携带武器参加了游击队。

1934年底，汤原反日游击队改编为汤原反日游击总队，张传福任中队长。此时，游击队人员不断增加，已发展到 400 多人，但人多枪少，严重影响战斗力。为解决这一问题，张传福一面率部收缴竹帘等地警察署、所的敌伪枪支，一面通过家里购买装备。他的家人通过伪三十八团购得一些枪支弹药，又以 1 000 元现大洋从一个散伙的山林队那里购得捷克式轻机枪一挺。经过不断的努力，游击队的规模扩大了，战斗力得到很大的提高。

由于张传福在太平川一带的影响，日伪统治者妄想把张传福再拉回来，叛离游击队，便通过张家人给他捎话，说只要再回来，不仅既往不咎，而且还加官有赏；否则，张家一个也别想活。

面对敌人的威逼利诱，张传福坚定地说："无论小日本使用什么招数，我张传福抗日到底的心都不会改变！"他对家人说："别看他们说得好听，也别看现在不缺吃少穿，只要小日本在，这个家就不是我们的，这些畜生随时都会抢了我们的财产，烧了我们的家园，甚至要了我们的命。我们的家财还会像几十年前一样失去。与其这样，还不如把财产用来打小日本，只有把日本鬼子赶跑了，我们才会有安稳的好日子过。"

敌人诱骗张传福的阴谋遭到了失败，不仅张传福毫不动摇，就是他的家人也全力支持他抗日，他们变卖了家财，把这些钱交给抗日部队使用，其中一些人还参加了抗日组织。

张传福怀着强烈的爱国热情与对侵略者的仇恨，毅然率部参加反满抗日的斗争，并说服全家全力支持他抗日。这种为国家民族利益不惜牺牲个人甚至家庭利益的崇高爱国主义精神，是我们民族的宝贵精神财富，必将代代传承。

王光宇
——吉东抗日显身手

王光宇（1911—1938），原名王兴，吉林省德惠人。1933年加入中国共产党。1935年2月任东北反日联合军第五军第一师第一团政治委员，同年底改任第二师政治部主任，1936年2月任东北抗日联军第五军第二师师长，1937年3月任中共吉东省委委员和第五军党委委员，同年10月调任东北抗日联军第四军副军长，1938年底，在五常县九十五顶山同日伪军激战时英勇牺牲。

王光宇早年就读于哈尔滨第一中学，在他中学学习还没有结束时，日本帝国主义就悍然发动了九一八事变，武装侵入中国东北。为了民族的解放，王光宇投笔从戎，决心与日寇斗争到底。

1933年6月，王光宇来到宁安工农义务队，开展政治宣传工作。他不断深入群众，讲述抗日救国的道理。

他对大家说："国难当头，中国人只有团结一致，才能把日寇赶出中国。"

在他和队内领导的共同努力下，队员们的政治觉悟得到了显著提高，战斗力不断增强。同年末，王光宇光荣地加入了中国共产党。1935年2月，绥宁反日同盟军改编为东北反日联合军第五军，王光宇任第一师第一团政治委员。

随后,他率领一团活动于宁安一带。在同敌人的作战中,王光宇积极勇敢,不避艰险。当战士们遇到困难时,他总是尽力帮助他们解决,所以大家十分尊敬和爱戴他,都称他为"一团的好政委"。

不久,敌人派出大部队加强了对吉东地区的封锁和"讨伐"力度,妄图一举消灭这里的抗日武装力量。

在这危急时刻,第五军党委于1936年1月召开了特别会议,决定主力部队向中东铁路以北转移。当时王光宇担任第五军第二师政治部主任,所在部队被指定为先遣部队。他同二师师长傅显明一起率领部队沿穆棱、密山、依兰等地进行转移。当他们来到密山县黄泥河子煤矿附近时,与敌军遭遇。在战斗中,师长傅显明不幸中弹,壮烈牺牲。

根据上级的指示,王光宇接任了第五军第二师师长一职,率领部队继续同敌人斗争,在牡丹江沿岸各地进行抗日游击战,多次袭击日伪目标,取得了一系列的胜利。1937年3月,中共吉东省委成立,王光宇担任省委委员和第五军党委委员。

当时,为了增强广大军民的抗日斗志,东北抗日联军集合了队伍,发动了攻打依兰的战斗。在此次联合作战中,王光宇担任第二纵队的总指挥,负责阻击敌人援军。

按到命令后,王光宇率领部队迅速来到依兰南面的指定地点。经过认真分析,他选择了公路两侧的有利地形,命令部队加紧修筑工事。战士们立即挖掘好暗沟,在此埋伏起来,随时做好战斗的准备。3月21日下午,双河镇出动的几百名敌兵走入了这个埋伏圈。王光宇一声令下,抗联部队向他们猛烈射击,顿时将敌人打得人仰马翻,乱作一团。经过两个小时的激战,抗联部队取得了最后的胜利。

此战共击毙近百名敌兵,缴获轻机枪13挺、步枪300余支、电报机1台、军马4匹。这次战斗沉重地打击了日本帝国主义的嚣张气焰,抗日联军的威望得到了进一步的提高。

后来，王光宇率队转战到依东，在来才河一带进行抗日活动。1937年6月下旬，他率领的部队在李红眼子东山与日军300多人的守备队遭遇。敌人先是派飞机对抗联部队轮番轰炸，随后又对抗联部队发起了猛烈冲锋。王光宇指挥部队进行英勇的反击，打退了敌人的数次进攻。

接着，王光宇又率队从依东出发，经桦川、富锦转移到宝清。在宝清，部队击退了前来袭击的200余人的伪警察队。

为了适应抗日斗争的需要，中共吉东省委决定，对部队进行整顿和提高。为了加强东北抗联第四军的领导力量，1937年10月，王光宇被调到第四军担任副军长一职。到任后，王光宇找干部和战士谈心，并进行了深入的调查和研究，部队的政治教育和军事训练得到了很大的加强，战斗力得到了提高。

入冬以后，日伪军的"讨伐"队又开始对抗联发动攻击。在王光宇的指挥下，抗联部队突破了敌人的包围，毙敌数十人，取得了反"讨伐"斗争的胜利。年末，王光宇率队将佳木斯南巨宝山伪警备队全部缴械，得到100多支枪、万余发子弹，还有大量的马匹和物资。

1938年5月，为了保存抗日力量，跳出敌人的包围圈，根据中共吉东省委的指示，东北抗联第四军主力部队和第五军第二师在李延平、王光宇的率领下，从宝清出发，踏上了西征的道路。抗联部队穿越荒山野岭，历经艰难险阻，克服重重困难，经过英勇奋战，终于进入了五常县境内。

1938年末，王光宇率队在五常县九十五顶山与日伪军激战时，不幸中弹，英勇牺牲。

雷 炎
——"雷锤子"的故事

　　雷炎（1911—1939），原名李辉，又名李树，黑龙江省海伦县人。1930年就读于黑龙江省第二交通中学，九一八事变后投笔从戎，先后加入马占山的黑龙江省政府军和抗日义勇军李海青领导的东北民众自卫军，参加对日抗战。1933年初加入中国共产党，4月任海伦特支书记。1934年在珠河、哈尔滨做反日会工作，同年冬调到上海武装自卫委员会工作一年多。1936年3月任东北人民革命军第三军留守团政治部主任，同年秋任东北抗联第三军第九师政治部主任。1939年1月任北满抗联第四支队支队长。1939年2月17日，率队在绥棱铁路线上的四方台李老卓屯宿营时被敌人包围，突围时壮烈牺牲。

　　雷炎是一位文武双全的抗日将领。他8岁入私塾，13岁就读于海伦城内的海西小学，19岁考入黑龙江省立第二交通中学（现齐齐哈尔市一中）学习。参加抗日部队后，长期的战斗生活使他完全脱去了学生气，频繁的战斗磨炼出他出众的枪法，他双手使枪，人称"双枪手"，打起仗来勇敢、果断，人称"雷锤子"，名扬全军。

　　1935年末，雷炎来到汤旺河后方游击根据地，不久任东北人民革命军第三军留守团政治部主任，与兄弟部队一道在张寿篯的领导下，做了许多建设巩固汤旺河根据地的工作——收编以于祯（于四炮）为首的伪森林警察队，建设后方密营、被服厂、医院、仓库等。

红旗 热血 黑土——100位抗联英雄的故事

盘踞在汤旺河西凤林村的伪警察大队长唐重卖国求荣,作恶多端,凶残至极,外号"唐锤子"。他每天准时坐着汽车往返于西凤林村和竹帘之间,运送日伪官兵和武器弹药。雷炎获得准确情报后,决定消灭这个民族败类。他亲自率领200多骑兵,埋伏在敌人必经的陈水倌住宅附近的柞树林中。下午3点多,唐重带两辆汽车准时出现。抗联勇士们仅用了不到20分钟的时间,就把唐重和21个日本鬼子以及一大群伪军送上了西天。自此,"雷锤子砸了唐锤子"的故事在下江地区广泛流传。

　　1936年,刚过完中秋节,担任抗联第三军第六师参谋长的雷炎等率领半是骑兵、半是步兵的200余人,作为西征先遣队的一部,从铁力、庆城和木兰交界的铁力南部山区出发,沿小兴安岭西侧向北挺进,来到铁力石长,当晚到达铁力北部的小黑河宿营。第二天,袭击了铁力东北约13公里的依吉密伪警察分驻所。

　　这处伪警察所有30多个伪警察驻守,7间木刻楞大房子周围是用草垡子垒成的一人多高的院墙。晚9点多,部队开始攻击。先用一块一丈多长、一尺来宽的长木板搭在伪警察所围墙上面,抗联将士们由此悄悄跃入院内,按事先分工迅速行动,警戒的、摸岗哨的、掐电话线的……进攻的战士们突然分别破门窗而入,趁敌人没反应过来,有的迅速把墙上、炕上的枪支弹药抢到手中,有的用黑洞洞的枪口对着敌人的脑袋,高声大喊:"举起手来,不许动!"目瞪口呆的八九十个伪警察乖乖地全当了俘虏。原来,这个伪警察分驻所所属的依吉密伪警察中队各小队今天集中到这里开会,顺便发放军饷和换季服装。这下全都实实惠惠地当了抗联的战利品。

　　这漂亮的一仗,兵不血刃就缴获了100多条长、短枪,大量的子弹、手榴弹、伪币,中秋节没吃完的大米、白面、粉条,还有100多套棉衣、棉帽、棉鞋。在严冬将至的时候,这些东西对于缺乏后勤保障的抗联部队真是雪中送炭哪！

1936年冬到1937年初，雷炎担任抗联第三、六军在汤旺河沟里成立的东北民众反日联合军政治军事学校的教官和俱乐部主任。雷炎出身知识分子，但此时身处艰苦环境中的他外表却像一个农村赶车的"老板子"，头戴一顶狗皮帽子，肩披一件带大襟的棉袄，脚穿一双破乌拉，腰里还别着一只旱烟袋。要不是鼻梁上的近视眼镜，初次见面的人都会以为他是一个普通的农民。他对学员非常和气。有一次，他对学员说："你们知道'雷锤子'是谁吗？就是我，跟我在一起谁也不用拘束。"他以旺盛的精力和火热的激情投身于学校的各项工作，为干校的建设和人才的培养付出了极大的努力。

1939年1月，雷炎任北满抗联第四支队支队长，率部转战于铁力、绥棱、海伦、庆城、绥化等地，不时袭击日伪军，使敌人日夜不得安宁。敌人四处张贴通缉令，悬赏万元缉拿雷炎。

1939年1月27日，雷炎率50多名战士袭击了宿营在庆城依吉密河上游张家湾"讨伐"抗联的日伪军。抗联四支队进入庆城、铁力两县地区活动后，日本守备队和伪警察队组成一支联合搜山队，沿依吉密河搜索"围剿"抗联部队。抗联交通员把这个情况报告了雷炎。雷炎立即召开干部会议，研究决定，队伍减少活动，尽量隐蔽，当敌人"讨伐"队临近时，出其不意，攻其不备，狠狠打击敌人。为准确掌握敌人情况，雷炎派9名战士化装成农民下山，寻机接近"讨伐"队，侦探敌情。第二天，敌人把他们当成农民抓起来，编到"倒背"队给"讨伐"队扛运弹药、粮食等物品。这9名战士乘机摸清了敌人的人数、武器装备、弹药给养等情况。当"讨伐"队到依吉密河上游张家湾宿营时，4名战士在夜里悄悄返回抗联密营。雷炎获得敌人准确情况后，当机立断，率领全队轻装出发，以急行军向敌人营地奔去。凌晨1点多，部队到达敌人宿营地。敌人的一个哨兵发现有情况，刚要开枪报警，便被抗联战士击毙。抗联的长短枪和4挺机枪同时开火，像平地里刮起了一股狂风，愤怒的子弹向敌人的帐篷扫射过去。正在酣睡的日伪军警受到突然袭击，惊慌失措，乱作一团，争相逃命。雷炎带领战士们冲进敌营，缴获了一些武器弹药和粮食，胜利而归。此战历时不到半小时，速战速决，击毙日伪军警30多人，缴获3挺轻机枪、五六十条大枪和大量的弹药、食品，而我方无一伤亡，打击了敌人的嚣张气焰。

为了国家的独立与民族的解放，文弱书生雷炎挺身冲入抗日战场，成长为令敌人闻风丧胆的抗日将领。

东北抗日联军政治军事学校遗址

祁致中

——奇袭孟家岗

祁致中(1913—1939),原名祁宝堂,别号明山,山东省曹县人。1935年加入中国共产党,历任东北抗日联合军独立师师长、东北抗日联军第十一军军长。九一八事变后,他奋起抗日,领导金矿工人暴动,成立了"东北山林义勇军",因他对敌作战勇猛如虎,人送绰号"祁老虎"。

在黑龙江省桦川县有一个驼腰子金矿,1931年春,祁致中和几个同乡闯关东来到这里,当上了采金工人。采金劳动虽然艰苦,但却磨炼了祁致中坚强的意志力和勇敢的精神。

1933年,日本侵略者霸占了这个金矿,并派来七个荷枪实弹的士兵,对金矿严加看管,残酷欺压采金工人,疯狂掠夺黄金资源。矿工劳动稍有懈怠,日本兵们非打即骂。由于矿坑里没有必要的安全保障设备,矿工们经常受伤。

有一次,金矿坑顶突然发生坍塌,有两名矿工当场被砸死,祁致中和其他两名矿工也被砸成了重伤。对遇难和受伤的矿工,日本人非但不管不问,还恶语相讥,说什么中国人多,死了几个没什么关系。此时,矿工们群情激愤,都想要同日本人拼命。祁致中的内心虽然也是悲愤万千,但他还是劝说大家先冷静下来,不能白白地送命,反抗之事一定要从长计议。矿工们都觉得祁致中有勇有谋,所以都听从他的安排。

祁致中明白,若想暴动成功,光是团结矿工与敌人硬拼,是远远不够的,手里必须要有武器才行。于是他一边养伤,一边与要好的工友秘密谋划武装抗日之事。他们把各自暗中积攒下来的金末子凑到一块,共有四两九钱多,并托可信之人换成钱,买了两把手枪和一些子弹,准备伺机消灭看守之敌,夺取更多的武器。

6月的一天中午,祁致中带领几名工友,趁护矿的日本鬼子正在吃午饭时,乘其不备,凑到他们跟前。祁致中和孙继武突然掏出手枪,将日军班长和机枪手击毙,大家一拥而上,迅速夺下敌人的武器,把剩下的几个日本兵全部消灭,共夺得 1 挺轻机枪、6 支步枪、两把手枪和 700 余发子弹。随后,祁致中召集全矿的工人开会。他大声地说:"自从日本鬼子来了,我们就没有一天好日子过。他们强占了我们国家的土地,残害我们的同胞,如果不把他们赶出中国,我们就都得变成亡国奴。从今天起,我们就跟日本鬼子干到底了。愿意打鬼子的,就跟着我们走。"矿工们听后,都群情振奋。祁致中当时就拉起了一支 30 多人的武装队伍,成立了东北山林义勇军,大家推举他为首领,队伍报号"明山"。从此,这支抗日武装"明山队"以大梨树沟为根据地,活动在富锦、桦川、依兰、勃利一带,出没于山林,到处袭击日伪军据点,取得了一个又一个胜利,人数也不断增加。

1934 年冬,祁致中带领队伍活动到了依兰东来柴河时,与赵大法师的反日大刀会会合。双方决定联合作战,攻打日军据点——孟家岗。

孟家岗距离来柴河有 30 多里路,那里有一个由 100 多人组成的日本武装开拓团,他们有两挺机枪、80 多支步枪,还有两门小炮。开拓团门前有岗楼,哨兵在那里日夜站岗巡逻。经过细致研究,祁致中认为,敌人火力较猛,强攻对我方很不利,只能靠智取。

一天晚上,祁致中命令参战的200多人坐上马爬犁,先快速移动到孟家岗附近,隐蔽起来。祁致中派人找来了熟悉地形的当地老乡,由他们当向导,悄悄地向目标逼进。祁致中和几个队员把匕首和手枪都藏在羊皮袄里,化装成当地群众的模样在前面走,大部队从两翼隐蔽前进。当距离巡逻的哨兵只有几步时,还没等放哨的日本兵反应过来,祁致中就和一名战士猛冲过去,拿出匕首,一下子结果了他。大门被打开了,祁致中一声令下,大部队冲进了院子,先是打掉了敌人的机枪手,并消灭了各个角落的敌人。大刀队队员随后踢开了房门。日本兵们刚从睡梦中惊醒,手足无措,慌乱之中就被剁成了肉泥。他们带着缴获的武器、衣物和粮食,趁着夜色迅速撤离了孟家岗,回到了后方的根据地。到了年底,祁致中的部队已经发展到了百余人。

1935年初,在方正县一带,祁致中遇到了赵尚志率领的东北人民革命军第三军,当时北满临时省委书记冯仲云也在部队里。祁致中亲自去拜访,冯仲云和赵尚志热情地接待了他。他们促膝长谈,共商抗日大计。祁致中认为,中国共产党领导的队伍抗日方向明确,纪律严明,战斗力强,深受广大群众的拥护,并且主动表示,部队愿意接受党的领导和改编。冯仲云和赵尚志当即表示热烈欢迎。不久,祁致中正式加入中国共产党。

1936年5月,祁致中的队伍被正式编为东北抗日联合军独立师,祁致中任师长,部队有700多人。从此,祁致中率领抗联独立师在富锦、桦川、宝清、同江等地与日军展开游击战。

第二年,独立师扩编为东北抗日联军第十一军,祁致中任军长,下辖1个师、3个旅、9个团,部队发展到1 500多人。

后来,祁致中去苏联寻求物资支援,与赵尚志等人一起被苏方错误关押了一年半。1939年6月，他们一起被释放回国。7月间，由于当时各种复杂的原因，祁致中被错误处死，年仅26岁。

要知道，在那个战火纷飞的年代，很多事情都是不可预料的，我们只能为失去一位年轻的抗日战将而深感痛惜，同时，也为国家能拥有这样一位抗日英雄而感到自豪。在国难当头之际，一名普通的矿工，毅然选择了抗日救国之路，他向世人证明了：中国人是永不屈服的！

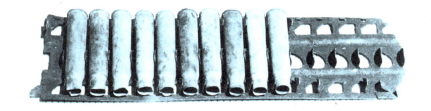

抗联十一军指战员用过的重机枪子弹链

二、还我河山　志士挺身赴战场

侯国忠

——血染的风采

侯国忠(1904—1939),吉林省珲春人。1932年参加吉林救国军,1933年加入珲春游击队,不久加入中国共产党。先后任东北人民革命军第二军第四团团长、东北抗日联军第二军第五师副师长、中共道南特委候补委员、东北抗联第一路军第三方面军副指挥等职。1939年在战斗中牺牲。

1935年12月,吉东特委和东满特委决定成立第二、第五军临时联合指挥部,统一指挥两军活动,分东、西两线,周保中任总指挥,侯国忠担任了东线副指挥,领导穆棱、勃利、东宁一带的部队,以穆棱为中心,向东宁、依兰等地开辟新的游击区。1936年2月,侯国忠率第四团主力部队到达苇子沟一带活动。一天,突然与日军"讨伐"队遭遇。敌人企图倚仗其十倍于我军的优势兵力,围歼我军。危急时刻,侯国忠果断地指挥部队避开敌人的正面进攻,巧妙地绕到敌人包围圈外,从敌人背后突然发起进攻,打死打伤日伪军40多人,粉碎了敌人合围我军、继而消灭我军的企图。

1936年9月10日,东北抗日联军第二、第五军联合部队从牡丹江地下党组织得到情报,两日内,将有一列日军特别货车,傍晚5时左右由牡丹江东站出发,开往绥芬河国境。第二军第五师第四团团长侯国忠和第

二、还我河山 志士挺身赴战场

穿越莽莽林海，踏遍皑皑雪原，他带领部队与日寇周旋。巧设埋伏，围城打援，声东击西，调虎离山。伏击日军列车，破坏北湖头电站，神出鬼没让敌人胆寒。

五军第一师政治部主任张中华仔细研究和分析了情况，决定设伏兵袭击敌人列车。

第二军第五师第四团和第五军警卫营一、二连，在侯国忠、张中华率领下，联合反日山林队，共500多人，11日晚出发，12日到达距穆棱代马沟车站5公里左右的南山树林里沿铁路线埋伏下来。侯国忠不顾长途行军的疲劳，立即亲自查看地形，拟定具体作战方案，又召集各连干部开会，下达作战任务：派出一个战斗小组，在铁路工人协助下，拔掉代马沟东七里水平站附近铁路枕木上的道钉，错开道轨，然后在此伏击日军列车。晚8点半，日军970次军用列车从西急驰而来，到铁路破坏处，列车前半部脱轨。埋伏在铁路两侧的抗联部队在侯国忠带领下，冲向瘫在路边的列车，向日寇猛烈开火。经过20分钟的激战，打死日军98人，重伤40余人。这次袭击，不仅歼灭日军一个工兵连，夺得许多军用物资，也严重破坏了敌人修筑军事工事工程的计划。日本侵略者称这次战斗为"九一二事件"。

1938年夏，陈翰章和侯国忠将第五师部队集中到宁安东南地区，在图宁铁路、牡丹江东岸进行游击活动。7月初，部队行进到宁安东京城西镜泊湖北湖头，袭击了守卫镜泊湖水电站的日军守备队。首战告捷，全歼敌人，焚毁了工程事务所，解放了被日军抓来的大批劳工，使日本侵略者苦心设计数年的军事工程"镜泊湖瀑布水电站建设计划"中的北湖头水电站设施受到彻底破坏。从而使镜泊湖水利发电站被迫停工达三年之久，修建"镜泊学园"军事大兵营的计划也完全放弃，给了敌人以极其沉重的打击。

1939年7月，在第一路军副总司令魏拯民的主持下，把第二军第四、五两个师正式合编为第一路军第三方面军，下辖第十三、十四、十五三个团，陈翰章任第三方面军指挥，侯国忠任副指挥。8月下旬，刚改编完的第一路军第三方面军在魏拯民、陈翰章、侯国忠的率领下决定攻打安图县城，为第三方面军打开今后的活动局面。但因进军途中出现了叛徒向敌人告密，使安图守军事先知道了情况，加强了防卫。魏拯民、陈翰章、侯国忠共同研究，改变作战计划，利用既成的"调虎离山计"，乘敌人向安图集中兵力之机，运用"围城打援"的战术，派少数队伍佯攻安图，而把主力转向北去，攻打大沙河镇。

23日，部队分兵三路进入阵地。陈翰章带领第十三、第十四两个团200余人，正面主攻大沙河，以吸引南北两方安图和明月沟的敌人出动；魏拯民率司令部直属部队、第十三团和第十五团的一部，去大沙河北大酱缸附近的五里沟地方，阻击从明月沟方面来的敌人援兵；侯国忠率一部分队伍去大沙河南边的小沙河阻击从安图县城来的敌人。

24日晨，陈翰章率领200多人攻入大沙河镇，经过激战，占领了敌人炮台、伪警察署，歼灭日伪军百余人，并将镇内日本洋行货物全部没收。大沙河战斗打响之后，安图县城的日军分乘9辆汽车开向大沙河镇。侯国忠率领200多人在大沙河南杨木条子埋伏，阻击从安图县城开来的日军援兵。日军进入伏击圈后，侯国忠沉着冷静地指挥部队向日军开火，阻击日军增援，保证了大沙河战斗胜利结束。战斗中侯国忠不幸中弹牺牲。

侯国忠为了民族解放事业而壮烈殉国，其用鲜血浸染的风采将永远激励后人为民族的繁荣富强而努力不止！

冯治纲

——夜袭汤原

冯治纲（1908—1940），吉林省怀德县(今公主岭市)人。九一八事变后，组织抗日武装"文武队"。1935年秋率队加入汤原游击总队，任中队长。1936年加入中国共产党。1937年初任东北抗日联军第六军参谋长，指挥过著名的夜袭汤原战斗。1939年初任东北抗联西北临时指挥部参谋长兼第二支队长，率队转战于嫩江平原，曾攻入讷河县城。同年11月任第三路军龙北指挥部指挥。1940年2月，在阿荣旗三岔河上游任家窝棚作战时壮烈牺牲。

1937年春，东北抗日联军第六军主力部队西征，参谋长冯治纲率军部第二十八团留守汤原坚持斗争。当时汤原地区抗日斗争形势如火如荼，抗日军民经常袭击日伪据点，严重威胁着日伪的统治，日寇惊呼"汤原的地皮已红透三尺，三江已成共产乐园"。

为了扑灭抗日烈火，日本侵略者从佳木斯增调大批日伪军队，频繁进攻汤原根据地，逮捕屠杀地下党员和爱国群众，抗日军民有70多人被关进监狱，生命危在旦夕。为了打击敌人的嚣张气焰，营救爱国群众，冯治纲决定寻找时机，主动出击，进攻汤原县城。

当时汤原县城是日军设在北满的重要据点，城防工事坚固，易守难攻，而且城内驻扎着日本守备队、伪军第三十八团和伪警察大队共千余人。因此我军只能智取，不能强攻。

二、还我河山　志士挺身赴战场

主动出击，淋漓酣畅；
里应外合，谋划周详。夜袭
汤原一仗，创造了三江平原
抗战史上的新辉煌。"别看
日本鬼子现在嚣张，但他们
的日子长不了！"热血男儿
的吼声，在密林山谷回荡。

5月初，打入汤原伪警察队的抗日救国会员王福林送来情报：伪军第三十八团正在换防，汤原城内防务空虚。冯治纲感到攻城的时机来了，立即召开干部会议，部署作战任务，决定趁敌人立足未稳之机，出其不意进攻汤原县城。由于主力部队正在西征，留守部队兵力不足，于是组织太平川和西北沟徒手的农民自卫队一同参战。

经过周密计划，5月17日，冯治纲率领第六军第二十八团和农民自卫队共300余人翻山越岭，一路急行军，于当晚到达汤原城北陈家屯隐蔽等待。凌晨1时30分，只见汤原北门城楼上红色信号闪亮，部队迅速移动到城墙下。此时王福林已带人解除了北门派出所10余名警察的武装，悄悄打开了城门，部队顺利进入城内。

按照事先的部署，冯治纲指挥部队兵分三路，迅速向城内发起猛攻。一路在团长郭复东带领下直奔日军守备队南大营，掐断电线和电话线，用3挺机枪封锁了日军的反攻；另一路在冯治纲率领下冲入伪县公署院内，并迅速分兵直捣县长官邸和日本官吏宿舍。一个日本鬼子听到动静，睡眼惺忪地走出来察看情况，被冯治纲一枪撂倒在地。枪声响起后，城外的农民自卫队将事先准备好的鞭炮放在铁桶里点燃，噼噼啪啪的响声与枪声交织在一起，硝烟弥漫，汤原城的夜空顿时沸腾起来，许多伪军吓得龟缩在营房内不敢出来。

经过短暂的战斗，我军解除了伪警察队的武装，击毙了伪县公署日本指导官齐藤宽、参事官宫地宪一等多人。与此同时，第三路部队在王福林的引导下，将几十名伪警察缴械，接着打开监狱，营救出格节河区委书记张士俊及70多名抗日群众，并迅速占领了武器库。

战斗结束后，部队召开群众大会，进行了抗日宣传，冯治纲揭露了日寇的种种暴行，最后说："别看小鬼子现在嚣张，但他们的日子长不了！有骨气的中国人是决不会屈服的，我们要和他们斗争到底，最后的胜利一定是属于我们的！"一番话听得群众热血沸腾，当时就有几个青年要求加入抗联。拂晓前，冯治纲指挥部队交替掩护，阻击了南大营日军守备队的反扑，胜利撤出了汤原县城。

我军攻入汤原县城3个多小时，击毙日伪官吏9名，缴获迫击炮3门、轻机枪3挺、子弹3万多发及大量军用物资。这次战斗极大地打击了日本侵略者，使抗联六军声威大震，鼓舞了松花江下游人民的抗日斗志。

冯治纲用过的枪

二、还我河山 志士挺身赴战场

黄玉清

——宁可家破 不能国破

黄玉清(1899—1940),曾用名黄亨镐,朝鲜族。曾任东北抗日联军第四军政治部主任、东北抗日联军第二路军总指挥部政务处主任。为了抗日斗争的需要,他与妻子许贤淑忍痛送走了只有三岁的小女儿,一起到部队工作。后来夫妻二人都牺牲在抗日战场上,为中国人民的解放事业做出了突出的贡献。

黄玉清思想进步,早年就开始从事革命活动。他同其他爱国志士一起走街串巷,张贴标语,散发传单,揭露日本帝国主义的侵略罪行;他还带领本村的一些贫苦农民,进行过反对地主盘剥的"减租减息"斗争。

当时,有一个反动的基督教牧师,以传教为名,破坏抗日斗争。黄玉清得知后,立即组织金世弦、许范俊等几十名群众,与之进行激烈的斗争,他因此被八面通伪警察署关押了两个多月。出狱后,他仍然坚持斗争,表现出一个革命者英勇不屈的精神品格。1930年,他加入了中国共产党。后来,黄玉清被选为中共穆棱县下城子区委书记、中共穆棱县委宣传委员。

1932年,为了抵抗日本帝国主义对我国东北的侵略,黄玉清遵照党组织的指示,来到了密山县哈达河一带,从事组建密山县委的工作。密山县委成立时,他被选为县委委员兼西大林子、白泡子地区区委书记。

这是怎样的生死离别，这是怎样的侠骨柔肠。

娇女牵衣，哭声裂肺，壮士征程，无限夕阳……黄玉清用血泪诠释出共产党人的情怀，用深情谱写着爱国主义的篇章。

随后,他发动和领导西大林子、白泡子等地的群众,建立了"反日会",秘密从事抗日活动。1934年,在密山哈达河沟里,召开了中共密山县委扩大会议。会议分析了当前的形势,决定将密山游击队与人民抗日革命军合并,组建成了东北抗日同盟军第四军,由李延禄任军长。为了加强党对这支抗日武装的领导,中共密山县委决定选派一批县委干部,补充到这支部队中。

黄玉清得知这个消息后,主动请缨,并且动员妻子许贤淑同他一起到部队工作。当时,他们的小女儿只有三岁。黄玉清望着依偎在母亲怀里的女儿,心里一阵阵地酸痛。但是,为了抗日事业,黄玉清夫妇还是忍受着巨大的心痛,毅然送走了小女儿,一起奔赴抗日的最前线。

到部队后,黄玉清担任一团二连的指导员。他率领部队活动于密山、勃利、穆棱、宁安之间的山区,经常袭击日伪据点,取得许多的胜利,给人民群众以极大鼓舞。后来,东北抗日同盟军第四军被改编为东北抗日联军第四军,黄玉清担任第四军政治部主任。

黄玉清文武双全,无论是指挥作战,还是组织活动,都十分擅长。在黄玉清等人的领导下,东北抗日联军第四军迅速发展壮大,部队达到两千多人,包括四个师和十个团。黄玉清率领部队袭击了密山县四人班、偏脸子等地的伪甲所,清除了汉奸走狗,并为部队募集了大量款项。他率队在宝清、富锦、密山县哈达河、凉水泉子等地打击日伪军,活捉了伪军第二十六团团长,并缴获了大量的轻重武器和弹药。1938年,黄玉清兼任抗联第四军第一师政治部主任,随后与抗联第四军主力部队西征至五常境内。

在五常境内的一次战斗中,他的妻子许贤淑被敌人抓住。面对敌人的屠刀,许贤淑威武不屈,最后惨遭敌人的杀害。黄玉清闻讯后,心情非常难过,他想:只有化悲痛为力量,多杀鬼子,把侵略者赶出中国,这样才能告慰妻子的亡灵。于是,他开始更加顽强地把全部精力都投入到抗日斗争中去。

面对敌人,抗联部队的作战日益频繁,弹药和给养都得不到及时的补充,几次进入五常县境内,都未能与抗联第十军取得联系,处境日益艰险,有时几天都吃不上一顿饭。艰苦的行军环境,使黄玉清身患重病。可是,在夜里,他仍然忍着病痛坚持和战士们一样值班站岗。

一名战士见他的病情日趋严重,说什么都要给他熬点粥补充一下营养。黄玉清得知后,坚决不让,他说:"不要给我做,要把这些粮食留给伤员吃!"战士们的双眼都湿润了,他们为能拥有这样的好领导而感动不已。就这样,黄玉清在敌人的重重封锁中带领部队与敌人周旋了两个多月,终于找到了抗联第二路军总指挥部。

后来,黄玉清被选为中共吉东省委委员,同时被任命为东北抗联第二路军总指挥部政务处主任。黄玉清率领总指挥部留守部队和第五军第三师的一个团,面对敌人疯狂的围剿,继续顽强地战斗在宝清、富锦、勃利一带。

1940年2月的一天,黄玉清带领20多名战士执行任务。在返回密营的途中,与一支几百人的日伪军"讨伐"队在宝清县太平沟遭遇。他们被敌人包围在宝清县南的石灰窑里。黄玉清指挥部队奋勇还击,激战中,不幸中弹,壮烈牺牲。

在抗日战争中,有多少像黄玉清这样的英雄,他们为了国家的解放,舍弃了自己的小家,用生命捍卫了民族的尊严,这是多么崇高的精神品质啊!

杨靖宇

——岔沟突围战

杨靖宇(1905—1940),原名马尚德,字骥生,又名张贯一,河南省确山县人。东北抗日联军的主要创建者和领导人。1927 年 5 月,加入中国共产党。曾参与领导了确山农民暴动。1929 年春,赴东北,任中共抚顺特别支部书记,领导工人运动。九一八事变后,任中共哈尔滨市委书记兼满洲省委军委代理书记。1932 年秋,被派往南满,组建中国工农红军第三十二军南满游击队,任政治委员,创建了以磐石红石砬子为中心的游击根据地。1933 年 9 月,任东北人民革命军第一军独立师师长兼政治委员。1934 年 11 月,任东北人民革命军第一军军长兼政治委员。1936 年 6 月,任东北抗日联军第一军军长兼政治委员。7 月,任东北抗日联军第一路军总司令。

七七事变以后,日本帝国主义加紧了对我国华北、华东地区的侵略步伐。在东北,为了配合全国抗战,东北抗日联军更加积极主动地开展游击活动,有效地牵制了日本关东军。杨靖宇领导的东北抗日联军第一路军,也在东南满一带四处作战,给日伪军以沉重地打击。

1938 年秋,日伪当局在东南满地区对抗联展开秋冬季"大讨伐",抗联第一路军是此次"讨伐"的重点。

根据形势的变化,杨靖宇决定,抗联第一路军总部直属部队从辑安老岭根据地分批北上,撤离至濛江、金川、抚松、临江一带,在深山密林开展游击战。杨靖宇率领警卫旅及少年铁血队 400 多人,从辑安蚂蚁河上

叉沟之战　　　　　　　　　　　作者：戴　泽　　　　　　　　东北烈士纪念馆藏

二、还我河山　志士挺身赴战场

头颅可断腹可剖，烈忾难消志不磨，碧血青青蒿两千古，于今赤旆满山河。

——郭沫若

游刚一出发,便与日军的中川部队遭遇。杨靖宇率队与"讨伐"队展开激战,一路上突破敌人的围追堵截,迅速向北前进。

当部队抵达浑江时,已是十月深秋。经过侦察,前面无桥无路可行。杨靖宇第一个跳进冰凉刺骨的江水里,引领大家涉水渡江。杨靖宇身材高大,快到江心时,主动架住了一名小战士,帮助他过了河。上岸以后,战士们浑身都湿透了,冻得直哆嗦。杨靖宇幽默地说:"同志们,我们应该感谢这条大江嘛,是它帮助我们洗了一个很好的冷水澡啊!"大家听后,都哈哈大笑,纷纷脱下衣服将水拧干,继续上路。

不久,部队来到了临江岔沟地区。战士们已经十几天没有好好休息了,身体都十分疲劳,部队只好原地宿营。

天亮以后,日本飞机突然出现在他们的上空。飞机飞得很低,撒下满天的传单后,就飞走了。战士们捡来传单,交给了杨靖宇。杨靖宇看过以后,先是笑了笑,接着就把大家召集起来说:"我给你们念一念,看看好笑不好笑!……匪首杨靖宇,我们已摆下铜墙铁壁阵,死活两条路让你选。你若能归顺,东边道归你管……"这时,杨靖宇停下来又笑着继续说:"东边道要是归了我管,日本鬼子不是就得回老家了吗?"战士们听后,都大笑不已。接着,杨靖宇又说:"敌人向我们撒传单,说明我们的行踪已经暴露了,我们要马上转移,随时准备战斗!"

敌人掌握了抗联部队的行踪以后,就马上调来了1 500多人的日伪军,将杨靖宇率领的400多人的部队团团围住。杨靖宇沉着冷静,临危不惧,命令部队迅速突围。他一面命令警卫旅第三团作掩护,一面带领大部队抢占了岔沟的制高点。战斗异常激烈,敌军如蚂蚁一般漫山遍野地向我方阵地发起冲锋,都被抗联部队一次次击退。敌军官兵死伤无数。经过侦查,正面攻击的敌人,正是叛徒程斌的队伍。杨靖宇一面调集机枪队加强火力,一面从少年铁血队选出20多名会唱歌的队员,组成宣传队,趴在石碴子上,高唱抗日救国歌曲,瓦解敌军,并高喊口号:"中国人不打中国人,留着子弹打鬼子"。他们的歌声四面回响,悲壮激昂。程斌小队终于组织不起攻势了。敌人发动了多次冲锋,都被全部击退,不得不暂时停下来,在山脚将抗联部队合围起来。敌人觉得,抗联部队就是插上翅膀也逃不出去。

夜幕降临了,不时传来几声零散的枪声。激战过后的山野,显得格外的宁静。敌军在山沟里燃起了数不清的火堆进行取暖,抗联部队被敌人包围了十多层。杨靖宇马上召集干部开会,他说:"今天我们打得很好,敌人伤亡也很大,但是敌强我弱,要保存力量,就必须在今晚冲出这个包围圈。"只见他展开地图,寻找到突破口,提出了作战方案。杨靖宇安排了突围前的准备工作。凡是用不上的东西,一律舍弃,轻装前进。他抽调出精干人员组成突击队,作为先锋打开缺口,其他人员分批随后跟进。夜半时分,杨靖宇下达了作战命令。大家一队接着一队,向西北方向快速移动。离敌人越来越近了,连敌人坐在火堆旁的对话也听得见。战士们放轻了脚步,不敢大喘一口气。敌人听见有人来了,就放了几枪。会日本话的抗联战士马上喊话:"打什么?是自己人。"一些朝鲜族的战士也跟着喊起了日本话,一时把敌人弄糊涂了。几个敌人凑了过来,还没等他们反应过来,就被突击队打死了好几个。敌军顿时就炸开了锅,开始混乱起来,拿起枪胡乱开打。杨靖宇带领部队猛烈往外冲击,经过几次激战,抗联部队终于冲出了敌人的重重包围,顺利转移到安全地带。

天亮时,日伪军在山里四处搜查,抗联部队早已消失得无影无踪,日军又出动了飞机到处寻觅,仍旧毫无所获。敌人只好撤退,"大讨伐"以失败而告终了。

这就是抗联历史上非常有名的"岔沟突围战"。杨靖宇的军事指挥才能让敌人吃惊不已，他们最后也没弄明白，杨靖宇到底是怎么带领部队冲破"天罗地网"的。

1940年2月，杨靖宇在濛江（今靖宇县）一带壮烈殉国，时年35岁。凶残的敌人割下他的头颅，解剖了他的遗体，发现胃里竟然一粒粮食也没有，只有草根、树皮和棉絮。

抗日英雄杨靖宇，您是中华民族不屈的脊梁！

杨靖宇的遗物

王汝起

——血洒大带河

王汝起(1905—1940),又名王坚,山东黄县人。1935年冬加入中国共产党。曾担任东北抗日联军第五军第二师副师长、第七军第一师师长、第二路军第二支队支队长,以足智多谋、骁勇善战而闻名。1940年,在大带河伐木场的战斗中壮烈牺牲。

1923年,王汝起的家乡发了洪水,为了逃难,他跟随父母来到了黑龙江省宁安县长岭子。在那里,一家人开荒种地,辛勤耕耘。九一八事变后,日本侵略者占领了宁安县城,他们到处杀人放火,残害百姓,王汝起的父亲惨死于日寇的屠刀下。国恨家仇接踵而至,这使他对日本侵略者产生了刻骨的仇恨。他对天发誓:一定要报父仇,雪国耻,同日本侵略者血战到底。

他满怀爱国热情,走上了抗日救国的道路。为了组织抗日队伍,王汝起走乡串户,宣传抗日思想。在他的不懈努力下,当地群众积极响应,队伍不久就达到几十人。1932年秋,他给这支队伍命名为"红枪会"。刚开始,"红枪会"没有像样的武器,只有一些大刀、扎枪等。王汝起设法弄来一些土炮和洋炮,并率队缴了本村伪自卫团的武器。

他准备用对日寇作战的胜利,来振奋"红枪会"的士气。这次袭击主要针对的是南湖头修筑铁路的日军小队。作战前,王汝起详细分析了周边环境和敌我双方的实力，他决定"以智取胜"。部队悄悄地包围了敌人，然后突然放响了土炮。日军面对这突如其来的袭击毫无准备，显得惊慌失措，都趴在地上不敢动。部队趁机猛冲，打得敌人措手不及，四处奔逃。日军死伤多人，"红枪会"却无一人伤亡。这次胜利，让战士们兴奋异常。后来，王汝起又带领这支队伍袭击了日军的汽车队，攻打了宁安县城，还伏击了由敦化去图们的日本列车。这一连串的胜利，充分显示出王汝起出色的军事指挥才能，"红枪会"因此威震敌胆。

王汝起意识到，仅凭一个"红枪会"无法赶走侵略者，只有团结起更多的抗日武装，才能打败日本帝国主义。1933年，王汝起率领"红枪会"加入救国军第三旅，被编为第八团，由他担任团长。王汝起率领部队活动在以镜泊湖为中心的宁安、敦化、额穆等地，不断地打击日军。后来，由于日军的残酷"讨伐"，救国军先后溃散。然而，王汝起依然坚持带领残部与日伪军顽强作战。王汝起得知中国共产党领导并组建了绥宁反日同盟军后，他立即率队加入。后来，东北反日联合军第五军成立，他所在的部队被编为第一师第三团，王汝起任团长。他在庙岭指挥部队与数倍于己的日伪军周旋，击毙击伤敌军十几人，缴获大量枪支弹药。三团数次与日军激战，沉重地打击了日伪军的嚣张气焰。

通过抗日斗争的历练，王汝起由一个普通的农民，成长为一名优秀的军事指挥员和英勇无畏的革命战士。后来，经伊俊山介绍，王汝起光荣地加入了中国共产党。他对党宣誓：为了民族的解放，哪怕是流尽自己的最后一滴血，也在所不惜。

有一次，王汝起带领30多人去执行任务。当部队行至洋草沟时，由于天还没亮，村里的自卫团见有人过来便先开了枪。王汝起的二弟不幸中弹牺牲。后来,当自卫团认出是王汝起带领的抗日队伍时,便立刻停了火,自卫团团长跑到王汝起跟前慌忙道歉,并且说:"真不知道是你们抗日的队伍,还以为是土匪要进村呢!"战士们十分难过,都想为王汝起的二弟报仇,非要枪毙自卫团开枪的人不可。

王汝起此时也是悲痛万分,然而,由于自卫团是党要争取的对象,于是,他努力说服战士,他说:"中国人不打中国人,少了几个中国人,就会减少抗日的力量。"接着,他开始向自卫团宣传党的抗日方针,说服他们与抗日联军一起打击日本侵略者,把日寇赶出中国。王汝起为了抗日不计私仇,他这种顾全大局、以民族利益为重的高尚精神,让自卫团的士兵深受感动和教育。大家纷纷表示,要坚决抗击日寇,还有一些人立即参加了抗日联军。这件事在抗联部队中广为流传,战士们非常钦佩王汝起的气魄。

1938年,王汝起担任东北抗日联军第七军第一师师长。与此同时,日军正加紧推行"归屯并户"和"经济封锁"政策,敌人的这些残酷手段,使抗日联军所处的环境日益艰苦。为了解决部队的生存问题,王汝起准备带领部队冲出敌人的包围圈,到抚远地区开辟新的抗日游击区。他率领一师的部分队伍向抚远、同江等地挺进,先是拿下了敌警察所,而后攻入果夫镇,接着又袭击了敌人的交通船。敌人惊恐万分,立即调来大批兵力前来"围剿"。敌军有一百多人,而他的部队此时只有几十人。他通过发动群众,掌握了敌人的动向,决定利用敌人的麻痹大意,采取夜间突袭的战术。

夜里,王汝起率领部队,以迅雷不及掩耳之势,攻入杨木林子。敌人从睡梦中惊醒,慌乱无比,无力抵抗。王汝起指挥战士奋勇拼杀,很快就消灭了这些敌人,取得了战斗的胜利。随后,王汝起又率队攻取了抚远县的抓吉镇。

1940 年春，东北抗日联军第七军被编入第二路军第二支队，王汝起任支队长。同年 5 月，王汝起率领 40 余名战士前往大带河，袭击日伪军的伐木场。战斗从清晨打到傍晚，日伪军死伤惨重。就在战斗接近胜利的时候，敌人的子弹击中了王汝起，他壮烈牺牲，时年 35 岁。

抗联密营

赵敬夫

——抗联才子洒热血

赵敬夫（1916—1940），原名白长岭，黑龙江省桦川县人。1932年参加抗日活动。1935年加入中国共产党。1938年7月参加抗日联军第三军，历任五师宣传科科长、第三师第八团政治部主任、第三师代理政治部主任、抗联第三路军第三支队政治委员。1940年在朝阳山战斗中壮烈牺牲。

抗日联军第三军中有一位深受战士们喜爱的好领导，他就是才子赵敬夫。之所以称他为才子，是因为他天资聪慧，喜好历史和文学，口才和文笔都非常好。

赵敬夫把他的这些才华充分运用到革命工作中。

在中共依兰县委负责团的工作时，他经常奔走于县委和基层组织之间，上传下达，布置检查工作。他还利用一切机会，协助基层组织，发动群众，宣传抗日救国道理，动员同学们参加抗日队伍。在操场和宿舍里，他经常和一些进步同学谈话。在他的努力下，团的工作十分活跃，一大批进步青年迅速成长起来。许多青年学生毕业后加入了抗日队伍，提升了我军的战斗素质。

1938年远征途中，赵敬夫被分配到第三军第五师任宣传科长。他经常率领小部队，利用夜间突破封锁线，深入村屯进行抗日救国宣传，向群众说明我抗日联军是人民的子弟兵,赢得了群众的同情和支持,使我军兵源多次得到补充,军需给养基本得到了保证。

赵敬夫十分活跃,他经常协助姜福荣同志做战士们的思想工作。腊月的天气,零下40度的严寒,战士们穿着单薄的衣裳,有时晚间又要睡在冰冷的雪地里,当寒冷和饥饿侵袭着每个战士的时候,他就出现在战士们中间,给战士们讲故事、唱歌,活跃部队空气。他还在这次远征中写了一首诗歌,题目叫《远征歌》。诗中写道:

> 万里长征,山路重重。
>
> 热血奔腾,哪怕山路崎岖峥嵘。
>
> 纵饥寒交迫,虽雨雪狂风,
>
> 我同志,慷慨勇往直前,不怕牺牲。
>
> 奋斗! 冲锋!
>
> 为革命,流尽血,事业成,变为光明。

赵敬夫就是这样,时而挥笔作诗鼓舞士气,时而撒传单贴标语进行抗日救国宣传。抗联战士都说敬夫同志是个"多才多艺,十分难得的好同志"。

书生气的他打起仗来却毫不文弱,不但勇猛,而且舍己为人、敢于牺牲。

1940年7月,赵敬夫所在的第三支队在一次战斗中,缴获敌人油印机一台和大批纸张。当时,第三路军总指挥李兆麟和张兰生正在朝阳山里办一个短期训练班,学习用品十分困难。于是,支队决定让赵敬夫上山学习,并把油印机和纸张送到总指挥部。

7月下旬,王明贵率支队由科洛河往南行进,掩护赵敬夫从小道进山。但是赵敬夫的行动被伺机报复的沐河警察大队长董连科发现,于是,他率领伪警察进山"讨伐"。这个土匪出身的家伙,非常狡猾。常出没在这一带,地形很熟。他顺着脚印一直跟踪到朝阳山里,以多于我方几倍的兵力,从三面包围了三路军总指挥部,以密集的火力向我军扫射。我军奋起反抗。赵敬夫率领总指挥部教导队的40余人,一连打退敌人数次冲锋。三挺机枪不停地扫射,压得敌人抬不起头来,无法接近我军阵地一步。赵敬夫宁可牺牲自己的生命,也要保护三路军总指挥李兆麟突围。指挥战士护送李兆麟安全离开阵地后,他又返回阵地,指挥战士们分批撤退。赵敬夫和一个姓李的同志负责掩护。有一位战士走到他跟前,要求代替他担负掩护任务,他说:"你们走……"一句话还没说完便中弹牺牲,年仅24岁。

赵敬夫,这位多才多艺的知识分子,为了民族的解放事业,为了保护战友们的生命安全,勇敢地战斗在最危险的战场上,他这种牺牲精神永远为后人所歌颂和学习。

韩玉书

——血染敖木台

韩玉书(？—1940)，1934年参加抗日队伍。不久，加入中国共产党。1936年，任东北人民革命军第三军第八团第一连指导员，同年秋任东北抗日联军第三军第六团团长。1938年任第三军第一师第一团团长。1939年任东北抗日联军第三路军第十二支队党委书记兼第三十六大队指导员。1940年8月，率队向三肇地区西征。10月5日，在敖木台战斗中牺牲。

人们不知他生于何时何地，却永远记得有这样一位英勇无畏的抗日救国英雄，在1940年10月5日的敖木台战斗中，为了中华民族的解放事业而壮烈牺牲。

他，就是东北抗日联军第三路军第十二支队党委书记、代理政治委员韩玉书。

1939年，东北抗联第三路军成立，韩玉书任第十二支队党委书记兼第三十六大队指导员。他不仅英勇善战，还是一位优秀的政治干部。韩玉书经常深入部队，给战士们讲政治课，找战士谈心，做深入细致的思想政治工作。他对自己带的战士要求十分严格，自觉地遵守各项规定和组织纪律，处处做到以身作则。他对待老百姓和蔼可亲、平易近人，每到一地，都要做群众工作，找老乡们聊天、谈心，向他们宣传抗日救国的道理。

1940年8月4日，遵照第三路军总指挥部关于开展平原游击活动的指示，在许亨植和戴鸿宾率领下，第十二支队向三肇地区西征。部队趁青纱帐起的大好时机，从铁力南山出发，路经庆安、碎花，渡过呼兰河，跨越呼海铁路，进入嫩江平原。

时值雨季，阴雨连绵，道路泥泞，长途跋涉十分艰难。为了不让一个战士掉队，韩玉书作为支队的党委书记，他亲自担起了照料全队人员的责任。他帮助那些走不动的战士扛枪，帮助那些受伤和有病的人员背起背包。为了防止暴露目标，部队只能在夜间行动，白天则蹲在玉米地或高粱地里。那里又闷又热，人们没有水喝，干渴得厉害。韩玉书用热情和关爱鼓励着战友，他和战士们一起想办法，用刺刀在田地里挖井，解决了部队的喝水问题。有的战士负伤后，不能随队活动，他又设法把伤员安排到可靠的老乡家里养伤。

8月底，部队顺利到达目的地，受到了人民群众的热烈欢迎和积极支持。仅肇源救国会三个分会就为部队筹集了500发子弹和棉布、帽子等物资，解决了部队的急需；八家子等分会有60余人参加游击队，部队的战斗力大大加强。抗日战争的烈火也随之在嫩江平原燃烧起来。

9月11日夜，韩玉书带领部队参加了攻打肇州县丰乐镇的战斗。这是第十二支队进入三肇地区后取得的第一个胜利。消灭了敌人的警察署，缴获30余支步枪、15万元现金、2000余发子弹，部队的给养得到了补充，人员也有了很大的扩充，由40余人发展到100余人。

但是，到了9月18日，形势发生了突然变化。第十二支队在准备攻打宋站的前夕，由于汉奸告密，突然遭到敌人重兵包围。在突围中，部队被打散。

9月下旬，在地方党组织的协助下，失散的队伍重新组织起来，但政委许亨植、队长戴鸿宾已不知去向。在失去领导的严峻时刻，韩玉书以第十二支队党委书记的名义，召开了党员干部会议。会议决定，由徐泽民代理支队长、韩玉书代理政治委员。

在危难时刻，韩玉书挑起了重担，他和徐泽民团结吴世英、王殿阁、关秀岩三个大队干部，重新整顿了队伍，挽救了第十二支队的危机。

1940年10月5日，第十二支队集结在巨仁、花尔屯一带，准备攻打肇源县城。部队从莲花泡附近的谢家网房出发，经薄荷台，于7日清晨到达距离肇源县城约10公里的敖木台。为了不暴露目标，部队在敖木台隐蔽休息，等待夜晚攻城。

敖木台地处松花江畔，由两个自然屯组成，东西两个自然屯相距一华里。屯子的东边是莲花泡，泡子的边上长满了齐腰深的芦苇、柳条和蒿草；屯子的南面不远是松花江的堤坝；屯子的北面有一条公路，这条公路是连通三肇地区的交通干线，也是哈尔滨直通三肇地区的主要干道。

当天，吴世英、王殿阁带领的第三十四大队住在西屯，关秀岩带领的第三十六大队驻在东屯。两屯都派出了隐蔽哨，加强了警戒。

刚吃过早饭，哨兵报告，屯东堤坝上发现日伪军马队20多人。韩玉书和第三十六大队队长关秀岩，指挥战士们占领建筑物等有利地形准备战斗。一个骑马的日军少佐带领20多名日伪军接近了屯子，敌人来得好快。韩玉书一声令下，战士们一齐开火，日军少佐应声落马，同时还有几个敌人倒下，其余的日伪军立即撤向堤坝。

敌人在占据堤坝之后，便向屯里发起一次又一次的猛烈进攻。

韩玉书指挥部队沉着应战，给敌人以有力回击，战斗进行得十分激烈。

中午，敌人用汽车从公路上运来了1 500余名日伪军警，从东、西、北三面包围了敖木台。敌人用迫击炮、掷弹筒向我军阵地轰击。炮弹倾泻在阵地上，几乎把屯子夷为平地，敖木台被炮弹炸得一片瓦砾，血染焦土。

第十二支队的英雄们在极其残酷、三面受敌、一面背水的形势下,与日伪军警浴血奋战达 12 小时。

傍晚时分,韩玉书沉着地指挥部队向江坝撤退,准备突围。当部队来到江坝下面的水边时,剩下的 20 名战士跳入刺骨的水中,向对岸泅渡。韩玉书为了不让一枪一弹落入敌人手中,他把岸上牺牲同志的枪捡起来投入滔滔的松花江里。就在这个时候,一颗罪恶的炮弹将他击中,他强忍着剧烈疼痛,下达了"李思孝,用机枪阻击敌人,掩护部队突围"这最后的命令。

韩玉书同志为了中华民族的解放事业献出了宝贵的生命。和韩玉书同时牺牲在敖木台的,还有第三十四大队的指导员吴世英、大队长王殿阁和第三十六大队队长关秀岩等 40 余人。他们的英雄事迹将永垂史册。

高禹民
——危难见真性

高禹民（1916—1940），原名高升山，山东省高密人。1924年随家人闯关东到黑龙江省依兰县，后迁居勃利县。1934年在依兰中学读书时参加反日活动，1935年秋加入中国共产党。历任依兰中学党支部书记、中共依兰县委书记、中共北满临时省委宣传干事、中共下江特委宣传部长、中共下江特委书记，中共北满省委执行委员、东北抗日联军第六军第一师政治部主任、东北抗日联军第三路军第九支队政委、第三支队政委等职。1938年夏，北满抗联部队主力西征，高禹民留在下江地区坚持抗日斗争。1939年冬率领抗联第六军一师向黑嫩平原转移，与主力部队会合。1940年11月9日在阿荣旗鸡冠山与敌人激战中壮烈牺牲。

1938年，东北人民的抗日斗争进入了艰苦的阶段。日本侵略者除向东北大量增兵外，还对东北人民和抗日联军采取了极端野蛮的法西斯政策：对抗联各部队由南向北分区包围，进行"大讨伐"，用"铁壁合围""篦梳山林""来回拉网"等办法进行大"扫荡"；利用汉奸、走狗实行"大检举"，破坏我地下组织，捕杀抗日干部；同时又搞所谓"集团部落""保甲连坐"，进行"大并屯"，把广大人民群众同东北抗联隔绝开来。

根据敌人企图在松花江下游地区围歼抗联部队的企图，北满临时省委决定整理北满各联军，除少部分部队留守松花江沿岸、三江一带，以保持原有的游击区外,主力部队向敌人统治薄弱、有广阔回旋余地的小兴安岭西麓战略转移——西征,冲出松花江下游沿岸敌人的重围,开辟新的抗日游击区,保存、发展抗日力量。

学生出身的高禹民,临危受命任下江特委书记及第六军第一师政治部主任,留守下江坚持斗争,负责领导下江地区部队与地方的全部工作。他协助李兆麟进行了大量艰苦细致的西征准备工作。在敌人频繁的"讨伐"和饥寒交迫中,他以"只要头尚在、血尚温,誓死抗日"的思想鼓舞战士。他还编写了一首《浪潮歌》,鼓舞部队士气,展示反满抗日必胜的信心。

法西斯残暴,战火烈焰烧,

革命斗争汪洋大海,谨防海底礁。

狂风起浪潮,水手舵把牢,

毁船难,上岸冲、冲!

敌傀也难脱逃。

资本主义坟墓具备了,葬钟一声敲。

阶级仇恨难消,誓死高举红旗摇,

赤光普照,中华万恶消。

条件严酷,为了生存,高禹民和战士们自己动手,在深山中的老白山密营周围种了一些白菜、土豆、萝卜等,秋天收获以后,一部分供应日常的需要,一部分储存起来,以备冬天大雪封山时食用。10月下旬,第三批西征部队的200多人途经老白山密营。此时的山里已经下了几场大雪,西征部队的战士们大都还穿着单衣,也没有粮食。高禹民和留守战士把仅剩的埋在雪里的冻萝卜挖出来,煮冻萝卜汤分给大家吃。西征部队在老白山密营住了 3 天,攻打了一次鹤岗,解决了一部分战士的棉衣问题,又踏上了西征的路程。

留守部队除了要对付敌人的围追堵截和偷袭外,还要与可怕的严寒和饥饿做斗争。北满的寒冬,积雪没膝,在整个冬季零下 40 度左右的酷寒中,高禹民和战士一样,身着"开花"棉袄,脚穿露出脚趾的乌拉,白天行军打仗,晚上经常露宿在篝火旁。《露营之歌》中描述的"朔风怒吼,大雪飞扬,征马踟蹰,冷气侵人夜难眠,火烤胸前暖,风吹背后寒"就是他们艰苦生活的真实写照。没医没药,伤病员忍着病痛折磨坚持斗争,有的人晚上睡下,第二天早晨就成了冻尸。饥饿又是一大威胁,没有粮食,就杀战马,吃马肉、马皮。马吃完了,只能吃草根、树皮,好一点儿捡到一些松子充饥,艰苦度日。多少胸怀壮烈、勇赴国难的抗联将士,默默地死在饥寒交迫与病困之中。

本来年轻英俊的高禹民变得黑瘦黑瘦的,但他却没有丝毫的消沉。12 月 2 日,高禹民给北满临时省委写了一封 7 000 多字的"每字逐句的都有热情奔流"的长信,信中的坚忍与赤诚及对抗战坚定的信念,至今读来仍动人心魄。信的开头首先表达了对战友的怀念:"黄叶纷飞的时期,交通别去,当遍地银花山川皆白的时期交通返回,在这长期间的过渡期间内,远地的战友们是何等关心你们的一切……交通来到带来了无限的革命热情,真使人愉快至极。"接着报告了下江地区政治形势,地方工作情形,队伍状况,提出了对省委工作的批评和建议,其中充满着高度的责任感和使命感。信的末尾,透过对他们生存状况的描绘,展示出高禹民和战友们面对艰难困苦仍矢志抗日的坚定斗志与信念，尤其感人至深："亲爱的同志们：现在夜已深了，室外的狂风配合着树声呼呼怒号，冷风阵阵袭来，吹得一盏昏暗的野兽油灯的灯火动摇不定。燃烧鼓舞起革命的热情，吃马皮、树皮、松子的战士们正在酣睡着，负伤同志们的咳声打动了我的心弦，周身的热血在奔腾狂流……想到我们的事业，我们的热血又在沸腾……我一刻也不能忘掉，同时也没法忘掉，这一切的一切都在教导我们，要在急流的旋涡里踏着烈士的鲜血前进，杀敌，冲锋！"

1939年端午节前，北满省委宣传部长冯仲云经过长途跋涉来到汤原第六军第一师第一团密营，"与可爱的、青年的、被饥寒侵蚀得特别瘦癯的禹民同志会面了"。他发现，此时下江游击区的形势非常严重，主要干部牺牲、过境逃亡、被俘，第一团由原来的103人减少到只剩23人，兴东一带还有11个人的队伍，绥滨西部还有第二十三团的20余人。从中可以想见留守部队所经历的种种艰难困苦与生死考验。

虽然无吃无喝，缺医少药，环境恶劣，敌情严酷，时刻面临着各种死亡的威胁，但高禹民心中反满抗日的决心始终没有动摇，抗日必胜的信念始终激励着他和他的战友们义无反顾，奋勇拼杀。

陈翰章

——浩瀚镜泊唱英雄

陈翰章(1913—1940),吉林省敦化县人,满族。1932年加入中国共产党。历任宁安工农义务队政治指导员、东北反日联合军第五军第二师参谋长等职。1936年调任东北抗联第二军第二师参谋长、师长、中共吉东省委委员、抗联第一路军第三方面军指挥。1940年12月在战斗中牺牲。

陈翰章是东北抗日联军第一路军、第二军中智勇双全、英勇善战的优秀指挥员,他的抗日故事在民间广泛流传。

1939年9月初,我军得到情报,日军松岛部队300余人将从敦化开往南部大蒲柴河一带,进行秋季"大讨伐",并扬言要在冬季彻底消灭抗日联军。陈翰章召开干部会议,研究决定截击松岛部队,狠狠打击一下他们的嚣张气焰。他命令侦察员用步话机监听敌人的消息,得知9月25日松岛部队乘汽车出动。24日夜,陈翰章率部来到敦化县南五十多公里路的寒葱岭南坡高海楼店地方,把队伍和十几挺机枪布置在公路东侧的小树林中,设下四五公里长的埋伏线。25日中午,满载敌兵的12辆汽车渐渐驶入我军的伏击圈,随着陈翰章一声清脆的枪响之后,早已跃跃欲试的抗联勇士们便向敌人车队猛烈射击。敌汽车除头车跑掉外,其余全部被截住。训练有素的日本鬼子跳下车,以

最后的吼声

二、还我河山　志士挺身赴战场

镜泊湖水清亮亮，一棵青松立湖旁，喝口湖水想起英雄汉，看见青松忘不了将军陈翰章。

汽车为掩体负隅顽抗,怎奈抗联将士越战越勇,直至冲入敌阵,展开肉搏,激战数小时,击毙敌少将松岛以下80余人,烧毁汽车9辆,缴获重机枪1挺、轻机枪2挺、掷弹筒2个、步枪100多支、子弹6 000多发,以及许多大米、白面和军衣。此战,狠狠打击了日本侵略者的嚣张气焰,打出了抗联将士的声威,日伪报纸哀叹"共匪陈翰章部凶猛异常,皇军松岛少将不幸殉国"。

寒葱岭战斗后,根据当时形势,指挥部决定第三方面军以团为单位分开活动。第十五团和指挥部直属部队在陈翰章亲自带领下,与第五军第二师政治部主任陶净非率领的部队一起,继续在敦化等地进行游击战斗。

10月底的一天,陈翰章和陶净非带队攻打额穆镇。我军化装成日本"讨伐"队进入街里,打进伪警察署,打死一个日本指挥官,得到许多布匹和棉花。天快亮时部队撤出额穆,走到额穆北小青顶子时,日军德宏"讨伐"队和伪警察追上来。陈翰章把部队布置在山上阻击敌军。敌人在山下芦苇塘里散开,在机枪和小炮的猛烈火力掩护下向山上冲来。我军居高临下,打退了敌人一次又一次猛攻。由于敌我力量相差太大,时间拖长对我军不利。陈翰章一边指挥战斗,向敌人射击,一边琢磨着对策。当发现有一片芦苇被手榴弹炸得着起火时,他脑子里闪出一个大字"火"!陈翰章当机立断,他看见西北风刮得正猛,便命令一部分战士下到芦苇塘西北角放起大火。转眼间山下的芦苇塘就变成一片火海,敌人被烧得东逃西窜、溃不成军。200多名战士乘机从山上冲下来杀向敌人。30多名日军被刺死,40多名伪警察当了俘虏,其余敌人向额穆方向仓皇逃去。陈翰章下令不要追赶,将被俘虏的伪警察教育后释放,然后迅速集合队伍,带着缴获的棉花、布匹,奔向官地三道沟被服厂制作冬装。

进入 1940 年,敌人采用毒辣的"篦梳"战术,围追堵截,再次妄图彻底消灭抗日联军。在极端困难的条件下,陈翰章率部往复穿梭于黑吉两省边界,同敌人周旋,伺机打击敌人。在敦化县牛心顶子山突围战斗中,陈翰章左腿被子弹打穿,只好到密营养伤。密营生活十分艰苦,不但缺少药品,甚至都没有消毒用的食盐水,陈翰章的伤口因没能得到处理而化脓,腿肿得很粗。军医见他伤得太重,就把仅有的小半瓶药膏拿出来要给他用。陈翰章拒绝道:"我伤得不重,药还是留给别的伤员吧。"他忍着钻心的疼痛,用一根小木棍把一条干净的白布捅进伤口,又从伤口的另一头拉出来,来回拉动几次,把里面的脓血烂肉全清理出来。军医看着他满脸滚动着豆大的汗珠,感动得流下了眼泪,他自己却若无其事地说:"小鬼子怕愣人,你一横它就投降了。以后你多照顾其他伤员吧,我这点伤不算什么。"

1940 年 10 月间,陈翰章率部转移到镜泊湖地区开展游击活动。入冬以后,敌人对该部实行重兵"讨伐",利用大风雪和江河封冻,缩紧包围圈。此时,抗联部队给养困难,许多干部、战士还穿着单衣。陈翰章只穿一身缴获的日军破旧呢军装,脚上穿一双胶鞋,脚已冻肿。在这种自然条件极其恶劣、敌情严酷、部队缺粮少衣的极端艰难困苦的情况下,陈翰章率一支小部队在镜泊湖地区牵制敌人,掩护主力突围。

几经血战,部队伤亡很大,陈翰章身边只剩下十几个人了。敌人兵团还在围追他们。他们已经断粮,靠从积雪下找野果、菌类和偶尔打到的野兽充饥。

12 月 6 日夜,陈翰章带领战士们向小湾湾沟密营前进。途经湾沟村附近时,一个战士借口脚部有伤,故意落在后面,趁天黑人们没有注意,逃进了湾沟村。这个民族败类投降了敌人,告诉了敌人想知道的一切。

驻在湾沟村的敌人动用一切交通工具,调来 1 000 多兵力,扑向小湾湾沟。

12 月 8 日上午,陈翰章和战友们与数十倍于我的日伪军激战两个多小时。洁白的积雪上斑驳的血迹分外鲜明。陈翰章的右手和胸部受重伤,流血过多,被凶残的日本鬼子杀害,壮烈殉国。

陈翰章将自己的一腔热血洒在了为之战斗的土地上,故乡的人们永远怀念他。

汪雅臣

——"双龙"将军战五常

汪雅臣(1911—1941),又名汪亚臣,曾用名王景龙,号双龙,山东蓬莱人。1935年加入中国共产党。1934年他联合五常一带的抗日武装,成立了"反满抗日救国义勇军",1936年起历任东北人民革命军第八军军长、东北抗日联军第十军军长。他足智多谋,骁勇善战,威震敌胆,是东北抗日战场上的一位杰出的指挥员。

九一八事变后,日本侵略者全面侵占东北,汪雅臣亲眼目睹了日寇的暴行,决心不当亡国奴。他带领几名东北军士兵来到了五常县东南部的小牤牛河一带,从事抗日活动。汪雅臣认为,靠几个人、几把枪,势单力孤,难以成就大事。于是,他们加入了当地的一支山林队——"保胜队"。汪雅臣一心想把这只山林队拉出去抗日,为此,他曾经多次劝说首领保胜:不要再抢夺老百姓的东西,应该去打日本鬼子。可是,保胜根本无动于衷,继续干着打家劫舍、糟蹋百姓的事。汪雅臣无奈之下,联合手下几个有正义感的人,处决了保胜。大家推举汪雅臣当上了新的首领。汪雅臣率队举旗抗日,报号"双龙"。从此,他率领"双龙队"活跃在五常县南山密林里,开展抗日游击战。

汪雅臣率领"双龙队"加入了宋德林领导的反日山林队,担任第四支队的队长。他率领第四支队连续攻打了金马川、向阳山、沙河子、山河屯、

在侵略者「讨伐」的恶劣环境下，年轻的抗联将领却始终站在民族解放斗争的最前列，用生命诠释着中华民族不屈的精神。

冲河等多个日伪据点,缴获了大批军用物资,队伍不断壮大。到了年底,第四支队已经发展到两百多人。1934年,他联合五常一带的抗日武装,成立了"反满抗日救国义勇军",并被推举为首领,在九十五顶山一带,创建了抗日根据地。他对共产党的抗日主张深表赞同,他认为,党领导的抗日军队斗争坚决,纪律严明,战斗力强。汪雅臣认识到,只有依靠中国共产党的领导,才能实现抗日救国的愿望。于是,他主动与中共珠河中心县委取得了联系。1935年春,他率队来到珠河县南部山区,坚决要求共产党对其部进行改编,他本人也加入了中国共产党。

1936年初,在五常县的四合台,汪雅臣领导的部队正式改编为东北人民革命军第八军,汪雅臣任军长。全军有五个团,一个保卫连,共计八百余人。汪雅臣率领这支部队,活动在五常县东南部以九十五顶山、西野架岭为中心的山区。他对部队要求严格,不骚扰百姓,尽量减少群众负担,帮助群众发展生产,得到了广大群众的热烈拥护和大力支持。

有一天,汪雅臣军长率领部队来到了五常的桦皮场附近。经侦察,他发现桦皮场驻有日军的"讨伐"队。汪雅臣当机立断,命令部队攻打桦皮场,袭击"讨伐"队。这场战斗打了两天两夜,最终部队攻占了桦皮场,消灭了许多敌人,还缴获了不少枪支弹药。

汪雅臣在指挥作战时,头脑冷静,擅长使用谋略。部队在舒兰活动时,得到了一个重要情报:有一大队人马,其中包括日军五百余人、伪军八百余人,来"讨伐"抗日部队。汪雅臣立即组织部队,在敌人必经之地——珠琦上口子两侧高地设伏。日伪军的"讨伐"队经过上口子时,伪军走在了前面。汪雅臣灵机一动,立刻命令部队放伪军过去,集中火力向日军猛烈开火。日军猝不及防,死伤众多。伪军见日军被伏击,就拼命地向前逃跑。汪雅臣率领部队与日军激战了两个多小时,最终取得了胜利。战斗中,部队共打死打伤日军一百多人,并缴获了一大批武器。汪雅臣在这次战斗中,腿部负了伤。入秋,汪雅臣伤愈,率队来到了沙河子。他派人去大东屯联系人做饭,孟百户长表面上答应找人来准备,可是暗地里却跑去向日本守备队告密。一个老乡马上把这一情况报告给了汪雅臣军长。汪雅臣决定将计就计,让部队在小黑顶子山的树林中埋伏起来。当沙河子日本守备队行进到这里时,被突如其来的攻击打得措手不及,仓皇逃回。汪雅臣率队回到大东屯后,立即处死了汉奸孟百户长,广大群众都拍手称快。

1936年冬,东北人民革命军第八军改编为东北抗日联军第十军,部队发展到一千余人,汪雅臣任军长。他率领部队转战于五常、舒兰、榆树一带,广泛开展游击战,沉重打击了日军的嚣张气焰。

日本侵略者在抗联活动的地区大力推行"保甲制",建立"集团部落",实行经济封锁,抗联部队各种物资极度匮乏。汪雅臣多方联系,想方设法筹集武器和生活物资。他不顾个人安危,亲自下山扮成老乡到伪军部队里找关系,做工作,弄来了一批枪支弹药。部队不断转移,经常断粮,几天吃不上一顿饱饭,他同战士们一起吃野菜、啃树皮充饥。部队缺医少药,他身上先后几次负伤,多处都化脓溃烂,但是仍然坚持指挥部队,击退了日伪军的数次进攻。

1941年初,日伪军的大部队开始向东北抗联第十军军部密营发动袭击,汪雅臣率部奋起抵抗。日伪军从三面包围了东北抗联第十军的宿营地——蛤蜊河子东山麓石头亮子。汪雅臣身边只有二十几名战士,他让副军长张忠喜带领战士从东面突围,自己带着几名战士阻击日伪军的正面进攻。这时,日伪军向他射击,汪雅臣临危不惧,予以还击,但不幸身中数弹,滑下了山坡。日伪军蜂拥而上,将他抓住。汪雅臣毫不屈服,痛斥敌人。敌人抬着身受重伤的汪雅臣,准备回去请功。在抬往蛤蜊河子的途中,汪雅臣将军因流血过多而壮烈殉国,当时他只有30岁。

魏拯民

——长白山苦斗日寇

魏拯民(1909—1941),原名关有维,字伯张,山西省屯留县人。1927年1月加入中国共产党。九一八事变后,他被派到东北工作,历任中共哈尔滨市道外区委书记、哈尔滨市委书记兼中共东满特委书记、东北人民革命军第二军政治委员、东满省委书记兼东北抗日联军第二军政治委员、东北抗日联军第二军政治委员、中共南满省委书记兼东北抗日联军第一路军副总司令、总政治部主任,是东北抗日联军杰出的领导人之一。

九一八事变后,魏拯民心怀救国理想,希望党组织批准他到东北直接参加抗日武装斗争。 1932年5月,他被派到哈尔滨,从此踏上了反抗日本侵略者的征途。

1935年初,魏拯民受党组织的派遣,来到长白山下的东满游击区,着手整顿抗日武装工作。在他的努力下,大家的思想得到了统一,东北人民革命军第二军独立师得到了整顿,部队稳定下来。1935年5月,东北人民革命军第二军成立了军部,王德泰任军长,魏拯民任政委,原独立师扩编为两个师。在魏拯民等人的领导下,部队联合各抗日武装力量,在东满地区不断袭击敌人,取得了许多胜利,沉重地打击了敌人的嚣张气焰。1936年3月,东北人民革命军第二军改编为东北抗日联军第二军,部队下辖3个师,魏拯民担任军政委。

长白山抗日游击区分东西两个部分,西部是抗联第一军活动的南满游击区,东部是抗联第二军活动的东满游击区,两个部队被隔断,无法联合作战。

为了打通与抗联第1军的联系,使整个长白山抗日游击区连成一片,魏拯民率领抗联第二军一部分队伍出征,经过长途跋涉,躲避了敌人的围追堵截,历尽艰难险阻,于1936年6月来到了金川县河里地区,与抗联第一军胜利会师。杨靖宇热烈欢迎魏拯民的到来,两军官兵欢聚在一起。在金川县河里地区,两军的主要领导干部召开会议,研究抗日斗争的形势和抗日联军的发展问题。会议决定,将抗联第一军和第二军合编为东北抗日联军第一路军,将东满、南满党组织合并组成中共南满省委。杨靖宇任第一路军总司令兼政委,魏拯民任中共南满省委书记兼二军政委。这样,长白山抗日游击区实现了统一的领导和指挥,抗日斗争进入到一个全新的发展阶段。

1936年冬,抗联第一路军副总司令、第二军军长王德泰在战斗中壮烈牺牲。魏拯民继续指挥第二军对敌作战,转战于抚松、濛江、辉南、长白、安图、桦甸等县,不断攻击敌人目标,并一举摧毁了日伪军在庙岭设立的据点,粉碎了敌人发动的冬、春季"大讨伐"。

密营中的生活十分艰苦,在敌人的包围封锁下,抗联部队经常断粮,有时几天都吃不上一粒米,饿了就只能吃些草根和树皮。

魏拯民患有严重的胃病和心脏病,此时屡屡发作,他的身体越来越虚弱,经常晕倒在地。可是,他仍然忘我工作,利用空闲时间,编写政治学习课本,亲自给战士们讲课。他经常教育大家:"不怕肉体病,就怕思想病。""革命不能只靠勇敢和热情,要有政治头脑和远大理想。政治是武器,不但可以让我们进步,还能更有力地打击敌人。"山里物资紧张,缺少纸和笔。魏拯民动员大家用剥下的桦树皮当纸,烧炭棍当笔。各连队都组织识字班,教大家识字,学习文化。部队还经常组织一些唱歌、跳舞和演剧等活动,来丰富部队的文化生活。在魏拯民的关注下,全军的政治文化学习十分活跃,部队的精神面貌为之一振。

七七事变后,日本帝国主义开始发动全面的侵华战争。东北抗联第一路军发表公告,号召东北人民抗日救国,将日本侵略者赶出中国。为了配合全国的抗战,牵制日本关东军,东北抗日联军积极展开对日作战。

1937年9月,魏拯民领导抗联部队,发动了攻打辉南县城的战斗。

辉南地处濛江与朝阳之间,有公路直通海龙、磐石、桦甸等地。辉南县城里驻扎着日军、伪军、警察部队、自卫团等反动武装。县城周围有两米高的城墙,设有炮台,城外还有护城沟,防守很严密。敌人自以为辉南是"不可攻克的要塞",万万没有想到抗联部队会来进攻,所以疏于防范。25日下午,魏拯民命令抗联部队开始向辉南秘密靠近,把阻击部队布置在通往濛江、海龙、磐石等地的公路上,并切断了敌人的通讯线路。

夜深人静的时候,抗联部队突然袭击敌人的哨兵,冲进了辉南县城。经过激战,拿下了炮台,并消灭了守卫军需品仓库的敌人。抗联部队集中力量搬运缴获的武器、粮食、布匹和药品等物资。许多爱国群众也来帮助抗联部队一起搬运。第二天清晨,抗联部队迅速撤离。敌人派来援军900余人向朝阳、濛江方向追来,结果遭到了抗联阻击部队的猛烈袭击。

攻打辉南县城的胜利,沉重地打击了日本侵略者的嚣张气焰,扩大了抗日联军的影响力,极大地提振了广大军民的抗日斗志。

1940年2月杨靖宇牺牲后,抗联第一路军和省委的工作重担全部落在了魏拯民的肩上。他离开密营,抱病出征,率部继续战斗,先后取得了安图伏击战、哈尔巴岭袭击战的胜利。在极端困难时期,魏拯民充分发挥出精神旗帜和领导核心的作用。

这年冬天,魏拯民病情加重,不能随军行动,只好到长白山区桦甸县牡丹岭抗联密营中休养。一天傍晚,魏拯民把抗联战士都叫到了身边,然后对大家说:"你们不用在这陪我了,做好转移的准备吧!"大家眼中含着泪,谁都舍不得离开。他接着说:"你们不要难过,革命是要付出代价的,我的时间已经不多了,不能拖累大家了,你们要好好保存生命,这样,抗日就会多一份力量,我相信,你们一定会迎来胜利的那一天!"

1941年3月8日,魏拯民怀着对抗战必胜的信念离开了人世,年仅32岁。

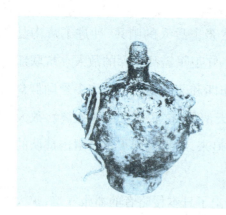

抗日群众给抗日联军送油用的"葫芦"

白福厚

——坚定的抉择

白福厚（1913—1941），辽宁省辽阳人。他少年时在私塾读书四年。1933年加入黑龙江省青年抗日救国军。1937年9月，在他的带动下，伪军第三十八团迫击炮连和第二连共200多人哗变。1938年加入中国共产党。曾任抗联第六军第三团团长、抗联第三路军第三支队第七大队队长等职。1941年4月，第三支队准备向辰清车站转移时与日军"讨伐"队相遇，激战中，白福厚不幸牺牲。

一提到除夕，你的脑海中浮现的或许是亲人相聚的画面，或许是此起彼伏的鞭炮声，或许是满桌丰盛的佳肴……但不知生长在和平年代的你能否想象到：抗日战争时期，一群抗日志士为了收复祖国的大好河山，除夕时，他们既要与艰苦的自然环境抗争，又要与饥饿斗争，更要与疯狂的敌人战斗……他们就是抗联第六军第一师第三团白福厚团长带领的全体官兵。

那是在1939年的除夕，陈绍斌和白福厚带领队伍由大旗杆到锅盔山。这个时候的东北，天寒地冻，很难找到吃的。他们只能靠冻野果充饥，有时竟连这些东西都吃不上。有一天，队伍走在一望无际的大冰趟子上，一连几天没找到吃的，大家连冻带饿实在走不动了，只好把队伍里唯一的一匹小瘦马杀了来充饥。没过几天，有七名战士被活活地饿死。为了解决吃的问题,师长陈绍斌带队去打刘营子和双鸭山矿井的日本"讨伐"队,都没成功,还死伤了一部分同志。最后在桦川小五站孙家围子搞到些小米。但不幸的是,队伍的行踪被敌人发现,又招来大批敌兵的围剿。队伍只好退守在七星砬子山一个陡峭的山尖上。只有一条能走一个人的峡谷通往山顶,敌人攻不上去,就把山头团团围住。队伍被敌人死死地困了半个月,吃完了仅有的一点粮食,再不突围出去大家将被活活地饿死在山尖上。最后大家决定突围。他们冒着掉进山涧的危险,凭借峡谷突围出来。奔跑了一天,大家都筋疲力尽了。深山中找不到一点吃的,敌人还在不断地四处搜山,围追阻击。他们既得不到上级的指示,又得不到地方党组织和群众的支持,在这种极端困难的形势下,师长陈绍斌表现出动摇,他向战士们宣布:"谁愿意离队回家,可以回去自找生路,愿意带枪走的也可以,我这个师长不能当了……"

大家看到他这个样子,又气愤又难过,都伤心地哭了。有的说:"没有国,哪有家呢?抗日没成功,让我们又怎能保住家呀!"有的说:"我们出生入死,忍饥受冻,不就是为了抗日救国吗?难道抗日不需要我们了吗?"有的主张:"宁可冻死饿死,也决不当逃兵。"……正当大家不理解和失望的关键时刻,白福厚挺身而出,他站在大家面前坚定地说:"同志们,不要难过,不怕困难的跟我走!我们决不能被眼前的困难吓倒,决不能让革命半途而废,我们一定抗日到底!"大家看到白福厚这种坚定的革命态度,顿时高兴起来。这样,领导这支队伍的任务,就落在白福厚肩上。

他带领队伍离开双鸭山一带,几经辗转,来到松花江北岸,后到苏联休整两个月,于7月12日返回国内,来到鹤岗地区。10月,他带领队伍攻打了梧桐河金矿的矿警队,缴获了一些棉衣。之后继续寻找第三路军指挥部。一路上克服了许多困难,打退了敌人多次围攻,终于在大伊吉密河找到了第三路军指挥部,见到了李兆麟。从1938年下半年到1939年底,在这一年多的时间里,白福厚率领队伍经历千辛万苦,克服重重困难,继续坚持斗争,保住了抗联第六军第一师的这支骨干力量。

1941年4月,白福厚随第三支队从哈达延来到毛兰顶子。那天,刚好下了场大雪,满山皆白,山路都封死了。山上找不到吃的,雪又深,队伍不好活动,便又从山上往下走,准备向辰清车站转移。队伍刚下到半山腰,就碰到了日军"讨伐"队,在激战中,白福厚不幸牺牲,时年28岁。

二、还我河山　志士挺身赴战场

郭铁坚
——坚定的信念

郭铁坚(1911—1941),原名郭成文,黑龙江省依兰县人。1935年加入中国共产党。同年参加抗联第三军。1938年任抗联第九军第二师师长。1939年任抗联第三路军第九支队政委、党支部书记。1941年8月,在嫩江西岸与讷河交界的郭泥屯与敌遭遇,壮烈牺牲。

1938年1月,东北抗联第九军整编队伍,郭铁坚任第一师政治部主任,兼任第九军训练班教官,同年8月,任第九军第二师师长。

郭铁坚原名叫郭成文,"铁坚"是后来战友们给他改的名字。郭铁坚出色的军事才能和政治工作水平,深得战士们的敬佩,大家都说:"咱们郭师长真有点像赵尚志军长的派头,说干就干,真坚决,能吃苦。"他平易近人,战士们时常和他开玩笑,称他"破锅"。他不但不生气,还总是笑呵呵地说:"别看破锅,铁可是坚的呢!"于是大家就说:"那你就叫铁坚好啦!"渐渐地,郭铁坚的名字就传开了。人如其名,无论斗争环境如何残酷,他始终保持着钢铁般坚定的革命意志和抗战必胜的信心。

抗日联军的游击活动,极大地打击了日伪的统治,敌人对游击区展开了疯狂的报复,对抗联家属大肆抓捕屠杀。1937年,在党组织的安排接应下,郭铁坚的妻子李淑珍也参加了抗联第九军,而当时他们的儿子只有两岁,夫妻俩对活泼可爱的儿子十分疼爱,但为了部队的安全,还是忍痛决定将孩子寄养在依兰镇的一个老乡家。不幸的是,孩子的身份不久就被敌人查出来,惨遭杀害。消息传来,战友们都十分悲伤,但郭铁坚却没有掉一滴眼泪。他将失去亲人的痛苦深埋心底,更加坚定地战斗在抗日斗争的第一线。

为了抗日救国,郭铁坚还说服父母,动员大哥和两个弟弟参加了抗日队伍,小弟弟郭成章在战斗中光荣牺牲。在他的抗日行动感召下,刁翎小学有 30 多名学生参加了抗联部队,其中不少人为民族的独立解放,战斗到生命的最后一刻。

1938 年 6 月,为了冲破敌人对伪三江省的"大讨伐",跳出敌人的包围圈,中共北满临时省委决定:活动在松花江下游的东北抗联第三、六、九、十一军除留守部队在原地坚持游击斗争外,主力部队分批穿越小兴安岭,向西部的海伦地区远征,开辟新的游击区。

郭铁坚参加了首批西征队,与第九军政治部主任魏长魁一起率抗联第九军第二师 90 余人与常有钧所率第三军一部,从依兰东部渡江向海伦远征。部队行进途中,在庆城苇子沟与敌人遭遇,魏长魁不幸牺牲。郭铁坚与常有钧率队继续西进。由于敌人的严密封锁,部队只能沿着山边行进。部队行至庆城九道岗附近遭到敌人围击,突围中两军失去联系。这时,一部分人开始动摇,第九军第二师第四团团长带领 40 多人叛逃。面对这种不利局面,郭铁坚沉着冷静,以积极乐观的心态,鼓励大家坚定信心,带领 50 多名战士继续前进。

当队伍到达绥棱县张家湾时,因连日大雨,河水上涨,部队被困在山里,一连 20 多天没有粮食,起初可以杀马吃,后来连马皮都吃光了,最后只得靠吃野菜、树皮勉强充饥。

由于长期跋涉于深山老林中,许多战士的双脚经常在污浊的泥水中浸泡，以致溃烂，流脓淌血。加之露宿野外，一些人染上了伤寒病，郭铁坚也病倒了。饥饿、疾病严重威胁着远征队伍。郭铁坚心急如焚，他不顾病痛的折磨，一面积极做战士们的思想工作，鼓励大家战胜困难，坚持到底，一面寻找解决困难的办法。

9月，河水刚刚回落，郭铁坚不顾病痛，艰难地将部队带到绥棱栾家烧锅屯附近的一个山沟里休整。他还拖着虚弱的身体，深入附近的村屯，向群众宣传抗日救国的道理，得到了群众的信任和帮助。有一位叫徐秀的妇女，丈夫去世后，为了维持生计，带着两个男孩在山边开垦了一垧多地，种了些苞米。她听了郭铁坚的宣传，被抗联战士们不畏艰难困苦坚持抗日救国的行为深深感动，让部队在她的苞米地里宿营，还给战士们送来热乎乎的熟玉米。在她的带动下，乡亲们纷纷给部队送来粮食和衣物，帮助部队渡过了难关。

这支队伍，历经四个多月的长途跋涉，历尽艰险，由于作战牺牲、饥饿、伤病等原因，最后只剩下 20 余人。他们怀着坚定的信仰，对祖国和人民的忠诚，经历了战火、饥饿和疾病的考验，终于完成了战略转移的任务。10月，郭铁坚率领队伍到达海伦八道林子，与第三军西征部队会合。

1939 年，郭铁坚任北满抗联第四支队参谋长，后任第三路军第九支队政委，率领部队以更顽强的精神投入到黑嫩平原抗日游击战争中。

隋德胜
——战地婚礼

隋德胜(1913—1941),中共党员,黑龙江省宾县人。1935年在黑龙江省桦川县参加抗日部队,历任独立师第二旅第四团战士、排长,东北抗日联军第十一军第一师警卫营营长、军直属第四团团长,东北抗日联军第三路军第六支队第十六大队大队长。1941年11月在黑龙江省铁力县凌云山附近作战中英勇牺牲。

隋德胜,一米八十多的大个子,大大的眼睛,高高的鼻梁,一头乌黑的头发常常掠过耳朵背到脑后,性格开朗,待人和气。魁伟英俊的隋德胜是东北抗日联军第十一军有名的虎将,以英勇善战和枪法精准誉满全军。

1939年2月,隋德胜的警卫员芦连峰在战斗中身负重伤,隋德胜把他和另外七八个伤员送到铁力老金沟抗联后方医院进行治疗。

老金沟后方医院由莽莽小兴安岭原始森林中四五座彼此相距很远的半地下式的木刻楞房子组成,实际上,它也兼做被服厂,被服厂的抗联女战士自然也就兼任医院的护理人员。隋德胜经常带着缴获的食物、药品来老金沟看望伤员。这样认识了第三路军被服厂厂长金玉坤。金玉坤当时21岁,依兰三道岗人,1937年因逃婚参加抗联第九军,第二年随部队远征来到老金沟。因为医院也是被服厂,部队常常把搞到的一些棉布——有缴获敌人的,也有老乡送来的——拿到被服厂做军装。干部战士的衣服破得不能再穿了,也需要送到被服厂拆洗缝补。每到这时,隋德胜总是找点儿什么"理由",把这些东西亲自送到被服厂,好能见到金玉坤一面,多说上几句话。衣服做好或拆洗缝补好了,女战士们也常走出老金沟,把衣服给战士们送去。在这送衣服的人群中,每次都能看到金玉坤的身影。一来二去,隋德胜和金玉坤相爱的事大家就全知道了。

1940年初夏,部队领导批准了隋德胜和金玉坤的婚事。一则由于他们的爱情已是瓜熟蒂落;再则,一想到缺衣断粮,在没膝深的积雪中艰难行军,在零下三四十度的严寒中露营,多少战友饿死冻死战死在茫茫的小兴安岭密林中,这些幸运活下来的西征将士们心中就会被怀念和痛苦所笼罩。抗日战场上不能只有残酷和艰苦,还应有欢乐和喜庆,就让一场热热闹闹的婚礼来洗去大家心中的郁闷吧!不久,被服厂负责人金伯文和后方医院、被服厂的女战士把新娘送到距老金沟十几公里的第六支队驻地,金伯文风趣地说:"我们把老金沟的新娘子给你们送来了,可不能慢待呀!婚礼可得热闹一点儿哟。"

在那艰苦的战争年代,在敌军围困万千重的抗联驻地,要想把婚礼办得喜庆热烈可不是一件容易的事情。怎么办呢? "哎,有了,我们打它一仗,从鬼子开拓团那儿搞些东西,回来再举行婚礼! "政委于天放的主意立即得到了隋德胜和所有干部战士的一致赞成。于是,虎将、准新郎隋德胜率队奔袭日本开拓团。

在第六支队驻地南五六十里的铁力北部山区,有七八个日本开拓团,它们虽有别于正规部队,但也是一种亦兵亦农的准军事组织,也是抗联和当地百姓的死对头。一般情况下,开拓团的物资储备比较丰富,可战斗力不如正规部队强,比较好打。

队伍下午出发,半夜打响战斗,顺利攻下,天没亮撤离,第二天下午满载而归：几匹马、几头牛、枪支弹药、大米、白面、衣服、被褥，还有许多日本罐头、酒、烟和一种叫"羊羹"的日本软糖，还缴获了一台留声机。

指战员们不顾长途奔袭的疲劳，欢天喜地地为婚礼忙碌起来：站岗放哨的，杀牛的，放树、捡柴的，做饭做菜的，布置场地的，用木杆、白桦树皮和野草搭小草窝棚当新房的……做饭的锅不够了，就把平时烧水的铁桶吊起来煮肉，把又当脸盆又当饭锅的搪瓷盆支起来做菜做饭。

一切准备就绪，天也黑了。在大家的欢呼声中，篝火点起来了，婚礼开始了！于天放政委主持婚礼，并致以热情洋溢的祝辞，战友们也纷纷送上深深的祝福。一轮圆圆的满月也赶来参加这隆重热烈的婚礼。在月明星稀的小兴安岭的夜幕下，在群山环抱之中，在为这块土地的独立自由而浴血奋战的抗联的营地，火光与月光交相辉映，大家围着熊熊燃烧的篝火，尽情地吃着、喝着、唱着、跳着，享受着残酷战争中难得的幸福时光……

作为这场热烈而隆重的战地婚礼的延续，1941年春，正当冰凌花漫山遍野开放的时节，隋德胜和金玉坤的女儿凤兰出生了。女儿呱呱坠地时，父亲还在安邦河上游的深山中打游击。秋天到了，鬼子的"大讨伐"即将开始。为了部队的安全，母亲忍痛把褪褓中的女儿托付给山外的老乡抚养。初冬，女儿凤兰刚满半周岁，父亲隋德胜在突围中为掩护战友们撤退而英勇牺牲。父亲从来没有见过女儿，女儿也从来没有见过父亲。17年后，母亲金玉坤与女儿重逢。

赵尚志
——"冰趟子"大捷

赵尚志(1908—1942),辽宁省朝阳人。1925年在哈尔滨读书时参加革命活动,并加入中国共产党。同年冬入广州黄埔军校学习。1926年回东北,从事秘密工作。1932年党派他到巴彦游击队工作,翌年春到抗日义勇军孙朝阳部任参谋长,后率7人携枪与珠河县委接上关系,创建珠河反日游击队。1934年后,历任哈东支队司令、东北人民革命军第三军军长、东北抗日联军第三军军长、北满抗联总司令、东北抗日联军总司令、抗联第二路军副总指挥等职,指挥部队纵横驰骋于松花江流域、小兴安岭山麓,给日本侵略者以沉重打击。1942年2月12日,率小部队袭击鹤立县梧桐河伪警察分驻所途中,负伤被俘,壮烈殉国。

赵尚志是东北抗联斗争史上一位叱咤风云的杰出将领。他不仅骁勇善战,而且用兵如神,常能出奇制胜,率队转战于松花江两岸,令敌人闻风丧胆。日本关东军不得不感叹,他们在"小小的'满洲国'里",遇上了"大大的赵尚志"。

1937年,时任北满抗联总司令的赵尚志率领抗联第三军300多人向西北远征,在海伦至通北附近的山区一处叫"冰趟子"的地方,他巧妙利用地形,指挥了一次以少胜多的伏击战。

北方的3月,冰封雪寒,赵尚志率远征部队沿着运木材的山道向通北山里开进,日伪军700多人的讨伐队尾随其后。当部队行至一处山道

黑水白山，被凶残日
寇强占。我中华无辜男儿，
受摧残。血染山河尸遍野，
贫穷流离怨载天。想故国庄
园无复见，泪潸然。

狭窄,两侧林木茂密的地方时,赵尚志命令部队沿山路继续前进二三公里,然后分左右两路上山,埋伏在两侧丛林中,等待来敌。约两个小时后,敌人一股百余人的部队沿着我军在雪地上的足迹追踪而来,进入我军的伏击圈。我军居高临下,向敌人发起进攻,子弹像雨点般飞向敌群,打得敌人落荒而逃。我军击毙敌人30多人,并缴获一些枪弹。

为了迅速摆脱敌人,赵尚志命令部队加速前进。但是,没走多远,前面出现了一段狭长的冰面,光滑如镜,几个战士的战马都滑倒了。原来,此处有一眼常年不冻的山泉,冬季泉水从山上流下,结成了一道长长的冰坡,冰上落雪,雪上覆冰,于是光滑无比,人畜踏上无不滑倒摔跤。当地群众都称这里为"冰趟子"。赵尚志仔细观察了周围的环境,这里有几家店铺,过往车马都在此休息。车道北就是那段冰坡,道南是一座小山,山上长着稠密的杂木丛,是个打伏击的好地方。附近有四座伐木工人住的木营,里面还有用煤油筒做成的火炉。他心头一亮,马上命令战士们用冰雪构筑工事,从山口到谷底布置成一个"口袋阵",决定在此消灭敌人。

3月7日,日本竹内部队守田大尉率700多日伪军陆续开进我军的伏击圈。待敌人全部进入口袋阵后,赵尚志一声令下,步枪、机关枪同时开火,子弹呼啸着飞向敌群。敌人猝不及防,抱头逃窜。前面的伪军首先被击退,中队长当场毙命。接着,后面的200多名日军向我军占据的木营扑来,但敌人在光滑的冰坡上站立不稳,接连摔倒,被打得蒙头转向,狼狈不堪。

敌人的第一次进攻失败后,后援部队又乘马爬犁赶来,凭借兵力和武器的优势,轮番对我军发起进攻。在激烈的战斗中,我军左侧的一个木营被敌人夺取,赵尚志立即命令少年连前去增援,少年连代理连长赵有财带领两个班的战士与敌人展开搏斗,木营几经易手,终于被我军重新占领。

入夜,战斗仍在继续。战士们在木营墙壁上挖了一排排枪眼,大院的矮墙也成为战士们利用的工事。随着气温下降,枪冻得拉不开大栓,手指也无法扣动扳机。而抗联战士们轮流到木营里烤火,部队越战越勇,接连打退敌人数次冲锋。我军主力部队依托木营和大院顽强阻击,另派小股部队隐藏在道北河沟内,拦腰射击敌人的左侧翼,因为河沟隔着一大片冰冷光滑的冰面,敌人不敢前进,只能集中火力攻打木营。到了后半夜,敌人趴在冰面上继续顽抗,随着气温下降,枪油凝固,机枪打了一阵就"哑巴"了。天快亮时,筋疲力尽的敌人已是不堪一击,连滚带爬地向沟口撤去。我军乘胜追击,打得敌人丢盔卸甲,溃不成军。

此次战斗,日伪军死伤约300多人,其中日本军官守田大尉、准尉津田庆一等7人被击毙。战斗中我军牺牲7人。

冰趟子战斗是抗联第三军在敌众我寡的情况下,利用地形优势进行的一场以少胜多的巧妙的伏击战,充分表明了赵尚志出色的军事指挥才能,也成为东北抗联历史上以较小代价赢得重大胜利的一次典型战例。

二、还我河山 志士挺身赴战场

许亨植
——德才兼备的抗联将领

许亨植（1909—1942），又名李熙山。朝鲜族。1930年加入中国共产党。九一八事变后，在宾县、汤原、珠河等地参加抗日活动，1934年后历任哈东支队大队长、东北人民革命军第三军第二团团长、第三师政治部主任、抗联第三军第一师政治部主任、第九军政治部主任、第三军军长、第三路军参谋长。1942年在战斗中牺牲。

许亨植不仅是优秀的政治工作者，而且还是机智勇敢、多谋善断的军事指挥员，在党和军队内威望很高，是一位难得的德才兼备的抗联将领。

1936年，许亨植根据省委确定的第三军主力西征铁力、海伦、龙门的作战计划，率领第　师在东兴、庆城一带会合王德福的第九师，共同向铁力进发。同年11月，到达铁力境内，在孙灵阁山附近与装备有重机枪、迫击炮的一支500多人的"讨伐"队遭遇。在敌众我寡的形势下，许亨植沉着勇敢地指挥第三军先遣部队与敌人展开了激烈的战斗。打死日军80余人，缴轻机枪1挺，马30多匹，击毁敌重机枪1挺，炮1门。而后，他迅速率领队伍安全转移到铁力境内郑金店。在这儿又机智地破坏了两处警察据点，并缴获部分武器。

1937年，许亨植任依东办事处主任，负责依东地区各军之间的团结和协同作战。期间,他圆满地完成了省委交给的任务。

同年7月,中共北满省委决定任命许亨植为抗联第九军政治部主任。为了改造这支部队,提高广大指战员的思想觉悟,增强部队的战斗力,他在方正县大罗勒密开办了三期短期训练班,训练了100余人,使部队的军政素质有了显著的提高。

1939年4月,许亨植任东北抗日联军第三军军长。5月,东北抗日联军第三路军成立,许亨植任总参谋长。1940年4月,兼任第十二支队政委。

1940年8月14日,根据中共北满省委关于开展三肇地区工作的指示和第三路军总指挥部的战略部署,许亨植和戴鸿宾率第十二支队70余人从安邦河后方基地出发,利用青纱帐为掩护,向三肇平原进发。队伍晓宿夜行,绕开大路走小路,神速前进。在梨树园子和绥化永安镇曹家屯与敌人有两次小规模的接触后,8月30日渡过呼兰河,进入兰西县境内,接着急行军,横穿中东铁路,跨过甜草岗,9月初便到达肇州县境内,在李道德屯驻扎。根据当地群众提供的情况,一天晚上,许亨植率领队伍悄悄摸进丰乐镇,以迅雷不及掩耳之势,干净利落地缴了警察局的枪械,活捉了伪镇长,打开了银行、仓库,给群众发放了物资,部队缴获了一部分枪支弹药和大批物资。这是第十二支队进入三肇地区取得的第一次胜利,使敌人大为震惊,而广大群众则深受鼓舞。

许亨植非常体贴干部战士,无微不至地关心同志。他真正做到了吃苦在前,享受在后。他常把自己应得的待遇让给别的同志,如每逢部队发衣服,他都让别的同志先拣好的穿,大家领剩下的就是他的。每逢在战斗中缴获了烟卷、饼干一类战利品的时候,他都是先给警卫、后勤、通讯等战士用。一次,他看见电报员没有大衣,立即把发给自己的大衣让给了电报员。行军打仗中,他时时起模范作用。驻地宿营时,他经常参加劳动,锯木头、劈柴、生火等活计他都亲自带头干。尽管他工作态度比较严肃,但大家都愿意接近他。在他身边战斗过的同志回忆起这些事迹,总是赞叹不已。

为维持部队的最低给养,减少群众的负担,许亨植带领大家采取自力更生的办法,自己动手解决一部分吃饭问题。他带头在深山中开垦出一小块荒地,和大家一道精心侍弄庄稼,还起早贪黑地认真看管,防止野猪糟蹋庄稼。当年的老战士回忆起来,都说他是不知疲倦的人。

每当部队攻占一个地方,缴获到物资的时候,他不只是考虑队伍的需要(尽管部队物资很缺乏),还总要拿出一部分钱、粮、物分给贫苦群众。

1942年7月下旬,许亨植到在巴(彦)、木(兰)、东(兴)地区活动的一个小分队检查工作。8月2日,他和警卫员陈云祥在王兆庆的护送下返回总指挥部密营,途经庆城与东兴交界的青峰岭山下,当晚露宿在青峰岭下凌河畔。8月3日清晨,陈云祥生火做饭时,因地势低洼,炊烟散得很慢,他们被正在"讨伐"搜山的伪警察队发现并包围起来。经过两个多小时的激烈战斗,终因敌众我寡,许亨植和陈云祥突围未成,壮烈牺牲,时年33岁。

柴世荣

——偕妻带子走上抗日战场

柴世荣（1893—1944），原名柴兆升，山东省胶县人，1899年随父母逃荒到吉林省和龙县。九一八事变后参加抗日，1934年加入中国共产党。历任东北反日联合军第五军副军长，东北抗日联军第五军副军长、军长，中共道南特委委员，东北抗日联军第二路军第五支队支队长兼哈绥道南游击区司令，抗联教导旅第四营营长。1944年在执行任务时牺牲。

农民出身的柴世荣，少年时依靠父亲的辛勤劳作和一家人的勤俭生活，得以上学读书。1912年父亲去世后，刚刚成年的柴世荣便担起了养家糊口的重担。1924年，为生活所迫，柴世荣被招去朝鲜修筑铁路。朝鲜从中日甲午战争之后沦为日本的殖民地，朝鲜民众在日本殖民者残酷统治下的悲惨生活景象，在柴世荣的心里留下了深刻的烙印。

1928年，柴世荣回到家乡，到和龙县当警察。他豪侠仗义，广交多识，深得好评。1931年九一八事变后，东北各界民众掀起了抗日救国的怒潮。柴世荣早年在朝鲜的耳闻目睹使他深知"亡国奴"的悲惨命运，他决心绝不做"亡国奴"，而是要抗日救国。柴世荣以他领导的几十名警察为基础，揭竿而起，投入到抗日救国的斗争中。他的正义之举，得到周边民众的拥护和响应，队伍很快发展到数百人。

二、还我河山　志士挺身赴战场

柴世荣深知抗日救国不能只靠少数人,只有每一个中国人都参加到这个行列中来,才能把侵略者赶出去。他对妻子柳淑清说:"没有国,哪有家!日本鬼子来了,脑袋都得搬家。我绝不做亡国奴,也绝不让我的亲人当亡国奴。我希望你和孩子们能与我共赴国难,等把小日本赶跑了,我们一家人再一起过舒心安稳的好日子。"柳淑清听他讲完后,毅然对孩子们说:"跟着爸爸走是对的!"就这样,柴世荣卖掉所有家产,带领妻子和3个不满15岁的子女义无反顾地走上了抗日救国的道路。柳淑清在部队担任护理工作。1936年3月,由周保中安排,柳淑清和3个子女去苏联莫斯科学习。后来,这3个孩子都加入了中国共产党。1938年7月,柳淑清和孩子们回国到延安,不久,大儿子柴国栋就奔赴抗日最前线,1939年在晋察冀战场上殉国。柳淑清1958年病逝于武汉,生前被尊称为"柴老太太""革命老妈妈"。

1932年2月,柴世荣率部加入中国国民救国军,任第四旅旅长,在延吉、珲春、汪清、和龙、宁安、东宁、安图、敦化、额穆、蛟河等地开展对日武装斗争。他参与指挥了1932年2月攻打敦化、额穆、蛟河县城的战斗,3月宁安县镜泊湖战斗,以及1933年绥芬河大甸子、大荒沟和东京城等地的战斗,显示出卓越的指挥才能。"柴旅"成为救国军中一支能征善战的劲旅。

1934年2月16日,柴世荣率部加入中国共产党领导下的绥宁反日同盟军。在他的带动下,绥宁地区的其他抗日武装也纷纷加入同盟军。同年冬,柴世荣加入了中国共产党。

1937年1月下旬,柴世荣得到情报,驻后刁翎的日本守备队300多人将于28日乘坐200张马爬犁开往林口。他立即召开主要干部会议分析情况,大家一致认为,300多人乘坐200张爬犁,其主要目的不是运兵,而是运送军用物资;集结我方所有力量打他个措手不及,是完全有把握的。

大盘道是刁翎至林口的必经之地，周围层峦叠嶂，林海茫茫，一条简易公路像长蛇一样在起伏不平、蜿蜒曲折的山间伸展，是进行伏击的绝好地方。柴世荣决定在此打一场漂亮的伏击战。

28日凌晨，柴世荣率部秘密来到大盘道，主力部队在公路两侧山坡上的灌木丛中埋伏起来，军部和青年义勇军、妇女团控制公路北段的蛤蟆塘山，防止敌军从此败逃。天寒地冻，狂风裹挟着鹅毛大的雪花很快就把战士们掩埋起来。这是对意志力的残酷考验。

中午时分，终于由远及近传来踩雪的嘎吱嘎吱声、清脆的鞭哨声、偶尔的咳嗽声。冻得缩手缩脚的日军早已放松了警戒，装满物资的一张张爬犁沿着弯弯曲曲的盘道渐渐进入埋伏圈。"打！"柴世荣一声令下，盘道两侧埋伏多时的抗联战士火力齐发，措手不及的日军被打得人仰、马倒、爬犁翻。我抗联战士越战越勇，最后都端着刺刀冲下山来，在狭窄的山路上把敌人分割包围，展开了白刃战。下午4点战斗结束。除20多名日军被俘外，其余200多名日军全部被歼，我军夺得全部轻重武器和皮大衣、军毛毯、钢盔、弹药、粮食等大批军用物资。参加战斗的部队全部换上了新装备，面貌焕然一新。

大盘道伏击战的胜利武装了自己，沉重打击了敌人，使日伪极为震惊，大长了抗日军威，在第五军抗战史上留下了光辉的一页。

大盘道伏击战全歼日军的消息，迅速在周边地区传开，日伪军胆战心惊，龟缩在营房里不敢出来。柴世荣分析了敌情，决定趁热打铁，歼灭驻前刁翎的伪军。

前刁翎是抗联部队进出中东铁路道南和依东地区的要冲，有伪军的一个营分驻此地的3处：营部和一连驻张家大院，二、三连驻西防所，四连驻东防所。

2月2日晚,柴世荣率部按照事先的分工部署,分别向敌人展开了进攻,营部和东防所很快被占领,西防所的伪军在日本教官和宪兵小队长的胁迫下,据守院套,负隅顽抗。柴世荣率队赶去支援,集中火力猛攻的同时,纵火焚烧伪军作为掩体的房屋。战斗到3日凌晨结束,共击毙日军教官5名,宪兵16名,伪军营长1名,连、排长5名,士兵20多名,另有几十名伪军受伤,其余全部做了俘虏。

在亡国灭种的危急时刻,柴世荣揭竿而起,义无反顾地携妻带子投身于抗日救国的滚滚洪流,矢志不移地战斗在反满抗日的最前线,他不愧为我们民族的脊梁。

李靖宇

——抗日救国勇争先

李靖宇(1908—1945),原名李国安,别名王平,辽宁省灯塔人。1934年3月加入中国共产党,曾任大青川抗日救国军总指挥部参谋长、东北人民革命军第三军第三师参谋长、东北抗日联军第三军参谋长、沈阳情报组织部长等职。

九一八事变后,中华儿女挺身反抗日本帝国主义的侵略,并与之苦斗了14年,最终打败了日本侵略者,取得了抗日战争的伟大胜利。抗战14年,无数爱国同胞为了抗日救国奋勇争先,甚至献出自己宝贵的生命,他们是中华民族的骄傲。

哪里有侵略,哪里就有反抗。日本帝国主义武装侵略中国东北后,当时,在东北三省各地,涌现出了许多救国军、义勇军、山林队、红枪会等抗日武装,许多爱国青年纷纷加入其中。

在国家危难之际,李靖宇也不甘落后,他告别了亲人,开始走上抗日救国的道路。1933年,李靖宇来到哈尔滨东的一面坡,参加了大青川抗日救国军。由于他足智多谋、英勇善战,再加上他很有组织才能,不久,就被推选为大青川抗日救国军总指挥部参谋长。他经常到附近的几个县做宣传,说服并收编了一些山林队、红枪会、大刀会等抗日武装参加救国军,使大青川抗日救国军的队伍得到了不断的发展和壮大。

他本身就是一个传奇。传奇般投身抗日队伍，传奇般出生入死，传奇般突出重围，传奇般深入敌后……

1933 年 10 月,李靖宇在一面坡与李兆麟相遇。二人小时候是同学,能在这里相遇,都十分高兴。当时,李兆麟是中共满洲省委的军事负责人,奉命到各地巡视工作,并组织群众筹建抗日游击队。李靖宇向李兆麟讲述了自己的经历,并表达了抗日救国的决心。后来,经李兆麟引荐,李靖宇与赵尚志领导的珠河反日游击队建立了联系。

1934 年 3 月,经李兆麟和冯仲云介绍,李靖宇光荣地加入了中国共产党。根据中共满洲省委的指示,赵尚志领导的珠河游击队,召集了一些山林队和义勇军的首领举行联合会议,共同商讨抗日大计。会议决定成立东北抗日联合军司令部,并推举赵尚志为总司令。李靖宇也正式加入东北抗日联合军,担任总部参谋长一职,负责组织和领导地方武装的工作。随后,他又调任路南指挥部参谋长,负责路南反日武装的统战工作。

李靖宇积极贯彻党的路线、方针和政策,联合各抗日武装,有力地打击了日本侵略者。1935 年初,他担任东北人民革命军第三军第三师第八团团长。同年 6 月,担任第三军第三师参谋长。1935 年 10 月以后,李靖宇先后担任第九师参谋长、总指挥部参谋长、汤汪河总留守处处长并兼任军事政治军官学校总务主任。

1935 年冬,日本侵略者出动大部队"讨伐"抗日武装。李靖宇率领的部队被日寇封锁在一座大山里。战士们忍受着饥饿和严寒,与敌人艰苦斗争。总指挥部命令各部队,要趁天黑冲出敌人的包围圈。夜深时,李靖宇指挥部队开始向东快速行进,不久就与敌人遭遇。敌人的子弹像雨点一般射来,许多战士都倒在了血泊之中。李靖宇鼓励大家说:"同志们,跟我来,我们一定能冲出去!"他让大家集中火力,开始向敌人猛烈射击。最后,李靖宇终于率队杀出了一条血路,成功突围,与其他部队会合。

为了贯彻中共中央关于建立抗日民族统一战线的方针，1936年8月，东北抗日联军第三军正式成立。同年11月，抗联第三军司令部在老钱柜岭西一带，组成了一支500多人的骑兵队，赵尚志率领这支队伍准备西征。李靖宇当时担任前线指挥并兼任总部军法处处长。抗联部队来到海伦老道沟，正在休息时，侦察员报告说，"发现有七八百日军进山来了"。敌众我寡，不能硬拼。经过研究决定：将进山的敌人引入冰趟子里，然后消灭之！抗联部队迅速占据有利地势，当敌人走到指定地点时，对其突然发起猛烈进攻，最后取得了歼敌二三百人的胜利。后来，抗联队伍来到龙门以北，又遭遇了大批日伪军的阻击。当时抗联部队因武器和粮食的补充出现了困难，不得不转回汤原。此次远征，部队备尝艰苦，无一日不与敌寇血战。有一次抗联部队在一村中驻扎时，日伪军趁夜色偷偷地摸了进来。李靖宇听到枪声后，立即叫醒了冯仲云等人迅速撤离，成功躲避了敌人的偷袭。

1936年末，李靖宇等人率队攻克了佛山县，打死日军桥本中尉等9人、伪军3人，打伤数人，逮捕了伪县长和警察署长，烧毁了伪县公署和伪警察署及参事官住处，并缴获了大批的武器弹药和物资。抗联部队进城后，到处悬挂红旗，受到了当地爱国群众的热烈欢迎。李靖宇向群众宣传中国共产党的抗日政策，得到了普遍的拥护。

1937年初，中共北满省委在汤原帽儿山召开了由主要抗联领导人参加的会议。会议决定组建北满抗日联军总司令部，赵尚志任总司令，李兆麟为政治部主任。当时抗联第三军参谋长的李靖宇奉命担任保卫这次会议的总指挥。年末，赵尚志写信给苏联远东军司令部，要求其代转给党中央，并要求苏军对抗联给予援助。

1938年1月，应苏联远东军司令部的邀请，赵尚志作为临时中共北满省委代表，去苏联谈判。为配合赵尚志过界，李靖宇等人率领一支队伍,赶到萝北一带,与守敌激战。在指挥作战中,李靖宇右腿不幸被敌人的子弹打穿。抗联第六军军长戴鸿宾将随身携带的线毯裹在李靖宇身上,并与蔡近奎等人将李靖宇护送过江,去苏联医院治疗。

李靖宇伤愈后,党组织派他到沈阳任情报组织部长,继续从事抗日活动,直到抗战胜利。1945年末,李靖宇被国民党特务秘密杀害,时年38岁。

李靖宇用过的线毯

李兆麟
——千里西征斗敌寇

李兆麟(1910—1946),原名李超兰,曾用名李烈生、张寿籛等。1932 年加入中国共产党。曾任东北抗联第六军政委,北满抗联总司令部政治部主任、东北抗日联军第三路军总指挥、东北抗联教导旅政治副旅长等职,是中共北满省委的主要领导人之一。他领导东北抗联将士历尽千难万险与日本侵略者浴血奋战了十四年,把自己的一切都献给了中华民族的解放事业。

1931 年 9 月 18 日,日本帝国主义侵犯我国东北,中华民族到了最危险的时刻。亲眼目睹国土被践踏,人民被残杀,李兆麟怒不可遏,他发誓:一定要把日寇赶出中国。他说服了家人,毅然离开故乡,奔向北平,参加了"东北民众抗日救国会"和"反帝大同盟",后来奉命回到家乡辽阳,组织抗日义勇军。他经常骑着一匹白马,冒死来往于地方武装与山林队之间,向他们宣传团结抗日的道理。1932 年,李兆麟加入中国共青团,不久转为中国共产党党员。

七七事变后,松花江下游抗日斗争蓬勃发展。这引起了日本侵略者的极大恐慌,他们调集了数十万兵力包围东北抗日联军,进攻抗日根据地,抗联将士伤亡惨重。李兆麟力撑危局,他以北满临时省委代表和北满抗联总司令部主任的身份,冒死奔波于松花江两岸,担负起协调各军

二、还我河山　志士挺身赴战场

朔风怒吼，大雪飞扬。征马踟蹰，冷气侵人夜难眠。火烤胸前暖，风吹背后寒。壮士们！精诚奋发横扫嫩江原。伟志兮！何能消减。全民族，各阶级，团结起，夺回我河山。

——《露营之歌》（节选）

之间关系的重任。为了保存抗联的实力,打破敌人的"围剿"计划,跳出敌人的包围圈,开辟新的根据地,北满临时省委做出了西征的决定。

李兆麟率领抗联第六军教导队和抗联第十一军百余人最后启程。艰难的西征开始了。部队行进的路线是:从富锦出发,越过松花江到达萝北,经汤原跨过汤旺河,西行翻越小兴安岭,经绥棱到达黑嫩平原的海伦。

部队翻越小兴安岭时,正值严冬。北风呼啸,大雪纷飞,战士们冒着刺骨的寒风,穿行在百里不见人烟的林海雪原。白天,为防范日伪军的围追堵截,要随时准备战斗;夜晚,在篝火旁露营,还要与饥饿、寒冷和疲劳做斗争。

李兆麟始终与战士同甘共苦,他对战士们说:"为了抗日,我们必须保住生命。"粮食吃光了,就吃草根、树皮和烧焦的烂马皮。天寒地冻,手脚被冻坏是常有的事,有的战士走着走着就不动了,永远长眠于茫茫的白雪之中。部队克服了种种难以想象的困难,经过一个多月的长途跋涉,终于到达海伦境内,与先头部队胜利会师。

西征期间,李兆麟与战友们根据亲身经历,共同创作完成了著名的《露营之歌》:

……

"朔风怒吼,大雪飞扬。

征马踟蹰,冷气侵人夜难眠。

火烤胸前暖,风吹背后寒。

壮士们!精诚奋发横扫嫩江原。

伟志兮!何能消减。

全民族,各阶级,团结起,夺回我河山。"

《露营之歌》是西征部队行军途中艰苦生活的真实写照，更是李兆麟和抗联战士们热爱祖国、不怕牺牲的伟大民族精神的体现。

在抗联部队最艰苦的时候，李兆麟利用一切机会向战士做思想工作。在通北山里庆祝五一国际劳动节大会上，李兆麟说："今天，正是敌人疯狂地不顾一切地向我们进攻、袭击我们的时候，但这是敌人的最后挣扎，是俗话所说的'天刚放亮、小鬼龇牙'的时候，革命越接近胜利，敌人就越要拼命挣扎，我们要更加艰苦奋斗，胜利已经不远了！"他坚定的革命意志和大无畏的革命精神，感染着每一个抗联战士的心。

大部队去平原开展游击活动，后方只留下李兆麟和年老体弱的战士照顾十几名伤病员。暴雨过后，河水猛涨，到处汪洋一片。

李兆麟和二十余名战士被困在南北河东部的森林里。他们的粮食吃光了，就杀掉了心爱的战马，最后，连马皮都吃光了，河水仍然没退。大家就开始挖野菜、拣树叶充饥。战士们四处寻找能吃的东西，带回来交给总指挥统一分配。每当分食物时，李兆麟总是先分给伤病员，然后给年老体弱的战士，到他自己就没有多少了。战士们不忍心，就把自己分到的送给他些。李兆麟坚决不要，他说："你们到外边活动多，应当多吃点，我在驻地活动少，应当少吃些。"当战士们饿得情绪低落的时候，李兆麟就给大家讲古代伯夷、叔齐兄弟二人，宁愿饿死在首阳山上也不食周粟的故事，鼓励大家要战胜困难。他说："我们宁肯饿死，也要忠于祖国，绝不能动摇抗日到底的信念。"他还诙谐地说："同志们！等打跑了鬼子，我请你们吃饺子，一块儿到哈尔滨去看戏。怎么样？"逗得大家都笑了。他说："同志们，别丧气，我们就是饿死也没什么了不起，我们也不愧为中华民族的好儿女。我相信，我们的后代不会忘记，我们今天的挨饿是为了他们的明天过得更幸福！"战士们听完后，眼中都充满了激动的泪水，不断地点着头。

就在大家危在旦夕之时，河水退却了，交通员送来了粮食。这样，李兆麟和战友们保住了生命，度过了50多天的断粮难关。

1945年8月，抗联部队配合苏联红军，与八路军和新四军协同作战，打败了日本关东军。中国人民14年的抗日斗争，终于取得了最后的胜利。

李兆麟不顾个人安危，以中共代表的身份任滨江省副省长，兼任哈尔滨市中苏友好协会会长等职。他公开活动，与国民党反动派展开针锋相对的斗争。面对敌人的恐吓，他坚定地说："如果我的鲜血能擦亮人民的眼睛，唤起人民的觉醒，我的死也是值得的。"

1946年3月9日，李兆麟在哈尔滨被国民党反动特务无情地暗杀，时年36岁。

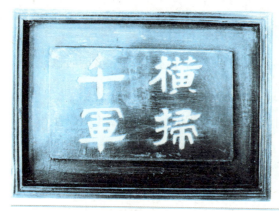

李兆麟的书箱门

周保中

——挥师纵马克依兰

周保中(1902—1964),原名奚李元,字绍黄,云南省大理人,白族。1917年至1923年在云南陆军、护国军、靖国军服役期间,历任中士、上士、准尉司务长、少尉排长、中尉代理连长。1923年春,入云南陆军讲武堂第17期工兵科学习。以后历任国民军连长、营长。1926年随军出师北伐,不断晋升,历任营长、上校团长、少将副师长等职。1927年7月,加入中国共产党。1928年5月,到上海中共中央军委工作,11月,赴苏联莫斯科中山大学学习。1931年9月归国。1932年2月来到哈尔滨,任中共满洲省委委员、军委书记,4月,去吉东地区从事组织、领导抗日武装斗争工作。1934年3月,任绥宁反日同盟军党委书记兼军事委员会主席。1935年2月,任东北反日联合军(后编为东北抗日联军)第五军军长兼党委书记。1937年9月,任东北抗日联军第二路军总指挥。1938年12月,任中共吉东省委执行部主席,后为省委书记。1942年8月至1945年9月,任东北抗联教导旅旅长。1945年7月,任中共东北委员会书记。1945年8月以后,历任苏联红军驻长春警备司令部副司令员、东北人民自卫军总司令兼政治委员、东北民主联军副总司令兼东满军区司令员、吉林省政府主席、中国人民解放军东北军区副司令员兼吉林军区司令员、东北行政委员会常委等职。1949年9月以后,历任云南省人民政府副主席、云南省政协主席等职。1955年被国家授予一级八一勋章、一级独立自由勋章和一级解放勋章。1956年,当选中国共产党第八届中央委员会候补委员。1964年2月病逝。

周保中是东北抗日联军的创始人和领导者之一,身经百战,屡建功勋。他的故事很多,这里仅选其二,以窥其大智大勇的传奇。

为进一步加强吉东、北满抗日联军内部团结,共同对敌,粉碎敌人的

他曾是护国军中的勇士，北伐军的著名将领。在中华民族处于最危险的时刻，他由南国热土远赴东北边疆，『捐躯轻鸿毛，荡寇志不渝』。毛泽东评价他：『保中同志在东北十四年抗日救国斗争中写下了可歌可泣的诗篇。』

"大讨伐",在周保中的提议、联络与主持下,1937 年 2 月下旬,北满联军代表联席会议在洼洪召开。会议根据依兰地下党组织提供的依兰城内外驻守的日伪军的情报,决定东北抗日联军第九军和第三、第四、第五、第八军各一部,联合攻打依兰县城,以突然袭击的手段,占领据点,歼灭与抑制敌人,夺取军械弹药,破坏日伪统治机关及仓库、银行等。

经过周保中等人的积极准备和精心策划,3 月 19 日下午 5 点,各攻城部队进至预定集结地,按照作战命令所规定的攻击目标分头前进。午夜 12 点,攻打依兰的战斗正式打响。

首先,第九军炮轰城内东南街日本守备队兵营,硝烟弥漫中,日军当场死伤 20 余人。第五军及第二、第九军各一部在炮火掩护下,勇猛前进,突破西城,进入街内。一部向伪军旅部发起攻击,一部直奔日军守备队驻地。但因道路不熟,进攻陷于困难。第八军、第四军一部因得到打入伪军内的抗日人员的内应,从城西北角顺利突入城内北大街,用火力封锁敌人的西北炮台,然后向伪中央银行、县公署进攻。在银行附近消灭一部日军及警备人员后,破坏了中央银行,击毙日寇井口指导官。随后,欲向西南街进攻,但遭到敌军"讨伐"队的阻击,未能与西南城的攻击部队呼应联络。第三军攻城部队绕过城东南,占领城东倭肯河岸阵地,给从营区仓皇逃出的日军以迎头痛击,使其龟缩营内,死守巢穴。第九军攻城部队攻打南门及南大营。由于内应失效,敌军死守城门,南大营敌兵较多,火力凶猛,未能攻入。

在整个攻城战斗中,由于在进攻之前对敌情变化的新情况,即新由长春调来的三四百人的"讨伐"队在街里各处的分驻情况不甚了解,与之遭遇时,形成激烈的巷战,影响了预定的对敌人主要目标的攻击。周保中综合战局情况,认为敌军顽抗,我军没有彻底消灭敌人、占领城镇之把握,久战不利,于是指示各攻城部队相机撤退,转往卡伦支援伏击日军援兵的战斗。

20日晨,双河镇 400 余名敌军得知我军攻袭依兰县城的消息后,即行出援。行至卡伦附近,遭到第五军第二师师长王光宇指挥的第五、第八军打援部队的伏击。220 余名敌兵被击毙,缴获迫击炮 3 门,轻机枪 7 挺,步枪 130 支,大量弹药。

攻打依兰县城的战斗,是抗联史上集合各军部队最多的一次联合战斗。此战虽然没有完全取得攻占的目的,但在军事上和政治上产生很大的影响。抗联各军在联合战斗中表现出严明的纪律,秋毫无犯,赢得了群众的赞赏。抗联各军联合攻城的行动,使日伪当局惊恐不安。这次战斗,破坏了敌人春季"讨伐"的部署,鼓舞了广大民众的抗日热情,扩大了抗日联军的政治影响和声望,也显示了我军团结一致、联合作战的威力。

1937 年 4 月 25 日,中共驻共产国际代表团在巴黎出版的《救国时报》以"东北抗日联军攻入三姓详情"为大标题,以"出奇制胜日寇狼狈不堪"为小标题,对此次战斗进行了报道。

1937 年 8 月初,驻守依兰东部孟家岗的日军骑兵部队频繁地出来巡逻骚扰,妄图"围剿"抗联部队。为了打击这股敌人,周保中指挥了著名的五道岗截击战。

8 月 21 日早 5 点左右,根据周保中的部署,第八军和独立师的骑兵部队共 200 人进至孟家岗附近诱敌出动。上午 10 点,敌骑兵 700 余人被诱入五道岗埋伏圈。周保中一声令下,早已隐蔽在此的第五军警卫旅战士,在三里长的战线上突然向敌人发起猛烈进攻。敌人一时秩序大乱,被打得无处藏身。激战中,敌一部利用道南的一处小高地负隅顽抗,另一大部则向警卫旅阵地猛冲,并企图抄袭抗联部队的左侧阵地。敌人的数次冲锋都被英勇的抗联战士打退。我诱敌部队又乘势反击敌先头部队。敌人被压缩到岗南大道两侧。下午 3 点半,抗联部队全线发起冲锋,痛击被围之敌。敌骑兵 200 余人拼命突围,落荒而逃。

这次战斗共击毙日军 370 余人,伤 50 余人,打死敌战马 200 多匹,缴获轻机枪 10 挺、四四式马枪 220 支,全鞍马 50 匹及钢盔、马刀、弹药等大量战利品。

五道岗截击战的重大胜利,沉重打击了驻孟家岗日伪军的嚣张气焰,使其半个多月不敢外出骚扰。战斗的胜利也武装壮大了抗联队伍。

周保中就是这样以大无畏的精神,率领将士驰骋在广阔的抗日战场,狠狠打击凶残的日本侵略者。

蔡近葵

——赵尚志为他当"红娘"

蔡近葵（1915—1973），原名蔡宗康，黑龙江省双城人。毕业于哈尔滨法政大学。读书时加入中国共产主义青年团。1933 年秋被党组织派到珠河反日游击队当宣传员，同年转为中共党员，曾任珠河团县委秘书、双东区团委书记。1934 年以后历任东北人民革命军第三军秘书、稽查处长、团政治部主任，东北抗日联军第三军第五师政治部主任、第一师师长等职。1938 年 2 月战斗失利后率部避入苏联，被解送到新疆，先后任新疆乌什、沙雅、哈密、木垒河税务局长。1949 年 10 月参加中国人民解放军骑兵第七师，任政治部秘书、股长。1951 年被审查。后曾在勘测大队、地质队、水电队、兵团设计院子弟校、农垦第三师第四十八团机务连等单位任会计。"文革"中受冲击。1973 年 11 月病逝。

1937 年，伴随着暖风从遥远的南方吹来，春天来到了北国的小兴安岭，阳光也日渐温暖，地上的野草争相从解冻的泥土中挺出身姿，林木枝条也在春风的吹拂与阳光的抚摸下泛出了浓淡不同的绿意。沉睡一冬的莽莽小兴安岭苏醒了。

在这明媚的春光里，赵尚志率领抗联第三军远征部队风尘仆仆，突破敌人重重围追堵截，克服重重困难，艰苦跋涉，终于胜利返回汤原后方根据地，来到其北部岔巴气地方休整。

在部队休整期间，一贯关心、体贴部下的赵尚志当了一次"红娘"。

原来，汤原根据地小西沟军部所在地与第三军被服厂很近，赵尚志认识了在那工作的女战士于桂珍。于桂珍的父亲于祯原是伪汤原县森林警察大队的大队长,驻守在吉星沟。1936年3月,李兆麟率部奇袭老钱柜战斗后,于祯率部弃暗投明,参加到抗日行列中来。于桂珍也由此参加抗联,在被服厂工作。经过一年的锻炼,她已经成长为一名勇敢的抗联战士。蔡近葵是赵尚志的老部下,从珠河游击队时期开始就一直跟随赵尚志南征北战。他作战勇敢,有勇有谋,深得赵尚志的赏识与器重。眼下,他随赵尚志的远征军回师汤原,率部驻扎在军部附近。

赵尚志得知于桂珍是高小毕业,觉得她与自己的老部下、哈尔滨法政大学毕业的第一师师长蔡近葵很般配,便去问蔡近葵的想法。蔡近葵见军长给做媒,于桂珍又清秀漂亮,还有文化,自然十分高兴。赵尚志又去问于桂珍:"小于同志,蔡近葵师长你认识吧?他可聪明可能干了,还是大学生,写得一手好字。你愿意不愿意和他结婚哪?"赵军长的猛然一问,毫无思想准备的于桂珍先是一愣,继而羞涩得满脸通红。在军部,于桂珍曾见过蔡近葵几面,对他印象很好。蔡近葵瘦高个,文质彬彬,精干利索。于桂珍略微思考了一下,腼腆地答道:"愿意!"

婚礼很快举行了。被服厂的女战士们从山上采来姹紫嫣红的山花,放在新人旁边,又用山花编成花环戴在新郎、新娘的头上,从敌人那里缴获的"话匣子"放着优美的乐曲。"红娘"赵尚志当起了婚礼的主持人,他首先向这对新婚夫妇表示祝福,并特别勉励他们,在今后漫长的革命征途中,要互相关心,互敬互爱,携手抗日,白头到老。他分别给蔡近葵和于桂珍两个金戒指,让他们互相交换,并祝他们百年好合。然后新郎、新娘表演节目。于桂珍的表演唱,赢得了战士们的热烈掌声。蔡近葵唱起了他自己作词的《满江红·白黑征歌》:

"冰结花残,千里外白黑长征。

忆故国倭奴残暴,男儿奋兴。

惯矣军旅未觉苦,漂泊数载焉知幸。

但使那东北光复后，安我心。

山河壮，起征尘，头颅掷，慰英魂。

逞军威横扫黑水之滨。

不曾收复失去地，哪堪再听亡国音。

欲归来共奏凯旋曲，待来春！”

表现了抗联战士们不怕"头颅掷"，"横扫黑水之滨"的大无畏革命精神和英雄豪气，喊出了我们"共奏凯旋曲"，一定要"使那东北光复"的心声。大家都为这对抗日战士的新婚而高兴，情不自禁地随着"话匣子"载歌载舞。婚礼的最后一项，入洞房。新房是缴获鬼子的蚊帐，扎在山坡上，真是"天当被，地当床，蚊帐作洞房"。战士们三三两两地来闹"洞房"，欢乐的笑声在这密林中的夜空久久回荡……

就这样，在赵尚志的介绍与主持下，东北抗联战士蔡近葵和于桂珍在抗击日本侵略者的民族解放战争中因志同道合而结成伉俪。婚后，于桂珍跟随蔡近葵的第一师行动。他们并肩战斗在抗击日本侵略者的行列中。

李延禄
——镜泊湖畔连环战

李延禄（1895—1985），号庆宾，吉林省延吉人。1931年7月加入中国共产党。他是东北抗日联军第四军的主要创建者和领导人，曾任中国国民救国军总部参谋长兼东北抗日自卫军补充团团长、东北抗日游击总队总队长、东北抗日救国游击军军长、东北抗日同盟军第四军军长、东北抗日联军第四军军长，为东北抗日斗争的胜利做出过重要贡献。抗日战争胜利后，他任合江省人民政府主席，松江省人民政府副主席。新中国成立后，他任黑龙江省副省长、黑龙江省政协主席，为黑龙江省的建设付出了全部心血。

九一八事变后，中共满洲省委做出了决议，要求东北各地党组织加强领导士兵工作，以实际行动沉重打击日本侵略者。

按照中共满洲省委的要求，延吉县委决定派共产党员李延禄利用关系，到吉林省防军第十三混成旅王德林部开展士兵工作。王德林是第十三混成旅六十三团三营营长，民族意识强烈，他曾经参加过反帝爱国运动，日本侵略中国东北后，吉林省防军参谋长熙洽、第十三混成旅旅长吉兴投敌叛变，王德林和三营的官兵十分气愤，决定举旗抗日。不久，王德林在敦化车站率全营官兵宣布起义，并将队伍带回延吉小城子兵营。

李延禄接到组织的命令后，于1931年11月，带领共产党员左征、朴重根来到小城子，去找王德林。王德林部队当时正面临粮食、武器短缺

在高官厚禄的收买面前，在亲人被抓捕的威逼胁迫面前，李延禄的回答是：
「我不仅是家庭的子弟，我还是中国的公民，自古忠孝不能两全，我今天决意尽忠于国，不能尽孝于家。」

的困难,对部队下一步的发展,还举棋未定。李延禄的到来,令王德林惊喜万分。李延禄马上帮助王德林分析形势,坚定了他抗日的决心。李延禄还帮助王德林发动各界爱国群众,为部队筹集粮食、军饷,使部队逐渐稳定下来。

1932年2月8日,王德林在延吉小城子召开抗日誓师大会,正式成立中国国民救国军,自任总指挥,李延禄被任命为总部参谋长。

日本侵略者得知救国军成立后,十分惊慌。他们多次派人劝降李延禄,让他退出救国军,并向他许以高官厚禄。可是,李延禄丝毫都不动心。敌人见无法说服他,就将他的父亲、兄弟等亲人都抓了起来,胁迫李延禄投降。并扬言,如果他不投降,就要杀害他的全家。李延禄闻讯后,悲愤不已,他连夜给家人写了一封公开信,表达了自己坚定的抗日决心。

信中说:"我不仅是家庭的子弟,我还是中国的公民,自古忠孝不能两全,我今天决意尽忠于国,不能尽孝于家。"信中还说:"如果你们骂我不孝、不慈、不义,那就请你们想想,九一八以来,在东北三省被日本屠杀的,不都是我们中华同胞的父母、兄弟、妻儿么?何止我李延禄一家呢。我正在做着东北三千五百万同胞的孝子、慈父、义夫,不能做一家的孝子、慈父、义夫。亲爱的家人们,我顾不着你们了,望你们为国争光啊!"

这封公开信不仅粉碎了敌人的阴谋,而且还进一步鼓舞了抗日军民的斗志。

此时,李杜派人来找王德林,并带来了1万元军饷,要求收编王德林部为东北人民抗日自卫军的一个团。李延禄知道王德林不想依附于人,可是,这也是一次为党组建抗日武装的好机会。于是李延禄说服了王德林,收下了军饷,为自卫军另编成一个团。李延禄从投军的爱国青年中选出了400人组成了3个连,命名为东北抗日自卫军补充团,由他来兼任团长,直属救国军总部指挥。随后,通过李延禄介绍,共产党员孟泾清、金大伦等人也来到救国军总部工作,并在部队中秘密成立党支部。不久,李延禄指挥救国军连续攻克了敦化、额穆、蛟河三县城,缴获了大量的枪支弹药,极大地鼓舞了部队的士气。

日本侵略者对此十分惊慌,急调大部队对救国军进行"围剿"。1932年3月初,日军天野旅团沿中东铁路向东进攻,日军上田支队从敦化北上,企图把救国军等抗日义勇军消灭在宁安境内。在这危急的情况下,李延禄与孟泾清等共产党人立即召开党支部会议仔细分析形势,研究对策。会议认为:此战救国军如能获胜,就会沉重地打击日寇的嚣张气焰,坚定各部队的抗日意志,鼓舞士兵的战斗士气。会上,大家都同意李延禄去镜泊湖山区迎击敌寇的意见,并研讨好作战的方案。

王德林召开救国军总部会议,让大家商讨对策。救国军高层领导的意见不统一。副总指挥孔宪荣等主张避开日军,进山隐蔽。李延禄主张正面设伏迎敌,并代表补充团坚决请战。王德林赞成李延禄的意见,并把救国军库存的全部手榴弹拨给了补充团,还调集了一个营的兵力在侧翼进行掩护。

李延禄选择牡丹江流入镜泊湖的大河口北岸的"墙缝"一带高地,作为打伏击战的阵地。阵地下面的牡丹江北岸,是冰封季节从敦化去宁安的必经之地。

1932年3月的一天,日军来到大河口。随着李延禄的一声枪响,部队向日军猛烈射击,抗日勇士们一跃而起,投掷的手榴弹,在日军队列中接连爆炸。战斗打得很激烈,进行了9个多小时,补充团勇士们打退了日军的数次进攻。日军伤亡惨重,大河口北侧的江边,到处都是日军的尸体。战后,救国军获得了敌人丢弃的2 000支好枪和1 500支破损枪支。

接着，李延禄又让李延平、崔永贤等率领矿工营，在南湖头松乙沟火烧北上的日军，取得了胜利。日军逃进宁安县城，天野等部仅剩400余人。1932年3月下旬，这支残敌在向中东铁路海林车站逃窜途中，在宁安城西关家小铺又遭到阻击，被击毙百余人，逃到海林车站的仅有300多残兵。

李延禄联系宁安抗日武装刘万奎部，要他们阻击逃敌。同时，还通知在亚布力的共产党员李延青，带领铁路工人游击队在中东铁路高岭子车站颠覆日寇军车。李延青得到日军出发的情报后，在高岭子车站西侧，起掉了一节铁轨的道钉，做好了埋伏。等到日军军车出轨翻车后，游击队员向敌人猛烈射击，日军伤亡200余人，日寇天野少将被打死，逃窜的日军不足百人。至此，镜泊湖连环战胜利结束。

参加镜泊湖连环战的主力部队有李延禄指挥的救国军补充团、矿工营和李延青的铁路工人游击队等，后来这些队伍就成了中国共产党领导的东北抗日联军第四军的主体和基础。

李荆璞

——石门子伏击战

李荆璞(1908—2000),原名李玉山,黑龙江省宁安人。九一八事变后,自发组织起一支10多人的农民队伍抗日,1932年10月成立"平南洋反日游击总队",任总队长。1933年5月部队改名为宁安工农义务队,任大队长。同年5月加入中国共产党。1935年8月后历任东北反日联合军第五军第一师师长、为东北抗日联军第五军第一师师长。1937年赴苏联莫斯科东方大学学习。1939年4月在延安抗日军政大学学习。1941年被派往大青山抗日根据地,任骑兵支队第三团政治部处主任,后任塞北军分区武装委员会主任。抗战胜利后,历任牡丹江军区司令员兼牡丹江市市长、合江军区副司令员等职。新中国成立后历任热河省军区司令员、沈阳军区第一文化学校校长、中国人民解放军第七科学研究院副院长等职。1955年被授予少将军衔。2000年11月在北京病逝。

中共宁安县委书记李范五曾写过一首题为《石门子战斗》的七言诗:

天险石门鬼见愁,诱敌入瓮太公谋。

杀声起伏倭头滚,一网打尽红袖头。

这首诗说的就是曾威震宁安地区的抗日将领李荆璞巧妙设伏、重创敌军的故事。

1935年3月16日,东北反日联合军第五军第一师师长李荆璞率领70多名战士在宁安八道河子大岔沟一带活动时,发现不远处有一个形迹可疑的人。那人头戴狗皮帽子,脚穿棉鞋,腰里别着把斧头,探头探脑地四处张望,看见抗日部队后,便神色慌张地转身就向后跑。李荆璞命令几个战士追上他,押过来问话,那人起初谎称自己是后马场人,上山是来伐木的。但他那副慌乱恐惧的样子,让李荆璞识破了他的身份。李荆璞厉声道:"我看你不是来砍木头的,倒像是日本人的探子。"经过盘问,那人终于承认是三道河子伪靖安军派来侦察"平南洋"的密探,并且供出了"讨伐"队的武器、装备、人马和车辆的情况。三道河子伪靖安军是日寇的走狗,经常"讨伐"我抗日军队,还镇压抗日群众,气焰十分嚣张,因该军官兵衣袖上都有一红杠,当地老百姓都叫他们"红袖头"。

李荆璞根据密探交代的情况,又观察了一下周围的地形,立刻有了主意,他对密探说:"你回去就照实讲,就说从东北岔路出来七八十个抗日军,向偏脸子方向去了,我看见了他们,他们没看见我。"然后就放了密探。原来,李荆璞决定将计就计,放这个"舌头"回去传话,然后引蛇出洞,打个伏击战,狠狠教训一下这伙敌人。

放走密探后,李荆璞又仔细察看了地形,决定在石门子伏击敌人。石门子位于宁安县西南,是通往汪清的必经之路。这里是两山夹一沟,两侧悬崖峭壁,山势险峻。北面山坡上有一片树林,山脚下拐弯处就是大道,道南有一条小河,再往南200米左右是一座大山,山腰处有许多大块的卧牛石。这里是个打伏击战的理想战场。

经过周密的思考,李荆璞将队伍分成三股进行部署。先派一部分人占据两侧山头的制高点,并架上轻重机枪,以封锁敌人的退路。再安排女战士和伤病员隐蔽在南山的卧牛石后,并配了几支短枪以迷惑敌人,使之不敢抢占南山。自己则亲率主力部队埋伏在北坡的丛林中,准备集中火力打击敌人。

部队埋伏好后，一连等了三天三夜，敌人还没有来。给养吃光了，只好派人下山求助于西南沟的几户百姓。乡亲们听说是为了打日本，都积极支援，还杀了三头牛，送到山上。夜里，严寒彻骨，因为担心暴露目标，不能拢火，战士们只能在阵地上活动一下。到了第四天清晨，山坳处远远地出现了日军的"膏药旗"。大家立刻来了精神，个个摩拳擦掌，准备投入战斗。

日伪军由远及近，来的是一支步兵部队，估摸有200来人。先头部队10来个人首先进入了我军的伏击圈，敌人走着走着，突然停了下来，为首的头目说："这个鬼地方真险，要是'平南洋'在这里设下伏兵，咱们一个也别想跑。"看看周围没有什么动静，又继续向前走。接下来，200多名日伪军全部进入了我军的伏击圈。此时，李荆璞一声令下，机关枪、步枪、手枪一起开火，子弹如雨点般射向敌群，打得敌人措手不及，狼狈逃窜。由于我军居高临下，敌人很快陷入我军的火力包围中，根本无力还击。结果死伤大半，最后只好举手投降。

石门子战斗是抗联第五军历史上一次有名的伏击战，李荆璞指挥部队巧妙利用地形，以少胜多。这次战斗我军共毙、伤、俘日伪军100多人，其中，击毙日军田中曹长以下20多人，宫藤中尉受重伤。缴获步枪20余支、轻机枪2挺、手枪2支、子弹2 000余发，给敌人以沉重的打击。

王明贵

——克山突袭战

王明贵（1910—2005），吉林省伊通人。1931 年 2 月，到黑龙江省汤原县格金河矿做工。1934 年 5 月，参加汤原反日游击队。1936 年 4 月，任东北人民革命军第六军第三团青年连连长。8 月，加入中国共产党。12 月，任东北抗日联军第六军第三师第八团团长。1938 年 5 月，任抗联第六军第三师代理师长、师长。1939 年 1 月，任东北抗日联军第三路军第三支队支队长。1942 年 2 月，率部撤退到苏联境内休整，8 月，任东北抗联教导旅第三营营长。解放战争时期，历任嫩江省军区司令员、第四野战军骑兵师师长、独立第八师师长、第四十七军第一六零师师长。1949 年以后，历任第四野战军南下工作团第三分团团长、解放军军政大学广西分校第一副校长、西南铁道运输司令部副司令员、公安第十九师师长、黑龙江省军区副司令员。1983 年离休。2005 年 6 月病逝于哈尔滨。

克山县地处小兴安岭西麓，松嫩平原北缘，系山脉伸向平原的过渡地带，公路、铁路、电话网四通八达，是日军重兵把守的要地。为加强防守，在城里驻有伪军一个团，一个伪警察学校，还有日本守备队 100 多人，城内城外共驻守日伪军警千余人。日军还修筑了一丈多高的城墙，挖掘了一条八尺深、八尺宽的护城壕，城内修筑的炮台工事也很坚固，日伪宣称"铁打的'满洲国'，模范的克山县"。

1940 年秋，日寇集结大批兵力到讷河、德都、通河、海伦一带封锁山边，企图在青纱帐倒之前阻止我抗联部队进山，消灭我军于平原地带。

一位赶车的农民，一位不愿做奴隶的矿工，毅然拿起枪投入到不屈不挠的抗日战争中，身经百战，成长为叱咤疆场的民族英雄。

针对敌人的企图,抗联第三路军第三支队支队长王明贵、政委赵敬夫、参谋长王钧研究决定,使用调虎离山、声东击西之计,派部队在克山与讷河交界处频繁活动,摆出要进山的姿态,把驻守克山的日伪军主力引出,然后我主力部队以长途奔袭、夜攻的战术,突袭克山县城。

9月初,第三路军政委冯仲云、第九支队支队长边凤祥、政委高禹民率第九支队主力来会合。经研究决定,冯仲云担任攻城总指挥,王明贵担任军事指挥。在地方抗日组织的积极配合下,我方很快掌握了敌人的兵力部署,工事构筑,县公署、伪军团部的防御情况,还摸清了仓库、监狱、银行的位置。据此,制订了各部进行攻城的具体分工和战斗部署。

9月中旬,驻克山县日伪军主力果然前往"讨伐"我"进山"部队,县城内只有200人左右的日伪军警把守。23日晚,第三、第九支队主力200余人身穿缴获的伪军服装,从克山县北部的张老道窝棚出发,携带三天的给养,夜行晓宿,经过两夜的隐蔽急行军,25日凌晨到达克山城郊预备地点隐蔽起来。战士们个个信心十足,人人摩拳擦掌,跃跃欲试,等待战斗号令。

25日晚10点半,军事指挥王明贵发出了攻城信号,各路攻城部队如猛虎出山,从隐蔽地迅速突进县城西北角,直冲北二道街十字路口,机枪班抢占炮台,各部分别向各自进攻目标冲去。第九支队来到伪军团部门口,敌哨兵还没弄清是怎么回事就被缴了械,院内伪军被突然发生的事变所惊呆,晕头晕脑地举手投降了。此时,第三支队在王明贵的率领下冲到伪县公署的大门口,见大门紧闭,王明贵命令战士们搭起人梯,剪断电网,跃入院内,向守敌猛烈射击、投弹,敌人死伤甚多,只有少数人逃脱。战士们冲进伪县公署办公室,只见一个日本军官正在打电话求援,当场将其击毙。随后,打开监狱,释放了200多名在押群众,其中一部分爱国者砸开手铐、脚镣后，当即领取枪支弹药，加入抗联，投入战斗。驻西门外的日本守备队分乘两辆汽车向城内增援而来，我阻击队给予迎头痛击，致敌死伤过半，残余敌人想进入伪县公署避难，又遭堵击。城外敌人把四门封锁，企图堵死我军出路，并出动装甲车向抗联部队反扑。勇敢的抗联将士们集中火力，用机枪和手榴弹打开一条出路，强夺东门，杀出克山。经过三个多小时的激战，部队迅速撤出城外，经过一昼夜急行军，摆脱了敌人增援部队的追击和飞机的轰炸，到达德都五大连池的卧虎山一带休整。

此战，共击毙敌人13名，伤10余名，缴获迫击炮4门、步枪150支、子弹6 000余发、军马40余匹，捣毁汽车1辆。

突袭克山县城战斗的胜利，是我军自1939年9月18日攻陷讷河县城之后，所取得的又一次攻打县城的重大胜利，极大地鼓舞了人民群众抗日斗争情绪，有力地打击了敌人进山"围剿"抗联的嚣张气焰，戳穿了敌人袭击我朝阳山总部之后吹嘘的"讨伐"抗联已取得"最后胜利"的谎言。王明贵被抗联第三路军总指挥部誉为"优秀军事指挥员"，第三支队被誉为"模范支队"。

三、后勤补给 前线作战有保障
HOUQINBUJIQIANXIANZUOZHANYOUBAOZHANG

　　打击日寇，战斗异常激烈；生存条件，却是极端艰苦。东北抗日联军无论装备还是人员数量，都与日军相差悬殊，但却在东北沦陷的十四年中，让日本关东军如芒在背，如鲠在喉。他们依靠民众，在密林深处建工厂，修枪械，做服装，储粮食，培训干部……为我军的后勤工作提供了有力的保障！

李延平

——创建宝清游击根据地

李延平(1903—1938),吉林省延吉人,东北抗联第四军军长李延禄的胞弟。九一八事变后,参加中国国民救国军。1932年加入中国共产党。曾任中国国民救国军补充团团部副官兼作战参谋、东北抗日联军第四军军长。1938年,率抗联第二路军西征途中,被叛徒杀害。

我是共产党领导的抗日游击队,

我们在各个战场都打胜仗,

为了从祖国领土上赶走日本法西斯,

同志们不断地战斗在寒冷的疆场。

脚下的霜花越铺越厚,

霜花凝成的冰溜越挂越长,

严寒不能把英雄们吓倒,

千万个神枪手挥动着步枪。

冻得麻木的手继续射击,

尽管血水脑浆溅满衣裳,

把抗日游击战争进行到底,

胜利的火花闪耀着一簇簇红光。

这是李延平激情澎湃的诗章。当你读着他的诗章,你是否感受到了他的革命热情和坚持到底的决心? 你是否感受到了他坚定的革命意志和信念? 作为抗联第四军军长的他,鞠躬尽瘁,不辞辛苦,使第四军不断扩大,在战场上取得了一个又一个的胜利。

1936 年,抗联第四军和抗联第三军第四师举行联席会议。会后,李延平按照上级关于"用灵活的游击战术反击敌人的'讨伐',不等敌人包围我们,先调动军队绕出敌人包围线以外的区域去活动"的指示,决定带队东征。6 月,李延平和第四军政治部主任黄玉清率军部、警卫连和第七团约 120 余人,按计划东征宝清。

当地群众对抗联部队不甚了解,加上经常受日伪的反动宣传和土匪的侵扰,老百姓畏兵如虎,所以,部队初到宝清时,并未受到群众的欢迎。李延平了解这个情况后,决定先打消群众的顾虑。他对战士们说,我们要立足此地,就必须争取当地群众拥护,现在,这里的老百姓对我们不了解,我们大家要分头进行宣传,要用实际行动告诉他们,抗日联军是人民的军队,是打日本鬼子的,是保护老百姓的。之后,他派出干部到李金围子、杨荣围子等地,通过召集群众集会、散发传单、张贴标语、教唱抗日歌曲等活动进行宣传。李延平则带领部队的干部和战士到凉水泉子和双柳河子一带开展工作。他们给老百姓挑水、劈柴、扫院子;农忙时节,到地里帮助老百姓收割庄稼、打场。

当老百姓看到这些带枪的人,并不像以往接触的伪军、胡子那样专横跋扈,而是处处为百姓着想。他们不再害怕、不再犹豫,纷纷拿出自己的存粮和棉衣,为抗联部队尽力。一位叫张福的老猎人,不顾年老体弱,扛着余粮亲自送到第四军驻地。他拉着李延平的手说:"别嫌少,这是我的一点心意,就是盼着你们多打几个日本鬼子。"

在李延平的领导下,抗联部队获得了群众的称许和赞扬,得到了百姓的支持和拥护。经过几个月的工作和战斗，抗联第四军逐渐在富锦和宝清站稳了脚跟，开辟了新的游击根据地。

为了建设和巩固新的游击根据地，李延平和战士们在宝清西南大叶子沟建立密营进行整训。他针对抗联第四军队伍成分复杂，军事技术水平参差不齐的情况，首先加强连队干部战士的射击、刺杀、掷弹等技能的常规军事训练。没有子弹进行实弹射击，他就让战士用铁皮把中间钻个眼当靶子进行射击练习；身居山区，他带领战士爬山越岭进行地形地物练习；没有教官，他亲自和战士们摸爬滚打，手把手地教。许多战士看到军长不分昼夜，哪里有问题就往哪里去，身体渐渐消瘦下去，都心疼地说："军长，你休息休息吧。"可李延平这时总是笑笑说："同志们，时间宝贵呀。"

在开展军事训练的间隙，李延平还组织部队进行政治、文化学习。他给战士们讲授俄国的十月革命和布尔什维克的胜利，讲解东北的抗日斗争形势和中国共产党的抗日救国方针，讲争取民族解放和国家独立的道理。联系实际，深入浅出地讲授，使战士们开阔了眼界，增强了战胜日本帝国主义的必胜信心，同时他们也明白了自己的流血牺牲是为了千千万万受苦受难的东北同胞，是为了全民族的自由和解放。目标明确了，战士们训练的劲头更足了。大家认识到，不仅要掌握军事本领，还要有政治头脑和文化水平，为将来建设自己美好的家园贡献力量。

看到干部战士用如此认真的态度对待训练，李延平热血沸腾了。他要率领这支队伍去消灭日本帝国主义。他期盼着胜利的一天早日到来。夜深了，他借着月光写下了开篇那首激情澎湃的诗章。

冬训结束了，这时抗联第四军已发展到 2 000 余人。此外，他们还有一个被服厂，为战士们提供棉衣、被褥。1937 年初，抗联第四军在李延平的率领下，以饱满的抗日斗志，活跃在下江地区，成为一支重要的东北抗日武装力量。

1938 年 5 月 1 日，在周保中主持召开的抗联第四、第五军领导干部会议上，抗联第二路军总指挥部决定，为冲破敌人的包围，打通与南满、热河方面抗日部队的联系，达到"与内地抗战前线有呼应动作"，主力部队向五常、舒兰一带远征。李延平在率队远征途中，不幸被 3 名叛徒杀害，抗联第四军的好军长就这样牺牲在他热爱并为之战斗的土地上，时年 35 岁。

抗联第四军九里川密营哨卡

胡志刚

——筹建七星砬子兵工厂

胡志刚(？—1938),原奉天兵工厂共产党员。1936年带领7名失业工人来到七星砬子,参加抗联独立师修械所的筹建工作,后任七星砬子兵工厂负责人。1938年2月,兵工厂遭日伪军袭击,胡志刚带领护厂战士和工人将机床拆成零件埋藏起来,同敌人顽强战斗,最后壮烈牺牲。

1936年夏,抗联独立师师长祁致中,为了解决部队武器装备的维修问题,决定在七星砬子群山里建立一座秘密的兵工厂。七星砬子位于桦川县东南完达山支脉,方圆百余里,哈达密河和柳树河蜿蜒曲折从山中流过,原始森林枝繁叶茂,地势险峻隐蔽,是个易守难攻的地方。祁致中经过反复考察,决定将兵工厂的地址选定在水源充足、地形隐蔽的老道沟和小白砬子。

独立师通过地下党的关系在沈阳找到7名原在东北军奉天兵工厂工作的失业技术工人,由共产党员胡志刚将他们带到山里。后来,为了加强技术力量,胡志刚又派两名工人回沈阳,动员10余名兵工厂的失业工人来到七星砬子。独立师经济部主任崔振寰带领独立师60多名战士,一边负责警卫工作,一边协助工人们共同盖厂房,很快就在老道沟修建了造枪车间和弹药车间,在小白砬子建起了修械所。

抗联勇士们当年使用过的机床，见证着东北抗日联军艰辛的烽火岁月和自强不息的斗争精神。

厂房建成后，寻找机床、工具和原材料就成为首要任务。在地方党组织的帮助下，在佳木斯市一家铁工厂找到了一台适合的机床，祁致中立即派胡志刚带人前去购买。然而当时日伪当局对买卖这类生产机械产品的机床严格控制，购买时不仅需要现款，而且还要有三家铺保。资金可以由地方党组织和抗日救国会筹集，铺保却很难找到。师长祁致中得知情况后，派警卫员去佳木斯找到一位刻字的朋友，刻了三家商店的图章，假造了保条，终于购买了这台机器。

　　在地方党组织的帮助下，胡志刚等人把机床拆开，装在满载谷草的大车上，混过了城门岗哨的检查，拉到一个名叫夹信子街的地方，再用马爬犁运进七星砬子山里。

　　机床要运转需要电力，可是山里没有电，工人们想尽各种办法，保证生产。他们自己修筑了堤坝，以水为动力带动发电机发电。当水源不足时，就安装上从敌人那里缴获的汽车发动机，以煤油发电。有时煤油供应不上，就只好把一个大铁轮安装在木架上，挂上皮带，由四个身强力壮的年轻人轮流摇动，保证机头的运转。

　　最初，工厂的任务主要是修理枪械、制造子弹。工人们将抗联战士从敌人手里夺来的各种杂牌枪修好后，再输送到前线。后来，在厂长胡志刚的鼓励下，工人们开始探索自己制造枪支。这些工人都是原东北军奉天兵工厂的技术骨干，对生产枪械的工序很熟悉。他们从长发屯火车站抢运来一批钢轨，试制成功一种手枪——带机头的撸子，俗称"匣撸子"，第一批共生产出100多支。师部为庆祝兵工厂试制产品成功，召开了表彰大会。师长祁致中亲自试枪，连发数弹皆中靶心，会场一片欢腾。这种手枪发到部队，指战员们用着自己制造的武器，战斗士气更加高涨。不久，兵工厂又研制成功一批手提式自动冲锋枪和一种杀伤力很强的新式瓜形手榴弹。七星砬子兵工厂逐渐发展成为北满抗联部队规模最大的兵工厂。

1938年，敌人调集重兵对下江一带的抗日联军进行"讨伐"，东北抗日斗争的形势更加严峻。敌人已侦察到七星砬子山里抗联活动的一些情况，于是将所有进山通道严密封锁。兵工厂无法继续生产，胡志刚带领战士和工人将拆成零件的机床和一些原材料分散埋藏起来，准备形势好转后再恢复生产。

2月中旬，日伪军千余人对七星砬子兵工厂进行包围突袭。厂长胡志刚指挥护厂战士和工人们占据山顶有利地势，与敌人展开激战。战士们英勇反击，子弹打光了，就用石头砸、滚木轧。最后，残暴的日军竟施放了毒气，整个山头都弥漫着滚滚浓烟。胡志刚与几十名工人、护厂战士全部壮烈牺牲。

胡志刚，这位普通而平凡的共产党员并没有给后人留下更多的故事，但他为七星砬子兵工厂的建立和发展所做出的贡献将永远为历史铭记。

1955年到1957年间，黑龙江省博物馆和东北烈士纪念馆联合文物征集小组由抗联老战士张凤歧等人当向导，在桦川县七星砬子兵工厂遗址附近挖掘出兵工厂当年使用过的机床和一些机械零件、手工工具等。如今，这台锈迹斑斑的机床静静地陈列在东北烈士纪念馆的展厅内，见证着东北抗日联军艰辛的烽火岁月和自强不息的斗争精神。

吴景才

——珠河"红地盘"的领导者

吴景才(？—1938)，山东省义州府人。1931年九一八事变前来到黑龙江省珠河县。1934年初参加抗日活动，不久加入中国共产党，7月当选为珠河农民委员会总会会长。1935年10月，珠河县人民革命政府成立，当选为主席，群众称之为"吴县长"。1936年秋任东北抗日联军第三军第三师政治部主任，率部在珠河、延寿、方正等地进行抗日斗争。1938年6月任抗联第三军第二师政治部主任，10月率队在方正县蚂蚁河西老道庙一带活动时被敌人包围，在战斗中身负重伤，光荣牺牲。

吴景才，石匠出身，九一八事变前闯关东来到黑龙江珠河县(今尚志市)。曾经开过饭铺，当过短工。后来，在三股流常万屯沟里开了一个小烧锅酿酒，虽说刚刚开张，但生意还算不错。

1933年底的一天，一队溃逃的日伪军经过常万屯沟里，把吴景才辛辛苦苦经营起来的烧锅一把火烧尽。吴景才气愤不已，怒火满胸，怀着与日本侵略者不共戴天的家仇国恨，于1934年初参加了三股流的反日会，义无反顾地走上了抗日救国的道路。

参加抗日工作后，吴景才意识到文化的重要性，只要一有时间，他就到农民夜校如饥似渴地学习文化知识，同时也懂得了更多的抗日救国的道理，思想觉悟很快有了较大提高。他负责为抗日游击队筹集军需物资、搜集日伪情报等工作。由于他为人耿直，工作踏实、出色，在群众中享有很高的威信。不久，他加入了中国共产党。

1934年7月，珠河农民委员会总会在三股流成立，吴景才被选为总会长。农民委员会是在原来的群众团体"反日会"的基础上建立起来的，其任务是领导根据地内其他群众组织（妇女会、儿童团）、群众武装（农民自卫队、模范队、青年义勇军），开展除奸、除匪斗争，侦察敌情，传送情报，组织生产，巩固根据地建设，为部队筹办给养，解决根据地内地方上发生的一切问题。它代行政府职能，是根据地实际政权机关，在广大群众中有很高威望。随着珠河抗日游击区的扩大，到1935年春，珠河地区共建立起30多个农民委员会分会。

1934年冬，珠河抗日游击根据地扩大到周围的六县十二区。在珠河农民委员会、珠河中心县委和哈东游击队的领导下，根据地内的广大民众能够安心度日，既不再受土匪的骚扰，也不受敌伪统治者的压榨。农民种地，不再向地主纳重租，也不缴一切苛捐杂税，生活普遍得到了改善，到处呈现出军民团结抗日、努力生产的一派生机勃勃的景象。这使抗日部队有了保存和发展自己，消灭和驱逐敌人的战略后方，群众有了一处安身立命之所。群众赞誉根据地为人民的"红地盘"。

农民委员会的建立，为抗日斗争和根据地建设做出了极大贡献。尤其是吴景才领导的地方武装，在配合游击队对敌作战，保卫抗日根据地"红地盘"方面，成绩更为显著。1935年春，日伪统治区发生了粮荒，敌人妄图乘我游击队转至外线作战之机，到"红地盘"来抢粮。伪军第二十三团的一个连共200余人，强迫群众套出300张爬犁，突然闯入铁道南"红地盘"。十万火急的消息传到吴景才那里，他知道去调抗日部队已经来不及，便当机立断，下令调集模范队、自卫队，组织了100余人的队伍，立即赶往土门岭伏击敌人。傍晚，伪署长率队押着装满粮食的300张爬犁浩浩荡荡地往回返。当他们全部进入伏击圈时,吴景才一声令下,一时枪声大作,硝烟弥漫,杀声四起。敌人晕头转向,不知我方虚实,丢下爬犁,四散逃窜。这一仗,不仅夺回了粮食,还打死 5 个敌人,得了不少枪支弹药,极大地鼓舞了地方抗日武装和群众的斗争信心。

珠河县的"红地盘"就像插在敌人心脏里的一把钢刀,使敌人坐卧不宁,寝食难安。1935 年秋,日伪军出动了大批部队对珠河抗日根据地进行"大讨伐",所到之处实行惨无人道的"三光"政策,珠河抗日根据地遭到严重破坏,形势空前严峻。但身为总会长的吴景才仍和珠河中心县委的其他领导一起坚持地方工作,活动在蜜蜂、三股流、红石砬子、十三保、六道河子等地。日伪修的大屯、山上的密林中、地窖子里都曾是吴景才的"家",也是他的战斗指挥所。面对白色恐怖,吴景才和同志们曾三次到铁北根据地召开群众大会,鼓励大家坚持斗争。

日伪的军事"大讨伐"在抗日部队的英勇抗击下遭遇了失败,而民众抗日的组织却在战斗中成长。1935 年 10 月,在珠河中心县委的领导下,在三股流召开群众大会,正式宣布珠河县人民革命政府成立。这一天,阳光明媚,贫雇农代表、妇女代表、游击队负责人、青年义勇军和儿童团都来参加大会。会场设在山坡空地上,游击队的钢枪,青年义勇军的土枪、抬炮,儿童团的红缨枪和招展的红旗,构成一副壮美的画卷。当选为县人民政府主席的吴景才讲了话。大家热烈鼓掌、唱歌、呼口号,庆祝人民群众有了自己的政权。吴景才亲笔签发了《大中华民国珠河县人民革命政府布告》,号召人民群众坚持抗日斗争,发挥各种抗日组织的作用,积极支援人民革命军,反击敌人的"讨伐"。

1936 年 8 月,珠河游击根据地被敌人破坏,中共珠河中心县委和县政府的主要负责人,都加入了抗联第三军,吴景才担任抗联第三军第三师政治部主任,走上了武装抗击日本强盗的最前线。

三、后勤补给 前线作战有保障

张兰生

——舍生忘我好政委

张兰生(1909—1940),黑龙江省呼兰人,满族,原名包巨魁。1932 年加入中国共产党。任哈尔滨电业局支部委员时,参与领导哈尔滨电车厂工人大罢工。曾任北满临时省委书记、抗联第三军政治部主任。1940 年 7 月牺牲于朝阳山保卫战中。

富饶的小兴安岭,记录着东北抗日联军指战员为夺回我东北大好河山与敌人斗争、与残酷的生存条件斗争的身影和事迹。张兰生就是其中一位抗日将领,他对革命事业忠心耿耿,对工作不避危险,不怕困难。他还是一位舍己为人、处处为战友着想的好领导。

张兰生工作勤勤恳恳,认真负责,具有大无畏的自我牺牲精神。他有时一连三天吃不上饭,仍然坚持工作。有时累得汗水把棉衣都浸透了,一拧就出水,他还是工作不止。一次,张兰生和冯仲云等五人被敌人追击,他们跑到一条河边被拦住了,天也黑下来。这时正值阴历 9 月,河面上已结了一层薄冰。大家谁也不知道河水有多深,能不能过得去,正在犯愁的时刻,张兰生挺身而出,他说:"我先过,我若掉到河里就招呼一声,你们就别过了,另找逃路吧;如果能到对岸,我就敲树,你们听到后再过。"说着他就勇敢地下了河……结果其他四人也都过去了。过河后,大家的衣服都湿透了,冷风一吹,冻成了冰,张兰生又忍着风寒拾些干

三、后勤补给 前线作战有保障

漫长的岁月，艰苦的环境，残酷的斗争，需要更多的张兰生式的政治干部，更多的同志爱和战友情。乐观向上的士气，就是战斗力，革命亲情就是胜利的保证。

柴，为大家生火烤衣服。

张兰生以身作则、舍己为人的精神是值得称颂的。在那战争年代，生活极其艰苦，可是张兰生作为一个政治工作干部，始终以极大的热情，无微不至地关怀着战士们的生活，把政治工作做到人们的心坎里。每逢部队在山上露营时，夜间他经常不睡觉，给同志们烧火取暖，有时还给战士们拆洗和缝补衣服。部队断粮的事是经常发生的，为了让病号能够不挨饿，他经常把自己分得的那份作为救急用的炒面送给病号吃，自己却饿着肚子。他还动员他的爱人李英根也把炒面送给病号吃。

1937年夏天，张兰生带领部分战士在通河沟里活动。有段时间，部队断了粮，张兰生为了保证战士们的士气和战斗力，虽然他自己也饿得全身没有一点力气，但还是尽力打起精神，给战士们以榜样和力量，通过宣教、唱抗日歌曲鼓舞战士们的斗志，使战士们的情绪活跃起来，战胜了断粮的困难，并在以后的艰苦战斗中取得了一次次的胜利。

1940年7月，张兰生赴德都县五大连池北朝阳山一带巡视，联系讷河地方组织，指导龙北地区党的工作时，不幸在朝阳山里被日伪军包围，张兰生在战斗中壮烈牺牲，时年31岁。

张兰生虽然永远地离开了他的部队和战友，但他的革命乐观主义精神、舍己为人和大无畏的自我牺牲精神却留在部队、留在了战友们的心里，激励着他们顽强地与敌人战斗，直至胜利。中华儿女永远铭记着这位处处为战友着想的好领导——张兰生同志。

姜墨林

——机智勇敢筹给养

姜墨林（1921—1940），黑龙江省宁安人。1932年，参加中国共产主义儿童团。翌年到部队工作。曾任第二军第四师第四团青年义勇军小队长，后进入抗联第二军总指挥部直属教导团。1940年，他率领的小部队到达东宁以西二十八道河子时，被敌人包围，为掩护战友突围，壮烈牺牲。

当听到某某少年11岁时，你的脑海中也许想到的是一个被父母宠爱、无忧无虑生活、学习的少年，也许想到的是个孝敬父母、懂事的孩子，也许你想到的是一个任性、不爱学习的学生……然而，抗日战争时期的姜墨林，却在自己11岁的时候，走上了抗日救国的道路，开始了他短暂而不平凡的一生。

姜墨林11岁就参加了中国共产主义儿童团，他聪明、机智、勇敢，责任心强，工作主动热情，不怕困难，为革命尽职尽责，出色地完成地下党组织交给的大量交通联络工作，并在群众中广泛地进行抗日救国宣传活动。后来，因身份暴露，被组织送到部队。

到部队后，姜墨林苦练杀敌本领，熟练掌握了各种武器的射击要领，射击准确度显著提高，个子比枪高不多少的他却在战场上毫不逊色，受到战友们的称赞。除苦练打仗的本领外，他还刻苦学习文化知识，在不

怀着「中国必兴，日寇必亡」的理想，他走进硝烟弥漫的课堂，开始了一个儿童团员的学习和成长……

到三个月的时间内,识字 1 300 多个,学会了写字条和一般书信。通过刻苦学习,姜墨林积蓄了能量,战斗力明显提高。

1936 年 2 月,抗联第二路军成立了总指挥部,姜墨林所在的原第五军教导大队改编为第二路军总指挥部直属教导团。

1937 年冬,日本侵略者调动十余万大军对游击根据地进行疯狂的"大讨伐",妄图消灭我抗日武装力量。这时,抗联第二路军总指挥部和外地作战的部分队伍的联系被切断了,省委机关与下级党组织的联系也被切断了。天近严冬,气温急剧下降,大雪即将封山。如何尽快解决总指挥部和省委机关人员过冬所需要的粮食和棉衣呢? 总指挥部领导商量决定,把这个艰巨的任务交给了少年姜墨林。

接到任务后,姜墨林在心中做了详细的筹划,按照总指挥部的指示精神,率领一支精干的轻骑队,从宿营地出发,一路上飞马扬鞭,机智勇敢地向前挺进。他们跨过高山峻岭,穿过茫茫密林,绕过敌人的明碉暗堡,来到一个地势复杂的低洼草地。这里距离依兰县城只有七八里路。姜墨林命令战士们就地隐藏起来,并准备好爬犁等候接应。

姜墨林换了一身破旧便服,将钱款藏在一条又脏又破的黄豆口袋里。然后,他背着口袋,独自一人,直奔依兰县城。到了县城后,姜墨林很快就和地下党组织取得了联系。他在地方组织的帮助下,通过抗日救国会,采取发动群众、以零凑整的办法,从四面八方买来所需物品。然后,发动老人、妇女和儿童,把这些东西零零散散地带出城外,送到指定地点。这样,不到一个星期的时间,就集中起来一百多匹棉布、上千斤棉花,还有不少乌拉、胶鞋和其他原料。

之后,姜墨林一面指挥战士们把这些物品装上爬犁,一面派出侦察员,探听周围的敌情。一切安排妥当后,他率领轻骑队员,护送着运输队,沿着松花江向驻地急速返回。

当队伍走到距离依兰县城约四十五公里、位于牡丹江东岸的土城子附近时，发现有日军追赶上来。姜墨林沉着冷静地思索了一会儿，然后向运输队的战士们说："你们不要管后面，你们的任务就是快往前赶路！"

说完，他命令轻骑队员立即把马藏在灌木丛中，随后占据了有利地势，埋伏下来，等待阻击。他对战士们说："我们的目的就是缠住敌人，一定让运输队安全返回驻地！"

下午两点多钟，阻击敌人的战斗打响了。敌人突然受到袭击，骑兵部队被打得人仰马翻，死伤惨重。战斗持续了两个多小时，天色已黑，姜墨林命令轻骑队员急速上马，撤出阵地，摆脱敌人。在他的率领下，大家很快赶上了运输队。

战士们稍作休息后，没等天亮就又出发了。下午，队伍到达刁翎河口，与总指挥部派来接应的部队会合了。就在这时，又发现敌情，一场激战后，以敌人失败告终。

运输队顺利回到大森林中的驻地。姜墨林以其机智、勇敢和卓越的组织指挥能力，漂亮地完成了组织交给的艰巨任务，受到指战员的一致好评，在部队中传为佳话。

1940 年，姜墨林率领的小部队到达东宁以西一百多里的二十八道河子时，被敌人死死地包围在河谷里。在敌人疯狂的火力网下，战士们终因寡不敌众，接连不断地倒下去，最后，阵地上只剩下姜墨林等四名战士，为了掩护其余三名战士突围，姜墨林一直顽强地与敌人战斗到仅剩下最后一颗子弹。当狰狞的敌人蜂拥而上试图抓到他时，他从容不迫地举起手中的盒子枪，把最后一颗子弹射进了自己的胸膛。敌人在姜墨林的衣兜里只找到一张纸条，上面用红铅笔写了 23 个端端正正的字：

"中国必兴，日寇必亡！

中国共产党万岁！

抗日救国胜利万岁！"

年仅 19 岁的英雄姜墨林就这样为了他的理想、为了赢得抗战的胜利献出了年轻而宝贵的生命。他机智勇敢斗敌的英雄事迹，将永远激励着新时代的青少年勇于承担社会责任，为祖国的强盛而努力拼搏。

三、后勤补给　前线作战有保障

侯启刚

——尽心竭力培育军政人才

侯启刚(1907—1941),辽宁省盖县人。1930年春在上海加入中国共产党。1933年3月任哈尔滨道里区团委书记、团市委书记。6月,被派往珠河,任县委秘书。1934年秋任哈东支队秘书处长,1935年初任东北人民革命军第三军第三团政治部主任。1936年3月,汪雅臣领导的"双龙"队义勇军改编为东北人民革命军第八军(后改编为东北抗联第十军),侯启刚被任命为第八军政治部主任。1936年春,东北民众反日联合军政治军事学校成立,侯启刚任代理教育长兼教官。1938年任东北抗日联军第三军第三师政治部主任。1941年夏进关寻找党组织,途中牺牲。

1936年4月,为适应抗战需要,提高抗联军政干部的综合素质,解决各军军政干部人员短缺的问题,在赵尚志的倡议与张寿篯(李兆麟)的具体领导下,东北民众反日联合军政治军事学校在汤原汤旺河沟里的伊春河畔成立了。赵尚志兼任校长,张寿篯兼任教育长,李福林任总务主任,张文廉任秘书兼教员,教员有侯启刚、张德、雷炎、王玉升等。7月,侯启刚代理教育长,实际担负了学校主要的日常管理和教学工作。

侯启刚大高个,大眼睛,细长脸,当时三十来岁。他读过水产学校、商业学校,在华东大学深造过,有文化、有知识,是当时抗联队伍中少有的深入学习研究过马克思列宁主义原著的人。张寿篯和赵尚志都认为,把他调到军政干校工作再合适不过了。

在给学员讲为什么要创办这所学校时,侯启刚说:"我们的部队为什么能够从小到大,发展成为主要的抗日武装力量,到处打击凶恶的敌人呢?因为我们明白抗日救国的道理。队伍要发展壮大,要扩大游击区,要建立人民的政权,还要发动群众,建立抗日根据地,这些都需要大批既懂政治,又懂军事的干部。我们现有的干部数目少、水平低,远远不能适应形势发展的需要,更不适应将来的需要了。所以办这样一所军政干部学校是非常必要的。""比如连有连长、指导员,连长要带兵打仗,要组织训练,指导员要做政治思想工作,开群众大会要讲话,宣传抗日救国的道理和方针政策。你不懂军事,怎么能带好兵打好仗呢?你不懂革命道理怎么能做好政治工作呢?""我们是抗日联军的干部,要学会向群众做宣传,你不会讲是不行的。我们要学习军事,研究游击战术。现在我们打的是游击战,将来抗日力量强大了,我们还要打正规战,所以我们要学习研究各种军事战术。"侯启刚深入浅出地讲解,使学员们明确了学习的目的与意义,学习起来自然劲头十足。

学员们学习的内容很多,主要是军事课、政治课和文化课。干校的学员大部分没有文化,学习中困难很多,有的人出现了畏难情绪。侯启刚鼓励他们:"谁也不是一出生就什么都懂,知识是学来的,只要用心学,就一定能学会。"侯启刚的一番话,一下子把学员的积极性调动起来了。大家决心珍惜这难得的学习机会,要像打仗冲锋那样,把全部劲头都使出来。大家都非常努力,加之丰富的实战经验,每个人进步都很快。

第一期讲课最多的教官是侯启刚和张德。他俩准备得都很认真,讲课时条理清晰,既引经据典,又深入浅出,形象生动,深受学员欢迎。抗联第六军第三师师长王明贵是第二期学员,他曾回忆说:"侯教育长看过马列的很多原著,知识面也很宽,有强烈的爱国主义思想,有丰富的抗日斗争经验,讲话哲理性很强。"

学校没有现成的教材,侯启刚就和教官们把各自以前看过的知识尽量回想起来,教给学员。侯启刚在教学过程中相继写出《关于统一战线问题的研究》和《东北反日队伍的分析及义勇军改造策略》两本讲义,供教学使用。前者写于1936年11月,对统一战线的定义、性质、种类、建立和破裂、扩大和缩小的原因、工作步骤、方法、策略、注意的问题,以及"如何执行中国共产党的抗日统一战线"做了说明。王明贵记得,在他们结束学习、返回部队时,侯启刚把他们送到岔巴气,一路上,侯启刚利用中间休息时间,为他们讲解这篇讲义,使学员们对党的抗日民族统一战线思想有了相当深的了解。后一本讲义于1936年春脱稿,1936年冬再度整理,1937年4月20日印刷。该文阐述了反日义勇军与抗日联军和抗日救国军的关系及如何在中国共产党的领导下,逐步改造反日义勇军的策略问题。这两篇文章是侯启刚根据东北抗日斗争实际,积极探索开辟抗日民族统一战线道路,寻求壮大抗联武装新途径的理论总结。

1937年春,军校第三期结束,侯启刚和张文廉带领学员离开伊春,来到铁力山区,继续对学员进行培训和教育,直到教官和学员全部分配完工作,才结束了教学工作。

侯启刚为之呕心沥血的抗日军政学校,在一年零两个月的时间里,曾三次迁址,从伊春河畔到乌敏河畔,又到翠峦河畔。共举办了三期训练班,为北满抗联各军培养训练了200多名优秀的军政干部,对提高部队和地方干部的素质起了一定的作用。毕业后的学员分到各军,都成为部队的骨干,他们在对日作战中英勇顽强,指挥若定,成长为优秀的指挥员、著名的抗日将领,为打击日本侵略者建立了卓著的战功。

于保合
——松林里的电讯学校

于保合 (1914—1985),满族,吉林省伊通人。1936 年 1 月加入中国共产党。曾任东北抗日联军第三军司令部留守团政治部主任、抗日联军电讯学校校长、第三军政治部宣传科长兼机关党委书记、北满抗联总司令部电信队队长等职。

于保合在中学读书时,就受到了革命启蒙思想的影响,开始关心国家大事。九一八事变后,在共产党员李世超等人的教育下,于保合开始投身抗日活动。1933 年,日本宪兵逮捕了在吉林省立一中读书的于保合,敌人无论怎样对他进行恐吓和利诱,他都守口如瓶。后来在亲友的帮助下,他被保释出狱。同年 7 月,于保合加入了共青团,在吉林开展团的工作,并担任共青团吉林市区委书记,他组织团员散发传单和画报,积极从事抗日宣传工作。

1933 年 12 月,于保合受党的派遣,到苏联莫斯科学习无线电技术。回国以后,于保合来到了哈尔滨,在中共满洲省委的领导下,开始筹建秘密电台工作。他利用自己的各种社会关系,不断为党组织提供重要的机密情报。

随着东北抗日联军的不断发展壮大,抗联的领导机关迫切地需要同党中央取得联系,以加强各部队之间的协同作战能力。可是,部队当时

电台的开关，被轻轻打开，随着电键的按动，寂静的森林里立刻传出了"嘀嘀嗒嗒"的发报声，这是联络的讯号，是战斗的召唤，是中华民族威武不屈的呐喊。

一部电台也没有。抗联领导曾多次派人到哈尔滨等城市去买器材，终因敌人封锁太严而没有结果。

隆冬时节，抗联第六军领导人挑选精兵，远距离奔袭汤旺河上游老钱柜，把敌人全部缴了械，并且还缴获了一部电台。电台有了，培养通讯人员的基本条件就具备了。于是，在1936年夏，抗联的第一所电讯学校就诞生了，于保合被任命为抗联第三军司令部电讯学校的校长兼教员。赵尚志嘱咐于保合："现在东北抗日的形势很好，我们的部队发展也很快，只是相互联系有很大的困难，仅凭两条腿跑交通是不行的，必须要靠电台来加强联系。你们一定要尽快培养出一批报务员来！"

为了避免敌人的骚扰，电讯学校的校址选在了小兴安岭的原始森林里。在这样艰苦的条件下办学校，非常不容易。学校刚建立时，只有8名学员，劳动时大家都得动手。原始森林里，木料极其丰富。白天，大家一起伐树，锯木板；晚上，大家就露营在苍松翠柏之下。经过十多天的苦干，终于建成了结结实实的木头房子，还钉了简单的桌凳。木房的前面开辟出一小块场地，作为学员操练的场所。房子修好了，接下来就是去外面运物资。为了争取早日开课，每天大家都要走百多里的路。结果，只用了一个月的时间，准备工作就全部完成了。

电讯学校开学的那一天，天气格外晴朗。大家围坐在机器旁，兴奋地等候着。于保合轻轻地打开电台的开关，然后按动电键。这时，寂静的森林里立刻传出了"嘀嘀嗒嗒"的发报声。这样，大家的学习生活开始了。学员们的学习热情很高，因为都是年轻人，所以接受能力也很强，不到一个星期的工夫，就基本上掌握了阿拉伯字码的抄收。可是，到了学习拉丁字码的时候，就不那么容易了。由于学员的文化程度普遍较低，从未见过这些弯弯曲曲的"洋字母"，所以，书写和背诵都很困难，大家产生了畏难情绪。有的战士实在沉不住气了，就皱着眉头说："这个太难学了！学习这个能有多大用啊，还不如回部队扛着枪，直接去打鬼子呢！"于保合看在眼里，急在心头。

一天晚上，于保合召集电讯学校学员开会，研究对策。会上，于保合让大家讨论一个问题：共产党员在困难面前是前进还是后退？有的人说："大敌当前，重任在身，应该百折不挠，排除万难，完成任务，决不能辜负党的期望。"有的人说："咱们干革命的人，无论做什么都要有决心！谁退缩，谁就对不起党，对不起东北三千万受苦受难的同胞！"会后，大家的学习态度发生了明显改变，谁都不叫苦了。从早到晚，除了吃饭，都在学习。电键不够用，就拿手指头练。没有纸和笔，就用小木棍在地上写。到了夜晚，大家仍然围在油灯的周围，反复地练习。

于保合还给大家讲政治课，让大家了解国内、国际形势。他把从省委那里得到的几张《救国时报》念给大家听，每天晚上还组织大家听广播。有时于保合还领大家一起唱抗日歌曲、唱《国际歌》，歌声回荡在林海雪原中，激励大家努力学习本领，为抗日斗争多出一把力。

寒冬腊月，风雪交加。电讯学校的粮食供给出现了困难，大家每天只能吃上一两顿稀粥，有时十几天也吃不上一口菜。但是这丝毫不能阻碍大家的学习热情，学员们的学习成绩不断提高。

为了防止意外情况发生，在电讯学校的入口处要有人站岗放哨。学员们既要上好课又要放好哨，所以比较疲劳。于是，学员们开动脑筋，找来一些铜丝当电线，从离驻地三百来米的入口处接到屋里。如果有人碰到了线头，屋里的灯泡就亮了。后来又对之进行了改进，在上面系上个电铃，一通电，灯也亮，铃也响，大家给它起了个名字叫"自动哨"。

不久，于保合接到省委的来信，信上说：抗日斗争形势发展很快，各部队都扩了编，迫切需要加强彼此的通讯联络，你们要加快学习速度，学好技术。从此，于保合带领学员们夜以继日地勤学苦练，大家也都想尽快学好本领,早点为抗联部队服务。最后,学员们的努力付出都有了回报,除了掌握基本的电讯知识外,发报、收报都达到了要求。这样,按照省委的指示,电讯学习结束了,学员们都被分配到部队工作。

于保合和全体学员们告别了这片朝夕相处的密林,离开了电讯学校,都投入到了新的战斗中去!

刻有抗日联军标语的大树

三、后勤补给 前线作战有保障

张光迪
——为建立抗联后方基地而战

张光迪（1906—1986），别名张凤山，河北省广宗人。1933年12月，参加珠河反日游击队，1934年6月加入中国共产党。历任东北人民革命军第三军第六师师长、抗联第三路军第六支队队长等职。抗战胜利后，历任黑龙江省军区二分区和三分区旅长、司令员、内蒙骑兵师副师长。新中国成立后，历任天津军分区副司令员、邯郸军分区司令员等职。1986年11月病逝。

1936年夏初，赵尚志率领抗联第三军主力部队由汤原西征巴彦、木兰、通河一带，张光迪在汤原坚持斗争。7月上旬，赵尚志率部西征归来，指示张光迪到巴彦接受新的任务。

张光迪在巴彦山边找到了在巴木通地区巡视工作的北满抗联总政治部主任张寿篯（李兆麟）。张寿篯当时正着手把抗联第三军第六团扩编为第六师，当即任命张光迪为第六师师长兼第六师第七十三团团长。该师另辖一个独立营和由新收编的义勇军、山林队组成的一个旅。第六师建成后，一直在张光迪的率领下，从巴彦、木兰一带活动到庆城、铁力、绥棱一带，四处出击打击敌人。12月，赵尚志第二次率领第三军远征部队到达铁力时，第六师随第三军远征队挺进海伦、通北地区，取得了冰趟子伏击战、哈拉巴山伏击战等一系列战斗的胜利，部队得到了锻炼，战斗经验和能力都得到提高。随后，赵尚志率部继续北征，第六师留在海伦地区坚持斗争。从此，张光迪率领第六师，以海伦东山里为依托，活动在周围的庆城、铁力、绥棱、通北的广大地区，坚持斗争达五年之久。

1937年夏秋，张光迪率第六师进行了几次大的行动。先攻占了海伦侯大老爷屯，摧毁了伪警察署，活捉了伪警察署长和多名伪警察；在东山边截击日军货车；用武力迫使伪山林警察队不与抗联为敌。之后又与第六军第三、第四师共同在海伦北部与日伪军展开激烈战斗，重创敌人。紧接着，夜袭马家岗日伪军驻地，攻打徐家围子伪自卫团。部队进入通北后，先缴了一处伪警察所的武器，接着攻打宋家站，缴获大量军需物资。日军大部队沿途跟踪追击，第六师与第六军部队分开行动，进入通北、海伦山里隐蔽、休整。张光迪率领第六师在海伦一带的抗日游击活动，扰乱了日军的后方，开辟了游击区，为后来北满抗联确定向海伦一带西征提供了条件。

军事上打击日伪军的同时，张光迪派工作队到地方做群众的宣传工作，他自己也经常亲自深入山边村屯，广泛接触各阶层群众，结交各方面朋友，宣传抗日救国的道理，得到社会各界不同程度的帮助和支持。双录乡刘洪录屯的关景堂以给木营送东西为名，多次给张光迪送粮食。一次，他从全屯集钱，买了一些羊皮大棉袄、狗皮帽子，还有牛皮乌拉120双、毡袜240双，用马爬犁送到抗联密营。双录乡坝墙子屯的王万江和两个儿子，曾三次为张光迪送粮食、衣物。还有鲁万银、耿兰田、刘万库等许多百姓为抗联送过粮食、衣物。

经过艰苦的努力，第六师在海伦东山里的八道林子一带创建了后方基地，建立了许多密营，陆续建立了被服厂、后方医院、粮食仓库，为部队进行休整和训练提供了条件。

1938年，日本侵略者调集大批兵力对抗联集中活动的松花江下游地区进行了空前激烈和残酷的进攻,下江一带的抗联不断遭到攻击而大量减员,游击根据地日益缩小。北满临时省委决定,部队突破敌人的封锁和包围,实行战略转移,向海伦一带远征,保存实力,开辟嫩江平原抗日游击区。从8月开始,北满抗联主力部队分三批向西北远征。9月下旬,常有均率领的第一批远征军一部到达海伦与张光迪部会合,郭铁坚率领的另一部分于11月到达海伦八道林子。10月8日,第二批远征队在海伦白马石与张光迪部会合。12月末,张寿篯率领的第三批远征队到达海伦。张光迪率第三军第六师在海伦八道林子所建立的后方基地,为1938年北满抗联西征部队提供了可靠的落脚点和一定的物资保障,也成为开辟黑嫩平原新游击区的出发地和总后方。

1939年1月2日,张寿篯在海伦八道林子召开北满抗联各军团级干部会议,成立西北指挥部。西征集结海伦的千余名抗联指战员,编成四个支队、两个独立师,张光迪被任命为第一支队支队长。1月28日,北满临时省委在海伦八道林子召开第九次常委会议,确定依托小兴安岭西麓山区,在黑嫩平原开展抗日游击战、创建新的游击根据地的活动方针。会后,张光迪率领第一支队在海伦以北地区坚持抗日斗争。1940年4月,张光迪任整编后的抗联第六支队队长,在海伦以南地区开展抗日游击战。

张光迪率领抗联第三军第六师在海伦地区英勇奋战,建立起巩固的后方基地,为自我生存和发展奠定了坚实的基础,为北满主力部队的战略转移提供了有力的保障。

四、智斗敌寇 龙潭虎穴巧周旋

ZHIDOUDIKOULONGTANHUXUEQIAOZHOUXUAN

　　突重围，破牢监，与日伪敌特巧周旋——抗联将士英明果敢，智勇双全，哪怕身临绝境，何惧虎穴龙潭，总能见柳暗花明，峰回路转！回首一段段传奇往事，看我抗日志士如何绝路逢生，机智脱险！

金伯阳
——"一毛钱饭店"遇险

金伯阳(1907—1933),原名金永绪,辽宁省金县人。1921年考入旅顺师范附属公学堂就读,1925年加入中国共产主义青年团,1929年加入中国共产党。历任中共满洲省委候补委员、常委兼职工部长,负责领导职工运动。1933年9月,被派往吉林磐石县协助杨靖宇领导南满游击队。10月,在碱水顶子战斗中牺牲。

日军占领哈尔滨后,白色恐怖遍及城乡,中国共产党开展地下活动愈加困难,共产党员随时面临着被捕的危险。为更好地与敌人周旋,需要坚定的信念,更需要机智和胆识。当时的满洲省委常委金伯阳就经历了这样的考验。

1933年1月,中共中央驻共产国际代表团派人到满洲省委传达上级指示,由于原来的接头地点发生了变化,省委无法与来人取得联系,只好在《国际协报》广告栏上用暗语刊登了一则"寻人启事",并约定在"一毛钱饭店"见面。"一毛钱饭店"是在满洲省委支持下,由哈尔滨市的一批左翼文化人于1932年冬集资开办的,地点在哈尔滨市道里区中国四道街(现中央大街西四道街)北5号的一间小平房。之所以取名"一毛钱饭店",意为价格便宜,经济实惠,便于招徕顾客。这里既是党的一个秘密联络点,也是左翼文化人的聚会场所。

在满洲省委的支持下，哈尔滨的一批左翼文化人在道里区中国四道街（现中央大街西四道街）集资开办了「一毛钱饭店」。这里既是党的一个秘密联络点，也是左翼文化人的聚会场所。

当天,省委负责职工运动的金伯阳(化名北杨)按约定时间来到"一毛钱饭店",见饭店里人不多,便找了个靠里边不显眼的位置坐下来。伙计上了杯茶,金伯阳一边喝茶,一边随手翻阅当天的报纸,暗中观察周围的动静,看似没有什么异常。一会儿,一位头戴礼帽、西装革履的青年走了进来,此人正是刚从苏联回来的前来接头的高庆有同志。金伯阳从容地起身招呼他,两人落座后稍作寒暄,然后开始小声地交流省委工作情况。

刚说了没几句,突然,门外进来一位个子不高、衣衫褴褛的乞丐。他向四周打量了一下,便径自向金伯阳这边走来。金伯阳一眼认出,来人是赵尚志。原来,赵尚志在巴彦领导抗日游击队受挫后,刚刚回到哈尔滨,正在焦急地寻找党组织汇报工作,恰好在报上见到了这则"寻人启事",他读懂了其中的意思,便来到接头地点,希望与党组织取得联系。但他们没有料到,日伪警察也从这则不同寻常的寻人启事中嗅出了异样的味道,于是布置了便衣特务在此巡查监视。赵尚志进来后便装作乞丐的样子向金伯阳他们讨饭吃,金伯阳刚要说话,突然发现几个特务模样的人正在死盯着他们,于是便向赵尚志使眼色,暗示他不要开口,赶快离开,但赵尚志未解其意。情急之下,他抬手给了赵尚志一个耳光,并大声斥责:"你这个臭要饭的,别在这儿扫兴,快给我滚开!"赵尚志立刻明白了:周围一定有敌人的探子。正要转身离开,身后几个特务蜂拥而上,将他们三人围住,一起押上了汽车。

押送三个人的汽车疾驰着向道外日本宪兵队开去,到景阳街拐角天泰客栈附近时,车子转弯减速,赵尚志乘机跳下汽车逃跑,结果又被敌人抓了回去。到了日本宪兵队,敌人分别对三人进行了审讯。每次审讯,金伯阳都坚称自己根本不认识赵尚志,他还利用自己曾在满铁工厂做工并粗通日语的优势,故意用日本话与日伪警察辩解。敌人见他能讲一口流利的日语,又实在抓不住什么把柄,过了两天只好将他释放。而赵尚志在审讯中也一口咬定自己就是要饭的,不认识那两个人。敌人找不到什么证据,只好将他痛打一顿后释放了。随后,高庆有也因查无实据被释放。

这次事件后,由于日伪特务防范日紧,金伯阳在哈尔滨开展地下活动愈加困难。同年秋,中共满洲省委为了加强对南满游击队的领导,派金伯阳赴吉林磐石县协助杨靖宇工作。同年 10 月,金伯阳在碱水顶子战斗中壮烈牺牲。

于洪仁
——足智多谋的党代表

于洪仁（1908—1934），满族，黑龙江省宁安人。1930 年加入中国共产党。1932 年被党组织派到救国军中工作，后与李荆璞一起组织了"平南洋"反日游击总队，任副总队长。1933 年 5 月部队更名为宁安工农义务队，任副大队长、党支部书记。1934 年 2 月，任绥宁反日同盟军党委委员。同年 8 月 21 日，在宁安大唐头沟活动时被叛徒杀害。

九一八事变后，东北各地自发的抗日武装风起云涌。为了争取和改造这些抗日队伍，将其纳入党的领导之下，中共满洲省委派出许多共产党员到义勇军中开展工作。当时，24 岁的于洪仁就是肩负着这样的使命被派到救国军中。在随后的两年多时间里，他以优秀的政治工作才能，为义勇军的改造发挥了重要的作用。于洪仁有胆有识，足智多谋。这里讲述的是他智斗伪军的几个故事。

1932 年初，于洪仁被中共宁安县委派到义勇军王德林的救国军中，在李荆璞的连队中开展工作。这个连队有 100 多人，主要是以宁安县沙兰镇雇农李荆璞为首，于 1931 年冬组织的农民抗日武装改编而成。但是，加入救国军不久，李荆璞很快认识到救国军不是真正积极抗日的部队，于是决定把队伍拉出去自己干。

9 月的一天，傍晚时分，李荆璞将部队集合起来，对大家说："我们不能再跟着救国军干了,半年多了,他们没打过一次日本人,现在又要往东宁跑,我们要自己干,保卫我们的家乡……"话音未落,于洪仁从队伍中走出来,激动地说:"连长说得对,打日本还是要靠我们自己。但我们不能就这么走,打鬼子需要武器,不如把营部端了再走。"大家群情激愤,都同意于洪仁的主张。但李荆璞考虑到营部附近还驻扎着两个连,一旦枪响,势必会引起注意,那时想走就难了。于洪仁略加思索后,对李荆璞说:"我有办法,不用枪响也能解决问题。"依照他的主意,李荆璞带着一队战士来到营部,假借向营长汇报紧急情况,乘其不备收缴了营部的武器。于洪仁则带领一个排在外围巡视,以作应变的准备。就这样,队伍未放一枪就收缴了营部的所有武器,连夜翻越老爷岭向宁安地区进发。

这件事后,李荆璞约于洪仁进行了一次深谈,征求他对于部队如何扩大、整顿以及与日军作战的意见。于洪仁谈了自己的一些想法,深得李荆璞的赏识,于是李荆璞将于洪仁调到身边担任助手。10月中旬,平南洋反日游击总队正式成立,李荆璞任队长,于洪仁任副队长。

队伍到达宁安后不久,被一支伪保安队发现了踪迹,伪保安队尾随在部队后面,企图伺机进攻。李荆璞打算和敌人硬拼,于洪仁及时劝阻了他,说:"这是我们队伍拉出来后的第一仗,这一仗的胜败至关重要,决定着部队的士气和队伍的发展壮大,要打就一定要打好。现在是敌强我弱,这样硬碰硬地打,我们会吃亏的。我们得想办法打他一个措手不及。"两人商量后,制订了一个诱袭敌人的计划。他们将队伍分成两股,主力部队先期到达附近村屯中驻扎休整,等待战机;另外派出一支小分队吸引、牵制敌人,和敌人兜圈子。两天后的傍晚时分,李荆璞悄悄率一部分主力到屯外隐蔽,于洪仁则带一部分队伍化装成农民,埋伏在屯子中。深夜,当已疲惫不堪的敌人被小分队引进屯子里时,我军立即展开内外夹攻,伪保安队长仓皇逃窜,其余伪军全部被歼灭。这次战斗后,部队士气大振,于洪仁在队伍中的威望也提高了。

1933年春,于洪仁从上级党组织得到情报,敌人有几辆大车拉着军装正运往沙兰镇。于洪仁和李荆璞都认为这是补充部队军需的好机会,于是迅速制订了作战计划。他们先是在半路设下埋伏,截击敌人的五辆大车,缴获了敌人的武器和全部军装。然后派一部分人穿上伪军的服装,在天黑之后,大摇大摆地开进了沙兰镇。不费一枪一弹,顺利地缴获了伪保安队的枪支弹药。

宁安街里有个放高利贷的关祥,秘密投靠了日本人,经常组织一些地主破坏抗日军队的募捐活动。于洪仁决定要除掉这个汉奸。一天,他带着几个人化装成卖柴火的农民,将武器藏在柴火捆里,赶着柴车进了城。李荆璞带队伍隐蔽在城外准备接应。进城后,于洪仁将柴车赶到党的地下联络站孙八爷的院里。这个院子和关祥的住宅只有一墙之隔。夜半时分,于洪仁率领几个战士越过围墙进入关祥家院内,迅速冲进屋内,将这个民族败类就地处决,为民除了一害。

宁安南卧龙屯的伪警察署长李进忠积极效忠日寇,镇压抗日军民,于洪仁决定给他一个教训。1933年5月7日深夜,依照与于洪仁事先商议好的计谋,会说几句日本话的队长高德新和几名战士,敲开了李进忠的门,说:"太君来了,快快出来迎接!"李进忠没发现什么可疑之处,就带着几个随从跟着高德新到屯北去迎接。他远远看见"太君"于洪仁骑着高头大马,一副威风凛凛的样子,正要上前去迎接,突然,一支冰冷的枪口对准了他,这个平日里气焰嚣张的日寇走狗腿一软,乖乖地交出了武器。随后,于洪仁等人利用李进忠带路,顺利地缴了伪警察署的枪械。

于洪仁策划和领导的这几次行动,充实了部队的武器装备,极大地打击了地方反动势力,提高了部队在当地群众中的影响,促进了这支抗日武装的进一步发展壮大。

李凤林
——奇袭老钱柜

李凤林(1909—1937),原名李增智,朝鲜族,辽宁省海城人。1928年逃荒到黑龙江省萝北县鸭蛋河七马架,自家开荒种地维持生活。1931年参加抗日活动。1932年加入中国共产党。先后任鸭蛋河、太平川、洼区区委书记。1936年春任东北人民革命军第六军第四团第二连连长,11月任东北抗日联军第六军保安团团长。1937年3月部队在桦川县葡萄沟与日伪军遭遇,战斗中英勇牺牲。

老钱柜位于小兴安岭腹地、汤旺河中游。它不是村屯,只是当时伐木场的账房所在地,是给工人开工钱、放粮的地方,所以管它叫"老钱柜"。日军侵占汤原后,为了掠夺小兴安岭原始森林的木材,不惜用重金收买了当地有100多人的"于四炮"炮手队,并提供优良的武器装备,于1935年10月建立了汤原伪森林警察大队。这支伪警部队,在日军警佐森山等7名鬼子的直接操纵下,盘踞在老钱柜,并派出兵力在交通要道驻守设卡。他们抓劳工、征牲口、肆意盘剥、压榨当地民众以帮助日本人在山里采伐木材。他们还经常偷袭抗日军民,直接威胁着抗日部队汤旺河谷后方根据地的建设。

1936年初,中共北满省委指示东北人民革命军第六军,要想尽一切办法,克服一切困难,组织一切力量,坚决、彻底地消灭"于四炮"的伪森林警察大队。只有这样,才能有效地阻止日本鬼子盗伐木材,才能有力地打击日伪军的嚣张气焰,振奋抗日军民的斗志,进而建立起稳固的汤旺河沟里的抗日后方基地。

"于四炮"手下的100多人,武器精良,弹药充足,人员又大多是本地猎户,环境熟,枪法准,号称是"枪响见物"的炮手。而我第六军主力部队此时去攻打鹤岗了,只有20多名负责警卫军部的战士驻守原地,武器装备也很差,有的只是"套筒子"、猎枪,甚至扎枪。此外,敌人筑有营盘,以逸待劳,我军却要经过400多公里的长途奔袭奋力攻关。敌强我弱,怎么办?

经过深思熟虑,第六军政治部主任张寿篯等决定,乘此时"于四炮"不在山上,其队伍由"五炮"带领的有利时机,抽调汤原县洼区区委书记李凤林领导的80多人的地方游击连参加战斗,奇袭敌军。

3月19日,张寿篯率领这支100余人组成的奔袭队,从浩良河东山出发,踏着深雪,冒着严寒,经一天急行军,在傍晚到达伪警察大队第一道卡子岔巴气。利用天黑的时机,张寿篯、李凤林带两名战士悄悄摸到敌人的前哨卡子房。李凤林用舌尖舔破窗纸往里看,只见两名伪警察正盘腿对坐炕上,有滋有味地喝酒吃饭呢。李凤林一摆手,两个战士猛地踢开房门冲进屋去,用黑洞洞的枪口同时顶在这两个伪警察的脑袋上。面对从天而降的抗日战士,他们乖乖地举起了双手,并坦白了营房里的驻军情况。

李凤林按着预定的作战方案,由伪警察带路,向哨卡守军的营房扑去。李凤林先悄无声息地解决了哨兵,带着30多人摸进西院,严严实实地封锁了所有门窗。张寿篯带着20多人悄然进入东院,直奔伪警察头目的住处冲去。屋里的黄毛、丁山、张保安一点没有觉察,正躺在炕上美美地抽大烟。张寿篯率战士猛然冲进屋子,以迅雷不及掩耳之势夺下挂在墙上的匣枪。黄毛反抗未得逞被制服,只好和丁山、张保安一样乖乖地举起了双手。那边,李凤林见张寿篯已得手,率领战士们顺利地缴获了伪警察的全部枪械。

南岔距岔巴气很近,必须一鼓作气拿下它,否则,一旦走漏了风声,敌人有所准备,后果不堪设想。为此,张寿篯亲自做几个伪警察头目的工作,希望他们以民族利益为重,掉转枪口,一心抗日。李凤林更是凭着他那抗日救国的满腔热忱,以诚挚亲切、平易近人的态度,很快获得了车老板们的信任,他们一下子领来十多套四马大爬犁,支援部队。

部分战士换上伪警察的服装,押着黄毛、丁山、张保安,分别坐上了马爬犁,向着下一个目标——南岔进发。

夜幕笼罩着小兴安岭,十多套马爬犁沿着冰雪覆盖的汤旺河,顶着凛冽的寒风和扑打得让人睁不开眼的漫天大雪,向前疾驰。途中遇到了"五炮"宋喜斌派出的哨兵,当即决定由李凤林和几名战士押着黄毛、丁山坐在第一张爬犁上,按计行事。

第二天黄昏,碰上"五炮"带着6个伪警察出来巡逻。"五炮"远远地看见我军的马爬犁便开口喊问:"什么人?"李凤林听了,用手枪捅了黄毛一下,黄毛立即喊道:"是老五吗?""五炮"听出是黄毛的声音,于是用缓和的口吻问道:"后面那么多马爬犁是干什么的?""山下送粮食的。""五炮"这才放下心来,把匣枪插进腰里。李凤林命令马爬犁快速向"五炮"奔去,刚一接近,他就和战士们跳下爬犁扑过去,李凤林迅疾伸手抽出"五炮"插在腰间的匣枪,战士们也缴了那6个伪警察的枪。"五炮"见反抗已来不及,只好当了俘虏。

经过宣传教育,"五炮"表示愿意带领部队去缴南岔伪警察的枪。由于他是驻守南岔的头目,所以抗联很顺利地占领了南岔营地。

第二天,部队继续顶风冒雪向敌人最后的据点老钱柜进发。晚8点多钟,部队到达老钱柜。机智勇敢的李凤林巧妙地绕过敌人的哨兵,冲进日军森山指导官的屋子,跳上炕就去摘挂在墙上的手枪。正躺在炕上抽大烟的森山忽地蹿起来,拦腰抱住了李凤林。年轻力壮的李凤林猛地一甩,竟把森山摔到地中间正烧得通红的火炉上,烫得这家伙杀猪似地嚎叫。李凤林甩手一枪结束了他的狗命。另外6个鬼子指导官也被战士们消灭了。

这次战斗,我军以两天两夜的时间,奔袭400里,夺取5个营地,击毙7个鬼子,俘虏100多伪军,缴获长短枪械100多支、轻机枪1挺、子弹30多万发、电台1部,还有大量的米、面、烟土等物资,一举摧毁了盘踞在汤旺河沟里的敌人,为建立稳固的抗日后方基地成功地举行了一个奠基礼。

郝贵林
——从农田里走出的抗联师长

郝贵林(1900—1937),原籍热河(今河北省)。1934年加入中国共产党。曾任哈东支队司令部政治保安队队长、东北人民革命军第三军第四师师长、东北抗日联军第三军第四师师长、中共北满临时省委委员兼北满抗日联军下江办事处主任。

郝贵林出生在一个贫苦的农民家庭,为了维持生计,他很小就开始给地主扛活,一扛就是十几年。后来,他告别了父母,来到了黑龙江省双城县的一个农村,后又辗转来到珠河(今尚志)黑龙宫对面的山沟,靠种地和采山货过活。

1932年,日军占领了哈尔滨,随后又占领了珠河。日本侵略者在珠河烧杀抢掠,无恶不作。郝贵林对此深恶痛绝。1934年春,中国共产党领导的珠河反日游击队来到黑龙宫一带,开展抗日活动,开辟新的游击区。郝贵林认为,当时,只有中国共产党领导的部队才是一支真正抗日的队伍。所以,他很想参加这支队伍,一起去打日本鬼子。

有一天,他正在农田里干活,看见游击队正要离开,他马上就扔下手中的农具,跟了上去,表达要参加游击队的强烈愿望。为了考验他的抗日决心,游击队的领导没有立刻批准他入队的请求。结果,郝贵林就一直跟在游击队的后面,一连走了十多天,说什么也不愿意离开。赵尚志

四、智斗敌寇 龙潭虎穴巧周旋

郝贵林领导的保安连，如一把尖刀，刺向敌人，让敌人心惊胆战。

看他抗日决心如此坚定,就批准了他入队的要求。从此,他便成了珠河反日游击队一名光荣的战士,活动在哈东抗日的战场。他作战勇敢,不怕牺牲,表现突出,很快就加入了中国共产党。同年秋,郝贵林被任命为哈东支队司令部政治保安队队长,负责保卫司令部的安全。一次,在保卫珠河黑龙宫游击区的战斗中,郝贵林负了重伤,领导决定让他治疗休养。可是还没等到伤病痊愈,他就向组织要求重新返回战斗岗位。

根据中共满洲省委的指示,哈东支队改编为东北人民革命军第三军第一师。1935 年 1 月,成立了第三军司令部,赵尚志任军长,冯仲云任政治部主任。郝贵林当时担任司令部保安连连长。他带领保安连,在司令部的直接领导下,多次对敌作战,每次他都冲在前面。他们攻占了方成岗、小山子附近的双东地界。随后北上,在宾县境内,仅用了几个小时就缴了三道岗、包家岗、四道河子据点大排队的 30 多支枪。在宾县的财神庙,他们还缴了"占北平"山林队的 50 多支枪。队伍东进到延寿的二区,缴了花砬子王成大排队的武器,并焚烧了乌拉草沟和姜家崴子局所,然后又渡过蚂蚁河,迅速深入到敌人占领的马鞍山、金坑等处,使延寿的日伪军闻风丧胆。

随后,敌人发动了疯狂的反扑,对第三军进行"大讨伐"。为了粉碎敌人的阴谋,部队采取了积极的防御部署。1935 年 4 月,郝贵林率领保安连,随同第三军司令部进军大小罗勒密,同敌人进行了一系列的战斗,甩开了敌人的围追堵截,东进到三道河子一带。不久,他们又取得了三道通战斗的胜利。郝贵林领导的保安连,如一把尖刀,刺向敌人,让敌人心惊胆战。经过一年多战斗生活的考验和磨炼,郝贵林逐渐成长为部队中一名优秀的指挥员。

1935 年夏,根据珠河县委的决议,当时的中心任务是广泛宣传并坚持抗日民族统一战线政策,积极发动群众反对归并大屯,保护游击区。同时,要求第三军率大部分主力部队向依兰、勃利、汤原一带远征,同日伪军展开游击战。东北人民革命军第三军迅速组建了三个团。郝贵林担任第四团的团长。

在郝贵林的指挥下,第四团英勇出击,取得了粉碎日伪军冬季"大讨伐"的胜利,队伍不断发展壮大。1936年春,第三军第一师第四团扩编为第三军第四师,郝贵林担任师长。他率领第四师活动在勃利与密山一带,四处打击敌人。

郝贵林指挥部队作战时,机智英勇、灵活果断,十分讲究策略,能够做到知己知彼,出奇制胜。在指挥密山哈达河战斗前,他首先派人打入伪军二十六团进行侦察,摸清了敌人的计划后,就努力争取伪军的几名士兵哗变,做好内应,随后,郝贵林带领部队连夜进行突袭,迅速结束了战斗。一举缴获了敌人150多支枪、数万发子弹,并活捉了伪军二十六团的团长。

在他的指挥下,第三军第四师在三江平原、完达山山麓纵横驰骋,不断地打击敌人,令敌人深为恐惧。

随着对日斗争形势的发展,1936年8月,东北人民革命军第三军改编为东北抗日联军第三军。9月,在汤原帽儿山召开了珠河、汤原中心县委及第三、第六军党委联席会议。会议讨论了政治、军事和组织等方面的一些重大问题,并决定以珠河、汤原两个中心县委为基础,建立中共北满临时省委。郝贵林被选为中共北满临时省委委员。1937年初,郝贵林兼任北满抗日联军下江(松花江下游地区)办事处主任。他领导抗联第三军第四师,活跃在富锦、宝清一带,奋力打击敌人,支援西征部队。

为了给东北抗联部队筹集经费和物资。1937年7月,郝贵林率领由十几人组成的抗联小分队,到勃利县青龙山小五站收取"红区地方款"。小分队刚到那里,正等待取款时,突然遭到了从勃利县赶来的200多日伪军的袭击。郝贵林指挥战士奋勇杀敌,将队伍撤到新民屯西山坡上。然而,敌人已经把他们三面包围了。他立即命令少年连连长带队突围,自己用机枪掩护大家。激战中,他身负重伤。郝贵林被大家抬到了太和屯,终因流血过多,壮烈牺牲。

王仁斋
——战场响起正义歌

王仁斋(1906—1937),原名王仁增,号仁斋,山东省文登人。1929年加入中国共产党。曾任中国工农红军第三十七军海龙游击队队长、东北抗日联军第一军第三师师长、中共南满省委委员。

1932年春,驻辽宁省桓仁县的唐聚伍部队举起了抗日大旗,成立了辽宁民众自卫军,一共编成了18个路军。辽宁民众自卫军第九路军在柳河一带活动,司令叫包景华。中国共产党党员王仁斋与包景华很熟悉,所以他就去找包景华,参加了第九路军,担任上校政治教官。

在王仁斋的努力下,包景华同意他在部队里发展共产党的组织。这年秋天,部队在柳河高家船口与日军激战,由于没有外援,损失惨重。包景华见无力挽回局面,就把这支部队解散了。王仁斋则趁机动员了30多人,在三源浦孤山子召开了大会,组建了一支在中国共产党直接领导下的抗日武装——海龙游击队,并担任政委。1932年11月,这支队伍改编为中国工农红军第三十七军海龙游击队,王仁斋任队长,刘三春任政委。1933年春,王仁斋当选为海龙中心县委委员。

1933年11月,海龙游击队与杨靖宇领导的东北人民革命军第一军独立师会合,经研究决定,海龙游击队被编入独立师,王仁斋任独立师副

四、智斗敌寇 龙潭虎穴巧周旋

「都是中国人，你们为什么，中国人还打中国人？日本鬼子强迫你们出发来打仗，伤亡回去，问你们伤心不伤心？」……

官长。1936年5月,东北人民革命第一军第三师成立,王仁斋任第三师师长。此后,他率队转战于柳河、清源、抚顺、桓仁、沈阳、西丰、铁岭、开源等地,开展抗日游击战,有力地打击了日本侵略者的嚣张气焰。同年7月,东北人民革命军第一军改编为东北抗日联军第一军,王仁斋担任东北抗日联军第一军第三师师长。为了进一步提高和扩大抗日联军的影响力,更有效地打击敌人,王仁斋率领部队从新宾岔路子出发,经苇子峪,向抚顺地区挺进。途中,王仁斋收编了"双虎"反日山林队300余人,抗联部队得到了壮大。

不久,有一队日伪军用大车由永陵往桓仁运送战略物资。王仁斋得到这个情报后,当机立断,研究制订伏击作战方案。他带领部队在新桓公路的梨树沟门设伏,一举截获了敌人的21辆大车的战略物资,为部队补充了给养。

在对敌作战中,王仁斋善用智谋,十分讲究策略。有一次,王仁斋指挥部队在清源县碰子山与一伙伪军作战。敌人是清源县的靖安军,带头的是一个姓寇的连长。王仁斋指挥抗联部队边打边向伪军喊抗日爱国口号,唱抗日爱国歌曲,以此瓦解敌军。歌声不断在四面回荡,"都是中国人,你们为什么,中国人还打中国人? 日本鬼子强迫你们出发来打仗,伤亡回去,问你们伤心不伤心? ……你们想想吧,我们为什么拼命来血战? 完全为了救中华! 问你们,是不是中国人? "

不久,那个伪军的寇连长就脱下了伪军衣,扔掉了伪军帽,上山与抗联部队谈判。王仁斋热情地接待了他,并向他讲述抗日救国的道理。

寇连长被感动得痛哭流涕,他说:"我不能再给鬼子卖命了。让我参加你们的部队吧!"

王仁斋对他说:"你的心情我能够理解,但是为了不让你的家属受害,你现在还得回去,免得鬼子起疑心。只要你以后记住自己是一个中国人就行了。"

寇连长返回阵地后，立即送来了 1 000 发步枪子弹。王仁斋也派人送过去 500 元钱。为了不让鬼子怀疑，王仁斋还让大家隔一段时间就向天上打几枪。后来，日本守备队冲上山来攻击我军，王仁斋派人告诉寇连长带队躲到一旁。抗联部队集中火力，向冲上山的日军猛烈射击，敌人被打得落荒而逃。

为了打通抗联与关内红军的联系，王仁斋接受军部的命令，迅速组织 300 名骑兵，准备趁辽河封冻之时，率领骑兵冲过敌人的封锁线，挺进热河，与关内部队取得联系。王仁斋率领骑兵队，历经重重困难，终于来到了辽河边。可是，由于当时气温不够低，河水尚未结冰，渡船又被敌人控制，骑兵队无法渡河。敌人又陆续派出重兵，对抗联骑兵队进行阻击。为了保存抗日力量，王仁斋只好率队返回。

1937 年 7 月，王仁斋得知沈阳测量局一个日本高级军官要来抚顺公路检查工作。王仁斋马上部署好作战方案，随后和抗联战士们埋伏在浑河岸边。王仁斋让一名战士化装成钓鱼的人在河边垂钓，等待那个日本军官的出现。不久，只见一名日本军官走了过来，后面还跟着一些警察。那个日本军官看见有人在钓鱼，便兴致勃勃地凑了过来，抢过鱼竿要钓鱼。在这关键时刻，埋伏在岸边的战士突然冲了出来，将这个狂妄的日本军官就地擒住。那些警察见状，惊慌不已，拔腿就跑。

1937 年 9 月，王仁斋带领通讯员小朴和一名小战士，从清源筐子沟出发，去南岭杨大堡为部队筹集武器和给养，当他们走到钓鱼台时，突然遭到事先埋伏好的伪警特务的袭击。王仁斋的大腿不幸被敌人射来的子弹击穿，通讯员小朴背起王仁斋向后山跑，小战士在一旁做掩护。他们虽然奋力抵抗，但由于敌众我寡，最后全部壮烈牺牲。王仁斋牺牲时，年仅 31 岁。

王毓峰

——血战宁安

王毓峰 (1897—1938)，黑龙江省宁安人。1926 年曾任东北军副连长。九一八事变后率东北军的一个排起义抗日，不久加入救国游击军，任第二团团长，并加入中国共产党。历任东北反日联合军第五军第一师第二团团长、东北抗日联军第五军第一师参谋长、抗联第四军第二师师长。1938 年 2 月被叛徒杀害。

王毓峰 19 岁那年，离开了家乡宁安，参加了东北军，由于表现出众，先后担任过班长、排长、副连长等职。

九一八事变后，东北抗日怒潮高涨，王毓峰怀着强烈的民族情感，毅然举起了抗日救国的大旗。他率领东北军的一个排回到了宁安县的花脸沟一带开展抗日游击活动。1932 年，王毓峰率队参加了王德林领导的抗日救国军，与宁安地区的日寇奋战。

1933 年初，李延禄在宁安建立了东北抗日救国游击军。王毓峰率领 200 余人参加了他的抗日队伍，并被编为抗日救国游击军第二团，王毓峰担任团长。抗日救国游击军在宁安、汪清、密山一带打击日本侵略者，多次粉碎日军的"讨伐"。

王毓峰领导抗日救国游击军第二团，在团山屯打了一场漂亮仗。那是在 1 月 28 日的拂晓，日伪当局联合出动了 1 200 多人，其中包括日军

四、智斗敌寇 龙潭虎穴巧周旋

踏遍宁安境内外各个角落，不断打乱敌人部署，一次次夺取局部战场的胜利，这是优秀指挥员的本领。

松乙部队 200 余人、伪警备旅马海山团 800 余人、宁安警察队 200 余人，兵分三路向驻守在团山屯的游击军阵地猛烈进攻。王毓峰指挥游击军第二团的战士与兄弟部队密切配合，联合作战，奋力抵抗。在枪林弹雨中，王毓峰冒死深入到战斗的第一线。他认真研究和分析敌人的进攻策略，指挥战士坚守阵地，猛烈还击。经过两个多小时的激烈战斗，敌人被勇猛的第二团战士打退，游击军取得了团山屯战役的最后胜利。

入秋时，日寇加大了对抗日武装的"围剿"力度，使游击军的给养出现了很大困难。为了减轻部队的负担，宁安、汪清等地的游击军奉命转移到密山一带。

王毓峰率领的游击军第二团的战士，大多是宁安本地人，很想回到家乡抗日。王毓峰向军部表达了战士们的请求，并申请带队回宁安活动。军部领导经过认真研究，同意了王毓峰的请求。王毓峰立即率领部队返回宁安。他的队伍同傅显明和柴世荣等救国军的残部互相照应，紧密合作，共同对宁安一带的日本侵略者进行猛烈进攻。

王毓峰十分赞同和拥护中国共产党提出的抗日民族统一战线的政治主张。1934 年 2 月，中共满洲省委军委书记周保中来到宁安，组建反日同盟军，将工农义务队和边区军作为骨干，吸纳柴世荣、王毓峰、傅显明等各部及八道河子自卫队，组成了宁安东南乡救国军第一游击区同盟军办事处，随后又改为绥宁反日同盟军联合办事处。不久，绥宁反日同盟军正式成立。

王毓峰率领全团战士参加了同盟军，在宁安各地活动，全力抵抗日伪军的"讨伐"。他率队配合同盟军进攻小城子，烧毁了敌伪的电报局，后来又进攻宁安与延吉之间的城子街，收缴了东京城附近农村反动地主的武装，沉重打击了日伪军，使反日同盟军的影响力得到了不断扩大。为了提高同盟军的政治素质，根据同盟军军事委员会的决定，正式成立了同盟军政治部，加强了党对部队的政治领导。此时，王毓峰的政治思想觉悟得到了很大提高。他坚信，只有中国共产党才能救中国，中国共产党领导的抗日队伍最终必将取得抗日战争的胜利。1935年，王毓峰光荣地加入了中国共产党。从这一刻起，王毓峰更加严格地要求自己。每当战斗打响时，他既是指挥员又是卫生员，经常亲自抢救伤员并为他们包扎。他的一言一行深深地感染着周围的每一个人。在他的鼓动下，他的家人和亲属都投入到抗日活动中来。

1935年初，王毓峰率队取得了一系列对敌作战的胜利。猴石一战，打死打伤敌寇30余人；在岔沟和狼窝的两次战斗中，打死伪警察队长马志超，并缴获许多武器和军需品。同年2月，中共吉东特委、宁安县委、同盟军党委做出决定，将同盟军改编为东北反日联合军第五军，王毓峰被任命为第一师第二团团长。不久，王毓峰带领部队在宁安县境内的岔沟、长岭子、葡萄沟等地，同日伪军继续进行激战，给敌人以沉重打击。

1936年1月，第五军党委特别会议做出决定：第五军的主力部队向中东铁路道北转移。同年3月，王毓峰率领第二团在师长李荆璞的率领下，进驻到距离东京城七八公里的莲花泡屯。部队在筹集给养过程中，突然遭到了数倍于己的日伪军的联合袭击。在万分危急的时刻，李荆璞师长命令王毓峰率领部队先行突围。王毓峰则坚决要求掩护师长和师部突围。他认真分析作战环境，迅疾占据有利地势，指挥第二团战士奋勇冲杀，顶住了敌人的多次进攻，最终使师长和师部安全转移。

1937年冬，王毓峰被任命为东北抗日联军第四军第二师师长。此后他率领抗联部队离开宁安地区，去宝清、萝北、富锦等地继续进行抗日游击活动。在长期艰苦的战斗环境中，王毓峰患上严重的痔疮病，并出现了感染。开始时，他还能忍痛坚持指挥战斗，但终因失血过多病情逐渐恶化，卧床不起。党组织立即把他安排到富锦县的密营中进行治疗和休养。

1938年2月，王毓峰不幸被叛徒杀害，壮烈牺牲。

黄 有
——智斗强敌

黄有(1899—1938),黑龙江省呼兰人。生于地主家庭。1912年举家迁居汤原。1934年夏云杰率领汤原游击队攻克汤原县太平川伪警察署后,他倾尽家财,支援游击队。1935年,正式加入汤原游击队,任司令部副官。后任抗联第六军稽查处处长,并负责后方密营工作。1937年冬在石场屯被捕,为保卫密营与日军机智周旋,逃脱后四肢因严重冻伤,溃烂不治。1938年3月,在密营中牺牲。

1934年春,夏云杰率领汤原反日游击队到太平川活动,当地爱国地主黄有在共产党抗日主张的感召下,毅然携带粮款,参加了游击队。不久,这一消息传到县城,汤原县伪警察大队长带人闯进黄有家,抓走了他的弟弟,还扬言要把黄家大院当兵营,长期在此驻扎。

黄有得到消息后,知道敌人是想以此来威胁他离开游击队。他向党组织表示:"无论敌人用什么样的残忍手段,也动摇不了我抗日到底的决心。"他发誓宁可烧掉家产,也不让敌人得逞。一天深夜,黄有带着几个人潜回家中,在安排好亲人之后,放火将院落、粮仓等全部点燃,然后挥泪辞别亲人,返回部队。

东北抗联第六军成立后,黄有先后任司令部副官、稽查处处长。

1937年冬季,日军调集重兵"围剿"活动在三江地区的抗联部队,抗联第六军驻汤原县西北沟石场屯的一支部队奉命向山里紧急转移。稽查处处长黄有留下来走访村民,检查部队执行群众纪律的情况。部队撤离不久,日军包围了村子,黄有不幸被捕。日军很快弄清了他的身份,逼迫他带路,进山寻找抗联密营。

由于日军实行"归屯并户"的集团部落政策,抗联部队失去了原有的根据地,只能依托深山密林,建立起密营。密营成为抗联度过漫漫严冬的一块生息之地。

黄有深知这地形复杂的密林对于不熟悉环境的日军意味着什么。一旦进入山林腹地,日军就只能被他牵着鼻子走。于是他假意屈从日军的威胁,带着300多日军进入汤旺河沟,在林海雪原中艰难跋涉了四五天,巧妙地绕开了抗联设在四块石的后方密营,将日军引入小兴安岭腹地200多里人迹罕至的原始森林中。

时值隆冬,黄有虽然衣着单薄,但他要将这股猖狂的日军困死在森林中的决心却丝毫不动摇。眼见日军的给养越来越少,黄有心中暗自高兴。他带着日军在风雪交加的密林中转了几天后,为了迷惑敌人,将他们带到了一处废弃两年多的营地。

日军远远看到丛林中的营地破房,立即如临大敌,四散开来,将房子层层包围。先是让翻译官喊话,见里面没有动静儿,便一齐用机枪扫射。一阵弹雨纷飞之后,日军壮着胆子冲进营房,发现里面竟空无一人。日军指挥官发现上当了,气得"呀呀"大叫,暴跳起来用手枪逼住黄有。黄有擦了一下睫毛上的霜雪,十分镇定地说:"别急嘛,翻过两座山前面还有大营……"日军无奈,只好跟着黄有继续在山里转。

黄有意识到日军已经开始怀疑他,必须找机会迅速脱身。这天夜里,日军找了块林间空地露宿,奔波了数日的敌人疲惫不堪,很快就沉沉睡去,连哨兵也打起了瞌睡。夜半,黄有悄悄地起来,假装去解手,趁机钻进了附近的树丛,然后迈开大步向密营的真正方向奔去。

跑了许久,他隐约听到身后日军的狂呼乱叫……可以想象,日军在失去黄有后是怎样的惊恐与慌乱——来路的踪迹早已被风雪掩盖,给养又所剩无几,兴安岭的密林对于日军来说无异于一个"死亡迷宫"。日军一夜之间陷入了绝境。

黄有逃离虎口之后,跑了很远的路,渐觉体力不支,便点燃篝火坐下来休息。筋疲力尽的他很快昏睡过去,梦中,他依然带着日军在风雪中跋涉着……篝火渐渐熄了,黄有的四肢已冻得僵直,却仍未醒来。不知过了多久,一个路过的抗联战士认出了他,将他背回密营。根据黄有提供的情报,抗联部队迅速出击,歼灭了部分日军。后来得知,溃逃的日军仅有少数跑出山外,多数人在迷途中因冻饿而死去。黄有以自己的勇敢机智在与300多日军的特殊较量中取得了胜利。

回到密营后不久,黄有的四肢因冻伤出现了严重的溃烂。由于部队没有药物,他的伤势迅速恶化,最后四肢几乎全部烂掉。战友们劝他下山去养伤,但他怕给群众带来危险,坚决不肯,仍以顽强的毅力忍痛坚持着。他对大家说:"为了子孙后代,我吃点儿苦值得,就是死了也光荣。"部队转移时,留下两名战士照顾黄有。不久,密营断粮了,两名战士先后下山搞粮食,途中与敌人遭遇,不幸牺牲。

1938年的早春,黄有在断粮数日后,牺牲在密营窝棚外的塔头墩子旁。

何　畏
——机智勇敢的少年英雄

何畏（1922—1938），原名何永祥，黑龙江省宾县人。1935年参加儿童团。1936年3月，任东北抗联第四军军长李延平的警卫员。1938年5月，随抗联第四军西征五常，途中与敌人遭遇，战斗中受伤被俘。狱中坚贞不屈，于11月底英勇就义。

何畏是东北抗日联军中有名的少年英雄。他13岁加入儿童团，开始参加抗日活动。在斗争中机智勇敢，他帮助自卫队机智夺枪、巧妙擒敌的故事在当时的游击区广为流传。

1922年，何畏出生在黑龙江省宾县新甸乡的一个穷苦农民家庭，原名何永祥。由于家境贫困，他少年时就被父亲送到大罗勒密的地主家放牛，不仅难得温饱，还常常挨打受骂，小小年纪就尝尽了人间的辛酸。

九一八事变后，日军占领了他的家乡，到处烧杀抢掠，欺压百姓，无恶不作。面对日本侵略者的暴行，何畏心中燃起了熊熊的怒火，他立志要赶走侵略者，为乡亲们报仇。

1935年初夏，东北抗日同盟军第四军军长李延禄率领部队来到了大罗勒密一带开展抗日活动。一天傍晚，何畏像往常一样赶着牛回到地主家，却无故被地主打骂了一顿。他怀着满腹委屈，默默地向村外走去。天色渐渐黑下来，他远远地发现有几个人围坐在一棵大树下。到了跟前，

"榔头虽小力千钧，秤砣虽小压千斤。"小小少年施巧计，十多鬼子被生擒。首长取名叫何畏，何畏更加长精神。中华民族不可辱，抗日自有后来人。

才看清原来是抗日同盟军的同志和几位当地的自卫队员。他们平时与何畏很熟悉，都关切地问："这么晚了，你怎么还到这儿来？"

何畏像见到亲人一样，心头一酸，哭了起来。他恳求说："叔叔，让我和你们一起打日本鬼子吧！"

一位抗日同盟军的叔叔摸了摸何畏的头，笑着说："好啊！你把全村的孩子都组织起来，成立一个儿童团，站岗、放哨、查路条、送情报，这不都是为抗日出力吗？"

何畏想了想，似乎明白了这位叔叔说的话，他憨厚地笑了笑，就回去了。

几天后，在抗日同盟军的帮助下，何畏动员村里的孩子，建立了一个儿童团，何畏担任团长。从此以后，他就带领儿童团员们练步伐、拼刺杀、搞宣传、抓坏人、站岗放哨，为抗日做了不少工作。

1935 年底，李延禄率领抗日同盟军第四军渡过牡丹江去八面通执行战斗任务，大罗勒密的抗日自卫队多数也随军出征了。方正县城的日军得到消息后，以为有机可乘，急忙派出日军一个连赶到大罗勒密。接着，又派出日军一个班到小三家子屯进行搜查。

为了侦察敌情，何畏装作无所事事的样子在村子里闲逛。他看到日军正在一户地主家忙着做饭，敌人把步枪架在院子当中，有的在睡觉，有的在闲聊，门外只设了一个岗哨。敌人见他是一个小孩，也未加理会。何畏摸清了敌人的情况后，迅速向隐蔽在山里担任留守任务的抗日自卫队做了汇报。

大家针对敌情，考虑着对策。当时抗日自卫队只有一支大枪和一支手枪，如果跟敌人硬拼，一定会损失严重，所以只能想办法智取，可是要怎么智取呢？大家反复商量，一时间难以确定有把握的对策。

正当大家拿不定主意的时候，小何畏急中生智地说："我有个主意……"他把自己的想法从头到尾说了一遍。大家听了都觉得可行，于是决定依计分头准备。

过了一会儿,何畏抱着一只大公鸡出现在村子里,看上去很着急的样子,沿着大道朝日军站岗的方向走去。日军正在做饭,哨兵看到大公鸡,高兴极了,手里拎着枪迎了过来,想要抢何畏手里的大公鸡。何畏假装害怕的样子,急忙从门前跑过去。日军哨兵哪肯放过,连喊带叫地紧追过去。跑到路口刚一拐弯,这个哨兵就被埋伏在那里的抗日自卫队员用棉袄蒙住头,夺下了枪。

这时,何畏带着七八名自卫队员,手持武器,迅速冲进日军驻扎的地主大院,高声喊道:"不许动,缴枪不杀!"惊愕中的敌人还来不及反应,自卫队员们已将架在院子里的10余支步枪全部缴获,10多个日本兵只能束手就擒。

由于何畏的机智和勇敢,使抗日力量免遭损失,也充实了抗日队伍的武器装备。而儿童团长何畏智擒"鬼子兵"的事迹,也很快在方正一带被传为佳话。

不久后,李延禄率领东北抗日同盟军第四军回到大罗勒密一带。经历了战斗洗礼的何畏,思想逐渐成熟起来,参加抗日队伍的愿望更加强烈了。他直接找到第四军军部,见到军长李延禄,表达了自己要求参加部队的决心。

李延禄对这个抗日小英雄早有了解,十分高兴地答应了他的要求,还给他取了个新名字——何畏,希望他在今后更加无所畏惧地和敌人战斗到底。

何畏参军后,先是被分配到军部宣传连。1936年3月,何畏担任了东北抗联第四军新任军长李延平的警卫员,随部队转战勃利、宝清、密山、富锦等地。

1938年5月,抗联第四军奉命从宝清一带出发,向五常方向远征。

16 岁的何畏和战友们穿行在一望无际的原始森林中，风餐露宿，忍饥挨饿，冲破日寇重重围堵，历尽艰辛，经过三个多月的艰苦行军，终于到达五常县境内。但很快部队就被几倍于己的敌军所包围。在激烈的战斗中，何畏不幸受伤被俘。

在五常县监狱中，何畏面对敌人的种种酷刑，毫不畏惧，坚贞不屈。11 月底，年仅 16 岁的何畏在狱中英勇就义。

何畏是投身于东北抗日战场的许多少年英雄的杰出代表。从他身上所表现出来的一个中华少年的铮铮铁骨和顽强意志，向侵略者证明：中华民族是不可征服的！

四、智斗敌寇 龙潭虎穴巧周旋

姜克智
——西风嘴子伏击战

姜克智(1910—1938),山东省牟平人。1936年加入中国共产党。历任东北抗日联军排长、政治保安连连长、第七军第一师副师长等职。1938年末英勇牺牲。

那是1938年9月26日的事情。抗联第七军军部接到地下联络员朴永山送来的情报,一名日军高级官员由40人护卫,将由抚远乘船到饶河县挠力河畔的小佳河视察边境防务。恰好此时第一师副师长姜克智从富锦、同江一带回到军部汇报工作,代理军长崔石泉与姜克智研究后,立即决定干掉这个日本鬼子。崔石泉命令姜克智为作战总指挥。姜克智从军部警卫连和少年连里挑选了30多名精干的战士,组成一个战斗队,从驻地老鹰沟赶往挠力河边的西风嘴子。

西风嘴子是挠力河下游的一个小土包,紧靠挠力河主航道,所临河段河道狭窄多弯,两岸柳树丛生,易于布设埋伏截击敌人。部队到达西风嘴子时,渔民告诉他们,敌人的汽艇已经过这里开向上游去了。于是,崔石泉和姜克智商量决定,做好战斗准备,在敌人返回时予以伏击。姜克智带领战士在岸边的柳条通里连夜挖好掩体,埋伏下来。

28日,日军汽艇果然沿着弯弯曲曲的河道从小佳河直奔西风嘴子而来。日军少将日野武雄在几名随从的护卫下,站在甲板上不时用望远镜

四、智斗敌寇 龙潭虎穴巧周旋

不怕机枪和大炮，一起向前冲，驱逐日寇出东北，国家享太平。

察看四周的动静。当敌人的汽艇距埋伏阵地仅几十米远的时候,姜克智一声令下,游击队的步枪和机枪一起猛烈射击,日野武雄和几名随从及舵手当即丧命,汽艇搁浅在浅滩上。敌军顿时乱成一团,慌乱地拼命抵抗。几十分钟后,战斗胜利结束,全歼敌军。两名战士登上汽艇察看船舱后,很风趣地报告说:"光有'睡觉'的,没有喘气的。"

西风嘴子一战,我军缴获机枪 1 挺、步枪 27 支、短枪 10 支、子弹 4 000 多发,歼灭敌人 39 人,其中少将日野武雄毙命,使敌人受到沉重打击。日野武雄是日本关东军派在伪满洲国军政部里的要员,这个在九一八事变后来到中国东北,曾任骑兵少佐并因屠杀抗日军民"有功"而被晋升为少将的刽子手,最终在他曾经施暴的土地上,得到了侵略者应有的下场。

1938 年末,姜克智带领 200 多名战士,驻在同江和富锦交界的卧虎里山西唐家油坊时,被敌特探知。敌人派 400 多人前来围攻。姜克智为保护群众免受枪炮之苦,将队伍撤退到唐家油坊附近的五顶山。

五顶山山势比较陡峭,南麓与卧虎里山相连,西临一片大草甸子。敌人随后从同江、富锦一带用汽车运来大批兵力,包围了五顶山。

反击战斗在上午 10 时许打响,一直打到下午 5 时许,姜克智指挥部队先后打退敌人多次进攻。此时,战士们剩下的子弹已不多了。姜克智要求大家节省子弹,准备好石头。在敌人再次冲上来时,战士们把大块石头往下滚,凌空而下的石块砸得敌人血肉横飞,连滚带爬地退了下去。

敌人觉察到抗联部队的子弹已经耗尽,于是采用分散的方法,三三两两地向山上摸来。这时天色已经暗下来,姜克智派出一支小分队,用滚石开路,在西山坡打开了一个缺口,然后,他带队悄悄撤下山去。当敌人摸到山顶时,天已大黑,四面的敌人彼此间都误认对方是抗联部队,互相对打起来,而抗联部队此时已安全转移到五顶山西面的草甸子。可惜,姜克智在突围途中被流弹击中头部,不幸牺牲,时年 28 岁。

抗联第七军战士自制的木碗

四、智斗敌寇　龙潭虎穴巧周旋

王克仁
——一次成功的突围

王克仁（1914—1939），原名王世友，黑龙江省穆棱人。初小毕业后，在穆棱县八面通第二小学校当堂役。1932年加入中国共产党。曾任共青团吉东特委委员、抗联第五军第二师第五团政治委员、抗联第九军第二师政治部主任、第五军政治部代理主任。1939年5月中旬，在与敌人激战中牺牲。

王克仁虽然只有小学文化，但却很有指挥才能，机智果敢，1938年的那次成功突围就是一个有力的见证。

这年秋天，抗联第九军第二师部队分散活动，政治部主任王克仁率领第二师师部和警卫连战士，准备从黄鼠狼子沟过河去马掉河。敌人时刻注意着我抗联部队的行踪，他们派遣特务紧紧跟随我部队，并将我军的行动及时向敌军报告。第二师小部队的分散行动也被敌人发现，他们紧紧尾随第二师师部和警卫连之后追了上来。我军刚到河边，后卫小分队已经和敌人交上了火。

在敌众我寡加之面临大河而别无退路的紧迫情况下，王克仁当机立断，决定亲自率领警卫连一排利用河边有利地形阻击敌人，掩护师部同警卫连其他同志上船渡河；到达对岸的部队再用火力掩护阻击的同志撤出战斗，上船渡河。当时，警卫连长曾建议破釜沉舟，背水一战，打垮敌人，以从容渡河。王克仁解释说："为了避免部队遭到更大损失，为我党的抗日事业保存实力，我们必须突围。马上渡河就是我们的出路！"

队伍按照王克仁的命令开始行动。王克仁率领警卫连一排同敌人展开了激战，打退了敌人的第一次冲锋。在打退敌人第二次冲锋后，先期过河的部队开始登船渡河。敌人一面用机枪远程扫射，企图封锁河面，一面又发起了第三次冲锋。王克仁指挥战士把手榴弹投向敌群，并不时地回头望着从对岸驶过来的渡船。已到对岸的部队以强有力的火力支援打垮了敌人的第三次冲锋。王克仁命令一排战士迅速撤到渡船上，他自己在后面掩护。借助对岸同志的火力支援，渡船划向对岸，同时，渡船上的同志也用火力封锁着河岸。当敌人追上来时，渡船已走远了。敌人疯狂地向渡船射击，一排长负伤掉入河中，他艰难地游向对岸，过了一段时间才上岸。一排长负伤落水的事实，后来被误传为王克仁落水牺牲了。实际上，在敌人杂乱的枪声中，王克仁已在对岸迅速组织部队，向掉马河方向挺进了。

由于王克仁英勇果断的指挥，黄鼠狼子沟河边一战，除我警卫连一排长负伤外，部队再无损失。敌人多日尾随，要在黄鼠狼子沟一举消灭我军的妄想终成泡影。王克仁在这次突围中用他的机智果敢和出色的指挥才能为我党的抗日事业保存了实力。

1939年春，吉东省委扩大会议任命王克仁为抗联第五军政治部代理主任。吉东省委和第二路军总指挥部为了集结西征中留在五常等地的部队，派第五军军长柴世荣和政治部代理主任王克仁，率领第五军一部和教导团人员，突破敌人包围向南挺进。

南行部队突破敌人的包围后，又屡遭各县集结的日伪军队的截击，部队每前进一步都十分艰难。同年5月上旬，王克仁率先头部队到达林口、刁翎地区。5月中旬，部队与敌人发生激战，王克仁在率部冲锋时不幸中弹牺牲，时年25岁。

李一平
——智勇救劳工

李一平(1910—1939),原名李雄善,别名李哲秀、李昌海,朝鲜族。1931 年加入中国共产党。曾任中共饶河中心县委委员、虎林区委书记、第七军第三师政治部主任、抗联第七军党委执行委员。1939 年秋,在与敌人激战中牺牲。

抗日战争时期,日寇常常抓捕大批中国劳工为其修筑军事工事等,这些被抓去当劳工的中国人遭受着非人的虐待……虎林县黑嘴子就有一批这样的来自关内的劳工。

1939 年初夏,李一平所在部队在山里救了两个奄奄一息的关里人。李一平通过他们了解到了敌人从关里抓来很多劳工,正在虎林县黑嘴子西北五六里处修筑地下军火库。这些人被抓来后遭受到非人的待遇,不少人累死、病死,稍有反抗,轻者遭毒打,重者被扔进狼狗圈。在这种境遇下,许多人试图逃跑,但敌人防守严密,很难成功。有的人即使跑出来,一旦被敌人发现抓回去也是死路一条。这两个人是逃亡出来的幸存者。听了这些情况,战士们十分愤怒,纷纷要求去解救受难的劳工兄弟。

敌人修筑的地下工程,紧靠敌据点黑嘴子,工地上除有一支武器装备精良的守卫部队外,还有一个警察分队。根据这一情况,李一平、季青和第九团团长刘学悦、政委姜信太经反复研究后决定攻打工地。他们多次派人侦察,把敌人的兵力部署、工棚位置、金房和仓库等情况摸得清清楚楚,然后制订了作战计划。他们从第九团和补充团挑选了30余名精干战士,由第九团刘团长和姜政委率领,在头一天晚上悄然潜入敌人工地,利用庄稼为掩护埋伏下来。第二天,李一平率两连兵力出发,于午夜前赶到黑嘴子城西工地接应。按预定计划,半夜时小部队包围了敌人驻地,迅速消灭了敌守卫部队。与此同时,李一平指挥大部队里应外合,接应出近200名劳工,然后打开了仓库,让大家每人扛一袋面粉出去,赶在天亮前越过七虎力河进山。黑嘴子的敌人大部队闻讯赶来时,遭到埋伏在半路上的补充团战士们的不断阻击,因而不敢紧追。这次战斗,消灭黑嘴子工地守敌30余名、伪警察18名,击毙敌追击部队十余名敌兵,还打死了一个日本指挥官。接应出来的近200名劳工,在敌人追击过程中,因天黑路生,又无作战经验,大部分惊慌逃散。剩下约有百余人,愿跟随部队回到山里,并被分别编入了各部队。补充团这一次增加了70余名新生力量。

　　抗联部队攻打日军军事工程,解救劳工使敌人惊恐万分。驻守在黑嘴子的日军,连夜向伪新京关东军总部拍发急电,请求支援。日本关东军总部下令抽调驻守国境的重兵,深入虎林山区"讨伐"了一个多月。

　　这年秋天,抗联部队的生存环境更加恶劣。在敌人大部队的围追堵截下,部队断粮断水,只好采取小部队分散活动。这时,李一平病倒了,部队派一位姓曹的连长护送他到阿布沁河口一个老猎户的窝棚里养病。

　　老猎户养了一条狗。一天,敌人一股"讨伐"队途经此处时,狗叫了起来,暴露了目标。一听到狗叫,李一平知道情况紧急。他把老猎户推出窝棚,命令他赶快撤离,自己和曹连长一起退到林间一块石砬子后面阻击敌人。他们临危不乱,沉着瞄准,先后击毙了12名敌人,但终因敌我力量悬殊,最后英勇牺牲。

吴世英
——急行奇袭开拓团

红旗 热血 黑土——100位抗联英雄的故事

吴世英（1913—1940），原名吴仲善，出生于朝鲜咸镜北道，后随父迁居吉林省汪清县。1934年参加汪清反日游击队，同年加入中国共产党。1936年后历任抗联第三军第三师连政治指导员、第十二支队第三十四大队政治指导员、支队党委委员等职。1940年于敖木台战斗中牺牲。

吴世英是东北抗日联军中一位优秀的政治工作者，同时也是一位机智的战斗指挥员。他意志坚强，作战勇敢，身先士卒，常常以无言的行动鼓舞和激励着身边的战友们。

1931年，日本发动了武装侵略中国东北的九一八事变。当时吴世英刚满18岁，耳闻目睹日寇残害无辜百姓的种种暴行，他义愤填膺，毅然投身于抗日救亡运动中。起初，他加入反日青年同盟，利用各种途径散发反日传单，张贴标语，向人民群众宣传抗日救国思想，还积极地为地下党组织传递情报。不久，反日同盟会的频繁活动引起了敌人的注意。1932年9月，日军守备队在阿拉河屯大肆搜捕反日群众，吴世英不幸被捕。在狱中，敌人对他严刑拷问，但他始终坚贞不屈，没有透露抗日组织的任何情况。经过几次审讯，敌人未能获得丝毫证据，只好将他释放。

此事之后，吴世英认识到自己在阿拉河屯已经无法开展抗日活动。1933年春，他携全家奔赴汪清县十里坪抗日游击区。1934年初，他加入汪清反日游击队，怀着满腔热情投入到抗日战场。不久便担任了游击队分队长，并加入中国共产党。

同年夏，汪清县游击队在南蛤蟆塘袭击伪军。吴世英带领分队战士冲在最前面。激战中，敌人的子弹击中了他端枪的右手，他顿时感到一阵钻心的疼痛。此时，他的右手指已经全部断裂，鲜血淋漓。但他顾不上包扎，强忍着剧痛，用血肉模糊的手掌扣动扳机继续向敌群射击，终于打退了敌人，取得了战斗的胜利。在身负重伤的情况下，吴世英还击毙了数名敌人。

失去右手之后，吴世英克服种种困难，以顽强的毅力练习用左手写字、射击，他日夜苦练，很快练就了左手熟练射击的好枪法。吴世英百折不挠的革命精神，深深地感动和激励着周围的战士们。在他的带领下，战士们努力进行军事训练，战斗力不断提高。分队经常担负打前锋和攻坚的任务，并取得了突出的战绩。战斗间隙，吴世英还组织大家讲抗日故事，唱革命歌曲，跳舞娱乐。同志们积极乐观，斗志昂扬，被上级组织评为"官兵团结、作战勇敢"的模范小分队。

吴世英不仅作战积极勇敢，而且善用智谋，常常能出奇制胜。1939年，根据北满省委的指示，抗联第三路军各部有计划地深入平原地区，采取昼伏夜出、集中兵力、远距离袭击的战术打击敌人。当时，由于日军的军事"讨伐"与经济封锁，抗联部队处境艰难，粮食弹药十分匮乏。因此，吴世英准备寻机袭击敌人据点，夺取物资给养。

4月的一天，吴世英从一个樵夫口中得知，绥棱县日本开拓团的大部分兵力外调"讨伐"，团部只有少数人留守，那里的仓库存有许多粮食和枪弹。于是，吴世英将情况报告给中共北满省委书记金策，建议抓住有利战机,趁敌人守备空虚之际,突袭日本开拓团。

得到批准后,吴世英立即率领100多人于当夜急行军,赶到开拓团驻地。在夜幕的掩护下,吴世英带领几个战士悄悄向哨兵逼近。在距离几米之遥时,哨兵察觉到情况异常,正准备鸣枪报警时,吴世英一个箭步冲上去,与他厮打在一起。搏斗中,吴世英右肩被刺伤,鲜血直流,但他仍紧紧抱住哨兵,直到同志们扑上来,将哨兵刺死。而后他指挥战士们趁敌人熟睡之时突然冲入营房,将十余名敌兵缴械活捉。

这次战斗,我军共缴获步枪百余支,子弹数千发,还有大量粮食物资,极大地补充了部队的给养。

曹亚范
——智勇双全的抗联指挥员

曹亚范(1911—1940),又名曹青山,北京人。1931年加入中国共产党。曾任中共和龙县委书记、中共东满特委秘书长、东北人民革命军第二军第二团政治委员、东北抗日联军第二军第三师政委、东北抗日联军第一军第二师师长、东北抗日联军第一路军第一方面军指挥。

1928年,曹亚范从北京来到东北和龙县,以教师身份为掩护,秘密从事革命活动。1931年,曹亚范加入中国共产党,后调任中共东满特委巡视员,到延吉、汪清等地,指导抗日斗争。1933年11月,曹亚范任中共和龙县委书记,领导群众和游击队积极开展抗日斗争,多次粉碎敌人的"讨伐",巩固了抗日游击根据地。1935年3月,曹亚范当选为中共东满特委秘书长。同年5月,东满游击队改编为东北人民革命军第二军,曹亚范任第二军第二团政委。来到部队后,他经常对战士进行思想教育,积极宣传和贯彻党的方针政策。他率领部队在安图、敦化、蛟河一带开展游击战,扩大了抗日队伍在人民群众中的政治影响。

1936年3月,东北抗日联军第二军正式成立,曹亚范任第二军第三师政委和军党委委员。同年冬,抗联第一军第二师师长曹国安牺牲,他奉命到第一军第二师担任师长,率队转战于抚松、濛江、临江等地对敌作战。七七事变后,为了配合全国抗战,牵制日本关东军入关,东北抗联各

从北平辗转来到东北抗日战场，想方设法壮大抗日武装，扩大抗日队伍在人民群众中的影响，他就是民族的脊梁——曹亚范。

部对日寇开展全面的游击战。曹亚范率领抗联部队在临江的回头沟、抚松的三道庙岭、濛江的漏河等地,运用游击战术取得了一系列对敌作战的胜利,沉痛地打击了日本侵略者。

1938年春节的时候,曹亚范率领抗联部队攻打临江县七道沟部落。敌人对突如其来的攻击毫无思想准备,被抗联部队堵在屋里缴了械。部队缴获了大量武器和粮食后,迅速撤离。当部队行军到板石沟子岗上时,突然遭到伪宪兵和警察队400多人的伏击。抗联部队处于沟底,积雪没腰深。在这危急时刻,曹亚范沉着冷静,指挥部队奋力回击。敌人仗着人多势众,对这支抗联部队根本没有放在心上,他们打打停停,想让抗联部队主动向他们投降。曹亚范观察了一下周围环境,命令部队卧倒在雪地上,趁敌人射击间隙之时,集中火力迅猛地向小山上冲了过去。敌人没有料到,抗联部队的战斗力如此之强,速度如此之快。抗联战士不怕牺牲,勇往直前,大喊着朝敌人猛烈射击。敌人的火力被压住了,头也不敢抬了。结果,抗联部队迅速地攻占了山头,反败为胜。敌人见状慌乱不已,狼狈逃窜。经过此战,抗联部队歼敌十余人,缴获机枪一挺、步枪十余支。从此,曹亚范师长威名远扬,敌人再也不敢轻视他指挥的部队了。

不久,曹亚范在一次战斗中,手腕骨被子弹射伤致残,不得不回密营里养伤。8月,曹亚范归队,任东北抗日联军第一路军第一方面军指挥。此后,他与政治部主任伊俊山一起率领第一方面军,在临江、金川、通化等地活动,进攻敌人的据点,粉碎了敌人的多次“讨伐”。

有一次,曹亚范准备率领部队冲过八道江回集安活动。当部队刚到八道江铁路江桥时,遭到了日本飞机的轰炸,守桥的敌军也趁机向抗联部队发起进攻,曹亚范只好率队折回。不料,部队刚一出发,就在临江县板石沟北山与日伪军遭遇,敌我双方伤亡都很大。曹亚范和伊俊山立即召集干部开紧急会议,决定部队暂不过江,化整为零,分散牵制敌人,等待合适时机再去

四、智斗敌寇 龙潭虎穴巧周旋

集安。可是，后来有叛徒向敌人告了密。敌人马上撤走了封锁八道江的伪军。曹亚范当机立断，率领一部分队伍迅速冲过了八道江。敌人发现这一情况后，一面派飞机跟踪轰炸，一面派部队围追堵截。一路上，抗联部队奋力激战。曹亚范将部队带到长岗庙岭后，在那里设下了埋伏，准备痛击追敌。敌人果然赶来了。曹亚范一声令下，我军猛烈阻击，使敌军遭受重创，溃不成军，再也不敢追击抗联部队了。随后，曹亚范集合各部直奔集安。

1939年初，曹亚范率领部队一举攻下了距离集安县城不远的一个"集团部落"，缴获了一些物资。敌人闻讯后，派部队从南北两面夹击。曹亚范率队击溃一面的敌人后，迅速撤退到一座山上。深夜时，抗联战士化装成伪军，在当地爱国群众的带领下，悄悄地摸到刀尖岭西南面的一个"集团部落"。看门的卫兵刚把门打开，曹亚范就率领部队以迅雷不及掩耳之势冲了进去，很快就把这里攻下。曹亚范命令战士收缴了一批战略物资后，迅速撤离。他料到敌人必来追击，于是率部上了刀尖岭，提前布置好埋伏。第二天，敌人果然来追击。当敌人走进埋伏圈时，抗联部队猛然发起冲锋，打得敌人措手不及，损失惨重。待敌人援兵赶来时，曹亚范早已率领部队撤出了刀尖岭，消失得无影无踪了。

同年5月，曹亚范率领部队在柳河县回头沟子与杨靖宇总司令率领的部队会师。

1939年冬至1940年春，日本侵略者调集重兵对抗联第一路军进行疯狂的"围剿"。曹亚范忍着病痛，指挥第一方面军转战在深山密林之中。他带领抗联战士们，忍受着零下30多度的严寒天气，在吃不饱、穿不暖的艰苦条件下，仍然顽强地与敌人战斗。

1940年4月8日，曹亚范带领十几名战士在濛江县（现靖宇县）龙泉镇以南的山沟里宿营。外出筹粮时，在金川屯以东谭家房场附近被叛徒暗害，时年29岁。

刘海涛

——智取二道河子

刘海涛(1907—1941)，原名刘保仁，山东省东阿人。1933 年加入中国共产党。同年 12 月参加珠河反日游击队，1934 年秋任哈东支队第七大队队长。1935 年 1 月任东北人民革命军第三军第一师第一团团长。1936 年 2 月任抗联第三军第一师师长，奉命去苏联解决军需，被中共代表团派往列宁格勒步兵学校学习。1938 年回国后到延安。1939 年后历任八路军山东纵队第六支队司令员、第一军区司令员、鲁中军区司令员等职。1941 年 11 月，在山东沂蒙山区反击日伪军"大扫荡"战斗中牺牲。

刘海涛是东北抗日联军第三军的杰出将领。从 1933 年末率部加入珠河游击队到 1936 年初奉命赴苏，两年多的时间里，刘海涛在赵尚志的领导下，率部战斗在松花江南北两岸，屡建战功，为东北抗日联军第三军的发展壮大发挥了重要的作用。

刘海涛 21 岁那年，因不满警察欺凌百姓的恶行，带领 20 多个弟兄袭击了珠河县警察局，夺取十多支枪，连夜进入深山。此后经常率队打击恶霸贪官，深得老百姓的支持。

1931 年九一八事变后，刘海涛率部参加了义勇军孙朝阳部，在哈东一带与日军多次交战。1933 年夏，他结识了打入孙朝阳部做兵运工作的中共地下党员李启东，不久秘密加入中国共产党。10 月，赵尚志和李启东等 7 人离开孙朝阳部，创建了珠河反日游击队。两个月后，刘海涛率 14 名战士携枪脱离孙朝阳部,参加了赵尚志领导的珠河反日游击队,壮大了游击队的力量。

1934年6月29日,东北反日游击队哈东支队成立,刘海涛任骑兵队指导员。而后,他随赵尚志转战珠河、宾县等地,参加了攻打宾州县城、三岔河突围战、袭击五常堡等战斗,在战斗中表现得英勇顽强,不久调任哈东支队第七大队队长、第九大队指导员等。11月下旬,部队由方正返回珠河道北途中,与敌人多次激战,其中最激烈的是肖田地战斗。

肖田地位于方正与宾县毗连地区的腰岭子附近,11月25日下午,赵尚志、刘海涛等率哈东支队第一、第九大队及第三大队一部及司令部少年连骑兵共200余人准备在山沟里宿营,不料被日军望月部队300余人和伪军邓云章团400余人包围。发现敌情后,赵尚志带领司令部人员迅速占据了附近的山头,指挥部队以猛烈的火力打退敌人的多次进攻。双方激战至黄昏时分,由于敌众我寡,我军向岭东太平沟一带撤退,敌军一直尾随追踪,很快又从沟底包抄过来,双方再次展开激战。战斗中,司令部秘书长陈庆山、政治部青年科长宋阶平牺牲,赵尚志左肘部中弹负伤,血流不止,他命令刘海涛指挥部队迅速突围,随后被警卫战士扶下火线。

刘海涛临危受命,他沉着冷静地指挥部队奋勇拼杀,终于从敌人防守薄弱处冲出一条血路,突破了敌人的围困。由于他对这一带的山路十分熟悉,在夜幕的掩护下,率领突围部队避开了敌人设伏的地带,进而将部队带了出去,终于甩开了敌人的追击。随后,部队在赵尚志、刘海涛率领下,急行军一二百公里路,返回珠河游击区。

肖田地一战,我军毙、伤日伪军100余名,白俄兵20余名。日军头目望月对我军作战之英勇,退却时纪律之严整,行动之敏捷,且能巧妙越过他们的堵击队感到十分惊奇,称这是"德国式的退却","此中必有名将指挥"。

1935年1月,东北人民革命军第三军第一师成立,刘海涛被任命为第一团团长。

同年 12 月,抗联第三军、第四军在赵尚志和李延禄率领下,在通河县境内活动,此时已是大雪严寒的天气,而部队的战士们尚未完全换上冬装。战士们穿着破旧的衣裳,夜晚只能围着篝火取暖宿营。只有一张狍子皮用来给战士们站岗时轮流御寒。为了解决部队的棉衣,赵尚志和李延禄经过周密策划,决定派第三军第一团团长刘海涛率领第三、第四军联合组成的一支精干部队,夜袭二道河子伪警备大队,夺取部队越冬物资。

　　二道河子伪警备大队是日伪当局设在清河镇附近的重要据点,里面设有炮台,工事坚固,戒备森严,难以强攻,因而只能智取。12 月 12 日晚,刘海涛带领部队换上了缴获的地方伪保安队的服装,由通河东六方的雷保董带路,直奔二道河子伪警备大队驻地。当先头部队接近敌人哨所时,哨兵喊道:"你们是哪部分的? 口令?"雷保董上前答道:"还要什么口令呀,我们是保安队的,从东六方来,大家都冻坏了,快开门吧!"

　　哨兵平时和雷保董很熟,听出是他的声音,也没多想,就开了门。刘海涛带领部队迅速冲入院内,缴了哨兵的枪,并占领了岗楼炮台,控制了警备队的各个宿舍大门,双方迅速交火。我军高呼"中国人不打中国人!"的口号,冲入敌人宿舍,从睡梦中惊醒的 60 余名伪警备队员一个个惊慌失措,纷纷举手投降。日本指导官本茨、参事官春田负隅顽抗,被我军击毙。日本教官晓松乘乱逃出院外,被村民抓获,就地处死。刘海涛对伪警备队员进行了教育,又散发了一些抗日传单,拂晓前,带着缴获的物资胜利返回部队驻地。

　　这次战斗,我军缴获敌人轻机枪 1 挺、步枪 100 余支、子弹 5 000 余发、棉衣 300 多套,不仅解决了第三、第四军的冬装问题,而且掀起松花江北抗日斗争的新浪潮。

陶净非
——危难之际见胆识

陶净非 (1912—1942)，原名陈明亚，吉林省德惠人。1932 年加入中国共产党。1933 年参加宁安工农义务队。1935 年任东北反日联合军第五军第一师第一团第二连指导员。1938 年任抗联第五军第二师政治部主任，率队西征，历尽艰险，于 1939 年 6 月与第一路军取得联系。1942 年春受抗联野营指挥部派遣，率领小部队在五常、舒兰一带开展抗日活动。5 月 21 日，在老爷岭东海浪河沟附近与日伪军战斗中壮烈牺牲。

东北沦陷初期，牡丹江地区成立了一支报号"平南洋"的抗日武装，其领导人叫李荆璞，在当时可谓家喻户晓。然而 1934 年队内的一次叛乱使他险些遇害，幸而中共地下党员陶净非在危急时刻挺身而出，机智地与叛乱者周旋，才使李荆璞等人最终脱险，保存了宁安工农义务队的骨干力量。

九一八事变爆发时，19 岁的陶净非正在哈尔滨第一中学读书，面对日寇的野蛮侵略，他满腔义愤，积极投入到抗日救国的学生运动中。1933 年初，他不顾家庭的反对，毅然放弃学业，与同学王光宇一起到吉东地区参加抗日武装斗争。当时，由李荆璞领导的"平南洋"总队，刚刚接受了中国共产党的领导，被改编为宁安工农义务队。队内党的领导力量薄弱，只有李荆璞、于洪仁等少数党员。宁安县委为了加强对这支队伍的领导，派陶净非等3人以普通士兵身份进入队内,在底层士兵中秘密开展活动,进行队伍的思想改造工作。

到队内不久,陶净非由于工作方法不当受到党组织的批评,为表明改正错误的决心,他将自己的名字陈明亚改为陶净非。在于洪仁、陶净非等共产党员的努力下,队内建立了政治研究班、识字小组和士兵代表会等群众组织。1933年5月,队内正式建立了党支部。于洪仁任支部书记,李荆璞为支部委员。

经过战斗的锻炼和内部的整顿,宁安工农义务队清除了大部分惯匪和兵痞。但是,队内仍有两个土匪出身的头目和一些成分复杂的队员,反对党对这支队伍的彻底改造,寻机进行破坏活动。

1934年8月21日,李荆璞和于洪仁率部队在大唐头沟一带活动,中午时分,两人正在老乡家吃饭,几个叛乱者突然闯进来,举枪对准了他们,情况十分危急。于洪仁见状立刻掏枪准备反抗,被叛乱者开枪击中。李荆璞还没来得及掏枪,就被扑上来的叛匪们捆绑起来。随后,叛乱者又将队内20多名公开身份的党团员缴械,将他们带到西山上。叛乱者威逼李荆璞脱离共产党的领导,否则就将其杀害,被李荆璞严词拒绝。陶净非因为没有公开党员身份未被缴械,他不顾个人安危挺身而出,对士兵们说:"我们当初建队的目的就是为了抗日,打鬼子,现在最重要的还是抗日救国,既然如此,就不应该杀大队长,因为他是领导我们抗日的。"许多士兵纷纷附和,反对杀害李荆璞大队长。见此情形,陶净非和两个未暴露身份的共青团员作为士兵代表,找到叛乱头子,要求将李荆璞等人释放。迫于压力,叛乱头子勉强同意了。

陶净非恐生变故,立即将李荆璞松绑,并暗示他赶快离开。李荆璞带领被缴械的20多人到山下安葬了于洪仁。此时山上的叛乱者们果然后悔了,七嘴八舌地说不该放虎归山。陶净非见此情形,暗中派人火速下山,催促李荆璞等人迅速离开。

由于陶净非的机智勇敢,使李荆璞等人得以脱险,为宁安工农义务队保存了骨干力量。

这次叛乱事件中,叛乱者们裹胁走50多名队员,准备出去抢点大烟土之后投降日军。陶净非为了挽救这支队伍,经组织同意后,冒着生命危险带着两名共青团员追上了叛乱部队。他们准备先做好安抚下层士兵的工作,将叛乱头子铲除后,再将队伍带回来。但是,他们的活动很快就引起了叛乱者的怀疑,处境日益危险,原来的计划已无实现的可能。于是,他只得带着武器离开叛队,回到了宁安工农义务队。

1935年2月,宁安工农义务队被改编为东北反日联合军第五军第一师第一团,陶净非被任命为第二连指导员,率领部队深入穆棱、林口、勃利各县,开辟新的游击区,英勇地投入到抗击日军的火热战斗中。

冯仲云
——艰险的历程

冯仲云（1908—1968），别名冯群，江苏省武进人。1927年5月在清华大学求学期间加入中国共产党，曾任清华大学党支部书记。1930年10月到哈尔滨，秘密从事地下工作，历任中共满洲省委秘书长、中共珠河中心县委宣传部长、东北人民革命军第三军政治部主任、东北抗日联军第三军政治部主任、中共北满临时省委书记等职。1946年4月任松江省政府主席。1953年任北京图书馆馆长。1954年10月任水利部副部长。"文革"中被迫害致死。

1933年5月，冯仲云以中共满洲省委特派员的身份到南满的磐石、海龙传达后来在东北抗日斗争中发挥了重要作用的《中共中央给满洲各级党部及全体党员的信》，即历史上所说的"一·二六指示信"，指导南满的抗日游击战争。

这是一次充满危险和艰难的任务。当时，满洲省委和磐石县委、海龙县委失去联系已经几个月了，不知道以前的关系是否还可靠，且日伪军正向南满游击区发动大规模进攻。人地两生，形势复杂，敌情紧张，加之冯仲云又带有浓重的南方口音，戴一副深度近视眼镜，一看就是一位知识分子。他将遭遇怎样的险境呢？

冯仲云乘火车到了吉林，按照指示找到了吉林特别支部书记李维民。李维民介绍说："磐石好久没有来人了，我们这里只有他们来人才能

由清华学子、青年教授，成长为著名的抗日将领。他曾在敌人盘踞的城市领导艰险的地下活动，在冰天雪地中持枪与日本侵略者浴血拼杀，在艰难困苦中领导大小兴安岭、松嫩平原的一系列抗日游击战斗。他的名字已深深融入了东北那一段体现民族精神的艰苦卓绝的抗日历史中。

联络上。你就先在我们这里多留些日子，帮助我们的工作，等磐石来人了，你再去。"

过了几天，磐石还没有来人，吉林特支便委托冯仲云和团省委巡视员傅天飞在吉林特支团委书记金景的陪同下，前去烟筒山领导起义的伪军参加抗日部队，约好第二天早晨在火车站会齐。

第二天早晨，冯仲云、傅天飞如约来到车站，可左等右等不见金景的踪影，火车开走了他还没来。"大概出什么事了吧？"冯仲云和傅天飞想过之后急忙来到李维民家，大家正猜测着可能发生的情况，一位同志神态慌张地跑来说："金景昨晚去撒传单，被日本宪兵队抓去了，在严刑拷打下叛变了，现在日本宪兵队正在第一中学抓人……"

危急关头，冯仲云沉着冷静又井井有条地布置道："维民，金景来过你家，立刻叫你的家人到亲戚家躲一躲，你们立即去把金景叛变的事情告诉所有能告诉的同志，告诉金景知道的人都必须马上隐蔽起来，告知所有到过你家的人都不要再来了，把你屋子上的报警信号发出去，大家立刻离开这里。"大家刚走不远，就看到敌人的摩托车包围了李家的房子。

冯仲云和傅天飞走在街上，看到日本宪兵队的摩托车在街上急速地来回驶过，还有警察在搜查行人，情况很紧张。他们改变计划，绕过吉林车站，坐了一辆洋车到吉林往南去的第一站黑牛圈车站，登上了南去的火车，安然离开吉林，逃出了敌人的魔爪。

为了不引人注意，冯仲云摘下眼镜，装成盲人，由傅天飞牵着走。经过许多波折，冯仲云终于见到了海龙县委的负责人，传达了中央指示信，并指示县委要把群众工作深入到汉族群众中去，而不是仅在朝鲜族中活动，这才符合中央指示信所提出的结成抗日救国统一战线的精神。

冯仲云走在去往磐石红区玻璃河平原的山路上。6月的天说变就变，刚才阳光还普照着大地，转眼间翻滚的乌云伴着电闪雷鸣奔腾而来。山上无处躲雨,倾盆大雨毫不留情地将冯仲云浑身上下浇了个透湿。他冷得直发抖,不顾一切地向山下奔跑着,猛然看见前面有个套院,就急忙奔过去,既为避雨,也为问路。一进门洞他便愣住了,院里驻扎着伪军的骑兵部队,一个伪军士兵在门洞里整理马鞍子。见离开已来不及了,冯仲云搭讪了一句:"雨太大了,躲一躲。"伪军看了他一眼,没吱声,转身进屋去了。

冯仲云一看不好,转身奔出门洞,沿着长满青草的泥泞车道狂奔。身后传来嘈杂的人声和马蹄声。他拼命地向前跑着,突然在一个转弯处拐向河滩地,钻入柳树丛里。由于这一阵急雨,河水漫过了滩地,淹到了柳树丛。他把身子缩进水下,用手攀着树根,露出水面的头尽量贴着树丛。追赶的声音越来越近,马蹄声、马的喘息声、敌人的吵嚷声、放空枪声在几步远的耳边交织成一片。他冷得浑身发抖,牙齿打战,但尽量屏住呼吸坚持着。敌人在附近搜索了一会儿,一无所获,骂骂咧咧地回去了。

虎口脱险,接下来的数日里,冯仲云又辗转了许多地方,终于和中共磐石县委及杨靖宇领导的中国工农红军第三十二军接上了关系。

6月底,冯仲云踏上归途。这次到南满传达中央指示信,虽说经历了许多艰险和困难,但终于胜利完成了任务,不虚此行。想到往后南满的抗日游击运动一定会有巨大的发展,他感到轻松、愉快,轻轻地吹着口哨行走在乡间的小路上。突然,从道边长得很高的草丛里窜出两个伪军,他们用刺刀逼着他来到一间草房里。一进门,一名伪军连长上来就是一记耳光,冯仲云的近视眼镜被打落到地上,随身携带的十元路费以及用铅笔画的地图、帽子、青色的大褂都被抢了去。接着,伪军连踢带打地把他押送到营部。

伪军把冯仲云脚不着地地吊在房梁上,一边用鞭子抽打,一边吵嚷着:"抓住一个红军,看样子是个大头目!"冯仲云忍着疼痛,叫喊着说自己不是红军,只是个普通的路人。

过了一会儿，一个伪军把绑他的绳子解了一半，让他坐在炕上吃饭。一丝不祥袭上冯仲云的心头：今天大概要交代在这里了，这大概就是所谓的"断头饭"吧？不管它，先吃饱了再说，如果有机会逃脱，肚子饱了也才有力量啊。

饭后，冯仲云又被五花大绑吊在房梁上。不久，听到一声高喊："把他拉出去！"屋内看守的伪军把子弹推入枪膛，顶上火，边推着他往院子里走，边嚷着："这下子你完了，要么杀头，要么枪毙。"

出了大门，完全出乎意料，满脸堆笑的伪营长命令士兵把绳子松开，把所有物品都还给他，并且请他到门外院子旁坐下来聊聊。交谈中冯仲云感觉到，这个伪军营长还是有一些中国人的良心的，虽猜到了自己的身份，却不说破，也没把自己交给日本人，便委婉地给他讲了中国人不打中国人、日本侵略者必败、抗日救国必胜的道理。谈完以后，伪军营长指给他安全到达车站的道路，冯仲云向伪营长告辞。

有惊无险，冯仲云终于坐上了北返哈尔滨的列车，踏上新的征程。

于天放
——牢门脱险

于天放（1908—1967），原名于九公，化名于树屏、王文礼，黑龙江省呼兰人。1928年入清华大学学习，1931年5月加入中国共产党。1932年5月任巴彦游击队特派员。1937年10月以后历任东北抗日联军第十一军随军学校教育长、第一师政治部主任，北满抗日联军第三支队政治部主任，东北抗日联军第三路军第六支队政治委员。1942年2月任东北抗日联军第三路军总指挥部军政特派员兼总部宣传科长，率领小分队在敌后坚持斗争。1944年12月在黑龙江省绥棱县宋万金屯被捕入狱。1945年7月成功越狱。"八一五"以后，历任黑龙江省军区副司令员，黑龙江省参议会议长、黑龙江省高等法院院长，东北军区黑龙江省军事部部长、副政委、军区司令员，黑龙江省人民政府副主席、副省长，中共牡丹江地委第二书记兼行署专员，黑龙江省政协副主席兼黑龙江大学校长等职。"文革"中被迫害致死。1982年9月平凡昭雪，恢复名誉。

面对敌人集中大批兵力，采取"铁壁合围""篦梳山林"的战术对抗日队伍进行"毁灭性扫荡"的严峻形势，抗联无论在平原还是在山区的活动都异常艰难，为保存实力以待反攻，北满抗联主力部队于1941年11月进入苏联休整。

1942年2月，东北抗日联军第三路军总指挥部任命于天放为军政特派员兼总部宣传科长，回国接替金策指挥第三路军留在国内的抗联部队，同时组织开展地方群众工作。于天放率领小分队风餐露宿，艰苦备尝,在巴彦、庆城、绥棱、海伦的山区活动,搅得日伪当局寝食难安。到1944 年1 月,东北战场上有组织建制的抗联部队只有于天放小分队了。

1944 年12 月19 日,由于汉奸告密,正在庆安县宋万金屯小学校活动的于天放被捕。

于天放被捕的当天晚上便被押进伪庆安县监狱3 号牢房,由守卫重点看押。1945 年1 月9 日,在实行特级警备、沿途重兵把守的情况下,敌人用专车将于天放从庆安转押到北安省伪警务厅特务分室留置室。这是一所特别监狱,有坚固的铁窗、3 道铁门、3 米高的围墙,戒备森严,从特务头子、打手到伙夫清一色是日本人,各类刑具有几十种,刑罚与手段极其残酷,是名副其实的"阎王殿"。

敌人抓住这个被悬赏缉拿的"抗联大官"如获至宝。开始,日本主审官向于天放大献殷勤,假意嘘寒问暖,以美味佳肴"照顾",妄图软化利诱于天放投降变节。对于敌人的"款待",于天放来者不拒,因为他知道敌人是极其残暴的,他需要尽快恢复体力,以应对即将到来的考验;而对于抗联的情况,则一问三不知。

敌人诱降的阴谋失败了,露出了狰狞的面目。先是以饥饿来威吓,几天后便开始用刑,上大挂、鞭打、打手板、夹手指、灌辣椒水和煤油、铁棍烙、上电刑⋯⋯各种刑罚用了个遍。尽管于天放在受刑中一次次昏死,又一次次被浇醒,但他始终守口如瓶,以其血肉之躯承受着常人难以想象的折磨。他实践了自己的诺言:"为了争取民族解放的最后胜利,为中华祖国独立、自由而流尽最后一滴血⋯⋯我虽不敏,但高度的民族气节、珍贵的民族自尊心和自信心,我是誓死不渝的! 历史的使命也不容许我有丝毫的轨外行动。"

在经过十几次审讯逼供后,面对伤痕累累仍充满斗志的于天放,敌人气馁了,无可奈何地哀叹:"劝不成,打不招,硬到底。'满洲国'的一无所获,共产党的不可战胜。"敌人放弃了审讯,等候死刑的批复。

于天放虽然身受重刑,但他绝不甘心坐以待毙,始终考虑着越狱的计划。平时他十分注意观察身边的一切,注意到敌看守钥匙所放的位置,发现了俄式壁炉上的小铁门可卸下作为武器。略懂日语的于天放从看守闲谈中听到德国战败,苏联很快就能出兵中国东北打击日本侵略者的消息,兴奋中更增强了越狱的决心。

6月上旬的一天,伪警务厅思想股长永井和翻译来到牢房,打开于天放的手铐脚镣,要他在一幅小兴安岭地图上标出步、骑、炮兵可行走的交通要道和军事要点等。于天放为找到逃脱的机会,假意应承,但故意拖延时间,同时默记着地图上北安以北的地名、山川、道路等。7月初,抗联第二路军的赵忠良在执行任务时被捕,被关进于天放的隔壁。两人悄悄拟好了越狱计划。

7月12日凌晨1时左右,于天放以解手为名让刚刚回监狱的看守打开牢门,又借画地图需要灯光为名留在牢房外。赵忠良也敲门说要解手,看守上前打开3号牢门面对赵忠良监视。于天放见时机已到,从身后拿出准备好的铁炉门砸向敌看守,赵忠良也扑上来。经过殊死搏斗,打死了敌看守,从他身上掏出钥匙,悄悄打开三道铁门,翻过七八尺高的板墙,消失在黑暗中。

为缩小目标,两人分开行动。于天放跑到北黑铁路,一直向西跑,误入了敌人的飞机场。他返身钻进一片柳树林,在一个小水沟边用手捧水喝时,才发现两手在搏斗中被日本看守咬伤多处,左手食指已被咬掉半截。此时天渐渐放亮,于天放知道树林目标太大,以他多年的游击经验,找到一片仅有八九根垄的麦地藏了进去。

这一天,日伪当局忙得焦头烂额、鸡飞狗跳。于天放的越狱,轰动了整个伪满洲国,有的报纸用特号标题"于天放逃跑,满洲国失去了一大半"进行报道,日本关东军高级将官、伪满军政大臣等当天赶到北安督阵、"现场勘察",但仅在监牢墙上发现了于天放留下的诗句。日伪军政首脑大发雷霆,从伪省长以下层层受罚。敌人全力捉拿越狱者,大批军警驱赶各地农民在山野、平原拉大网,又悬赏万元"全国通缉",发誓要"全面"动员一个月,"不抓住于天放决不罢休"。这是日寇在投降前对东北抗联进行的最大规模的军事政治活动。

于天放越狱后,昼伏夜行,历经艰险,走了20多天。8月16日,走到讷河老莱村时,于天放听到了日本无条件投降的消息,他与战友们浴血奋战14年的目标终于实现了,欣喜若狂的于天放与欢天喜地的村民们一起欢庆抗战的胜利。

四、智斗敌寇 龙潭虎穴巧周旋

于兰阁
——生死时速

于兰阁（1915—1982），别名龙光涛、张子廉，黑龙江省桦川人。1937年4月在桦川县黑通区参加青年会，6月加入共青团，7月加入中国共产党并任支部书记。1937年11月参加东北抗日联军，在第三军第一师警卫旅任宣传员、政治指导员、交通员。1943年3月随抗联小分队活动。1944年12月被捕入狱。1945年9月后历任绥棱县大队大队长、骑兵团政治委员、黑龙江省军区第三旅副股长、兰西县大队大队长、虎林县兵役局局长、黑龙江省航空俱乐部主任、黑龙江省滑翔学校校长、省体委顾问等职。1982年10月26日病逝。

1940年秋末冬初，一个负责给中共北满省委送信的交通员被捕后叛变，向敌人详尽供述了省委在小兴安岭西坡老金沟的地址，以及随省委一起活动的第六支队现已远离，甚至连警卫员都外出执行任务的情况，并且告诉敌人老金沟目前只剩下省委书记金策和省委秘书全昌哲及其妻子安景淑三人，附近零星隐蔽着一些伤病员，后山有个被服厂，力量相当薄弱。日本鬼子得到这一系列的信息欣喜若狂，认为这是破坏北满党组织、扑灭小兴安岭地区抗日烈火的绝好时机，立即派出一股武装特务，化装成持枪投奔抗联的老百姓，直插老金沟。北满省委面临着灭顶之灾！

这个情报被一名秘密同抗联来往的老百姓知道了，立即报告给抗联

四、智斗敌寇 龙潭虎穴巧周旋

于兰阁日夜兼程，穿莽莽森林，趟冰冷河水，爬巍巍高山，忍饥挨饿，逃过敌人的一次次封锁与追杀，艰难跋涉350多公里，抢在敌人之前行动，粉碎了敌人的阴谋，保存了抗日的力量。

第三路军总参谋长许亨植。这时,由参谋部这里派部队去 350 公里外的老金沟救援已来不及,派人送信又没有既熟悉道路又知道省委在老金沟确切位置的人。情况危急,怎么办? 恰在此时,由老金沟金策那里来送信的省委交通员于兰阁经过 16 天的跋涉来到了这里。太好了! 许亨植向于兰阁介绍了突发的情况,用软纸写了一封密信,让他务必在 9 天之内赶到老金沟,因为敌人已经出发几天了,如果敌人的阴谋得逞,北满省委将遭破坏,第六支队将遭伏击,被服厂将被捣毁,省委领导、伤病员和被服厂人员将遭不测,这对整个北满的抗日斗争来说,其损失和影响将是不堪设想的!

第二天一大早,于兰阁告别了战友们,向老金沟奋力急行。头三天走在深山密林中,离鬼子较远,日夜兼程尚且顺利。这天傍晚,要经过一个日本开拓团的小部落,以前虽也有鬼子时常在附近巡逻,但晚上还是能过去的。可今天敌人加紧了对这里的封锁,巡逻的鬼子成群结队地来来去去,偏偏明月正圆,周围亮如白昼,没有别的办法只能绕过去了。

绕了个大圈子,于兰阁觉得又冷又累,又饿又困,于是想坐下来吃点东西再走。刚坐下,就听到前面山下人声嘈杂,越来越清楚,是大批鬼子出动了。敌人前后夹击,这可怎么办? 就在这时,从后边闪出一个人影来,低声急促地说:"我是抗联的'关系',鬼子发现抗联有人来,已经分成几股出来搜山,你快跟我来!"于兰阁跟着这个人左拐右拐,跑了一个多小时,终于把敌人甩开了。

于兰阁告别了带路人,并沿着他指引的道路,恨不得三步并作两步走。过沟塘,翻山道,过铁路,登上一个长满榛柴的小山包,刚往下走几步,忽然一脚踩空,身子一沉,跌到了下面的一个半人深的水沟中,他喝了几口水,挣扎着上了岸,浑身湿透。一上岸,外面的衣服很快就结了冰,里面的衣服湿漉漉地贴着肉皮。"不赶快把衣服烤干是会冻伤的,那样反倒误事。"想到这儿,于兰阁找了个安全的地方,点起一堆篝火,烤干衣服,继续赶路。

第六天上午,于兰阁来到一个河口,挽起裤脚趟过河,刚要上岸,一抬头,猛见前面山脚拐出一队鬼子兵,他掉头就往回跑。鬼子边哇哩哇啦地叫喊着,边开枪追过来。于兰阁拼命地跑着,冲进林子。可他背着的粮食等东西限制了他的速度,没办法,只得把它们扔进树丛中。鬼子没有追上于兰阁,悻悻地回去了。可经过这一遭,于兰阁没有了吃的东西,只好边走边找些野兽吃剩下的松子吃。就这样,又走了一天多。

第七天傍晚,于兰阁又累又饿,实在支撑不住了,浑身像一团泥一样瘫倒在地上,虫子爬上脸,也无力抬手打一下,任凭它咬着,满脑子却禁不住回想着以前与战友们抢吃东西的情景。想到战友们,于兰阁的心又回到了这份紧急情报上:"不行,我得走!胜败安危可全在我带的这封信上啊!"他挣扎着找来一根树枝当拐杖,晃晃悠悠地又走了整整一夜。

天已大亮,于兰阁环顾了一下四周,有点眼熟。忽然,他只觉得一阵眩晕,重重地摔倒在地上。他努力地使自己清醒过来,定了定神儿,目光停在了一棵不高的白桦树上。他使劲眨了几下眼睛,忽地跳起来奔到那棵树下,扒开烂树枝,扒开土,露出一个破茶壶和两个玻璃瓶子,掏出茶壶,打开盖,抠出里面的一块东西就往嘴里送。这是他前几个月经过时发现的蜂蜜,没吃完,就埋在这里备用,没想到在这关键时刻还真派上了大用场。他大口地吃着蜜,真像吃了仙丹一样,很快饥疲全消,精神抖擞。这里离老金沟大约七八十公里的样子,于兰阁拿着两瓶蜂蜜,大步急速地向老金沟奔去。

第八天掌灯以后,于兰阁到了老金沟,悄悄把信交给了金策。此时,武装特务已经抢先一天窜到了老金沟,由于金策没有暴露身份,敌人还在伺机而动。

老金沟表面上风平浪静,实际上剑拔弩张,双方都在严密监视着对方的一切举动。第二天一早,金策和于兰阁等四人乘吃早饭之机,利用变换晨炊地点的方式,把特务们和枪分开,最后突然袭击,制服了特务,保住了省委机关和周围的抗联战友。

于兰阁日夜兼程,穿越莽莽森林,趟过冰冷河水,爬过巍巍高山,忍饥挨饿,逃过敌人的一次次封锁与追杀,只用了八天时间,就走完了平时需走十六七天的350多公里不寻常路,抢在敌人之前行动,粉碎了敌人的阴谋,保存了抗日的力量。

姜椿芳

——可靠的臂膀

姜椿芳(1912—1987),常用笔名什之、林陵等,江苏省武进人。翻译家、出版家、社会活动家、中国现代百科全书事业奠基人。1932年加入中国共产党。曾任共青团哈尔滨市委宣传部长、共青团满洲省委宣传部长。在党的领导下,他与金剑啸、罗烽、舒群一起领导了哈尔滨的左翼文化运动,成为"东北作家群"重要代表之一。1936年到上海后,任中共上海局文委文化总支部书记,《时代》周刊主编,1945年任时代出版社社长。1949年后,历任华东革大俄文学校(上海外国语大学前身)第一任校长兼党委书记,上海市文化局对外联络处处长,中宣部斯大林著作翻译室主任,中央编译局副局长,中国大百科全书出版社社长兼总编辑,中国翻译工作者协会会长等职。参加、组织、领导了《马克思恩格斯全集》《列宁全集》《斯大林全集》的翻译工作和《毛泽东选集》及中央重要文件外文版的翻译工作。为第五届、第六届全国政协常务委员,文化组副组长、组长,1987年12月逝世。

姜椿芳的青年时代,从1928年夏到1936年秋,是在哈尔滨度过的。他从这里走上革命道路,曾任共青团哈尔滨市委宣传部长、共青团满洲省委宣传部长、中共满洲省委宣传部干事。他和他的家人深受党组织的信赖,他的家曾是党团省委机关的所在地,省委的一些重要会议在他家召开,杨靖宇等党的重要负责人常在他家居住。他的家和他所从事的工

哈尔滨市道里中国五道街一号，姜椿芳的家曾经作为党的秘密机关，许多抗日领导人从这里进出。

作成为我党进行反满抗日活动的可靠臂膀。

1932年2月5日,日本侵略军的铁蹄踏进了哈尔滨。日寇横行霸道,到处搜捕共产党员和爱国群众,哈尔滨陷入一片白色恐怖之中。4月初,杨靖宇担任中共哈尔滨市委书记,在他的指导下,在姜椿芳家里成立了共青团哈尔滨市委,姜椿芳任宣传部长。团市委机关就设在姜椿芳家。姜椿芳的父亲姜岳安、母亲张长生,均勤劳俭朴,为人忠厚,富有正义感和爱国之心,他们理解并支持独子的爱国之举,经常掩护他的活动。因为有两位老人照应,环境安全,团市委举办的军事训练班和政治学习班都设在这里,并都安全顺利地结束。学员们经过在这里的学习,具备了初步的军事素养,进一步激发了爱国热情,大部分走上抗日前线,投入到与日本侵略者的浴血奋战中。

1932年7月,共青团中央批准姜椿芳担任共青团满洲省委宣传部长。他的主要任务是主编《满洲青年》(后改为《东北青年报》),把党团中央和满洲省委的决定和通知,以及东北各地抗日义勇军和反日游击队武装抗日的胜利消息等,及时传播给广大团员和青年,以鼓舞和激励广大民众的反满抗日热情和决心。根据工作需要,姜椿芳的家从安顺街77号搬到道里中国五道街1号院内楼上。同楼有两家成衣铺,经常有人出入,加上缝纫机的噪音,正好可以掩护地下活动,团省委的秘密机关就设在他家里。

1932年底,中共满洲省委调姜椿芳到省委宣传部当干事,主编《满洲红旗》(后改为《东北人民报》),同时为省委起草各种文件和宣言、传单等,还领导着一个秘密印刷所和一个秘密发行站。此后姜家又成为满洲省委宣传部的机关。出于安全考虑,姜椿芳不能将编好的稿子直接送往秘密印刷所。他的母亲毅然担负起了跑印刷所交通的任务,俨然成了地下交通员。姜母一身南方老太太打扮,挎着一只菜篮子,把稿件放在篮子的双层底内,并且故意靠近敌人岗哨,大大方方地走过,每次都顺利地完成了任务。

1933年4月,满洲省委接到了中共驻共产国际代表团的《中共中央给满洲各级党部及全体党员的信》(史称"一·二六指示信")。其中分析了满洲的形势,要求满洲党组织尽可能结成全民族的抗日统一战线,团结一切可以团结的力量,一致对外。这对于东北党组织及东北抗日斗争是很有意义的。4月15日,在姜家召开了满洲省委扩大会议,学习贯彻"一·二六指示信"精神。这一天正是端午节,姜家以过节请客为由掩护会议的召开。姜父时不时地出去买点烟酒调料,实际是在观察周围的情况,姜母屋里屋外地忙着准备饭菜,制造着节日请客的气氛,也在注意着外面的动静。姜椿芳进进出出端茶倒水,"客人"们一边喝着雄黄酒,一边讨论如何贯彻"一·二六指示信"精神,最后顺利完成了会议议程。这次扩大会议标志着党领导的东北人民抗日武装斗争在策略上的重大转变。姜椿芳和他的家人为会议的顺利进行冒着极大的风险,做出了极大的贡献。

1933年5月初,正在磐石整顿南满游击队的杨靖宇接到省委的指示,回到哈尔滨学习"一·二六指示信",组织上安排他第二次住进姜椿芳家。早在1931年底,杨靖宇刚到哈尔滨担任中共哈尔滨道外区委书记兼东北反日总会会长时,有一段时间就曾住在姜椿芳家,与姜家相处得十分融洽。在杨靖宇的直接帮助下,姜椿芳不但开阔了眼界,政治思想水平有了很大提高,而且学到了许多地下工作的方法。就在这时姜椿芳转为中国共产党党员,他把一生同党的事业紧紧地联系在一起了。姜家两位老人对于杨靖宇的再次到来深表欢迎。为了安全起见,这次,杨靖宇一身商人打扮,以"南方老客"的身份作为掩护,由姜椿芳父亲陪同出入,从未遇到任何麻烦。

5 月下旬,杨靖宇离开哈尔滨返回南满之前,把随身穿的一件灰布大衫和一床麻花布褥子送进当铺,用当来的钱作为路费。当票为期一年。杨靖宇把当票托付姜母代为保存。孰料杨靖宇此去与日寇浴血奋战数载,直到 1940 年 2 月壮烈牺牲,也未能再回到哈尔滨。第二年当票期满前,姜椿芳一家用自己的钱把杨靖宇的大衫和褥子赎出来,精心保管着,一直盼望着杨靖宇回哈时用。后来,他们把大衫和褥子从哈尔滨带到上海,每年夏天都拿出来晾晒一次。直到 1952 年获悉杨靖宇壮烈牺牲,姜椿芳和母亲将杨靖宇这两件遗物送交黑龙江省东北烈士纪念馆陈列,以向青少年一代进行爱国主义教育。

四、智斗敌寇 龙潭虎穴巧周旋

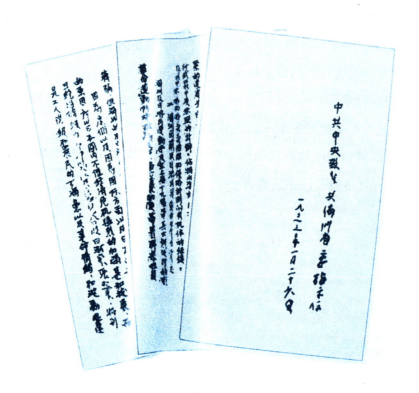

《中共中央给满洲各级党部及全体党员的信》（简称"一·二六指示信"）

五、政治攻势 策动伪军倒戈抗日
ZHENGZHIGONGSHICEDONGWEIJUNDAOGEKANGRI

　　有一种斗争，不闻枪炮刀剑；有一个战场，没有战火硝烟。抗日队伍在对日伪进行军事打击的同时，也积极展开了对伪军的政治攻势。打拉结合、分化瓦解，兵不血刃的攻心战，伪军哗变入抗联……

李斗文
——舌战敌寇

李斗文（1905—1935），朝鲜族，毕业于北京宏达学校。1930 年前加入中国共产党。曾任饶河反日游击大队政治委员、饶河中心县委委员、东北人民革命军第四军第四团政治部主任。1935 年 9 月 26 日，在乌苏里江岸的新兴洞准备截击敌人船只，突然遭到日伪军的攻击，中弹牺牲。

几颗耀眼的星星伴着明月挂在夜空，夜深时刻应该是人们进入梦乡之时。像这样看似平常的夜晚，在抗日战争时期我抗日官兵却常常为夺回祖国大好河山与敌人战斗在沙场上，其中有这样一位英雄，他除了用武器斗争，还用他那非凡的演讲才华与敌寇斗争，他就是抗日将领李斗文。

李斗文有着坚定的革命信念且睿智过人，对抗战的时局看得很准、很透，更为重要的是具有很强的思辨才能和写作能力。他一边用武器与敌人战斗，一边抓住一切机会发挥自身的宣教优势，宣传革命道理，促进民族团结。他还经常自己编歌曲，教战士们唱，以激发战士们的斗志。同时，还用这种独特的战斗方式向敌人开战，从精神上唤起伪军作为中国人的良知，削弱敌人的战斗力。

1934 年，李斗文到部队后，就很重视宣教工作，经常通过各种方式进行宣传工作，以促进汉、朝两民族同志之间的团结。他常讲"朝鲜同志遭受两次亡

亲爱的满军兄弟！东三省这块富饶地盘，是祖宗给我们留的财产，祖宗的坟墓在此，亲戚朋友在此，我们的子孙还要在此接香火，我们的卧榻旁边，安能允许强盗无理的酣眠！

——李斗文

国的痛苦,他们革命很坚决,在抗日斗争中起了很大的作用。""团结起来力量大!"……正因为有李斗文等同志的宣教工作,饶河地区军民及汉、朝两族人民才能紧密地团结在吉东地区党组织的领导下共同抗日,成为一支富有战斗力的抗日革命力量。

李斗文写了许多充满激情的诗歌、传单,并积极向伪军宣传,以此扩大抗日力量。他在《告满军兄弟书》里写道:

"亲爱的满军兄弟!
东三省这块富饶地盘,
是祖宗给我们留的财产,
祖宗的坟墓在此,
亲戚朋友在此,
我们的子孙还要在此接香火,
我们的卧榻旁边,
安能允许强盗无理的酣眠!
……
亲爱的满军兄弟!
你们贪图吃几顿粳米白面,
你们贪图着几块亡国奴的金钱,
你们就砍着同胞的头颅献在敌人面前!
你们就忍心把兄弟姐妹推在火坑里面?
你们愧不愧对头上的青天?
你们愧不愧对父母同胞的期盼?
……
亲爱的满军兄弟!

请你们觉醒吧！

请你们赶快反正哗变，

趁火打铁救国莫再迟延……

起来！起来！

杀死日本的将帅，

杀死你们卖国贼长官，

到革命战线上来聚合，

我们共同解放三千万父老同胞的倒悬！

我们的前途光明无限，

我们将在历史上流芳万年！"

李斗文写的这些宣传品，在策动伪军哗变反正方面起了重要作用。除了写宣传品外，他还利用在战场上两军对峙的机会，亲自向敌人宣讲抗日的道理，让伪军们认清时局，激发他们作为中国人的良知……

1935 年 1 月，李斗文所在的饶河游击大队与伪军第三十五团在关门嘴子遭遇，双方各占据一个山头对峙。李斗文充分发挥他的演说才能，利用夜深人静时向对方喊话。他从国内形势讲到党的抗日统一战线主张，从日本侵略者吞并我全中国的野心讲到蒋介石卖国不抵抗政策，讲得有理有据，很有说服力。伪军中不时发出一片唏嘘声、情不自禁的附和声"对啊，对啊"，还不时高声呼喊说："请你再讲一点儿！"最后，伪军士兵们说："我们明白了，我们都是中国人，不能再和你们打了。"此后，伪军第三十五团再和游击队相遇，总是枪口抬高一寸，还经常有意地在阵地上留下一些子弹，送给游击队。

李斗文经常这样在枪林弹雨中向敌人喊话做宣教工作，宣传党的抗日统一战线主张，感化伪军，多次使我军安全突围，包括他牺牲时的最后一次战斗。

1935 年 9 月 26 日,第四团转战到乌苏里江岸的新兴洞,准备截击敌人船只,被敌人发现,部队在途中休息时,突然遭到 100 多名日伪军的攻击。接着伪军第三十五团 300 余人前来增援,使第四团腹背受敌。在激烈的战斗中,第四团副团长朴振宇不幸中弹牺牲。政治部主任李斗文奋不顾身地向伪军喊话:"满军兄弟们,我们是抗日军,专打日本鬼子。奉劝你们快快觉醒,调转枪头打日本。""中国人不打中国人!"伪军听到宣传后便朝天放枪,第四军乘机突围。在突围作战中,李斗文突然被一颗子弹射中了胸部,不幸牺牲,年仅 30 岁。

战争的残酷,夺去了我军一位优秀将领。他谱写的短暂而壮烈的战斗人生以及他充满才智的诗文、歌曲等是中华儿女难得的精神瑰宝,激励炎黄子孙继续为祖国的繁荣富强而拼搏。

曹国安

——策动烟筒山伪军哗变

曹国安（1900—1937），原名于德俊，字哲名，曾用名于学韬。吉林省永吉人。1931年，加入中国共产党。1933年潜入伪铁道警备第五旅第十四团迫击炮连组织哗变。曾任东北抗日联军第一军第二师师长，率部战斗在南满地区。1937年初，在临江县七道沟伏击日军的战斗中，身负重伤，英勇牺牲。

1933年春，长白山的积雪已悄然融化，迎来满山的绿意，给这块被外强蹂躏的土地带来了生机和希望。一支强有力的抗联队伍也如万物复苏般在这块土地上孕育、成长着……

曹国安，一个毕业于北平毓文学院、经过五四运动洗礼的年轻的共产党员，在1932年冬天，被党派到东北，以加强党创立并直接领导的抗日武装力量。当时党组织要求从两个方面来建立抗日武装，一是在反日群众运动的基础上创立党领导的游击队，二是派领导骨干打入敌伪军队组织哗变。他和自己的外甥、共产党员宋铁岩以及于克等组成军运小组。

回家乡组织抗日队伍失败后，曹国安到榆树县南大新立屯，与当地抗日救国会联系，并介绍爱国青年张瑞麟加入救国会一起活动。这时曹国安了解到驻防在乌拉街的伪铁道警备第五旅第十四团迫击炮连，

五、政治攻势　策动伪军倒戈抗日

一次真正意义上的「潜伏」，一次革命真理和政策攻心的胜利。

原是旧东北军的一个连队，九一八事变后曾一度抗日，后被日军收编，但士兵们仍有抗日情绪。思维敏捷的他立刻意识到如果打进去做宣传工作，组织哗变，有成功的可能。1933年初，按照党的指示，趁该连招兵之机，他和张瑞麟一起进入迫击炮连当兵。曹国安被编入第三排，张瑞麟在第一排。为了尽快组织该连哗变，加强领导力量，曹国安又把宋铁岩找来，编入第二排，同时发展张瑞麟入党。

曹国安在伪军中积极进行宣传工作，他利用当时社会上流行的结义磕头的形式，团结了30多个朋友，他被推选为"大爷"（即老大哥），取得了大多数士兵的信任。之后对骨干们进行爱国思想教育，讲述历史上一些民族英雄的爱国故事，士兵们深受感动。在士兵们爱国情绪逐步增强的基础上，进一步指出国家民族危亡的严重形势，讲解抗日救国道理。然后通过骨干向士兵们宣传我党提出的"中国人不打中国人，有了子弹打日本"的口号，得到士兵们的默默响应。同年4月，该连随团部进山"讨伐"时，士兵们不向抗日游击队瞄准，只打空炮。这次"讨伐"结束后，伪迫击炮连移防到吉海铁路线上的烟筒山车站，驻在一个烧锅大院里。

这时组织哗变的条件已经成熟，曹国安向党组织做了汇报，三人最后商定起义时间在端午节夜里12点钟，并把起义的有关情况做了详细的研究和安排。端午节当天午后，伪连长设酒席请客，伪连长和排长们都喝得酩酊大醉。

晚上，准备起义的骨干们都假装喝醉，和衣倒在床上。第五班岗上过半小时后，已到起义时间。三人到院子里碰了头，没有发现什么新情况，曹国安果断命令："按原计划，立即行动！"他们三个人跑回自己排住的屋子，大声喊道："兄弟们，快起来，日本人来缴械了！"那些装睡的骨干们听了"噌"地跳下地，也一边喊着一边推醒别人，抓起枪冲出屋子。不一会儿，全连100多人都拥到院子里，一阵吵吵嚷嚷。这时伪连长酒也吓醒了，慌忙走出来，喊道："兄弟们，不要吵，半夜三更的哪有日本人来缴械的事，你们不要听信坏人的话……"曹国安一看情况紧急，向宋铁岩和张瑞麟做了一个暗示动作，三人一起对准伪连长开了火，伪连长当即倒地丧命，其他弟兄们也开枪把两个排长打死。这时曹国安大声喊着："弟兄们，不要乱打枪，听我的，大家赶快带上武器，跟我走！"士兵们拥出烧锅大院，跟着曹国安向东南方向奔去。张瑞麟走在最后，他动员了20多名烧酒工人，抬出一门迫击炮和17箱炮弹（每箱4发）。当晚到达石虎子山，住在大清观庙里。曹国安到附近村子里找人，连夜给党领导的南满抗日游击队送去一封联络信。游击队接到信后，第二天就派一名领导干部带着队伍前来迎接。至此，曹国安带领起义队伍进入磐石玻璃河套抗日根据地，哗变成功。

这次起义，是革命知识分子从事武装斗争并取得胜利的典范，充分显示了他们的才智和胆识。起义是在日伪军对抗日游击队连续发动四次大规模"讨伐"的情况下进行的，使伪军动摇不定，不断哗变加入抗日队伍，同时也壮大了南满游击队，使我军有了重武器迫击炮，在以后的作战中，发挥了很大的威力，给敌人以有力打击。

这支起义队伍被编为中国工农红军第三十二军南满游击队迫击炮大队，以后又被编入东北人民革命军第一军独立师、东北抗日联军第一军。身为抗联将领的曹国安率领部队机智勇敢地战斗在南满大地上，沉重地打击了敌人，战功卓著。

李文彬
——率部起义 血战到底

李文彬(1902—1939),黑龙江省双城人。1920年在东北军中当兵,1931年随部加入吉林自卫军。1935年任伪宁安县森林警察大队大队长。1937年7月率部起义,参加东北抗联第五军。起义部队被编为警卫旅,任旅长。同年11月,警卫旅扩编为抗联第五军第三师,任该师师长。同年冬加入中国共产党,率部转战于宝清、富锦、虎林、勃利等地。1939年9月12日在宝清县西沟板石河子与日伪军战斗中壮烈牺牲。

1931年九一八事变后,在东北陆军第十八旅当兵的李文彬随部队参加了吉林自卫军。1933年春,自卫军在日军强大攻势下瓦解,李文彬回到了家乡。他目睹日本侵略者的暴行,内心充满了愤怒,常与志同道合的人商讨救国之计。

1934年,李文彬经东北边防军旧同事介绍,充任了伪依兰县森林警察大队副大队长。第二年秋又调任宁安县伪森林警察大队大队长,驻防牡丹江左岸三道河子。他暗下决心,准备等待时机挥戈起义,再度抗日。李文彬领导的森林警察大队的士兵,多数是收编吉林自卫军、救国军的军人,很多人都有爱国意识,不甘心当亡国奴,早就有反正抗日的要求,李文彬提醒大家不可轻举妄动,他说:"吾人不举动则已,现为抗日救国而举动必给日贼以重大打击,且须参加真正救国之师,愿同仁枕戈以待,势必破釜沉舟！"

日本侵略者企图利用李文彬这支武装，消灭当地的抗日部队。但他们每次被派去"讨伐"抗联时，总是敷衍了事，无功而返。驻宁安的日军对他屡次"讨伐"不力，十分不满，多次想谋害他，但因李文彬深受部下拥护而没能得手。

东北抗联第五军党委了解到李文彬出身于贫苦农民家庭，有正义感和爱国心，决定对其进行策反，使他早日走上反正抗日的道路。1936年秋，第五军党委派张镇华等深入三道河子伪森林警察大队开展活动，经过几个月艰苦细致的思想政治和组织工作，争取了队内的骨干分子的反正。1937年7月12日，李文彬率领三道河子伪森林警察大队150多人，连同家属600余人，打死日本指挥官津春昌、日本教官加藤直秋、营野勋以下等8人，焚烧了防所，携带武器和军需物资起义，加入抗联第五军。起义队伍改编为东北抗日联军第五军警卫旅，李文彬任旅长。三道河子伪森林警察大队起义，不仅发展壮大了抗日联军的力量，也动摇了日本侵略者的统治。

李文彬率部反正后，敌人调集重兵企图就地歼灭这支部队。为了避开敌人的追剿，抗联第五军党委决定由李文彬率领警卫旅及家属迅速向松花江下游依兰、桦川一带转移，相机开展游击活动。周保中军长亲自随队指挥。他们发挥熟悉地形的优势，在茫茫林海中东突西进，终于摆脱了敌人的追踪，顺利到达依东地区。

8月16日上午，部队在十大户一带与日军骑兵四五百人遭遇。敌人携带两挺重机枪，10余挺轻机枪，并配有迫击炮，凭借精良的武器装备，来势汹汹，纵马挥刀向我部队冲过来。李文彬沉着应战，命令两个团从日军两侧迎了上去。当敌兵临近时，随着李文彬一声令下，4挺机关枪喷出仇恨的火焰，瞬时将敌人的队形撕裂，几个日本兵中弹落马。敌人则加大火力,以重机枪对我部队实施压制射击,第二团政委赵永新不幸中弹牺牲。危急时刻,李文彬赶到第二团阵地亲自指挥,稳定了军心,与此同时战士们更加猛烈地还击,再次打退了敌人的进攻。

战斗持续到下午3点多,军长周保中命令部队在抗联第八军骑兵部队掩护下撤退。这次战斗,是警卫旅建立后的第一次较大的战斗,我军打死日军军官两名,士兵36名,战马50多匹,鼓舞了部队的战斗士气。

8月21日,警卫旅在五道岗又进行了一次截击日军的战斗。当天上午,日军黑石部队骑兵700余人自孟家岗出动"讨伐"抗联部队,周保中部署了诱敌深入的作战计划,命令抗联第八军骑兵100多人和抗联独立师骑兵90余人,埋伏在大道两侧的树林中,对敌人发起突然袭击。双方交火后,骑兵部队佯装失利,边打边退,敌人见势紧追,很快被引入我军设在五道岗的伏击阵地。李文彬、张镇华率领警卫旅分别埋伏在五道岗南北高地长约1.5公里的战线上,待敌人主力完全进入伏击区后,李文彬率领部队集中火力,向日军发起猛烈的进攻。战斗一直持续到下午4时,敌人损失惨重,仓皇逃走。

五道岗截击战,我军共击毙日军370余人,打伤50余人,打死战马200余匹,缴获轻机枪10挺,"四四"马枪220支,全鞍马50匹及钢盔、弹药等大量战利品,沉重打击了驻孟家岗日伪军的嚣张气焰,使其半个多月的时间不敢外出袭扰。

警卫旅广大官兵在战斗中提高了军事和政治素质,队伍也有所发展。1973年11月,警卫旅扩编为抗联第五军第三师,李文彬任师长。同年冬,李文彬加入中国共产党。

1939年,在日军的重兵围剿和经济封锁下,抗联部队的处境极其艰难。但李文彬没有丝毫动摇,经常和战友们围着篝火学习毛泽东的《论持久战》,鼓励大家坚持抗战,增强必胜的信心。他们还在虎林、宝清等地山里的向阳空地上种了一些苞米和土豆,维持部队的给养。

同年9月12日下午3时,李文彬率10余名战士在宝清县西部山区活动时,在板石河子上游北岸被伪警备队发现。敌人调集伪军90多人,与伪警备队一起对李文彬所率小部队形成了三面合围。李文彬指挥战士们沉着应战,掩护几名战士突围出去。敌人的包围圈不断缩小,经过激烈战斗,终因敌众我寡,弹尽粮绝,李文彬等7人壮烈牺牲。

五、政治攻势 策动伪军倒戈抗日

马克正
——深入敌营 策动起义

马克正（1920—1949），安徽省怀远人。1929年来东北，先后在佳木斯、汤原县居住，1936年入佳木斯中学读书，同年加入中国共产党。1937年初党组织派他到梧桐河金矿策动伪警起义，同年7月29日与陈芳钧一起率起义部队加入抗联第六军。1938年任抗联第六军第二十九团组织科长、第一团第一连指导员。1945年抗战胜利后任松江一分区副司令员、参谋长、第三十九军第一一五师副团长等职。1949年1月8日在解放天津战斗中牺牲。

马克正9岁那年，为了投奔"闯关东"的父亲，随母亲从安徽怀远来到黑龙江省汤原县鹤立镇。不久父亲因病离世，一家五口的生活陷入困境，幸好有一位在梧桐河金矿做事的远房爷爷马仿潜的按月接济，才得以勉强度日。生活的艰难使马克正养成了勤劳勇敢、刚毅倔强的性格。1932年夏，日本侵略的战火燃烧到马克正的家乡，年少的他目睹日寇屠杀欺凌同胞的种种暴行，心中充满了愤恨。母亲怕他惹事，就将他送到梧桐河金矿的远房爷爷家。

1936年，马克正考入桦川中学读书。当时，桦川中学是中共佳木斯地下党组织的重要活动基地，党组织的负责人董仙桥、张耕野等都在此以教员的身份秘密开展活动。马克正在这里接触了爱国进步思想，逐渐树立了为民族解放和国家前途而奋斗的理想。他在一篇作文中写道："新青年,国家之中坚分子。吾等所负重大之使命,岂能因难而退之乎,必具自强不息之精神,百折不挠之坚志。彼呈难,难关叠起,吾不畏荆棘遍地,吾视坦途。"同年末,年仅16岁的马克正光荣地加入了中国共产党。

1937年初,为了配合东北抗日联军的斗争,发展扩大抗日武装,中共佳木斯市委决定派马克正打入梧桐河金矿进行武装矿警的策反工作。梧桐河金矿距离佳木斯不远,这里驻扎着一支护卫金矿的共百十来人的伪矿警队,并配备有80多支枪。马克正利用其同族爷爷曾在梧桐河金矿做事的关系进入金矿,担任文书,他主动接近矿警和工人群众,经常与他们谈心,很快获得了大家的好感和信任。不久,佳木斯市委决定派士兵工作部部长陈芳钧到矿上协助马克正进一步开展工作。马克正将陈芳钧以自己"表哥"的名义介绍到金矿当了警察。两人相互配合,秘密开展活动,利用多数伪警察对日伪统治不满的情绪,启发他们的觉悟,很快争取到矿警队的李阶山、刘文汉、孙振华等几个人加入,并成立了梧桐河金矿党小组,与此同时也基本上掌握了伪矿警队,控制了伪矿警队守卫的东西炮台等关键部位。期间,两人多次向董仙桥、张耕野等市委领导汇报工作进展情况,听取市委的指示,开始秘密酝酿起义计划。

起义条件日渐成熟,佳木斯市委预先与抗联第六军取得联系,制订了里应外合的行动部署。在下江特委的批准下,决定将起义时间定在1937年7月29日。由于伪矿警队员们平时经常喝酒,或是打牌赌博直至深夜,所以将具体行动时间定在后半夜两点。以鸣枪两声作为信号,抗联第六军提前隐蔽在附近以便接应。

7月29日凌晨,整个金矿在寂静中沉睡着。时钟嘀嗒嘀嗒地向两点接近。马克正按照预先的部署,与孙振华、刘文汉、王大个子等人悄悄溜出营房,开始分头行动。此时,在岗哨上值勤的陈芳钧看手中的怀表已指向两点，就迅速离开哨位，轻轻放下吊桥。然后走到营房前与马克正碰头，双方确认一切顺利后，就朝夜空连放两枪，向隐蔽在附近的抗联第六军发出了信号。与此同时，马克正带领 5 名矿警队员迅速冲进营房，而其余的矿警队员从睡梦中惊醒后，来不及反抗就被缴了械。战斗进行了不到一个小时，伪矿警队就被全部缴械，负隅顽抗的伪矿警队队长吴子文被击毙。之后，马克正和陈芳钧将矿警队员全部集中到院内，向他们宣传抗日救国的道理，号召他们加入到抗日部队中来。由于前期的工作，80 余名矿警队员愿意起义参加抗日，还带出枪 80 余支，黄金 300 两，以及大量的米面、被服等。

马克正等率领 70 余名矿警举行起义，打死伪矿警队队长，携带枪支、弹药、黄金、被服等大量物资加入抗联第六军，起义队伍在大森河密营经过一段时间的整训后，被编为抗联第六军第四师第二十九团，陈芳钧任团长，马克正任政治部主任。

这次起义，使梧桐河金矿陷于瘫痪，给日本侵略者以沉重打击。同时也发展壮大了抗联队伍，扩大了抗联的影响力，极大地鼓舞了三江地区人民的抗日斗志。

张瑞麟

——策动伪满第三飞行队武装起义

张瑞麟（1911—1999），别名张志恒，辽宁省锦州人，1933年加入中国共产党。曾任中共哈尔滨特委组织部长兼哈尔滨市委书记、东北抗日联军第三路军第十二支队政治教导员。新中国成立后担任过黑龙江省委统战部部长、黑龙江省政协副主席，黑龙江省人大常委会副主任等职。

1941年1月4日晚，哈尔滨王岗车站附近的伪满洲国军第三飞行队中突然响起了一阵激烈的枪声。原来是驻扎在王岗的第三飞行队85名爱国官兵举行了起义，起义士兵打死了在营区的日伪军官及部分士兵，驱车满载着军火装备投奔中国共产党领导的东北抗日联军去了。这就是震惊中外的伪满洲国第三飞行队起义。而策划此次起义的关键人物，就是东北抗日联军第三路军第十二支队政治教导员张瑞麟。

张瑞麟出生在辽宁锦州一个贫苦的农民家庭，后来随家人逃荒来到了北大荒。1931年张瑞麟来到哈尔滨，中共满洲省委派他到三岔河秘密发展党的地下组织，由此建立了三岔河历史上的第一个中共地下党支部，并由他担任党支部书记。1936年6月，他被任命为哈尔滨特委组织部长并兼任哈尔滨市委书记。为了更好地开展党的工作，张瑞麟将市委机关设在了自己的家中，他的家也因此成了党组织的秘密联络点。1937年4月，哈尔滨地下党组织遭到了破坏，张瑞麟与上级组织失去了联系。他一面秘密发展党员，一面积极寻找党组织。

1940年3月，张瑞麟听说松花江北的肇东地区有一支绿林武装部队——"庄稼人"在从事抗日活动。张瑞麟估计这支抗日队伍可能有党的领导，于是就费尽周折，打入"庄稼人"队伍的内部。经过一段时间了解，才得知这是一支东北军的余部，全队有将近50人。张瑞麟准备做工作，把这支队伍争取过来，使其加入到党领导的抗日联军中来。

"庄稼人"队伍当中，有一个20多岁的年轻人，逐渐引起了张瑞麟的注意，这个人就是刘远泰。张瑞麟主动与他接近，搞好关系，对他的情况很快就有了深入的了解。刘远泰向张瑞麟说出了自己的一个"秘密"。原来刘远泰是伪满洲国军第三飞行队二连四班的一名士兵，1939年11月入伍，1940年新年休假时回家探亲，因为妻子生孩子而误了归期，后来，部队派人把他抓回。归途中，他听说回去要受到严厉处罚，于是便趁着押解人员放松之时，逃跑了。在走投无路的情况下，他就投奔了这个"庄稼人"的队伍。刘远泰还对张瑞麟说："我们在伪满第三飞行队的中国士兵很受气，不但吃不好，而且经常遭到日伪官员的打骂，大家的反抗情绪很强烈。"

张瑞麟对刘远泰反映的这个情况十分关注，心想如果能让这个飞行队举行起义，其影响和意义将会十分深远。于是，张瑞麟开始做刘远泰的思想工作，而且还帮助他戒掉了大烟。

1940年农历9月间，张瑞麟终于同东北抗联第三路军第十二支队取得了联系，找到了党组织，并担任第十二支队政治部主任兼宣传委员。不久，张瑞麟经过努力，将"庄稼人"部改编为抗联第三路军第十二支队独立大队，并任该大队的政治教导员。随后，张瑞麟开始着手策动伪满第三飞行队起义的工作。

张瑞麟将刘远泰引荐给第十二支队代理支队长徐泽民,并向徐泽民提出了争取伪满第三飞行队起义的建议。第十二支队针对此事,召开了军事会议。经研究讨论,决定派刘远泰去哈尔滨做伪满第三飞行队的工作,待时机成熟时举行武装起义。

张瑞麟向刘远泰布置了工作任务,并详细地介绍了策动起义的一些做法,让他一定要找好可靠的人员,并强调要注意保密工作。刘远泰带着活动经费,离开了第十二支队驻地肇源县陈家围子,经双城后于 12 月 15 日到达五家站,准备乘坐火车去哈尔滨。在车站,他正巧遇见来这里买豆油的伪满第三飞行队的班长苏贵祥。此人正是刘远泰这次要去找的人。苏贵祥为人豪爽,讲义气,在士兵中很有威望。更为重要的是,刘远泰与苏贵祥恰好原来就在一个班,而且都是双城人,所以关系非常好。这次意外相逢促成了起义的迅速展开。两人见面,高兴万分,当天他们就乘火车返回了哈尔滨。两人在道外正阳头道街天乐园饭店边吃边聊,刘远泰向他讲述了逃走后的曲折经历,以及如何参加了抗联第三路军第十二支队等。这次回来就是受十二支队的委托,来做伪满第三飞行队反日起义工作的。他希望苏贵祥能带头组织士兵起义,参加抗日联军,一同打日本鬼子。苏贵祥本来就对日伪的统治和压迫感到不满,听了刘远泰一番话后感到非常振奋,当即表示同意。

经过苏贵祥等人的努力,起义的准备工作进展得很顺利,条件日趋成熟。于是,参加起义的20多名骨干人员,在飞机场西侧杜家屯秘密集会,提出了具体的起义计划,将起义时间定在了1941年1月4日的晚上。会后,刘远泰立刻返回,寻找第十二支队,报告起义计划。

1月4日这天,伪第三飞行队营房内平静如常。日本军官们都已早早返回市内度周末,营区内只有几名值日的伪军官和两名单身日本军官没有外出。

晚9点整,苏贵祥一声令下,各袭击组悄然出发了。整个战斗持续了将近1小时,共击毙日伪军11人,击伤1人,捣毁飞机3架。

晚10时,起义士兵共85人,在卫兵室门前集合。苏贵祥对大家说:"从现在起,我们就要到抗日联军那里去,和他们一起去打鬼子,做一个堂堂正正的中国人,把日本侵略者从中国赶出去!"说罢,起义士兵在苏贵祥的率领下奔赴"三肇"地区。

伪满第三飞行队武装起义,震动了整个日伪统治集团,令敌人惊恐不安,他们出动了大量军队进行疯狂反扑。虽然由于种种原因,起义最后失败了,但是,起义军英勇抗击日寇的民族气节和英雄壮举将被永远写入光辉的史册!

六、巾帼英雄 谁说女子不如男

JINGUOYINGXIONGSHUISHUONVZIBURUNAN

"身不得，男儿列，心却比，男儿烈！"巾帼英雄胜须眉，谁说女子不如男？赵一曼、金顺姬、裴成春……她们是塞北的梁红玉，她们是当代的花木兰。她们让中国女性的形象更加光辉闪耀，她们令世界反法西斯的旗帜更加鲜艳！

金顺姬

——烈火中永生

金顺姬（1910—1932），朝鲜族。1930年加入中国共产党。早年参加过赤卫队，曾任和龙县药水洞妇女委员。1932年11月，日寇"讨伐"队进村，即将临产的金顺姬为保护群众被敌人杀害。

对于即将临产的女子而言，多么希望丈夫能守候在自己的身边，孩子能平安地来到世上。然而，在抗日战争时期，对于22岁的女革命者金顺姬而言，却做出了与众不同的选择。

九一八事变后，抗日斗争的烈火越烧越旺。1931年9月，"秋收"斗争的风暴席卷了整个东满地区。1932年春，延边地区爆发了规模更大的"春荒"斗争。在这次斗争中，东满特委提出"夺取地主的粮食，解决春季饥荒。"同时，在这次斗争中还提出把反对地主阶级和清算民族走狗密切地结合起来。这是一场更深入的反帝反封建的斗争，沉重地打击了封建地主阶级和日本侵略势力。东满人民抗日斗争蓬勃发展的革命气势使侵略者胆战心惊，日寇和伪军多次组织"讨伐"队对抗日群众进行血腥镇压，大肆屠杀无辜的人民，制造流血事件，妄图扑灭熊熊燃烧的革命烈火。

1932年11月，"讨伐"队逼近药水洞的消息传来，为保存革命力量继续打击敌人,组织决定派赤卫队长宋太益带领赤卫队和部分干部撤离药水洞。这时正值宋太益的妻子金顺姬产期临近,宋太益考虑妻子留下危险太大,便动员她随队转移。金顺姬不愿意在这种紧急的情况下给组织和同志们增加负担,她坚决要求留下。

风雪扑打着门窗,赤卫队就要出发了。金顺姬把一件破旧的大衣披在丈夫身上,俩人一起走出家门。宋太益望着金顺姬无可奈何地说:"你留下来我太不放心了!"金顺姬微笑着回答:"村里人都会帮助我的。"

赤卫队撤离后,并没有向山区转移。他们在离村十里远的各交通要道都设了岗哨,日夜侦察"讨伐"队的动向,并约定发现敌情后,白天以烟、夜晚以火为信号。当时估计"讨伐"队可能从药水洞东南方面的头道岗过来,因而特别加强了这一带的警戒。一天黄昏,狡猾的敌人绕过赤卫队岗哨从北面闯进了药水洞。日寇"讨伐"队进村后,家家门窗紧闭,没有一点声息。全村笼罩着一片阴森恐怖的气氛。敌人四处寻找粮食,搜捕赤卫队和地下党的踪迹。11月4日,天刚蒙蒙亮,敌人就挨家挨户地砸门抓人,村里哭喊声、犬吠声连成一片。"讨伐"队逮捕了许多妇女和老人,妄图通过严刑逼供找出坚壁起来的粮食和赤卫队的线索。快要临产的金顺姬也遭到了敌人的逮捕。日寇的皮鞭蘸着同胞的血泪。金顺姬看到乡亲们被鞭打,心如刀绞。她想自己是共产党员,应该挺身而出保护群众。她准备往前活动一下,旁边一位大嫂紧紧拉着她的手,把她挡在身后。敌人吼叫着,皮鞭雨点般地落下来,乡亲们咬紧牙关,没有一个人泄露赤卫队和地下党的机密。党是工农大众的希望,赤卫队里有他们的儿子、丈夫和兄长。他们宁愿死在敌人的皮鞭下,也绝不出卖自己的亲人。看到骨肉同胞在流血,她再也忍耐不住了,高喊着:"住手!我是共产党员,我是村干部,粮食和赤卫队的情况我全知道。"说罢便毅然地走出了人群。敌人被这位即将临产的年轻妇女的大胆举动惊呆了。接着凶残的敌人发出一阵狂笑，并把她团团围住，逼问藏粮食的地方以及赤卫队的去向和地下党的名单。金顺姬轻蔑地看了敌人一眼后，安然地说："这是党的机密，怎么能告诉你们这些杀人的强盗！"敌人暴跳起来，皮鞭劈头盖脸地落在金顺姬身上。她没有呻吟，没有眼泪，决心以自己的身躯保护组织、保护群众。金顺姬几次昏倒在敌人的皮鞭下。姐妹们脸上滚动着泪珠，老大爷转过头去不忍目睹这凶残的情景。灭绝人性的日寇对于一个即将临产的孕妇竟如此残暴。

金顺姬痛苦地转动了一下身体，敌人再次把她揪起来行凶逼问，并恶狠狠地叫骂："看是你的舌头硬，还是我的鞭子硬。"为了断绝敌人妄图从共产党的嘴里得到党的机密的妄想，金顺姬愤然咬断了自己的舌头！她额头上汗珠滚滚，嘴角鲜血淋漓，一步一步地向敌人逼近，只见她运足了全身力气，把满口鲜血和咬下来的舌头喷吐到强盗的脸上。金顺姬惊人的毅力和最大的自我牺牲精神，显示了共产党员誓死保守党的机密的钢铁意志和坚强决心。她再次昏迷过去。

愚蠢的敌人永远也不可能理解革命者的胸怀，他们在金顺姬苏醒过来后，拿出纸和笔叫她写出地下党的名单，金顺姬愤然咬破冻僵的手指，以示坚决不写。穷凶极恶的敌人在女共产党员金顺姬面前气急败坏，束手无策。他们把金顺姬等八名同志投入熊熊的烈火中，并用机枪疯狂扫射，发泄他们的兽性。年仅22岁的金顺姬带着她那即将出世的孩子为民族解放事业献出了宝贵的生命。

林贞玉
——抗日军中的"花木兰"

林贞玉(1914—1934),朝鲜族,吉林省延边人。1929年随父母迁居穆棱县新安屯。1932年加入中国共产主义青年团,曾在穆棱、宁安等地从事地下斗争。1933年冬参加宁安工农义务队,先后任平日坡密营洗衣队队员、裁缝所负责人、绥宁反日同盟军战士。1934年秋,在攻打宁安县斗沟子车站战斗中牺牲。

1914年,林贞玉出生于延边地区一个贫苦的朝鲜族农民家庭。15岁时随父母迁居到穆棱县新安屯。当时帝国主义列强横行中国,军阀混战不断,经济凋敝,民不聊生,年少的林贞玉饱尝了生活的苦难和艰辛。新安屯是朝鲜族聚居的小山村,很早就有共产党的活动。林贞玉在这里有机会接触一些共产党员和青年团员,听他们讲救国救民的道理,似乎在心中打开了一扇通向光明的窗子。

1931年九一八事变后,林贞玉将满腔热情投入到抗日救国的斗争中。她虽然年龄小,但机智勇敢,主动为地下党组织做了许多抗日宣传工作。在新安屯附近的九站有座俄国人开办的酒厂,在当地小有名气。每年秋季,酒厂都要收购附近农民从山上采摘的山葡萄来酿酒。林贞玉利用这个机会,从新安屯党支部领来传单,藏在装满山葡萄的筐里,装扮成进城卖葡萄的农家姑娘,巧妙地躲过了敌人哨卡的检查,顺利地

六、巾帼英雄 谁说女子不如男

国家兴亡，匹夫有责！

谁说战争让女人走开，在民族危难的时刻，中华女性用柔弱的双肩担负起救亡图存的重任。

把传单带进城镇,趁机在集市上散发,或者在傍晚时分悄悄张贴。这些传单,揭露日本帝国主义的侵略罪行,号召人民群众团结起来,共同斗争,打败日本侵略者。林贞玉冒着生命危险,一次次将这些传单散发出去,将我党抗日救国的主张传播到群众中去,极大地鼓舞了群众的抗日斗志。

1932年,林贞玉加入中国共产主义青年团。在党团组织的直接领导下,投入到更为艰险的地下斗争中。

1933年冬,林贞玉从地方转到部队工作,参加了党领导的抗日武装宁安工农义务队。这支队伍是由李荆璞率领的"平南洋总队"改编而成的,队内的主要领导人都是共产党员,队内有党支部和团小组,是当时宁安一带很有威望的武装力量。1934年2月,宁安工农义务队被编入周保中领导的绥宁反日同盟军,成为其基干队伍之一。

当时妇女参军的人数还很少,女战士多被安排在后方做洗衣、缝补或看护伤员的工作,很少有人直接上前线参战。初到游击队时,组织上考虑林贞玉是个女同志,把她分配到天桥岭平日坡根据地做后勤工作,帮助部队洗补衣服,照顾伤病员。

林贞玉虽然在后方工作得很出色,但她每每想起在日军屠刀下牺牲的同志就满腔仇恨,心中燃烧起熊熊怒火,渴望拿起武器奔向抗日前线,亲手消灭敌人。她多次向上级领导提出申请,要求调到连队当一名普通战士,几经周折终于获得了批准。到连队的第一天,战士们关切地问她:"你一个女同志,行军打仗能行吗?"林贞玉坚决地回答:"国家兴亡,匹夫有责,国家都亡了,还分什么男女!中国古代不是就有花木兰替父从军的故事吗?国家危难之际,女子也应该在战场上杀敌报国呀!"为了表示自己战斗到底的决心,更是为了方便行军打仗,她毅然剪掉了伴随自己多年的一头长发,成为抗日游击队中的"花木兰"。

在连队里，林贞玉无论行军打仗、站岗放哨，还是学习训练，样样都做得认真出色，不管环境如何艰苦，她从未因为自己是女同志而要求组织上给予任何照顾。为了掌握杀敌本领，她苦练射击技术，一有空闲就琢磨如何瞄准、如何射击，很快便练就了一手好枪法。经历了战火的洗礼，林贞玉从普通的农家少女成长为一名勇敢坚定的抗日战士。

1934年秋天，天气渐渐转冷。为了解决部队越冬的棉衣和给养问题，绥宁反日同盟军计划偷袭宁安境内斗沟子车站的仓库。斗沟子车站是图们至佳木斯铁路线上的一个火车站，是日伪军物资运输的中转站。经过事先侦察和部署，一天夜里，大队长李荆璞亲率300余名战士，在夜幕的掩护下，悄悄地包围了斗沟子车站。

林贞玉所在连队在这次行动中担负着阻击敌人援兵的任务，部署在铁路线的两侧。夜半时分，李荆璞带领主攻部队迅速接近车站，眼看就要摸进敌人守备部队的院子了，不料敌人的一列兵车向车站开来，我阻击部队立刻开枪阻击，但敌军兵车配备有装甲车、小炮和轻重机枪，火力很强，沿着铁路来回扫射、轰炸，使同盟军部队腹背受敌，战况对我军非常不利。

由于情况突变，偷袭已失去战机，且敌强我弱，强攻难以实行，为避免更大损失，李荆璞决定改变原来的作战计划，主力部队分批撤出。林贞玉奉命带领一个班执行掩护任务，她指挥战士们迅速抢占有利地势，将机枪架在一个小土坡上，对大家说："同志们，给我狠狠地打！只要有我们在，就不能让敌人前进一步，一定要掩护大部队安全撤离。拖住敌人就是我们的胜利！"说罢扣动扳机，向敌人射出一串串仇恨的子弹，打得敌人抬不起头来。敌人的火力很快被吸引过来，双方展开了激烈的战斗。阵地上弹雨纷飞，硝烟弥漫。凭借有利地势和顽强的斗志，林贞玉指挥战士们打退了敌人一次次的进攻。看着大部队走远了，林贞玉当机立断命令战士们撤离阵地,自己走在最后掩护。突然,连续几发炮弹在她身边炸响,林贞玉不幸中弹,壮烈牺牲,年仅 20 岁。

　　为了抗击日本侵略者,捍卫民族的独立和尊严,林贞玉将热血和生命抛洒在东北大地上。虽然她的战斗历程很短暂,但她身上折射出的中华儿女不畏强敌、敢于抗争的民族精神,将永远为后世景仰和传颂。

抗联第五军在密营装粮的"树桶"

赵一曼

——信念的力量

赵一曼（1905—1936），原名李坤泰，四川省宜宾人。1923年加入中国社会主义青年团，1926年夏转为中国共产党党员。1931年到东北后，历任中共满洲省委妇女委员、满洲总工会组织部长兼哈尔滨总工会党团代理书记、中共珠河中心县委委员、县委特派员、妇女会负责人、中共滨绥铁道北区区委书记、东北人民革命军第三军第二团政委等职。1935年，在战斗中因受重伤被俘，坚贞不屈。1936年8月，英勇就义。

赵一曼是著名的抗日民族女英雄。她曾先后在日本侵略者统治中国东北的中心沈阳、哈尔滨从事秘密的地下反日工作，也曾在枪林弹雨的抗日前线与日寇英勇拼杀。重伤被俘后，面对敌人的种种威逼利诱、酷刑折磨，她以钢铁般的意志，更加显示出威武不屈、宁折不弯的英雄气概与民族气节。这其中的诸多故事早已家喻户晓并被广为传颂。这里，我们讲述的是赵一曼别样的鲜为人知的故事。

1935年11月22日，在与日伪军的战斗中赵一曼负重伤被俘。在伪珠河县公署，日本警察刑讯她"为什么进行抗日活动"时，赵一曼义正词严地回答："我是中国人，日本军侵略中国以来的行动，不是几句话所能道尽的……中国人民反对这样的日本军难道还用得着解释么？我们中国人除了抗战外，难道还有别的出路可以选择吗？""……我作为

宁儿：

母亲对于你没有能尽到教育的责任，实在是遗憾的事情。

母亲因为坚决地做了反满抗日的斗争，今天已经到了牺牲的前夕了。

母亲和你在生前是永久没有再见的机会了。希望你，宁儿啊！赶快成人，来安慰你地下的母亲！我最亲爱的孩子啊！母亲不用千言万语来教育你，就用实行来教育你。

在你长大成人后，希望不要忘记你的母亲是为国而牺牲的！

一九三六年八月二日
你的母亲赵一曼于车中

中国人不能坐视日本的残虐行为,所有的中国人毅然拿起枪来反抗日本是理所当然的正义之举。""你们不用多问,我的主义就是抗日……进行反满抗日并宣传其主义,这是我的目的,我的主义,我的信念。"赵一曼对敌人的控诉滔滔不绝,却又有条有理,不容辩驳。敌人从她不凡的谈吐和态度上断定她受过相当的教育,一定在抗日部队里占有重要地位,是个了不得的人物。如果给她治好伤,再想办法使她屈服,就可以得到抗日部队及地方组织的情报,并可以使破坏抗日组织的反间计谋得逞,同时做对苏情报工作。为此,敌人把赵一曼押解到哈尔滨。

在哈尔滨市立医院监视治疗期间,赵一曼巧妙地对负责看守的伪警察董宪勋和护士韩勇义分别进行了爱国反满抗日觉悟的启发、诱导工作。她说自己是地主家的小姐,从小过着比较优裕的生活,为了摆脱封建家庭的束缚,追求自由和解放,到城里读书,受过高等教育。为了抗日救国抛弃一切,到珠河参加领导群众的抗日斗争。在初步赢得他们的同情与好感后,赵一曼又将自己耳闻目睹和所经历的事用通俗且饶有风趣的小说体裁写出来,为的是拿给他们看,让他们读过之后能够在思想认识上有所醒悟。她首先揭露了日本侵略者侵占中国东北大好河山,以及建立伪满洲国傀儡政权、对中国人烧杀抢夺无恶不作的累累罪行,其中暗含着为日本侵略者做事是可耻的行为,会遭国人唾骂的思想,然后指出要想挺直腰杆过上安定美好的日子,必须反满抗日,把日本鬼子赶出中国去。同时,又以生动鲜明的事例描写了抗日游击区的人民如何组织起来,拿起刀枪同侵略者展开英勇斗争的动人事迹。那里不仅青壮年参加抗战,甚至连妇女、儿童都组织起来加入抗日斗争。甚至还写了自己在乌吉密被捕时一名伪军张连长暗中相救的故事。董宪勋、韩勇义二人逐渐明白了赵一曼不是为了个人,而是为了那些失去家园、失去土地、失去亲人的无数同胞在不畏牺牲地进行着反满抗日的斗争；驱逐日本帝国主义、消灭伪满洲国是每一个中国人的使命。前后不过二十天的功夫，他们就对赵一曼充满了由衷的敬佩，对火热的抗日游击根据地生活充满了热切的向往，也明白了作为一个中国人，此刻自己该做什么、应该怎么做。

1936年6月，赵一曼在董宪勋和韩勇义的帮助下逃跑未果，8月2日，赵一曼被杀害于珠河县小北门外。

对于这一事件，日伪档案中写道："从这个例子可以证明，赵一曼的宣传是巧妙的，她的感化力量是如何的强大了。"最后不得不承认，"她的笼络、诱惑手段巧妙，以致如此容易地便能获得了警察官。这对于我们是有很多的启示的。""回顾赵一曼逃走事件，我们应该加以考虑的是：1.对思想犯人的管理，是最需要慎重的。如急需设置拘留思想犯人的单人房间等。……2.关于扑灭共产主义和抗日思想的王道主义的宣传工作，以前实在是有只讲理论或流于形式，因而有改进的必要。例如，宣传文件，要做到通俗易懂，富有趣味，无论什么人都去抢着看的地步才好。"字里行间折射出侵略者对赵一曼的钦佩与折服。

由于坚定的反满抗日信念而表现出的巨大感染力与号召力，以及巧妙的斗争方式，赵一曼感动、说服看守她的伪满警察与护士甘愿冒生命危险帮助她逃离魔掌，演奏了一曲令残暴的敌人都不得不佩服的华彩乐章。

张宗兰

——战斗在隐蔽战线

张宗兰（1918—1938），黑龙江省双城人。1935 年在桦川中学读书时加入中国共产党。1936 年冬，任中共佳木斯市委妇女部长，奉命打入伪桦川县公署，搜集敌伪情报。1938 年 3 月，佳木斯地下党组织被破坏之前，将党的文件成功转移出去。后在哈尔滨被特务跟踪，服毒殉国。

1936 年初冬，伪满洲国桦川县公署新进了一位年轻的女职员，她个子不高，秀美的面庞上略带稚气，一双沉静的眼眸透出几分聪慧。在同事们眼中，她文静稳重，做事认真，此外并没有什么特别之处。然而他们不会想到，这位外表文弱的姑娘肩负着特殊的使命。

她就是地下党员张宗兰，这年刚刚 18 岁。虽然年轻，但已是有近两年党龄和丰富地下斗争经验的"老"同志了，此时担任着刚组建的中共佳木斯市委妇女部长的职务。两年前，她为了逃避包办婚姻从老家双城来到佳木斯，投奔在桦川中学任教的二哥张耕野，并进入桦川中学求学。张耕野是佳木斯市中共地下党的重要领导人，妻子金凤英也是共产党员，他们的家就此成为党组织的主要活动地点。在家庭的影响熏陶下，张宗兰也积极投入到抗日活动中，在工作中积累了丰富的对敌斗争经验。中学毕业后，她受党组织派遣，利用求职之机打入伪桦川县

恒心殉难党的花，坚贞不屈耀中华。望断云山悲斗志，麒麟阁上烈张家。

公署,任日本参事官的文书,借机为党搜集各种敌伪情报。

进入伪桦川县公署后,张宗兰利用一切机会搜集情报。由于工作的便利,她经常能看到一些日伪军警的机密文件、报告、信件等,能记住的尽量用脑子记住,能摘抄的就迅速抄下来,重要的文件,就冒着生命危险带回家中给二哥翻阅,有时连夜复写、刻印,常常通宵达旦地工作。

1937年的一个夏夜,张耕野兄妹在房间内仔细翻阅着一份文件,这是张宗兰下班后偷偷带回来的。经过对文件的分析得知,敌人正在集结兵力,准备对兴山一带进行扫荡,而且蓄谋乘抗联部队粮食匮乏之机,在鹤立到萝北一带的路口扔下掺有毒药的面粉,企图毒害抗联战士。两人正在焦急之时,金凤英从外面进来,汇报了刚刚得到的情报:上午9点载着日伪军的火车开往了兴山方向。情况十分紧急,张耕野顾不上危险,连夜将情报送到地下党联络站。由于时间紧迫,张耕野担心抗联部队不能及时收到情报,他建议佳木斯市委派打入伪警察内部的地下党员陈芳钧寻机破坏敌人的阴谋。

就在市委做出指示的第二天,日伪军赶着满载面粉的三辆马车向鹤立方向奔驰而去。正午时分,护车的日伪军进了一家饭馆吃饭,陈芳钧趁机鼓动伪警察搬了车上的面粉到老乡家擀面条吃,结果警察们吃了面条后都捂着肚子大叫。伪军闻声赶来,大吃一惊,其中一个叫道:"这面粉有毒!"日伪军见事已败露,只得将掺入毒药的面粉倒入松花江中。由于张宗兰及时提供的情报,敌人的阴谋被我党挫败了。

1938年3月,白色恐怖笼罩着佳木斯,各种迹象表明敌人正准备对我地下党进行一次大搜捕。为了保存革命力量,市委派张耕野去寻找抗联部队,以便必要时转移部分人员。同时指示张宗兰将存放在家中的重要文件转移出城。

然而,此时敌人已经盯上了她,总有暗探在门口徘徊,怎么办呢?

张宗兰冥思苦想,终于有了办法。做午饭时,她让嫂子把一个大萝卜心掏空,将文件卷成卷塞进萝卜里,叮嘱了几句,便匆匆出门了。黄昏时,张宗兰带着好朋友董若坤回来了,两人都是女学生打扮。她们接过金凤英事先准备好的提包,就出了门。刚到门口,迎面来了一个衣衫褴褛的老太婆拦住她们乞讨,张宗兰很不耐烦地喊道:"嫂子,拿点剩饭菜打发她走!"金凤英闻声兜了几个烂萝卜、土豆、白菜帮子倒在老人的破筐里。

张宗兰和同学边走边说笑着走到城门口,几个日本兵围上来检查她们的提包,那个乞丐婆也凑过来,日本兵闻到刺鼻的烂菜味,厌恶地挥手道:"滚开!滚开!"老太婆唠唠叨叨地出了城门。望着老人远去的背影,张宗兰露出一丝胜利的微笑。原来,这个化装成乞丐的老人是地下党员李淑云。就这样,党的文件被安全转移出城。

3月15日,日伪军警宪特出动千余人,在佳木斯展开大搜捕,地下党同志的安全受到严重威胁。按照市委的指示,张宗兰和金凤英带着她们的弟弟和两个孩子及金凤英的堂姐一行6人回双城老家暂避。为了躲避敌人的视线,他们故意绕道至牡丹江,然后乘火车去哈尔滨。然而,他们在途中就发现,敌人已如影随形般地跟在身边,他们的一举一动都在敌人的监视之中。19日,他们住进哈尔滨天泰客栈。此时,他们已经完全被敌人包围,虽然想尽了办法但却无法摆脱敌人,甚至到了无路可走的境地。前进,回到双城老家,无疑是把痛苦和灾难带给亲人;后退,回到佳木斯,那将给党组织增加更大的危险。

第二天,张宗兰和金凤英商量,留下弟弟和侄子,他们年纪小不被注意,或许能逃出虎口。当晚,抱定宁死也不能落入敌手的决心,张宗兰、金凤英以及金凤英的小女儿和堂姐相继吞服了大量鸦片。夜半,敌人砸开房门冲进屋里,发现金凤英和女儿已奄奄一息,只有张宗兰尚有抢救的希望,敌人立即将她送到医院急救,妄图从她口中获得有价值的线索。但张宗兰抱定一死的决心,咬紧牙关,拒不服药,在顽强的抵抗中离开了人世,年仅20岁。

为了抗击日本侵略者,捍卫民族的独立和尊严,张宗兰将生命永远定格在人生最美丽的季节。她的战友曾赋诗表达怀念之情:

恒心殉难党的花,坚贞不屈耀中华。

望断云山悲斗志,麒麟阁上烈张家。

张宗兰烈士的铁笔

六、巾帼英雄 谁说女子不如男

冷 云

——乌斯浑河的怀念

冷云（1915—1938），原名郑香芝，曾用名郑走民，黑龙江省桦川人。1934年在桦川县立女子师范学校读书时加入中国共产党。毕业后任悦来镇小学教师，同时秘密开展抗日救国活动。1937年8月参加抗联第五军，任文化教员、妇女团政治指导员。1938年春，妇女团随第五军第一师向五常远征。10月下旬，部队在林口县境内的乌斯浑河畔与敌人遭遇，冷云指挥女战士们与敌人展开激战，最后弹尽援绝，英勇牺牲于乌斯浑河中。

1938年10月，抗联第五军妇女团政治指导员冷云带领7名女战士随第五军第一师的西征部队到达牡丹江支流的乌斯浑河畔。为了冲破日伪军对三江地区抗联部队的围剿，这支队伍从这年夏天开始，从刁翎出发，穿越深山密林，向五常、舒兰一带远征，但途中屡次遭到日伪军的追击，损失严重，于是决定返回牡丹江沿岸寻找第二路军总部。当晚，部队露宿在乌斯浑河下游西岸柞木岗山下，计划第二天拂晓从此处渡河。

时值深秋，冷风刺骨，战士们单薄的夏装难以抵御风寒，于是大家点燃了篝火，围坐在一起取暖。当初30多人的妇女团，如今只剩下冷云和杨贵珍、安顺福、胡秀芝、郭桂琴、黄桂清、王惠民和李凤善8个人了。她们一边为战友们缝补衣服，一边互相低语着，很快就疲惫地睡去了。指导员冷云帮战士们盖好衣服，又往篝火里添了点柴火，想到西征路上的

黑云笼罩着乌斯浑河，河水滔滔，如咽，如泣，如诉，如歌……八位年轻的抗联女将士搀扶着、拥抱着，从容而坚定地向激流深处走去，宁肯死在河里，也绝不当俘虏……

六、巾帼英雄 谁说女子不如男

艰辛,她思绪万千,难以入眠,脑海中浮现出牺牲战友们的身影,还有自己在西征前送给老乡抚养的女儿可爱的笑脸,内心隐隐作痛……

火光渐渐熄了,除了哨兵之外,抗联战士们大多都已酣然入梦,然而就在这时,敌人正在集结队伍,向我军驻地包围过来。原来,特务葛海禄从附近路过,发现了远处隐约闪动的火光,立即报告给当地日军守备队。日军驻刁翎司令长官熊谷迅速调集日伪军千余人在夜色的掩护下向抗联驻地扑来。

拂晓,部队准备渡河,但连日秋雨已将原有的渡口淹没。师长命令参谋金石峰带领八名女战士先行渡河,因为女战士们都不会游水,为试水深,金参谋先下河游到了对岸。正在八名女战士准备渡河时,突然身后枪声大作,敌人发起了进攻。大部队紧急应战,边打边向柞木岗密林地带撤退,冷云等八名女战士被隔在河岸边。

危急关头,冷云果断地指挥战士们分成三组,隐蔽在柳树丛中,随时准备应战。当她发现敌人正以猛烈的炮火围追大部队时,为了转移敌人的火力,掩护大部队撤退,她毅然下令"打!",八支长短枪一齐向敌人猛烈开火。

敌人突遭背后袭击,立时乱了阵脚,不得不分出大部分兵力向河边扑来。第一师大部队及时抓住战机,突出重围,进入密林。这时指挥员发现八名女战士已身陷重围,处境极其危险,立即命令部分队伍发起反冲锋。但是敌人已抢占了制高点,并以重火力控制住山口,我军几次反冲锋均未成功,部队伤亡加重。这时八名女战士大喊着让部队迅速撤离,"同志们,冲出去! 保住手中枪,抗日到底!"为了保存有生力量,大部队只得忍痛向密林深处撤去。

眼见追击大部队无望,敌人便集中兵力向河边柳树丛扑来。起初他们摸不清底细,不敢轻易靠近,只是不断向柳树丛方向射击,密集的迫击炮弹将战士们唯一可藏身的柳树丛烧得火光四起,热浪裹着浓烟让人喘不过气来。后来敌人发现他们的对手只是几个女战士,就高声叫嚷着"抓活的！抓活的！"朝河边扑来。

冷云早已观察过周围的地形,现在只能向河边撤退了。她指挥战士们扶着受伤的黄桂清和郭桂琴,边撤退边将手榴弹投向敌人。

子弹打光了,手榴弹只剩下三颗。前面是步步紧逼的敌人,后面是波涛汹涌的大河。女战士们只有两种选择：战死或被俘。八个女战士相互交换了一下眼神,她们不约而同地选择了前者。指导员冷云说出了大家此刻的心声："同志们,咱们是共产党员、抗联战士,宁死也不当俘虏！现在咱们弹尽粮绝了,只有趟水过河。能过去,就找到军部继续抗日；过不去,宁肯死在河里,也绝不当俘虏！"

说罢,她将最后三颗手榴弹用力投向敌群,与战友们相互搀扶着向波涛翻滚的乌斯浑河走去。敌人的子弹呼啸着从她们身后飞来,突然,13岁的王惠民身体一歪,倒了下去,冷云刚要去抱住她,却被一颗子弹打中了肩头,胡秀芝急忙将她扶住,安顺福抱起了王慧民……几人从容而坚定地走向激流深处。

岸上的敌人被这悲壮的一幕惊呆了。过了片刻,一发罪恶的炮弹在女战士们身边炸响,腾起一阵巨浪,巨浪过后,殷红的河面上再也不见了英雄们的身影,只有滚滚怒涛在悲愤地诉说……

亲眼目睹了这一幕的日本司令官熊谷大佐后来曾对人说："中国的女人死的都不怕,中国的灭亡不了。"

1938年11月4日,东北抗日联军第二路军总指挥周保中得知八女投江殉国的事迹,肃然起敬,在日记中写道"乌斯浑河畔牡丹江岸,将来应有烈女标芳"。1982年,林口人民在八女殉难地建立了纪念碑,碑上镌刻着"八女英魂,光照千秋",永远纪念为国捐躯的巾帼英雄。

裴成春
——抗联六军的好大姐

裴成春(1902—1938),朝鲜族。九一八事变后参加抗日斗争。不久加入中国共产党。1932年任中共汤原中心县委委员。1933年参加汤原游击队。曾任抗联第六军被服厂厂长。1938年5月,裴成春同志被调到抗联第六军军部教导队,负责两个连的政治工作。同年8月,她又被调到抗联第六军第一师,负责后勤处工作。1938年11月23日,裴成春率部队转移途中,在宝清县张家窑与敌人遭遇,壮烈牺牲。

抗日战争时期,抗联第六军有一位被全军上下亲切称为"裴大姐"的朝鲜族女干部,她就是裴成春。

裴成春端庄秀美,具有女人的细腻、贤惠、体贴和韧性。她在工作中处处以身作则,带头苦干,关心同志,舍己为人。她始终保持着高昂的革命热情和革命乐观主义精神。

在敌人的反复围剿和严密封锁下,我军各种物资都非常匮乏。为了解决这一问题,抗联第六军被服厂成立了。裴成春曾任该厂厂长。她带领同志们克服种种困难,给部队做好一批又一批军服,有力地支援了前方的抗日斗争。

1937年2月,裴成春所在的被服厂遭到破坏,她奉命带领十几名同志到帽儿山重建被服厂。组织上要求他们在3月末以前把厂房建好,五一

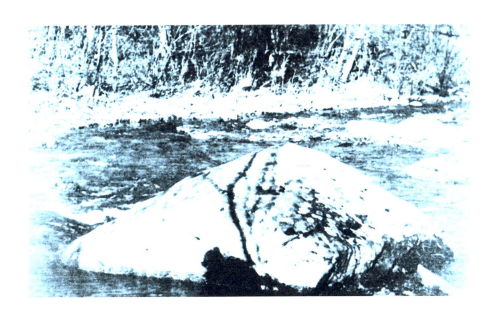

就在这块石头上,洗去了抗联战士身上的汗渍和血迹,也荡涤着共产党人的意志和灵魂。

前必须把军服做好运往前线。时间紧迫，物资一无所有，任务非常艰巨。裴成春勇敢地承担起这项困难的工作。她反复向大家说明这项工作的意义，提高大家的认识。她说："我们虽然缺东少西，困难很大，但比起前方战士流血牺牲，这又算得了什么？我们的亲人正在前方浴血奋战，现在天已经暖和了，他们却还穿着棉衣，这有多不方便啊！行军打仗免不了要蹚水过河，棉花沾水又湿又沉，必然影响军事行动。在战斗中即使耽误一分一秒，都可能造成更大的牺牲和损失，所以，我们能不能尽快把被服厂建起来，能不能早日把军衣送到前线，这直接关系着战斗的胜负和战士的生命。"经过裴成春的讲解动员，同志们提高了认识，增强了克服困难的信心和勇气。

在建厂过程中，由于是白手起家，困难很多，裴成春就发动群众想办法，出主意。没有瓦，就用树皮作房盖；没有床，就把树木破开当床；没有染料，就用黄波椤树皮煮水染布。她虽是个女同志，但她和男同志一样上山伐木，下山背粮。有的同志刚来被服厂，不会做活，她就手把手地教。她还非常注意调动每个人的积极性，发挥每个人的专长。上级给他们派来一个裁缝师傅，这个同志觉悟不高，有时因条件艰苦而闹情绪，裴成春就耐心启发、开导他，在生活上处处关心他，使这位老师傅深受感动，明白了革命的道理，在工作中发挥了很大作用。在裴成春带领下，全体同志群策群力，终于按期完成了建厂和生产军服的任务。

帽儿山被服厂承担着供应抗联第六军服装的任务，有时还要帮助兄弟部队做军服，工作是非常繁重的。

1937年6月，北满临时省委扩大会议后，被服厂搬到四块石。同年冬天，由于前线送来20名伤员，于是四块石被服厂又成了我军的后方医院。裴成春无微不至地关心伤病员，平日要精心护理伤病员，想方设法为伤病员筹集给养；有的伤病员情绪低落，她还要耐心细致地做他们的思想工作，鼓励他们早日养好伤，重返前线。在危急的情况下，裴成春更要领导同志们冒着生命危险去掩护和转移伤员，保证伤病员们的安全，这种崇高的革命精神和深厚的阶级情谊深深地感动着每一个伤病员，同志们都把她看成是自己的亲人。

1938 年 3 月 15 日清晨，裴成春正领着大家给伤病员喂饭，哨兵报告有敌情。裴成春沉着地指挥同志们迅速把伤病员转移到山上，使得我伤病员无一损失，全部安全转移。

山上没有吃的，裴成春和大家一起挖野菜，煮熟后分给伤病员，或者把榆树皮剥下来熬汤喂伤病员。野菜挖得不够时，她就不吃，把自己的一份分给大家。同志们劝她吃一点，她却故意打趣说："我老了，不饿。"

几天后，敌人进山骚扰，裴成春指挥大家将伤病员疏散隐蔽好，然后带领一位同志，用"调虎离山"的办法把敌人引开。

1938 年 5 月，裴成春被调到抗联第六军军部教导队。调到部队后的裴成春依然待人热情，平易近人，她不但在政治上关怀爱护同志，善于针对每个人的特点做好政治思想工作；在生活上更是像一位大姐一样，体贴关心每一个同志。战时她和男同志一样，背着长枪，行军打仗。休息的时候，她又忙着给同志们缝洗衣服，做子弹带。下雨天，她头顶一块树皮，照样坐在树下干活。战士们已经入睡了，她还要悄悄巡查一遍，有的战士没有脱鞋就睡了，她就找来干草给他盖上。她以自己的模范行动，赢得了同志们的尊敬与爱戴。当时全军上下都亲切地称她为"裴大姐"。

1938 年 11 月 23 日，裴成春率部队转移，在宝清县张家窑与敌人遭遇。裴成春为掩护战友们突围，奋勇阻敌，最后以身殉国。

许成淑
——抗联部队的"女神枪手"

许成淑(1915—1939),女,朝鲜族,吉林省延吉人。1933年加入共产主义青年团,同年8月参加延吉抗日游击队,1934年到共青团延吉县四方台青年团区委做妇女工作,1935年在东北人民革命军第二军独立师第一团第一连当机枪射手,1936年加入中国共产党。她作战勇猛,射击精准,被赞誉为抗联部队的"女神枪手"。

1915年,许成淑出生于吉林省延吉县茶条沟仲坪村,读过3年小学后,她就进了村里开办的夜校,接受了一些革命思想。15岁时,许成淑参加了村里的一些反日活动。1931年,许成淑加入了少年先锋队。

日本侵略中国后,许成淑的父亲许基亨认贼作父,当上了伪自卫团的团长,经常配合日伪军攻打抗日游击队。许成淑义愤填膺,多次劝说父亲不要再当汉奸,却遭到了许基亨的严厉训斥。后来,许成淑冲破了父亲的重重阻拦,积极投身抗日斗争。1933年初,许成淑加入中国共产主义青年团。她与父亲不断发生冲突,最后毅然与父亲决裂。同年8月,许成淑愤然辞家,来到了瓮区,参加了延吉抗日游击队。

战斗时,许成淑和许多男战士一样冲在最前面,奋勇杀敌;宿营时,她总是抢着找活干,帮助战士们洗衣做饭,缝缝补补,还主动去照顾伤病员。同样,许成淑也得到了大家的关心和帮助。她认为,能与志同

六、巾帼英雄 谁说女子不如男

父亲啊，我绝不背叛

祖国，我不光是你的女儿，

也是中华民族的女儿，更是

党的女儿，只要日本鬼子不

滚出中国，我就会坚决抗战

到底！

道合的人一起保卫祖国,驱逐日本侵略者,自己才不愧是中国人。

1934年夏,抗日游击队与许成淑父亲的伪自卫团在仲坪村附近的山上遭遇。为了再一次争取许基亨,游击队派许成淑向她的父亲喊话。

许成淑来到了山顶,看见许基亨带领着伪自卫团的一些人,手里拿着枪,正往山上爬。

许成淑朝山下大声喊:"都是中国人,你们不要再残害自己的同胞了。请把枪口转向日本侵略者吧!他们烧毁了我们的村庄,屠杀了我们的亲人,是我们共同的敌人。快和我们游击队联合起来,共同抗日吧!"

顽固不化的许基亨听到女儿的喊声后,只是皱了一下眉,就立刻命令手下人赶快抢占山头,伪自卫团叫嚣着朝山上射击。游击队长见此情景后,立即命令部队猛烈还击。许成淑也马上端起枪朝敌人射击。伪自卫团顿时就被打得溃不成军,许基亨也趁乱逃跑了。关键时刻,许成淑经受住了考验,她的爱憎分明和深明大义深受游击队领导和队员们的称赞。

入冬时,许成淑因病留在延吉县四方台青年团区委做妇女工作。敌人又来"讨伐"了,因而导致部队的粮食十分紧张。战友们分出一些粮食留给许成淑养病,让她煮粥吃。可是,许成淑却忍受着饥饿,把煮好的粥端给了穷人家的孩子吃。

1935年,许成淑的身体有了一些好转,她主动要求回到部队,在东北人民革命军第二军独立师第一团第一连当一名机枪射手。同年,她和连长朴光奎结成了革命伴侣。夫妻二人团结一心,共同与敌人战斗。

1936年许成淑光荣地加入了中国共产党。从此,她更加精神百倍地为党工作。许成淑参加了临江庙岭、安图、三间峰等一系列对敌作战。在战斗中,她不断成长为抗联部队的一名坚强的战士。许成淑不仅熟练掌握了射击的本领,而且练就成了好枪法,每次作战中,她都能百发百中,出色地完成每一次作战任务。大家都称她为抗联部队的"女神枪手",有时也亲切地叫她"女将军"。

1937年9月,她的丈夫在一次战斗中英勇牺牲。许成淑悲痛万分,她发誓,一定要为丈夫和其他牺牲的战友报仇雪恨。她擦干了眼泪,继续战斗。由于她身体虚弱,领导想让她到后方去休养。可是,许成淑坚决要求留在部队,同大家一起杀鬼子。领导同意了她的请求,任命她为机枪班班长。1938年,许成淑出色地完成了桦甸木棋河、敦化大蒲柴河战斗的战前侦察任务。1939年4月,在安图西北岔战斗中,她冲在了最前面,打死了许多敌人,并缴获了一挺机枪。这位抗联部队的女班长,深得大家的敬佩。

1939年8月,许成淑随部队参加了大沙河战斗。一天晚上,敌人派来7辆汽车向抗联部队的伏击地区驶来。许成淑发现情况后,立即命令战士跑步向团部报告。为了掩护部队,她自己跑到了侧面的一片树林中,开枪狙击,阻止敌人前进。敌人听见枪声后,纷纷下车朝许成淑扑来。许成淑腿部中弹,负伤被俘。

敌人把许成淑押到安图县,使用了各种残酷的刑罚,但都不能使她屈服。后来得知她是许基亨的女儿,便让她的父亲出面劝降。可是无论如何,许成淑都不肯投降。最后,许基亨悲痛地说:"女儿啊!我怎么能眼看着你死而不救呢?你不归顺也行,只要你答应我今后别再抗日就行!我会向他们求情的!"然而,许成淑的回答更加坚定了:"我是党的女儿,是中华民族的女儿,只要日本鬼子不滚出中国,我就会坚决抗战到底!"敌人最终判处她死刑。在刑场上,许成淑高喊着"打倒日本帝国主义!""中国共产党万岁!"的口号,英勇就义。

梁树林

——"东北抗联吕老妈妈"

梁树林(1895—1983),辽宁省开原人。1926 年迁居黑龙江省珠河县大青川。1932 年加入中国共产党。1933 年 10 月任珠河抗日游击区妇救会会长、党支部书记、五县联络站站长。1936 年春被捕,后经党组织营救出狱。1949 年任尚志县(原珠河县)农业社党支部书记。1951 年东北人民政府授予她"东北抗联吕老妈妈"的锦旗,毛泽东命名她为中国"八大妈妈"之一。她曾列席全国政协会议,多次当选县、省、全国人大代表,并受到党和国家领导人的接见。1983 年 7 月 20 日病逝。

50 来岁的梁树林因丈夫姓吕,被称为吕老太太。老夫妻有两个儿子、两个女儿。家里虽不富有,但也算小康之家。梁树林虽没念过书,但是却有着强烈的民族意识与爱国思想。1933 年,赵尚志等率部在珠河县一带开展抗日游击活动,建立抗日游击根据地。梁树林认为抗日游击队是老百姓自己的队伍,是为百姓和国家打鬼子的,能成为其中的一员是件光荣的事情,因此动员两个儿子都参加了游击队。她又把家里所有的财产和粮食全部送给游击队作为给养。她的家也成为部队的中转站,几乎每一个抗日战士都在她家吃、住过。迎来送往,梁树林总是那么热情、亲切、周到,因此,大家都亲切地称她为"吕老妈妈"。

1934 年冬到 1935 年春,在不到百天的日子里,梁树林的两个儿子和大儿媳先后牺牲。听到这个痛心的噩耗,她平静地对邻居讲:"送他们到队伍上时,就想到了会有这么一天。他们是为了国家而死的,也是为了咱们中国人而死的,这没啥伤心的,因为这是光荣的事啊!"

1934年11月底,赵尚志率部在肖田地与日军发生遭遇战时左臂肘部负伤,到后方医院治疗。转年初,赵尚志要重返抗日前线了,临行前来吕家告别。这时他的伤还没有痊愈,穿着单薄的衣服,伤口只是用布简单包扎着。梁树林看到后,心疼地说:"伤口还没好利索,要是冻着了就更不容易好了。"翻遍家里,也实在是没有厚实一些的衣服了,梁树林就把吕大爷的一个皮套袖给赵尚志戴上,抵御风寒。

1934年,赵一曼从哈尔滨来到珠河抗日游击根据地工作。梁树林见她长得又白又漂亮,太出众,不像农村妇女,就为她找来一件偏襟上衣和一条大肥裤子,又为她梳了一个疙瘩髻,还不让她洗脸。这样,赵一曼再走街串户发动民众抗日就方便多了。一次,梁树林挎着一筐鸡蛋和赵一曼去老乡家开展工作,被日本鬼子碰到。日本鬼子厉声问赵一曼是谁,因为赵一曼是一口四川口音,在偏僻的东北农村一张口说话就会引起别人的怀疑,甚至暴露身份。梁树林急中生智,赶紧说:"她是我刚认的干女儿,是个哑巴。"敌人看不出什么破绽,只好放行。之后,赵一曼就正式认梁树林为干妈,她们工作上互相商量,生活上梁树林对体弱的赵一曼照顾得更多一些,周围人都说她们像一对亲母女。

1935年,日本侵略者为扑灭哈东抗日烈火,派大批日伪军对根据地进行春夏秋三季连续"大讨伐"。敌人采取坚壁清野、各个击破的策略,对抗日部队进行"围剿",所到之处实行残酷的杀光、烧光、抢光的"三光政策",致使田园被烧毁,财物被掠夺,许多同胞惨遭杀戮。到处是熊熊的烈火、红红的鲜血。游击根据地遭到严重破坏,抗日军民处于危难之中。为了保存抗日的有生力量,中共珠河中心县委和三军领导人决定除留下少部分队伍在珠河地区继续坚持活动外,主力部队向东转移,到松花江下游地区开辟抗日游击区和建立根据地。

一天,李兆麟来到梁树林家,对她说:"大娘,你们一家积极参加抗日,咱们这儿都知道,要是留下来太危险了,你们还是跟我走吧。"梁树林略微想了一下,说:"地方党的事情我还没有安排完,我还是留下吧。再说,赵一曼还有病,我还得照顾她;老头还得给二团拉给养;儿童团的事儿,我的两个姑娘还得帮着做些工作。"家里没有什么吃的,梁树林让老姑娘吕凤兰摸黑儿到山坡上采回了一些山韭菜,包饺子为李兆麟送行。正吃饺子时,赵一曼来了,大家边吃边回忆着以前的种种激动人心的场景,互相叮嘱分别后要注意的事情。

1936 年春,敌人的"大讨伐"越来越残酷,烧杀抢掠,横冲直撞。梁树林把部队被服厂剩下的一点布、第三军和哈东游击区的党员名册及一些重要文件藏好。可让人担心的是,第三军设在大猪圈的被服厂和医院还没有转移,里面还有 20 来名重伤员和在那里工作的抗联战士,需要人手帮着转移,同时,伤员们急用的黄碘和紫酒又快用完了,也需要人去珠河县城买来。人员紧张,梁树林顾不得伪满警察、特务的四处疯狂抓捕,决定自己冒险亲自走一趟。她先到一面坡联系好了帮助医院和被服厂转移的人,又到珠河县里约好了为部队送子弹和药品的人。可就在即将返回的时候,由于汉奸告密,梁树林被特务抓进了伪珠河县警察署。

在伪警察署,梁树林面对敌人的软硬兼施,大义凛然,宁死不屈。第一次审讯时,她的左侧肋骨被打折了一根;第二次审讯时,上了一夜的大挂;第三次审讯被强灌臭水,前面的牙齿都被撬掉了,每一次都折磨得她死去活来,但她始终没有说出有关抗联和县委的一点儿情况。两个多月后,梁树林被党组织营救出狱。为躲避敌人的纠缠,按照党组织的安排,出狱后的梁树林和吕大爷领着两个姑娘回到了辽宁老家,直到日本鬼子投降后才返回珠河。

为了抗日救国,梁树林献出了三个孩子的宝贵生命;面对敌人的严刑拷打,她宁死不屈;许多抗联战士都吃过她做的饭,在她家养过伤;抗日女英雄赵一曼认她做干妈;抗日民族英雄赵尚志、李兆麟等与她关系密切……1951年,梁树林被毛泽东命名为中国"八大妈妈"之一,东北人民政府授予她"东北抗联吕老妈妈"的锦旗。

六、巾帼英雄 谁说女子不如男

赵一曼曾经在此组织抗日活动的村庄

七、威武不屈 魔鬼地狱若等闲

WEIWUBUQUMOGUIDIYURUODENGXIAN

　　"富贵不能淫,威武不能屈。"即便身陷囹圄,面对死亡,也不能使革命志士放弃坚贞的信念,背叛自己的祖国。他们从未放弃斗争,哪怕是在狱中,直到生命的最后一刻。这真是：革命烈士意志坚,魔鬼地狱若等闲。威逼利诱全不怕,只叫日月换新天!

金剑啸

——为抗日勇士放歌

金剑啸（1910—1936），辽宁省沈阳人。1929年考入上海新华艺术大学学习，1931年夏加入中国共产党。九一八事变后回到哈尔滨，积极从事反日爱国文艺活动，创办"天马广告社"，组织抗日团体"星星剧社"，并在《夜哨》等进步刊物上发表揭露日伪黑暗统治的作品。1935年任齐齐哈尔《黑龙江民报》文艺副刊编辑，发表了歌颂东北抗联的长诗《兴安岭的风雪》。1936年6月13日，因其主编的哈尔滨《大北新报画刊》登载高尔基病重的消息而被日伪当局逮捕，8月15日，于齐齐哈尔市北门外英勇就义。

1936年6月13日下午，日伪统治的北满中心城市哈尔滨阴云密布，街上的人们行色匆匆。在道里区商市街《大北新报画刊》的编辑部里，一群人正在忙碌着。突然，几个身穿长衫的日本驻哈总领事馆的便衣特务杀气腾腾地闯了进来，将主编金剑啸等18人全部逮捕。

这是日伪当局精心策划的对北满文化教育界共产党员和爱国志士实施大逮捕行动中的一幕。

20世纪30年代东北沦陷时期，一群左翼文化人在中国共产党的领导下，勇敢地战斗在日伪统治森严的中心城市，以手中的笔作为武器，通过各种艺术形式向广大民众传播抗日救国思想，向日本侵略者发出战斗的檄文。东北左翼文学的拓荒者金剑啸就是其中杰出的代表。

金剑啸是满族人，原名金承栽，笔名剑啸。他多才多艺，既是画家，

耐过寒冬，不就是春天？穿过黑夜的暗网，不就是黎明的微光？

——金剑啸

又是作家、诗人和戏剧编导。 1931 年 8 月,21 岁的共产党员金剑啸带着 30 年代上海革命文艺的气息回到家乡哈尔滨。 九一八事变后,为了唤醒民众,他全身心地投入到抗日救国的工作中。为中共满洲省委机关刊物《满洲红旗》和各种宣传品画插图,与罗烽等左翼文化人组织了抗日团体"星星剧社",创办"天马广告社",还利用关系在伪满机关报《大同报》副刊上发表了许多具有革命思想的文艺作品,在社会上产生了很大影响。

1935 年,金剑啸赴齐齐哈尔,任《黑龙江民报》副刊的编辑,将原本毫无生气的副刊变成了宣传抗日、播撒革命火种的阵地。他以"巴来"为笔名发表了长篇叙事诗《兴安岭的风雪》,赞颂东北抗日游击队英勇斗争的事迹。他用充满激情的诗句鼓舞人民的斗志:

耐过寒冬,不就是春天?

穿过黑夜的暗网,不就是黎明的微光?

不久,由于组织剧社公演进步话剧,金剑啸引起了敌人的注意,被迫于 1936 年初回到哈尔滨。

金剑啸清楚地意识到自己随时会有被捕的危险,但他仍义无反顾,继续寻找宣传抗日思想的阵地。他听说日本人主办的《大北新报画刊》因经营亏损而停刊,于是通过地下党组织的活动,租借了《大北新报画刊》的主编权,以日本人这块招牌作为掩护,利用内容不受警特机关审查的有利条件,刊登大量报道、诗文、漫画等作品,揭露敌人的侵略罪行,巧妙迂回地进行抗日宣传,深受群众的欢迎,使画刊销量大增。他曾以柳倩为笔名在画刊上发表短诗《哑巴》,对东北人民因遭受日本侵略者的压制而没有一点言论自由表达了极大的愤怒。诗中写道:"虽然天给了一片嘴,然而却给浊的空气封住了,封得呼吸都要窒息，于是你便遭受着哑巴的待遇。"

1936年6月10日，金剑啸在画刊上刊登了苏联伟大的无产阶级作家高尔基病重的消息，引起了日伪当局的注意。6月13日，画刊被查封，金剑啸等人被捕入狱。

金剑啸被捕后，敌人查出他就是担任《黑龙江民报》副刊编辑的巴来，于是将他秘密押送到齐齐哈尔，并单独关押在铁路局监狱里。敌人不分昼夜地对金剑啸进行残酷的刑讯，上大挂、灌辣椒水、用竹签钉手指……种种酷刑把他折磨得遍体鳞伤，几次昏死过去。但他始终坚贞不屈，自己承担一切责任，用生命保护了组织和同志，捍卫了一个共产党人的崇高信仰。

8月15日上午，在齐齐哈尔北门外刑场，金剑啸昂首挺胸走到裹尸的芦席上。一个看守端过来几个馒头和一碗酒作为"送行饭"，金剑啸怒视着敌人，愤然将馒头打落在地，然后端起酒碗，向日本宪兵砸去。敌人慌忙下令开枪，在杂乱的枪声中，金剑啸仰天大笑，英勇就义。时年26岁。

塞北文坛一颗璀璨的星陨落了。滔滔江水为之哀泣，巍巍青山为之肃然。他的生命虽然短暂，却闪烁着耀眼的光辉，不仅在那个黑暗的年代里给人们以力量和希望，也同样激励着后世的中华儿女奋勇前行。

王学尧
——为光明而战

王学尧(1910—1936),原名王道德,黑龙江省阿城人。1926年在哈尔滨市第二女中任教并从事俄文翻译工作。1932年5月加入中国共产党。1934年负责哈尔滨市道里区委工作。1935年春,到三棵树机务段当扫车工人,建立发展共青团组织。同年秋,组织派他去密山县委工作。1936年6月,在哈尔滨被捕入狱,同年10月被敌人杀害。

1936年夏秋之交的一天,哈尔滨伪第四军管区司令部周围聚集着许多人,一群荷枪实弹的伪警察和日本宪兵警惕地巡视着人群。过了一会儿,几个警察押着一个伤痕累累的年轻人走了出来,他就是被日伪当局判处死刑的中共地下党员王学尧。他拖着沉重的镣铐,不时向路边的人群中张望,寻找着亲人。而在远处的人群中,妻子周占英拖着即将临盆的身子,早已是泪流满面,在心中呼喊着丈夫的名字,但是为了腹中的孩子,她不能上前,只能目送着亲人的背影渐渐离去。

九一八事变前夕,王学尧一家迁居哈尔滨,住在新安埠(现道里区)安丰街45号院内。在这里,他先后结识了住在同院的中共地下党员金剑啸和中共哈尔滨市委组织部长杨一辰,在他们的影响下,1932年5月,王学尧加入中国共产党。

王学尧入党后,党组织派他以白俄饭店翻译的身份为掩护,承担与江北抗日武装接头以及运送文件和传单的任务。有一次,他奉命将一批刚印好的传单装在一个点心盒子里,到马迭尔宾馆附近交给接头的人。当他按约定时间到达那里时,只见一个拎着同样点心盒子的青年人从对面走来,到了近前,两人同时惊喜地说道:"是你!"原来,来人是哈尔滨工业大学的高成儒,他们在参加学生运动时相识。二人并未多言,只是会心一笑,迅速交换了手中的盒子,各自离开。刚走出几步,王学尧发现高成儒身后有个特务,鬼鬼祟祟地跟着他。于是紧走几步,将事先准备好的一包石灰投到那人的脸上,特务顿时捂住眼睛乱叫。两个人乘机混入人群,脱离了特务的视线。

同年秋,共产国际在哈尔滨的秘密机关英亚社筹备创办俄文报纸《哈尔滨新闻》,向地下党组织要一名翻译,于是王学尧被派了过去。他还与金剑啸密切配合,用化名在当时的《国际协报》《大北新报画刊》上发表反日文学作品。

1933年,王学尧负责中共哈尔滨市道里区委的领导工作,主要在哈尔滨医学专门学校、哈尔滨工业大学等大专院校学生中开展革命宣传,使不少青年学生走上了抗日救国的道路。为了在铁路工人中发展党团组织,他还以扫车工人的身份打入三棵树机务段开展地下工作并很快发展了20多名工人加入共青团。

王学尧在工作中机智勇敢,不畏艰险。一次,区委有重要工作要向中共满洲省委书记杨光华汇报,但负责联络的同志发现杨光华窗户上的暗号变了,恐怕出现问题。王学尧得知后,装作去找人的样子前去侦察,结果发现一切如常,原来是俄国房东把窗帘摘下来洗了,还没来得及挂上。疑问解决了,联络工作得以顺利进行。

王学尧的家庭堪称是革命的一家。他的父亲王廷茂曾在中东铁路搞过宣传,九一八事变后参加了哈尔滨革命互济会的活动,这是中共地下党领导的一个外围组织，主要是探视、营救被捕的同志，以及救济他们的家属。王学尧的母亲是一位缠过足的老太太，和蔼可亲，仇恨日伪的统治，全心支持革命，热情招待到家中接头和暂住的地下工作者。许多地下党员和抗联部队的同志都曾在他家住过，其中有杨一辰、赵尚志、夏尚志、杨光华、张有才、张福生等。

王学尧的妻子周占英，是一位朴实的农村姑娘，在他的影响下，为革命做了很多工作。当时地下党组织在他家召开秘密会议，周占英就为大家烧火做饭，站岗放哨，还为王学尧保管文件。

王学尧一家经常掩护地下党员和来省委办事的抗联同志，因此他要求家人要处处谨慎。他与地下党组织共同约定了暗号——如有情况，就在窗户上贴一小块白纸。后来王学尧被捕时，日伪特务在他家中埋伏监视，他的母亲趁敌人不注意，悄悄地在窗户上贴上一小块白纸，来接头的同志看见暗号后都安全离开了，敌人最终一无所获。

王学尧在哈尔滨的频繁活动引起了敌人的注意。1935 年 4 月，遵循党组织安排他到密山县委工作的指令，他奉命打入伪军中做策反工作，成功地组织了一次伪军哗变，为抗日队伍筹集了一批物资弹药，壮大了抗日力量。10 月，密山地下党组织遭到破坏，王学尧又回到哈尔滨。

1936 年 6 月，王学尧不幸被捕，敌人对他施以酷刑，妄图让他供出党组织的情况，但他始终坚贞不屈。在狱中，他教难友们唱《国际歌》，鼓励同志们与敌人斗争到底，同时还劝诫看守不要甘心做亡国奴，要做一个堂堂正正的中国人。一名看守被他的爱国精神所感化，悄悄找到他家，将他在狱中的情况和会审的时间告诉了他的家人。军法会审那天，妻子周占英拖着即将临盆的身子早早地守候在第四军管区的路边，却未能与丈夫说上一句话。

10 月 13 日，在哈尔滨极乐寺东射击场，王学尧高呼"中国共产党万岁！"的口号，英勇就义。

王学尧就义后的第八天，他的女儿诞生了。抗战胜利后，王学尧的父亲王廷茂给孙女取名王烈遗，并在当年日伪发给家属的"领尸证"上写下了"死在光明"四个大字。

1948年王廷茂老人将珍藏多年的"领尸证"捐献给东北烈士纪念馆，称儿子是"与黑暗决斗，死在光明"，要让这份历史的见证成为传承爱国主义精神的生动载体，教育后人。

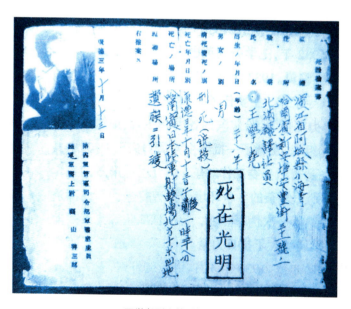

王学尧烈士的"领尸证"

傅天飞

——抗联部队的"红色秀才"

傅天飞（1909—1938），又名傅世昌，黑龙江省双城人。哈尔滨商船学校毕业。1930年5月加入共青团，1931年转为中共党员。曾任共青团满洲省委委员，1933年5月任共青团满洲省委巡视员去南满工作，后任中共磐石中心县委委员、东北人民革命军第一军第一师第四团政委、中共桓仁县委书记、抗联第一军第一师宣传科长兼南满省委秘书处编辑部主任等职。1938年2月被捕，3月5日在狱中牺牲。

1937年前后，正是东北抗日形势如火如荼的时候，抗联第一军的干部战士们在战斗之余，常常会聚在一起认真阅读一些刊物，如《列宁旗》《东边道青年先锋》等。这些刊物虽然印刷粗糙，却是大家了解党的政策和抗日战争形势的重要媒介，字里行间透露出的革命乐观主义精神和爱国激情，更是鼓舞着广大官兵坚持抗战的信心。

今天，我们在博物馆或一些文献中偶然还可见到这些刊物的零星片断，但大家也许不会想到，当年这些刊物的编辑印刷工作是在海拔800多米的大山深处一个隐蔽的山洞中进行的。而这个特殊的编辑部里也只有两个人，其中之一就是被称为"红色秀才"的年轻抗联干部傅天飞。

1933年4月，中共满洲省委派傅天飞以共青团满洲省委巡视员的身份，与满洲省委秘书长冯仲云一起，到南满地区磐石、海龙等地巡视工作，以传达贯彻中共中央"一·二六指示信"精神。10月，傅天飞当选为磐石中心县委委员，参与领导了磐石地区的抗日斗争。

同年冬，傅天飞和杨靖宇来哈尔滨参加满洲省委会议。一天，在正阳街口"独一处"饭馆门前，傅天飞巧遇哈尔滨商船学校的校友、地下党员舒群。傅天飞把他在南满地区的抗日经历讲述给舒群。舒群听后深受鼓舞，但苦于无暇创作，于是将傅天飞介绍给进步作家萧军、萧红。傅天飞向两位作家详细介绍了磐石游击区人民抗日斗争的事迹。后来萧军在上海发表了反映东北人民抗日斗争的著名小说《八月的乡村》，其中"革命军在磐石"一节就是根据傅天飞提供的素材创作的。

1935年3月，傅天飞任桓兴县委书记，领导抗日军民开辟了辽东抗日游击区。以后，又根据南满特委的指示，在农民自卫队的基础上，成立了东北人民革命军第一军第一师第四团，傅天飞任团政委，领导部队在桓仁一带与日伪军作战。

其间，傅天飞积极支持磐石县委与东北人民革命军创办《红军消息》《人民革命画报》和《青年义勇军画报》等，帮助他们编辑文稿，解决印刷出版问题，并经常撰写稿件，成为公认的红色"秀才"。

1936年12月，傅天飞被任命为东北抗联第一军第一师宣传科长兼南满省委秘书处的编辑部主任。为了加强部队的政治思想工作，他和省委秘书处处长李永浩共同主编了《中国报》周刊、《列宁旗》季刊和《东边道青年先锋》等刊物。

省委秘书处设在桓仁县海拔800多米高的牛毛沟大西岔原始森林的山洞里，这里也成为省委的编辑部。从采访、撰稿到编辑、校对，再到印刷、装订以至发行都由傅天飞等两人完成。为了能够将省委的指示和抗联部队胜利的消息及时传递给广大官兵，他们经常彻夜不眠，在极其简陋的条件下坚持创作,印刷刊物。他们用油灯或松树明子照明,用石板和膝盖当桌子,用从山里采来蓟草捣烂后挤出的汁液充当油墨,进行印刷出版工作。有的时候实在买不到纸张,傅天飞就用土办法,把狗尾草、稻草混合在一起,碾成浆液,再掺入陶土、白矾制成纸张。虽然这样的纸张比较粗糙,但还是可以解决部队办公和宣传用纸的一时之需。

这些刊物内容丰富,有党的文件,有宣传部队英雄事迹的报道,也有揭露日伪罪行的漫画,形式生动活泼,深受干部战士的欢迎。它们犹如战斗的号角,鼓舞和激励着战斗在前线的广大官兵和根据地的人民群众,也成为部队开展思想政治工作和文化教育活动的重要教材。

1938年,东北抗日斗争形势更加严峻,敌人采取军事"讨伐"与政治诱降相结合的政策,对我抗日联军进行打击。抗联第一军军需部长胡国臣和参谋长安光勋先后叛变,根据他们的口供,敌人加紧搜山,企图破坏南满省委机关驻地。傅天飞得到消息后,带领省委几名同志将文件和设备藏到山洞后,立即转移。由于天黑路险,几个人走散了。傅天飞等人翻山越岭到了柞木台,半夜时分在一个农民家中吃饭时,被伪警察包围,由于寡不敌众,傅天飞被捕,被押送到普乐堡"长岛工作班"。

傅天飞被捕后,敌人以高官厚禄为诱饵,企图让他投降,还几次派胡国臣、安光勋两个叛徒对其进行"劝导",都未能达到目的。

3月5日,在普乐堡日军监狱,日军特务长岛将傅天飞押到密探室,再次逼迫他写"自供书"。傅天飞坦然地坐下,开始奋笔疾书。敌人自以为诱降成功,疏忽了防备。不料,傅天飞突然夺过看守廉应泽的手枪,自杀殉国。

敌人被这猝不及防的一幕惊呆了,片刻后,长岛似乎意识到了什么,他恼怒地抓起桌上的"自供书",只见上面清晰地写道:

"日本人们!混蛋们!你们认为共产党员都怕死吗?你们认为中

国的抗日战士都是可怜的人吗？你们的想法错了！你们在这个战争和革命的大风暴中，将失掉你们的狗命！……"

傅天飞在身陷囹圄之时，面对敌人的威逼利诱，坚贞不屈。他用犀利的文字对日本侵略者进行最后的抗争，以生命捍卫了一个共产党人的尊严。

东北人民革命军第一军、第二军在吉林省濛江县（今靖宇县）那尔轰会师盛况的《人民革命画报》

刘曙华

——血铸忠魂

刘曙华(1912—1938),化名老曹,别名李明学。山东省济南人。早年参加革命并加入中国共产党。1934 年在苏联海参崴列宁学校学习,1935 年回国后,历任中共密山县委书记、东北抗日联军第五军第二师政治部主任、东北抗日联军第八军政治部主任、中共吉东省委委员及执委委员等。1938 年 8 月 22 日,被叛徒杀害于勃利县通天沟。

1935 年 4 月,刘曙华从苏联海参崴列宁学校毕业回国后,被党组织派到东北,任中共地下党密山县委书记,以山东逃荒难民的身份在哈达河二段帮人种地为掩护,开展抗日宣传活动。经过几个月的工作,在这一带组织起反日会,会员发展到 60 余人,党团员发展到 30 余人,为进一步开展抗日工作打下了基础。

1935 年 8 月的一天,秋高气爽,田间一派丰收的景象。刘曙华找到正在地头忙碌的县委妇女干部田仲樵,向她要反日会员登记表。当他拿到登记表正要离开时,看见不远处有一队伪军正在进行大搜查。他急忙钻进附近的草丛中,将登记表分几处埋了起来,但还是被敌人发现了,敌人搜出了登记表并将刘曙华作为重要的政治犯关押在哈达河伪守备队。3 天后,又将他押送到梨树镇宪兵队。敌人对他进行审问,他假称是上海武卫会派来做反日工作的,同共产党没有任何关系。敌人按登记表将反日会员李贵等 7 人抓来，与刘曙华对证口供，企图以此将反日会一网打尽。但刘曙华坚称这份反日会登记表是他自己偷着搞出来的，李贵等人根本毫不知情。敌人没有得到证据，于是对他施以各种酷刑，灌辣椒水、灌汽油、上大挂等，刘曙华被折磨得遍体鳞伤，几次昏死过去，10 个脚趾甲都被敌人用大钢针刺成两半，牙齿也被打掉了几颗。但他回答敌人的还是那句话："我是反日的，因为我有中国人的良心，登记表与别人无关。"由于他的掩护，密山县党组织和抗日会免遭破坏，敌人没有得到任何证据，只好放了李贵等 7 名反日会员。

但敌人仍然不甘心，千方百计地想得到中共地下党组织的情况。他们假意释放刘曙华，将他安排在一家旅店内治伤，暗中派特务监视，妄图以此找到密山县党组织的线索。中共穆棱县委得知情况后，立即安排人员营救刘曙华，以伪屯长身份为掩护的地下党员、第五军副官长冯丕让，秘密将刘曙华营救出来，使敌人的阴谋彻底破产。

在敌人的狱中关押了 5 个月的刘曙华，身体极度虚弱，组织上安排他到林口县党员杜吉臣家里养伤。1936 年 3 月，刘曙华伤愈后，中共吉东特委任命他为穆棱县委书记。同年 7 月，调任东北抗联第五军第二师政治部主任。

1936 年秋，在党的抗日统一战线思想指导下，谢文东领导的东北民众自卫军被改编为东北抗日联军第八军。这支队伍成分十分复杂，上层多为地主、官僚及旧军官出身，他们是在群众抗日浪潮的推动下参加抗日的，战士中有相当一部分来自收编的山林队。为了在队内建立起党的组织体系，加强对这支队伍的改造，党派刘曙华到第八军中担任政治部主任。

经过几个月的努力，刘曙华在基层部队里发展了 30 多名党员，成立了 3 个党支部，还组建起一支 70 多人的教导队。由于不断开展思想政治工作,部队的战斗力有了明显的提高。1937年3月,刘曙华率第八军教导队参加了抗联第三、第四、第五、第八、第九军联合攻打依兰县城的战斗,给日伪当局以极大打击。

1938年,东北抗日斗争进入极端艰苦的时期,由于日伪严酷的经济封锁与军事讨伐,抗日联军给养断绝,经常处于饥饿与严寒的生死边缘。在这种情况下,第八军中一些人出现了动摇的情绪,甚至开始密谋叛变投敌。

6月,刘曙华率29名战士在桦川县七星砬子与第三师师长王子孚部队会合,他发现王子孚策动叛变的阴谋,与之进行了坚决的斗争。他向第三师的战士们说:"中国人不应甘心做亡国奴,中华民族只有抗战到底才是出路。"王子孚不听劝告,将他绑起来,胁迫其一起投敌。刘曙华毫不屈服,一路上痛斥王子孚的叛国行径,继续向战士们宣传抗日救国的道理。

8月22日,当队伍走到勃利县通天沟时,一些战士在刘曙华抗日决心的感召下犹豫了,王子孚见状也十分恐惧。他将刘曙华绑在大树上,惨无人道地割下了他的舌头。鲜血顺着刘曙华的嘴角不断地流淌,刘曙华丝毫没有畏惧,他虽然不能说话了,但仍高昂着头,双目怒视着这伙叛徒,表现出一个共产党人威武不屈的崇高气节。叛徒们无法动摇刘曙华的抗日意志,一个个恼羞成怒,这伙叛徒最后竟然用刀一点一点地割下了刘曙华的皮肉,将他残害致死。

刘曙华为中华民族的解放流尽了最后一滴血。松涛阵阵,仿佛是送别英雄的悲壮挽歌……

新中国成立后,杀害刘曙华的叛徒王子孚被人民政府逮捕,处以枪决,这个民族败类终于得到了应有的下场。

七、威武不屈 魔鬼地狱若等闲

张镇华

——"应知将军经鏖战"

张镇华(1909—1940),吉林省宁安(现黑龙江省宁安)人。1932年加入中国共产党。1933年参与创建穆棱抗日游击队。1937年成功策动伪宁安森林警察队起义。历任抗联第五军第一师参谋长、警卫旅政治部主任、第三师副师长、第三师师长等职。1940年2月在宝清与敌作战中重伤被俘,4月就义于佳木斯监狱。

张镇华是东北抗日联军的优秀将领,被称为"孤胆英雄"。

张镇华,原名张德林,1909年出生于吉林省宁安县(现黑龙江省宁安县)南头道沟子屯一个普通农民家庭。幼年时失去双亲,在哥哥的抚养下长大,7岁时进入木地私塾读书,后来又考入宁安县城的官办小学。张镇华学习刻苦,成绩名列前茅。1922年,以优异的成绩考入吉林省立第四中学。第四中学是中共早期党员马骏从事革命活动的主要场所,张镇华在这里亲耳聆听过马骏的演讲,了解到天津、北京爱国学生运动的情况,初步接触到马列主义思想,深受启发和鼓舞,立志要为救国救民而奋斗。

1936年春,中共道北特委成立,张镇华任特委委员。不久,被调到东北抗日联军第五军军部教导队任教官。1936年冬至1937年,他率领教导队队员参加了第五军最著名的大盘道、小盘道、前刁翎、苇子沟、小百顺沟和攻打依兰县城等战斗。战斗中,张镇华表现出的大胆机智、勇猛顽强,令同志们交口称赞,特别是在攻打依兰县城时,他只身潜入城内侦察敌情的事迹更是令大家钦佩不已,战友们都称他为"孤胆英雄"。

1937年3月初,抗联第三、第四、第五、第八、第九军领导人在洼洪召开会议,决定联合攻打依兰县城,第五军军长周保中担任总指挥。在攻打依兰战斗前,周保中派张镇华只身进城侦察敌情。进城后,他通过我党在伪军第二十二团中的关系,搞到一套伪警察的服装。于是,他化装成伪警察,大摇大摆地在城内四处"巡查"。经过几天时间,弄清了城东日军守备队、南大营伪军驻地的兵力设施、城防建筑以及银行、火磨等情况。这些情报为攻城方案的制订提供了准确依据,对于战斗的胜利起了重要的作用。

1938年秋,张镇华被任命为抗联第五军第三师副师长,负责总指挥部下江留守处工作,率队活动在宝清、富锦、桦川、依兰等地,采取机动灵活的游击战术,袭扰日伪军事据点。他曾指挥部队在挠力河附近成功地消灭了一支日本采金株式会社保护队,缴获许多枪械物资,补充了部队的给养。

1939年9月,张镇华任抗联第五军第三师师长,率队继续坚持在富锦、宝清地区同日伪军进行着艰苦卓绝的斗争。由于敌人调集重兵加紧对抗联部队的"围剿",部队处境越来越艰难。1940年1月,张镇华率队在宝清蓝棒山区与日伪军两次激战,部队人员伤亡过半。时值隆冬,部队给养断绝,饥寒交迫,在深山密林中与不断追击的日伪"讨伐"队苦苦周旋。几次战斗后,队伍被冲散。到2月初,张镇华身边只剩下20余人。

2月7日,张镇华带领20多人的小部队,冒着刺骨的寒风,踏着厚厚的积雪,艰难地行进在茫茫的林海中,赶往部队贮粮的炭窑窝棚。不料,由于叛徒告密,日伪军早已设下伏兵。部队刚到窝棚,就遭到敌人猛烈的进攻,敌人叫嚣着:"张镇华,你们已经被包围了! 快投降吧!"张镇华迅速举枪还击,同时命令战士们以窝棚为依托立刻投入战斗。由于敌众我寡,我军虽拼死反击,但在敌人密集的火力下,大部分战士先后牺牲。张镇华和朱新玉、刘英、崔顺善、郭英顺等六名女战士身负重伤无法行动,不幸被俘,被敌人关进宝清县城监狱。

被俘后,张镇华对战友们说:"我们是共产党员,我们的主义信仰,无论什么情况下都不能动摇。我们是为今天的民族解放,为将来在中国实现共产主义理想而战斗,牺牲也是光荣的。我们要记住'人生自古谁无死,留取丹心照汗青'。"

在狱中,日军用各种酷刑折磨女战士们,她们不仅毫不屈服,还在审讯中与敌人展开斗争,痛斥敌人的罪行。敌人无计可施,在一个风雪交加的寒夜,将六名女战士拉出县城秘密杀害。

日军企图从张镇华口中获得周保中等抗联主要领导人的活动线索,于是将他押送到佳木斯伪三江省特务机关,继续审讯。但不管是严刑拷打,还是许以高官厚禄,都无法使张镇华有丝毫的动摇。特务们用尽种种手段,最终一无所获。最后特务机关认定他赤化太深,"匪性"难变,没有利用价值。1940 年 4 月,张镇华在佳木斯监狱慷慨就义,时年31 岁。

张镇华牺牲的消息传到第二路军军中,全军上下悲痛万分。1940 年6 月 2 日,《东北红星壁报》上登载了赵尚志为烈士写的挽联:

锅盔山前皎洁雪地透红斑,应知将军经鏖战;
宝石河头凄凉月夜对青流,岂料英雄殉节休。

徐泽民
——"为国牺牲光荣事"

徐泽民(1902—1941),原名徐德奎,字泽民,又名徐振东,化名张振华,辽宁省辽中人。1918年考入辽中县简易师范学校。九一八事变后弃商从戎,到马占山所属邓文部参加抗战。1938年6月任东北抗联第三军游击大队秘书,10月调任第三军军部参谋,被吸收为中共预备党员。1939年6月被派到三肇地区开展抗日工作,任中共龙江工作委员会(也称三肇地区工委)委员。1940年10月任东北抗联第三路军第十二支队代理支队长,率领部队攻占肇源县城。1941年2月14日在兰西县临江村丁家油坊屯被捕,宁死不屈,被判处死刑。11月19日在哈尔滨道里监狱自缢,以身殉节。

徐泽民个子高大,性情有点急躁但却充满热情。他能说善写,精明强干,具有强烈的爱国情怀。

九一八事变后,徐泽民怀着抗日救国的满腔热忱,来到马占山所属邓文部参加抗战。邓文部失败后,徐泽民一面从商,一面寻找能够坚决抗日的队伍。1938年6月,经过艰难曲折,徐泽民终于找到抗联,实现了继续武装抗日救国的愿望。

1939年夏,为了开展三肇(肇州、肇东、肇源)地区抗日武装斗争,中共北满省委派徐泽民等到三肇地区开展群众工作。徐泽民经常以行商卖药和传道的名义作掩护行走乡镇村屯,宣传抗日救国,结识各界人士并联络爱国群众,积极发展抗日组织和抗日武装,为后来第十二支队开展武装抗日斗争奠定了较好的群众基础。

1940年秋，抗联第十二支队深入三肇地区，在地方党组织和群众的支持配合下，攻破肇州丰乐镇。9月18日，第十二支队在肇东县宋站作战失利，部队被打散，支队主要领导向庆城山里转移。徐泽民和韩玉书收拢失散的部队继续坚持斗争。10月，徐泽民被北满省委任命为抗联第十二支队代理支队长，韩玉书为代理政治主任。

10月7日，敖木台屯一战，第十二支队伤亡严重，韩玉书等40余人牺牲，部队被打散。此战之后，日军认为抗联已在三肇地区无立足之地，便将大部队撤回哈尔滨。

10月下旬，为打击敌人的嚣张气焰，重振抗联军威，徐泽民在地方党组织和广大群众帮助下把打散的队伍集合了36人，同时联合当地义勇军，趁城里日伪兵力空虚，戒备放松之机，于日伪当局召开所谓三肇地区"剿匪"祝捷大会之时，攻克肇源县城，砸开了军用仓库，把敌伪的财产和粮食分给贫苦的群众，打开监狱释放被关押的爱国者，缴获了大量武器弹药和军需物资。此战是北满抗联在抗日斗争进入极其艰苦时期攻打下的第三座县城，影响极大，哈尔滨王岗伪航空大队80余名学员在其影响下举行抗日反满暴动，欲投奔第十二支队。此战也打破了日伪"三肇地区抗联已被消灭，可以实现王道乐土"的断言，极大地增强了广大民众抗日必胜的信心。

以后，第十二支队又攻头台，破三站，袭托古，击古龙，与日伪军战斗四五十次，队伍发展到200余人，三肇地区抗日烽火熊熊燃烧。徐泽民及其所率领的第十二支队，成为日伪当局在三肇地区的心腹大患。日本侵略者调动大批日伪军加以"围剿"，并制造了骇人听闻的"三肇惨案"，使三肇抗日群众惨遭镇压。第十二支队失去群众支援，屡遭敌人重兵袭击，伤亡惨重。部队在经呼兰、巴彦向庆城转移过程中再次被打散。

1941年2月14日，徐泽民只身一人在兰西县临江村丁家油坊屯活动时，不幸被捕，被敌人押送到哈尔滨，关押在伪哈尔滨道里监狱。2月17日，《滨江日报》以"扰害三肇地方之匪首徐泽民在兰西捕获昨解来哈省西部地区之治安今后确保"为题对徐泽民被捕的情况进行报道："自去年八月以来，滨江省西部地区之肇东、肇州、肇源，所谓三肇地区，以及安达、兰西、巴彦、庆城各县，时有股匪出没，搅扰当地良民，实行反满抗日之逆宣传。剿灭匪首徐泽民部下之一派，省警务厅举全力，以不眠不休之精神，实施歼灭讨伐。匪首徐泽民，于旧正前后，改装商人，潜入于兰西北部地区，省警务厅得到确报后，于本月十四日，由秋吉厅长总指挥下，向该方面展开警戒网，协同该县村原警务股长以下十一名，实施严重之搜查。于当日午后十一时三十分顷，在县内某地相遇，遂作包围歼灭战。匪首徐泽民，当场被捕，并获手枪一支，子弹数十粒。前此于上年十一月末，省署渡边警备科长殉职后，省警务机关，举全力而搜查匪犯。今收得此次莫大成果，查获匪首徐泽民。于隔昨（十五日）午后二时十分着列车，押解来哈，以便审讯。"从中我们也可见徐泽民率第十二支队把三肇地区的日伪军警搅得天翻地覆，疲于奔命。

徐泽民被捕后，受到敌人的威逼利诱和严刑拷打，绝不屈从。他用指甲等硬物，在监号的门板上刻下了"消灭帝国联，打倒军阀大集团，革命快成功，人类幸福在眼前，自由平等权，世界大同万万年"，"打倒世界帝国侵略主义，推翻走狗机关傀儡政府的满洲国"等诗句，抒发了他反满抗日的大丈夫情怀；他还刻下了"大丈夫为国捐躯身虽死英名永在，奇男子舍生取义志未遂勇敢长存"等话语，表明了誓死抗日、报效祖国的决心。

10月，徐泽民被判处死刑。面对即将到来的死亡，徐泽民没有丝毫惧怕,但他不愿死在敌人的枪口下而玷污了自己。11月19日,他用硬物在监号的门板上刻下绝命诗后舍生取义,自缢殉节。

立志创业离了家,远游北上到龙沙。

克山通北九年整,未想事变九一八。

帝国主义真毒辣,四省同胞遭屠杀。

追随邓文把国救,收复失地为中华。

关内二年来东北,复加共产不要家。

三肇游击活动紧,摇动满洲大讨伐。

省委调动回山里,走至庆城打开花。

返回工作无计划,兰西境内将我抓。

为国牺牲光荣事,十载于兹我自杀。

这首绝命诗记述了徐泽民的个人经历与矢志抗日救国的活动,表达了他为抗日救国视死如归、虽死犹荣的壮烈情怀。

王耀钧

——自觉的战士

王耀钧（1913—1943），辽宁省铁岭人。奉天南满医科大学毕业后，在松花江下游富锦一带行医，经常帮助抗日部队伤员治疗，1936年夏投奔抗日部队，历任东北抗日联军第六军军部军医、抗联第三路军第三支队军医兼宣传科长、北满执委部负责人。1939年被吸收为中共预备党员。1941年11月被捕，坚贞不屈。1943年3月英勇就义。

1940年，抗联第三路军活动在北满的黑嫩平原地区，四处出击，坚持敌后游击战。在呼伦贝尔盟五马架战斗中，王耀钧大腿中弹受重伤。敌情严重，战况紧急，前途漫漫，王耀钧无法随部队北上转移，组织上把他护送到巴彦沟里抗联交通联络点盖新亚家养伤，约好12月末派人来接他归队。

王耀钧在盖家一直等到1941年1月，仍不见有人来接。为了寻找部队、尽快回归抗日前线，考虑到在盖家时间太长不安全，虽然伤未痊愈，王耀钧还是决定离开盖家，到在齐齐哈尔铁路局工作的亲戚聂洪图家再想办法。

为了掩护身份和谋生治伤，经聂洪图介绍，王耀钧在齐齐哈尔铁路局独身宿舍做大师傅和勤杂工。他经常热心地以自己的专业特长为周围的铁路职工和家属看病，赢得了大家的喜欢、尊敬和信赖，也认识了各种各样的人。在与邻居佟允文的一次交谈中王耀钧得知，佟允文等人不甘当"亡国奴",非常想为反满抗日做一些力所能及的事,曾组织过秘密反日团体,但又不知具体该如何做。1937年日伪进行大逮捕时该团体自行解散,但大家又都觉得心有不甘,很是失落。王耀钧听后心中暗喜,出于抗日救国的高度责任感和使命感,他决定把这些人组织起来,开展秘密抗日救国活动。于是,王耀钧将自己是抗联的真实身份告诉了大家。这让每一个人都非常兴奋,就像迷失的孩子终于找到了自己的家一样。大家表示愿意与王耀钧合作,建立秘密反日组织。

1941年7月25日,经过充分酝酿和筹备,"北满执委部"成立会议在齐齐哈尔铁路局职员王贵家召开了。王耀钧以中共北满省委代表的身份宣读了自己起草的《当前工作十大纲领》,阐明北满执委部要按照上级指示进行地下抗日活动等要求。经过讨论,会议推选了各部负责人,下设小组,以小组为单位发展并领导救国会工作,还规定了北满执委部的代号为"80"。7月30日,执委部召开第二次会议,王耀钧宣读了他根据《游击队员须知》编写制订的《抗日救国纪律大纲》、北满执委部与抗日联军联系的暗号、北满执委部工作注意事项等规定。

北满执委部成立后发展很快,4个月内,就先后在齐齐哈尔、哈尔滨、新京(今长春)、吉林等地成立了7个小组、1个分组,人员发展到百余名。王耀钧领导大家一面积极进行反满抗日的宣传与扩大组织的活动,一面积极想办法与抗联部队取得联系。

1941年端午节前,王耀钧曾趁聂洪图的祖父从克山县来齐齐哈尔探亲之机,托他回去给马家子沟的抗联第三路军交通员刘泉捎信,请刘泉转告部队说第九支队的王军医(王耀钧)在齐齐哈尔搞地下抗日活动。8月26日,聂洪图的伯父从克山来齐齐哈尔,带来了抗联第三路军第九支队政治委员郭铁坚给王耀钧的亲笔信和100元钱,信中除勉励他以外,还约他带齐齐哈尔市地图和铁路交通图速去马家子沟会面。28日,王耀钧带上北满执委部组织系统表、书面汇报材料、文献及慰问品赶赴马家子沟与郭铁坚会面。郭铁坚对他的抗日救国思想给予了高度的赞扬和鼓励；同时告诉他，回去以后，迅速将这个组织改变为抗日救国会的组织，并确定王耀钧为抗日救国会党支部书记。这次会面后，王耀钧没有立即返回齐齐哈尔，他在古城子开了一家杂货铺作为与抗联及齐市北路铁路沿线的联络交通站。这期间，他为部队提供了日军活动情报、地图以及一些急需用品，如照相机、眼镜、胶靴等。

9月20日，郭铁坚率部行至嫩江西岸郭泥屯时，与日军讨伐队遭遇，郭铁坚等人全部英勇牺牲。敌人从郭铁坚的背包里发现了王耀钧组织北满执委部的有关材料，立即将其交给齐齐哈尔市日本宪兵队。11月9日，王耀钧在古城子被捕，另有93人同时在齐齐哈尔被捕。此后，日伪在齐齐哈尔、新京、吉林等地又陆续逮捕了114人。北满执委部及所属各小组大部分遭到破坏。

王耀钧在日本宪兵队遭受了各种酷刑折磨，但他始终坚贞不屈。12月26日，王耀钧被押往伪齐齐哈尔第一监狱关押。1942年11月，伪齐齐哈尔高等法院以违反"惩治叛徒法"、颠覆"大满洲帝国"罪判处王耀钧绞刑。1943年3月3日，为国献身的日子到了。王耀钧怒斥日本检察官和宪兵队长："我只有一件事没有做完——把你们这些日本强盗赶出中国，可是我坚信，我的同胞们一定会做到的！你们得意不了几天了！"说完，他一跃而起，抓起刚被打开的脚镣狠狠向日本检察官砸去。由于用力过猛，他摔倒在地。日本检察官吓得面色惨白，狂叫："快绞死他，绞死他！"王耀钧轻蔑地说："你们就要灭亡了！"然后，面带微笑，从容走向绞刑架……

怀揣将侵略者赶出中国的坚定信念，王耀钧积极、主动、自觉地投身于抗日救国的洪流中，并不惜献出自己30岁的年轻生命。正是这种心忧国民、以天下为己任的献身精神，引领着我们的民族走向独立、自由、富强的光明大道。

七、威武不屈 魔鬼地狱若等闲

朴吉松

——视死如归战日寇

朴吉松（1917—1943），朝鲜族，1917年8月出生于朝鲜咸镜北道。1927年迁居中国吉林省汪清县大甸子。1931年九一八事变后加入儿童团。1932年参加了反帝同盟，后又加入共产主义青年团。1936年4月加入中国共产党。曾任抗联第三军第一师少年排排长、第三师政治部组织科长、警卫团政治部主任、抗联第三路军第十二支队支队长。1943年8月24日，被敌人杀害。

朴吉松在一次向群众进行宣传讲演时这样讲道："我是朝鲜人，已经和日寇血战7年了，我的右眼就是和日寇作战时被打瞎的，但是我还有一只眼睛，只要看得见，就和日寇血战到底。"他用短暂的一生践行了自己的诺言。

1935年冬天，朴吉松带领19名同志冲出日军"讨伐"的屯子，进入山区，他们在山林里转了20多天也没找到游击队。粮食用尽了，只好靠野果、树皮、草根充饥。一个多月后，19个人中只有朴吉松一人活下来。这时的朴吉松已骨瘦如柴，终因精疲力竭而被捕。在狱中，日伪军警对朴吉松严刑拷打，他始终坚贞不屈，怒斥敌人。后来，诡诈的敌人将朴吉松"假释"，想放长线钓大鱼。朴吉松利用这种"自由"的机会，秘密联系了罗子沟反日会会长金京录等一起去找抗日游击队。不料，由于叛徒向宪兵队告密，朴吉松等人的行动计划暴露了，不得不在朴吉松父亲的支持和援助下，把家里仅有的一些粮食带上，向山里奔去。当走到半山腰时，宪兵队闯进了朴吉松的家，父母被绑走，房子也被放火烧了。看到这悲惨的情景，朴吉松不由得潸然泪下。

1940年8月，为了深入平原地区开展游击战，朴吉松随抗联第三路军第六支队53名战士，在支队政委于天放的率领下，以青纱帐为掩护，深入到兰西县三合城进行抗日活动。中午，抗联部队正准备吃饭，日伪"讨伐"队400多人逼近了三合城。由于敌众我寡，朴吉松让于天放带领部队撤退，自己带一个班阻击敌人。他手提20响匣枪，指挥战士依靠墙垛向敌人射击。当部队走远时，朴吉松才带领几名战士撤出战斗，返回后方基地。

1941年7月，朴吉松任抗联第三路军第十二支队支队长。这年11月，按照抗联与苏联达成的协议，为了保存实力，政委于天放带领100多人入苏联学习、整训。以朴吉松为首的10多人小分队仍然留在庆城、铁力一带活动。

1942年9月，为了集中兵力，有效地打击敌人，筹集给养，朴吉松和张瑞麟研究后决定，将两支小分队集中起来，他们统一行动，共同作战，取得了袭击木兰县大贵镇和石河镇的胜利。

1943年1月2日，朴吉松与警卫员唐春生为避开敌人的追捕，向庆城县福合隆屯转移，住在抗日群众褚侯氏家外屋的萝卜窖里。1月4日上午，朴吉松派唐春生、张延祯去庆城街侦察敌人活动情况。唐、张进城后，被日伪警察逮捕。当日下午，伪庆城警务科副科长小松贵三和特务队长曹荣带领20多名伪警察、特务乘汽车直奔福合隆屯。敌人的行动被褚侯氏的女儿褚桂芬发现，急忙告诉朴吉松。朴吉松镇定地说："他们是冲我来的，你们快领孩子们出去，不用管我。"说着从上衣口袋掏出一个小本子扔进灶膛,然后迅速将两支手枪压满子弹。朴吉松见冲出去已不可能,只好跨入水缸后面的萝卜窖里,褚侯氏用大管箩遮挡在萝卜窖前。日伪警察和特务冲进屋内,问褚侯氏:"老朴在你们家呀?""没有,他怎么能上我家,我也不认得他。"朴吉松一听问话者是知情而来,感到事情不妙,立即从萝卜窖冲了出来,向特务射击,当场击中了两个特务。其他伪警察、特务边退边还击,子弹击中褚侯氏左肋,她倒在血泊中。朴吉松冲出屋门,边打边向屯西撤去,撤退中又击中两人。当朴吉松跑进一个碾坊时,被埋伏在碾盘后面的特务击中腿部,朴吉松忍着剧痛跑出院外,被趴在大门外粪堆边的敌人逮捕。

朴吉松被捕后,敌人如获至宝,大肆宣扬其"战绩",并将朴吉松押解到北安特务分室监狱。日寇百般诱惑欲使其降服,但朴吉松态度强硬,宁死不屈。1943年8月12日,哈尔滨高等检察厅、高等法院在北安组成临时法庭,宣判朴吉松死刑。8月24日,朴吉松被敌人杀害,壮烈牺牲,兑现了他与日寇血战到底的诺言。

孙国栋

——黎明前的斗争

孙国栋（1916—1945），河北省大名人。1931年参加西北军，不久转到东北军，11月参加了马占山指挥的江桥抗战。1937年春率部投奔抗联，被编为抗联第三军独立营，任营长。同年加入中国共产党。1940年后任抗联第三路军第九支队第二十五大队长、支队副官。1944年在绥棱县开展恢复党组织和发动群众的工作时被捕。1945年5月被关押在伪哈尔滨道里监狱，在狱中同敌人进行了不屈不挠的斗争。8月14日，英勇就义。

1945年8月14日下午，就在日本宣布投降前的十几个小时，在东北人民经历14年苦难即将走向光明的时刻，一位抗日英雄在伪哈尔滨道里监狱中被敌人杀害，他就是抗联第三路军第九支队第二十五大队长孙国栋。他是怀着即将胜利的欣慰含笑走向刑场的。从难友们后来的回忆以及日本战犯沟口嘉夫的供词中，我们了解到烈士就义前后的故事。

1941年冬，日伪军对抗联的经济封锁和军事围剿更加残酷，抗联部队的活动范围日益缩小，给养无着，生存极度艰难。为了积蓄力量，抗联第三路军各支队先后越境进入苏联，进行军事和政治整训。同时留下几个小分队在东北坚持斗争。孙国栋等人在于天放的率领下，活动在绥棱、庆城和铁力北部山区。他们在深山中建立密营，开荒屯垦。同

他含笑走向刑场，从容就义。印证了许广平先生那句名言：真理不是死可以威胁的。

时秘密深入到村屯中,发动群众,建立抗日组织。还多次袭击日伪据点,令日伪当局十分惶恐,他们到处张贴布告,称"谁要抓住孙国栋,赏币五千元,知情报告者赏两千元"。

1944年12月17日,孙国栋奉命先后到绥棱北大沟小五部屯和绥化朱玉成屯检查抗日救国会的工作情况,当夜就住在朱玉成屯的张万龄家。不料,由于叛徒告密,第二天清晨日伪军警几十人包围了张家,孙国栋不幸被捕。于天放、于兰阁、杜希刚等人也相继被捕。

孙国栋被捕后,敌人先是将他关进绥棱县伪警务科监狱,后来又押送到北安省伪警务厅特务分室收容所和北安县伪警察署监狱。敌人想从他口中得到抗联活动的情况,对他施以各种酷刑,上大挂、坐老虎凳、灌辣椒水、用烧红的铁钩子烙、施电刑等等,将他折磨得遍体鳞伤,但他始终坚贞不屈。1945年4月,孙国栋被解送到伪哈尔滨道里监狱,关押在13号监房。在敌人的威逼利诱和各种酷刑面前,他始终不曾低头,宁死不屈,没有一丝动摇。

1945年7月,伪哈尔滨高等法院组成治安庭,对孙国栋等人进行审理,担任主任检察官的是伪哈尔滨高等检察厅检察官沟口嘉夫。据同庭受审的杜希刚后来回忆说,孙国栋在法庭上慷慨陈词,揭露日本侵略者屠杀中国人民的滔天罪行,对日本法官歪曲事实的说辞进行了猛烈的驳斥。当审判长横山光彦问他是否知罪时,他回答说:"一个中国人,抗击侵略他的祖国的强盗,难道有罪吗? 东北是中国人的东北,不允许外国人横行霸道。你们这些侵略者才是真正的罪人! "日本主审官被他批驳得理屈词穷,一个个暴跳如雷,法庭辩论进行一个多小时后就匆匆收场。不久,判决令正式下达,孙国栋被判处死刑,与同被判处死刑的杜希刚、于兰阁、赵文有、阎继哲等人一起被关押在伪哈尔滨道里监狱。按照当时伪满洲国的法律,犯人在执行死刑前需经伪满洲国司法部大臣批准，可是，没等死刑令批下来，战争形势发生了急剧的变化。

1945年8月8日，苏联政府对日宣战，在中苏边境的隆隆炮火声中，哈尔滨的日军也感到了末日的临近。8月12日，检察官沟口嘉夫从市郊挖战壕回来后，感到非常恐惧。日本战败后，沟口嘉夫被俘，后来关押在抚顺战犯管理所。他在1957年的供述中说："八月十二日回来后，我就越发想到一定要把孙国栋先生杀害，因为我是审讯孙国栋事件的一个主要负责人，如果不杀掉孙国栋先生，我的生命是有危险的。"

8月14日下午3时，内心慌乱而沮丧的沟口嘉夫匆匆赶到伪哈尔滨道里监狱，拔出手枪逼迫监狱长奥园将孙国栋从牢房中提出，立即执行绞刑。

"孙国栋，快出来！"随着看守的叫声，牢房的铁门被重重地打开。孙国栋意识到最后的时刻来临了，他平静地站起来，用手梳了梳有些凌乱的头发，又整理了一下破旧的衣裳。然后敲了敲身边的墙，高声对隔壁12号牢房的难友阎继哲说："老阎，我走了！你要多多保重，我们就要胜利了！"

走出牢房后，孙国栋缓缓地转过身，向目送他的难友们作最后的告别。他说："亲爱的难友们，同志们，我叫孙国栋，是东北抗联第三路军第九支队副官，现在就要与你们永别了。小鬼子今天虽然把我杀了，但中国人的爱国精神是消灭不了的。"沟口嘉夫等人用刀背砍他，催促他向前走，不让他继续说下去。他怒视着敌人，仍然高声说道："同志们！苏联红军已经打过来了，日本鬼子很快就要完蛋了！光明的中国就在我们面前，为了这一天的到来，为了结束亡国的苦难，我孙国栋一介匹夫，为国而死，死有何憾！"说罢，仰天大笑，从容地走向监狱院子中的绞刑架。

敌人发出了行刑的命令，而一向杀人不眨眼的刽子手郭天宝却慑于孙国栋的正气迟迟不敢动手,沟口嘉夫号叫着将军刀架在他的肚子上,威逼他马上动刑。郭天宝只好哆哆嗦嗦地将沾满无数抗日志士鲜血的绞索套在孙国栋的脖子上。伴随着"中国共产党万岁!""中华民族解放万岁!"的呐喊声,孙国栋英勇就义。

后来据沟口嘉夫的交代,他本想在杀害孙国栋后,再杀害其他抗联人员和爱国群众,但由于孙国栋的斗争拖延了时间,以及监狱长奥园的不合作,才使其他同志幸免于难。

抗战胜利前夕发生在伪哈尔滨道里监狱中这悲壮的一幕,见证了一位共产党人最后的坚贞与傲骨。

七、威武不屈 魔鬼地狱若等闲

刘忠民
——"真正的共产党员"

刘忠民（1910—1989），辽宁省海城人。1933年加入中国共产党。曾担任中共汤原中心县委保卫部部长、中共下江特委特派员、富锦县委书记及抗日联军办事处主任等职。

九一八事变后，日本帝国主义侵占了东三省，刘忠民在汤原参加了中国共产党组织的抗日宣传队和反日同盟会，积极从事抗日救国活动。1933年，刘忠民加入中国共产党，并担任中共汤原中心县委保卫部部长。

刘忠民深入群众，组建抗日救国会，发展党组织，帮助创建抗日游击队，做了大量突出的工作。在他的宣传和鼓励下，伪汤原县教育局局长刘铁石、伪太平川自卫团团长张传福、开明地主黄有等知名人士走上了抗日的道路。抗日义勇军"明山队"的领导者祁致中，也是在他的说服和启发下，接受了中国共产党的领导，成为东北抗日联军的著名将领。

1936年，刘忠民担任富锦县委书记兼抗日联军办事处主任。他到兴山（今鹤岗）发展党员、创建抗日救国会，组织群众，配合汤原反日游击队攻打兴山，夜袭矿警队，炸毁吊桥，攻占了矿警队事务所，解除了矿警武装，击毙了日本指挥官桥田德次、伪矿警大队长赵永富，缴获了一大批武器装备和生活物资。这次行动震动了伪满洲国。刘忠民还动员地方群众，在极其艰苦的环境下，组织建立抗联后方根据地，与祁致中等人筹建七星砬子兵工厂、被服厂、医院等，为抗联部队提供了大量装备，有力地支援了抗联部队对日作战。1937年，刘忠民担任中共下江特委特派员兼绥滨县委组织部部长。在刘忠民和县委成员的积极努力下，当地抗日组织不断壮大，先后组建了抗日自卫队、游击连、救国军，在安邦河稻田屯建立了抗日军政学校，为地方和抗联部队培养了许多干部。

1938年，由于叛徒的出卖，刘忠民被敌人逮捕。敌人先用房子、田地、金钱、官位为诱饵，让他招供。刘忠民丝毫不为所动。随后，敌人又动用了种种酷刑，给他灌辣椒水，把他吊起来鞭打，割他身上的肉，刘忠民被折磨得死去活来。但是，刘忠民无所畏惧，坚贞不屈，表现出了一名共产党员的崇高气节。他对敌人说："落到你们手里，我就没有想活着出去，看看是我的骨头硬，还是你们的刑具硬！"最后，敌人无计可施，只得将他押到哈尔滨判处了无期徒刑，并把他关进了伪哈尔滨道里监狱。

在狱中，刘忠民仍然没有忘记一个共产党员的责任，继续同日寇做顽强的斗争。他与狱中的其他共产党员秘密联系，成立了"反帝市狱小组"。工作目标是团结难友，开展斗争，争取出狱。不久"反帝市狱小组"就发展了20多名成员。

后来，刘忠民等几百人又被转到了新建的伪香坊监狱。这里距离市中心较远，墙高院大，戒备森严。在这里，他们每天仍然吃不饱，而且还要从事大量繁重的体力劳动。许多人都因生病相继死去，甚至多的时候一天要死掉一二十人。进来的人能活上二三年就已经很不容易了。在狱中，还经常有人突然失踪，他们是被日军"七三一"部队秘密押送到细菌工厂去做活体实验的。日伪监狱其实就是一座恐怖的杀人魔窟。

刘忠民领导"反帝市狱会"成员继续与敌人开展斗争。

刘忠民还与几名共产党员在狱中秘密成立了党小组,刘忠民被推选为负责人。党支部仔细研究了"反帝市狱会"的工作任务:一要谨慎发展成员;二要组织难友开展怠工和破坏活动;三要利用看守"以物换物",改善生存条件。

1942年冬,监狱"洋裁科"为给关东军加工一万余件皮大衣,运进了大量的羊羔皮。刘忠民与几人秘密商量好,以"少下账多发料"的办法,使许多难友手里都有剩余的羊皮,晚间偷偷地带回号里,再偷偷送给看守,看守卖出后,用其中一小部分钱,买进大酱、咸菜、干豆腐、单饼等食品带给难友。刘忠民还通过司机、修机器的人、来卖东西的商人等,换取需要的食品,大家把这种事情叫作"捅毛蛋"。这样,狱中人的生活得到了改善,"反帝市狱会"也得到了大家的信任和拥护。

一天晚上收工时,刘忠民和一些人暗中把棉花点着,用布裹上,塞进服装垛里。结果半夜起了大火,烧掉许多衣服、布匹。敌人追查时,大家都一口咬定是炉火引起的,敌人虽然十分生气却也毫无办法。

"反帝市狱会"的成员不断增加,到了1944年春天,会员达到70余人。

在"洋裁科"干活的人,每天都故意打断几根针。几天下来,敌人慌神了。因为这种机器针是从意大利进口的,哈尔滨没有货源。无奈之下,敌人只得让大家停工。大家兴奋地说:"团结就是力量,团结就是希望。"

1945年8月,由于刘忠民在狱中做了大量的策反工作,终于寻找到机会与一些同志逃出了监狱。随后,他们找到了苏联领事馆,将狱中的难友全部营救出来。出狱后,在找不到党组织的情况下,他同其他一起出狱的共产党员成立了"中共北满临时省委"。刘忠民负责军事工作,组建人民保安队,维护社会治安,为哈尔滨的解放

红旗 热血 黑土——100位抗联英雄的故事

做出了贡献。1945年冬的一天，李兆麟将军在哈尔滨市政府会见了刘忠民，称赞他是真正的共产党员，并挥毫写下了"铁骨忠魂"四个大字送给了他。

　　后来，他又参加了解放战争。新中国成立后，他又投身于新中国的建设。

抗联战士穿的"乌拉鞋"

七、威武不屈　魔鬼地狱若等闲

七星砬子兵工厂生产枪支部件的机床

八、鱼水情深 军队百姓一家人

YUSHUIQINGSHENJUNDUIBAIXINGYIJIAREN

　　浴血关东，金戈铁马；齐心抗战，鱼水情深。人民军队来自人民，植根群众；抗日力量的源泉，就是咱老百姓！抗日战争的胜利，离不开广大人民群众的支持与拥护。他们不是军人，却冒着生命危险为抗日队伍传递消息、运送粮食、筹集给养……他们始终挺直的，是中华民族的脊梁！

李福生

——舍家冒死 支援抗联

李福生(？—1939)，抗日爱国群众。九一八事变后，他携妻带子来到吉林省临江县错草沟落户。1938年8月，加入错草沟反日会。他亲自送子参加抗日联军，还想方设法冒着生命危险支援抗日联军。1939年，他和老伴为此献出了宝贵的生命。

在艰苦卓绝的抗日斗争中，有许多普通爱国群众，他们不怕敌人的封锁、监视、镇压，给抗日部队送情报、物品和粮食……有些人还为支援抗日部队献出了生命。李福生老人就是他们中的优秀代表。

生活在错草沟的李福生，50多岁，忠厚纯朴，有着强烈的爱国热忱。每当听到东北抗日联军英勇打击日本侵略者的消息时，他都非常高兴。他深深懂得只要进行斗争，就一定能打败日本侵略者，获得解放。这个朴实的农民以他特有的方式，全身心地投入到抗日斗争中。

李福生深知自己年过五旬、体弱多病，不能亲自参加抗日联军，就做通老伴的工作，把唯一的儿子亲自送到抗日部队，去打击敌人。他自己也尽其所能帮助和支援我抗日联军。1938年8月，错草沟反日会成立，李福生成了反日会的积极分子。他常和反日会的同志一起走门串户，帮助他们做一些宣传群众的工作，动员大家行动起来，支援抗日联军。

日军不断对抗日联军进行大规模的"讨伐"，斗争越发艰苦。敌人在临江一带加紧推行"强化治安""并屯""十家连坐法"等反动政策,疯狂地镇压群众,企图切断群众和抗日联军的联系,封锁抗联。

李福生知道,斗争越艰苦,抗日联军越需要群众的支援。他主动找到反日会的同志,让他们和抗日联军约定好,在离村子较远的山脚下,找一个僻静地方建立固定联络地点。村子里的人要送信、送粮给山里的同志,就送到联络点,山里的同志定期下山来取。

秋收时节一到,李福生就暗地通知大家,出屯收庄稼时,不要把当天收下的粮食都拉回来,故意留一些在地里。他又通过联络点给抗日联军送了信,让他们下山取粮食。就这样,在李福生和群众的帮助下,抗日联军顺利地解决了过冬的粮食问题。

1939年春,活动在临江一带的抗日联军转移到其他地区,反日会和部队断了联系。这可急坏了李福生,他常借砍柴、拾粪的机会去山脚下的联络点,看有没有山里的信,盼望能得到抗联的消息。直到有一天,他遇到一个反日会的负责人,得知抗联转移到北边去了,还会回来,这才放下心来。

秋天又到了,李福生想到抗日联军要是回来,没有过冬的粮食是不行的,一定得想办法给他们准备些粮食。他躲开敌人严密的监视,在村外找了块荒僻的地方,挖起土坑来。每一次出部落,都去挖一点,没多久就挖好了一个大土坑。他把土坑用乱草盖好,为秋收藏粮食做好准备。

秋收时节到了,李福生每次出屯收割时,都找机会往坑里放些粮食,庄稼收完了,坑里也藏满了粮食。于是,他写了封信,送到联络点,告诉抗日联军下山取粮食。一天、两天,一个多月过去了,坑里的粮食还没有人来取。这可急坏了李福生,他天天期待着抗日联军回来。

刚入冬,李福生看见部落里的日军和汉奸又开始进山"讨伐",他知道一定是抗日联军回来了。他再也待不住了,粮食送不进山,抗日联军怎么过冬呢？他下决心：一定要找到同志们，把粮食弄上山去。

他借口去山里砍柴出了部落，刚走到山脚下，突然背后一阵狗叫，回头一看，几个汉奸跟了上来，想躲已经来不及了。敌人盘问李福生后，就把他撵下了山。回到家里，焦急万分的李福生，不知怎样才能把信送到山里去，他时时寻找机会。

一天，日军小队长和部落里一个汉奸的女儿结婚，日军和伪警察都去喝酒，村口无人把守。李福生利用这个机会，悄悄地出了部落，直奔山里。

他从这座山转到那座山，在山里转了整整一天，直到天黑后，才找到了部队。把埋粮食的地点和部落里敌人的兵力部署都告诉了同志们。为了不惊动敌人，他连夜赶回部落，而凶恶的敌人却早已发现他去了山里。他刚一到家，汉奸领着几个日本兵就闯进门来，把他抓走了。

日军小队长见到李福生，一边挥起马鞭子抽打一边问：

"你到哪里去了？快说！"

"我捡粪去了！"李福生忍着疼痛说，心中充满了愤怒。

"你捡粪怎么半夜才回来？是不是进山了？那些共产党在哪？"敌人继续逼问李福生。

李福生把心一横，高声答道："你们就是杀了我，我也不说！"

敌人拷问了一天一夜，一无所获。侵略者恼羞成怒，把李福生的老伴也抓来，把他们一起绑到柱子上，凶狠地放出狼狗，把两位老人活活咬死。

两天后，抗日联军打进了错草沟，为李福生老人和他的老伴报了仇，雪了恨。

作为普通百姓的李福生，千方百计支援抗联部队，不惜舍家牺牲生命，他这种崇高的爱国精神，永远激励后人为祖国的和平和富强而奋斗。

李升(1867—1962),山东省德州人。1894年闯关东,当过采金工人,打过零工,后来到方正县种地。1915年到俄国修铁路。1919年冬回国,在黑河跑邮政。1931年到汤原。1933年初经冯仲云介绍加入中国共产党,负责地下交通工作。1939年冬只身进入长白山与抗联第一军接上了关系。1940年初在依兰被捕,被判刑十年。抗战胜利后出狱。1953年中共松江省委恢复其因被捕而中断多年的党籍。1962年1月在哈尔滨病逝。

1931年九一八事变后,跑邮政的李升因不甘受欺压,打死了一个伪军,后来流落到鹤岗七号屯打短工。这里是中共汤原中心县委的所在地,中共满洲省委驻下江代表冯仲云在此与县委同志一起,发动群众,开展抗日斗争。

1933年初,经冯仲云介绍,李升加入中国共产党,这年他已经67岁了。不久后,他从一个方正县来的老乡口中得知,日军占领方正后,到处烧杀抢掠。李升家的房子被烧了,妻子和两个儿子也被敌人杀害。老人将巨大的悲痛深藏心底,没有告诉任何人,继续在村民中积极开展抗日活动。

李升经历坎坷,生活阅历丰富,遇事沉着机智,而且年纪大,不易引起敌人的注意,于是,汤原县委决定安排他担任交通员工作。

八、鱼水情深 军队百姓一家人

倔强的面貌，雪白的胡须，永远留在人们的记忆中。他是我们「抗联的父亲」，是我们「东北人民的父亲」。

3月中旬,中共满洲省委调冯仲云回哈尔滨汇报工作,李升奉命一路护送。两人徒步行走七八天,顺利到达哈尔滨。

冯仲云将李升安排在道外一个小旅店内,约定了再次见面的时间和地点。可是到了约定时间,冯仲云却没有来,过了十多天,冯仲云才来接头。

原来,这几天省委的一个秘密工作地点被敌人盯上了,省委干部不得不隐蔽起来。目前敌人尚未进行搜查,现在房间里还有一台油印机和一些文件,急需转移出来。但省委的干部已被敌人注意,回去取危险太大。考虑到李升刚从外地来,年纪又大,不易引起敌人的注意,决定将这一任务交给他。李升二话没说,爽快地答应了。冯仲云将房门钥匙交给他,又告诉他详细的地址,约定三天后等他的消息。

李升很快找到了那个地方,是一个俄式的小院落,他见四下无人,就掏出钥匙上前开门,不料院内的一条大黑狗突然叫起来。李升怕引起敌人的注意,急忙装作走错门的样子转身离开。

第二天天刚亮,李升又来到那里,这次他事先从附近的早市买了几个肉包子揣在怀里,从后院的板障子跳进院内,扔给大黑狗几个肉包子,狗不再叫了。他打开房门,找到柜子里的一包传单,放在炉子里烧了。然后用一个包袱皮儿把油印机和文件包好,夹在腋下,悄悄从板障子爬了出去。刚走出十几步,就听见后面的人喊:“老头,站住!”原来是几个特务追了上来,李升没理他们,迅速钻进早市的人群中,甩掉了敌人,胜利完成了任务。

1934年夏的一天,满洲省委负责交通工作的李维民找到李升,派他给汤原县委送一份重要文件。李升考虑到当时汤原党组织内出了叛徒,而自己曾在那里做过很长时间的交通,如果被叛徒认出来,自己被捕事小,只怕对党的工作造成重大损失。他说出了自己的顾虑。李维民很清楚这些情况,但当时省委交通员都在外地,没有其他人选。于是李升坚决地接受了任务。

行前，李维民和李升进行了周密的策划和准备，决定李升扮作一个汤原县来哈尔滨串亲戚的地主，这次是要回汤原老家。出发那天的早晨，李升刻意装扮了一番。头戴乳白色的礼帽，身着宽松的灰布大衫，脚穿崭新的青布鞋，手里提着两瓶哈尔滨世一堂生产的虎骨酒和一桶大罗新商场的水果糖。文件就藏在装水果糖的铁桶底部，而从外表丝毫看不出铁桶有打开过的痕迹。

途中，李升有意与同船的人攀谈，很快结识了汤原城一个商号的小伙计，从他那儿了解到汤原城的许多情况。为了取得小伙计的信任，他假称自己的儿子是佳木斯一个大商号的掌柜，小伙计对他更加敬重了。

第二天下午，轮船停靠在汤原码头，李升透过窗户向岸上观察，见出口处有几个伪警察正在检查下船的乘客。不远处有一个香烟摊，摊主看起来有点眼熟。那人装作漫不经心的样子，实则很警惕地盯着过往的人群。李升心头一惊，这个人一定就是叛徒。该怎么办？他紧张地思考着，很快有了主意。

那个小伙计和李升一前一后往船舱外走，刚到舱门口，李升突然面露不安的神色，用手在衣兜乱翻，着急地说：“不好，我的钱包落在船舱里了。小伙子，你先帮我把东西拿下去，回你们商号等我，我找到钱包就来。”于是将装着文件的水果糖铁桶和虎骨酒交给小伙计，转身回到船舱。小伙计信以为真，下了船，李升看着他顺利地通过了检查口，才终于放下心来。

当李升下船时，还是被叛徒盯上了，被带到码头警察所里审问。李升坚称自己从来就不认识那个叛徒。敌人搜不到证据，也问不出个所以然，正在相持不下之时，那个小伙计返回来找他，说是他们商号来的客人。敌人抓不到证据，只得将李升放了。李升跟那个小伙计到了店里，取回东西,赶紧离开了县城。

　　到了汤原游击区后,李升在格节河找到了县委负责人夏云杰,把省委文件交给他,胜利地完成了任务。

　　李升在做交通联络工作的同时,还多次承担护送干部的任务。当时中共满洲省委派往外地的许多干部,都是在李升的陪同护送下,到达目的地的。他们往往伪装成各种身份,约定以父子、父女、公媳、祖孙等关系为掩护,顺利地躲过了敌人的盘查。抗联著名将领杨靖宇、冯仲云、李兆麟、赵一曼等去外地时,都由李升护送过。

　　因此,李升老人深受抗联将士的尊敬,被同志们亲切地称为"抗联的父亲"。

爱国群众为抗联埋藏的稗子

李均海

——夫妇携手助抗联

李均海(生卒年不详),黑龙江省铁力人。抗日爱国群众。与老伴儿李周氏一起为抗联筹措粮食、衣服等生活必需品,掩护救助伤员。为此遭到日伪当局的残酷迫害。

李均海,性格豁达豪爽,长髯飘胸,人称李大胡子。九一八事变以后,为避战乱,李老汉带着老伴李周氏和两个女儿来到铁力城南 25 公里的南关门嘴子与喇叭河之间的密林深处,结草为庐,开荒种地。因为他家周围方圆十几里内荒无人烟,所以,李均海的三间大马架子房就成了那些入山放参、打猎、伐木、烧炭的人打尖休息、歇脚投宿的去处。人们把这里称为李家店。这里自然也是抗联队伍经常光顾的地方。抗联的干部战士们常到大爷大娘这儿吃饭住宿,顺便帮大爷大娘干点儿活,打到点儿野味、缴获点儿稀罕东西也总忘不了大爷大娘。李均海夫妇和抗联官兵相处得像亲人一样。

1936 年夏,活动在铁力呼兰河、喇叭河一带的抗联第三军李熙山部,被日本侦察机发现,日本鬼子立即组织相邻各县兵力对抗联部队进行"围剿"。日本"讨伐"队来到李均海家,从被踩倒的大片草木和遍地的马粪断定抗联大部队不止一次来过这里。于是便逼问李均海,李均海回答:"是有二三百骑着马的抗日队伍来过两次。现在到哪儿去了,走的时候他们没说。”

"讨伐"队沿着抗联人马踏出来的脚印追了两天,也没见到抗联的踪影,便返回李均海家,把他们全家撵到外面去住。后半夜,李均海忽然听到东山包上有人大声喊:"大爷、大娘,赶快躲躲,我们要打仗了!"接连喊了两三遍,稍停了一会儿,就听东山上好像有几十支步枪、机枪一起开了火,子弹像刮风一样向"讨伐"队盘踞的大马架子房扫射过来。夜半时分,枪声骤起,被惊醒的鬼子和汉奸以为李均海说的二三百抗联骑兵到了跟前,听着中弹的伤兵嗷嗷叫唤,他们顿时乱了营,摸衣服找枪,抱头鼠窜。争相逃命的敌人头也不回地向铁力方向狂奔,把子弹、粮食和受伤的马匹扔了一道。

天亮了,战士们看见李大爷马架房的东山墙上弹洞如织,不好意思地向老人家道歉,李均海说:"你们要真把那些该死鬼都打死,我这房子就不要了,豁出来给他们当棺材。"不久,李熙山带着大队人马过来了,考虑到刚逃走的鬼子不会马上回来,决定在李大爷这儿休整一天。

第二天一早,李均海把抗联部队送到呼兰河边,才转身返回家里。刚到家,一队200多人的鬼子就上来了,追问李均海把抗联领到哪儿去了,李大爷说:"他们是自个走的,不是我领的。"旁边的特务指着李大爷满是泥水的双脚和粘满裤腿的带刺草籽质问:"老东西,你糊弄谁呀?你低头自己看看。"说着,就把李大爷五花大绑捆了起来,另一个特务从灶坑里拽出一根带火的样子扔到房上,房子被点着了……

特务逼迫李家四口给他们带路去找抗联。李均海领着鬼子"讨伐"队在柳河子一带转了半天,也没找到抗联的影子。鬼子特务发现被李均海耍了,怒从心起,将李均海一顿毒打,带回铁力。李大娘和两个孩子先被放了回来。一个多月后,鬼子见严刑拷打也没问出什么情况,加上李家找了人说情,才把一身伤痕的李均海也放了出来。李均海带着全家重返南关,重盖新房,重新种田,重新接待活动在那里的抗日联军。

1938 年夏,抗联第九军西征经过这里,郭铁坚师长把一个无法继续跟随部队行动的伤员托付给李均海。李均海把伤员藏在山坡菜窖里,细心照料。伤员养好伤后,李均海骑马把他送过呼兰河,帮他去寻找部队。

经过多年的风风雨雨,老伴儿李大娘看李均海年岁大了,很多事情已力不从心,就一人挑起了为抗联代买物品的重担。有一次,李大娘到街里为抗联部队买盐和胶鞋,数量一多,便引起了特务的怀疑,钱被搜走,人被带到了警务科。特务们一口咬定这些东西是给抗联的人买的,钱也是抗联部队给的。李大娘断然否认,特务们不信。有个家伙自作聪明,对李大娘说:"你能说对你带的钱数吗?大票几张?零钱几个?说对了,这钱就是你的,就放了你;不然的话,就别怪我们不讲情面了。"不料,李大娘不慌不忙,一板一眼,把那些钱说得分文不差。

又有一回,李大娘费了很大的周折,托亲戚找朋友,从街里买回 20 斤盐、30 双胶鞋和几包火柴。快到家的时候,遇上了一伙上山"讨伐"的鬼子汉奸。鬼子汉奸认定这些东西是给山上的抗联部队买的,李大娘拒不承认。鬼子把盐扬了一地,把鞋和火柴点火烧了,然后把李大娘带到附近的伐木工棚,把正用于做晚饭的铁锅拔下来,要把李大娘架到锅台上用火烤。鬼子头目指了指灶里正在燃烧的灶火和地上的木棍,一边比画一边说:"这个的架上。良心坏了的,就烧死她;良心的没坏,火的就会灭。"万幸,搭在锅台上的两根木棍有一根是朽木,李大娘刚被架上去,木棍就断了,灶坑里的火被砸灭。鬼子头目见状大笑说:"这个中国人良心大大地没坏,放了放了的。"李大娘侥幸脱身。

李大娘继续为抗联买东西,经常被特务纠缠,两次被抓受刑,右手指被鬼子的狼狗咬去一截,直到 1975 年去世的时候,乳房和腋下还有被鬼子烙过的疤痕。

八、鱼水情深 军队百姓一家人

李均海夫妇甘冒生命危险坚持帮助抗日联军，为将日本鬼子赶出中国献出了自己的力量，他们也由此成为中国民众抗日大军中光荣的一员，永远为后人歌颂和敬仰。

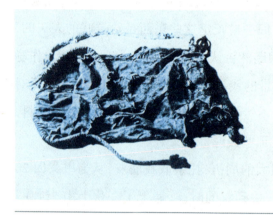

群众给抗日联军送粮用的口袋

孙绍文
——全力援抗联

孙绍文(生卒年不详),黑龙江省铁力人。抗日爱国群众,利用伪屯长的身份作掩护,给抗联筹措粮食,制作衣服,传递情报,掩护救助伤员。1948年至1954年曾担任铁力县副县长、县长,后任国营铁力农场党委书记兼场长。"文革"期间被迫害致死。

1939年,孙绍文原来居住的地方被日本开拓团强行占用,他和乡亲们被赶到铁力城西北的荒草甸子上建立了所谓的"王道屯"。小时候念过几天书,年轻力壮,又乐于助人的孙绍文被乡亲们推举为村长。由于这个王道屯是房舍新建的开荒屯,人口少,居住分散,因此,像其他"集团部落"所必建的壕沟、围墙、铁丝网和炮台等,还没有按照日本人要求的标准建立起来,日本鬼子也就还未能有效地控制这里的老百姓和抗联的联系。于是,孙绍文利用村长的"合法"身份,一面假意应付,一面秘密地联络村子里的高振山等骨干群众,给抗联筹措粮食,制作衣服,传送情报,掩护救助伤员。

1939年腊月十六傍晚,抗联第三路军第三支队政治部主任于天放率领一支100多人的队伍来到王道屯,其大部在村外隐蔽下来之后,于天放领着二十几个人直接来到孙绍文家,对他说:他们是去年从下江远征过来的抗日队伍,现在大雪封山,滴水成冰,小鬼子脚跟脚地

"讨伐"，山上封锁得很紧，队伍缺衣少粮，处境十分艰难……没等于天放说完，孙绍文就接过话头说："于主任，你不用说了，这些道理我全懂。不就是点儿粮食和衣物吗？就是天塌下来，掉了脑袋，我们也一定完成。"于天放听了孙绍文这些斩钉截铁的话，心里落了底。

不久，分派到各家各户的100多位抗联战士都吃过了饭，身上也穿暖和了，孙绍文也把全村准备的粮食衣物聚齐了：小米500公斤，苞米碴子375公斤，大芸豆100公斤，黄豆250公斤，黄米100公斤，还有4套棉衣、5双乌拉和3顶棉帽，此外还有不少食盐、火柴等日用品。一切安排妥当，已经到了半夜，队伍要出发了。孙绍文和几位老乡赶着牲口，驮着粮食等，一直把部队送到山林边才和队伍依依惜别。

分手前，于天放对孙绍文说："还有一件事，天亮以后，你们一定要向鬼子报告，同时把这些传单的一部分给他们送去。"于天放一面说着，一面从背包里掏出一卷各种颜色的带字的纸交给孙绍文，"这里面黄色的是专门给鬼子的，天亮你就给他们送去，其他颜色的以后找机会再散发到别的地方去。"孙绍文十分不解地问："我们怎么能去报告呢？那不成汉奸了吗？"于天放连忙解释："要报告，一定要报告，不要有顾虑。来了我们这么多抗联战士，还要整许多粮食，能不透风吗？这事你当村长的若知情不举，过后，一定会出事儿。你要出了事儿，我们心里过不去不说，今后还怎么帮助我们呢？再说，我们休息一会儿，吃顿饭就出发，等明天鬼子知道了，人少了他们不敢追，等把人调多了，我们早已无影无踪了，他们上哪儿撵去。孙村长，你尽管放心地报告去吧！"

天刚亮，孙绍文和高振山一起拿着于天放走时交给他们的抗日传单，来到距屯子一公里地的被日本鬼子占领的王杨车站警护分团办公室，孙绍文装出一副诚惶诚恐的样子，对鬼子头说："报告太君，昨天晚上，有二三百马胡子（即抗联）来到我们村，逼着我们给他们做了饭，还抢走了我们许多粮食。""为什么不早报告？""他们一来就把我们给捆上了，天亮走了以后，才有人把我们松开。我们连饭都没吃，就捡起他们扔在地上的这些纸跑来向太君报告情况。不信，你看看我们手上的绳子印儿。"说着，孙绍文和高振山把故意勒出印儿的手脖子给鬼子头看。鬼子看了半天，似乎相信了他们的说法。孙绍文和高振山看到鬼子被蒙住了，会心地相视而笑。

1941 年冬，天快数九了，可抗联第六支队的许多战士还没穿上棉衣。没办法，于天放找到了孙绍文。孙绍文听到这个情况，心急如焚，可一时又买不到做衣服的东西。当时，日本鬼子加紧了对东北的经济掠夺和物资管制，布匹、棉花和粮食一样成了十分紧缺的配给品。村上的几个骨干终于想出来一个办法，把各家的棉被拆了，用被里、被面和被套给抗联战士做棉衣。十几家一起动手，一天一夜，50 套棉衣缝制好了。虽然五颜六色，但毕竟是能抵御风寒的棉衣，抗联战士们穿上它，就不会再挨冻了。

1943 年夏，于天放在战斗中脚负了伤，来到孙绍文家养伤。由于村子里经常有汉奸装扮成小商贩打探情况，为安全起见，孙绍文趁天黑把于天放背到屯东头谷地跟前的小树林藏了起来，每天打发人装作找猪给他送饭。但于天放在这里养伤的事还是被特务知道了。他们先是在屯子里挨家挨户地搜查，又村里村外到处翻找，还威逼和欺骗老百姓一遍遍地拉网排查，谁能找到谁有赏。孙绍文又把于天放背到长满柳条通的北河套，在那里搭了个草窝棚。十多天过去了，伤快好了，可不死心的敌人搜查得也更细了。孙绍文灵机一动，干脆把于天放送到一位很有爱国心的伪警察署长家躲避。于天放在这里待了一天一夜。伪警察署长弄了一些治伤的药，然后把于天放送回了山上的抗联部队。

孙绍文与日本鬼子虚与委蛇，斗智斗勇，竭尽全力以各种方式帮助抗联，他是战斗在抗击日寇的另一个战场上的民族英雄。

白明久(生卒年不详),黑龙江省铁力人。抗日爱国群众,利用伪甲长的身份作掩护,用粮食、衣物等生活必需品,支援活动在铁力南部山区的第三路军第六支队和第十二支队的于天放、朴吉松的队伍而受到日伪当局残酷的迫害。

民国初年,白家从五常拉林搬到距铁力县城不远的小山吴村定居下来。祖孙三代,向周围莽莽荒原开战,手挖肩扛,披星戴月,辛勤耕耘,艰苦创业十余载,开垦出百余垧肥沃的土地,成了远近闻名的开荒占草大户。

1931年日寇占领铁力后,为了利用白家的影响,强迫白明久当了负责管理附近三个屯子的伪甲长。白明久已经60多岁了,家里家外的大小事情已全交给了三子白克义、四子白克理料理,自己的甲长也只是应名而已。1938年,日本侵略者强行低价购买了这里所有的土地,交由日本开拓团使用。自己辛辛苦苦开出的土地被强行抢夺了去,白明久和乡亲们心中充满了对日本强盗的仇恨。

1939年夏,活动在安邦河上游地区的抗联朴吉松部秘密捎信给白家,晓以民族大义,希望他们能利用甲长身份的掩护,为抗联提供情报和物资上的帮助。白明久与两个管事的儿子商量后,立即写了回信,大意为:我虽为甲长,实属身不由己。我没忘过自己是中国人,没有忘记日本人强占土地的仇恨,因而没有干过对不起乡里乡亲的事,请抗日队伍详察。信中所托之事,理当为之,尽力照办。几天后,朴吉松带着几个战士来到白家,白明久父子再次郑重表示决心,并约定了为抗联收集敌情、往山里送粮和保守秘密的办法。朴吉松告诉白家:"你们要有被敌人抓去的思想准备。如果真的到了那一天,你们只承认用马给我们驮过两次粮食,并且是我们用枪逼着送的。千万别说真话,否则就没命了。"为了表示支援抗联的决心,1940年春,白明久送三子白克义参加了抗联部队。

白家父子言而有信,从那时起,一直到被捕的1940年秋,白家用车拉、马驮和人背等方式共为朴吉松部送去将近4 000公斤粮食、40套衣服、100多双胶鞋、乌拉以及大量的食盐、黄烟、火柴等物品,并口头带到许多情报。

抗联部队中负责联系的是个大个子交通员,而白家经办此事的是白克理、车老板薛连春和跟车的王玉山。交粮地点多在山上。为了保密,规定交东西时,双方人员一般不见面,把东西放在事先约好的地点即可。有时能隔着树林远远地听到接货人的喊话,告诉到什么地方取钱或取欠条。

1940年秋,白家为抗联送粮的事不知怎么被发现了,伪铁力警务科特务把白家父子、薛连春和王玉山抓起来,关进了伪铁力监狱。又在白家留了几个警察守候,专等抗联来人。

白家人被抓走的第二天,抗联大个子交通员来了。进村前,他站在村南高岗上往村子里瞭望,发现白家院子里有警察在走动,知道白家出了事,急忙回队向朴吉松报告。朴吉松十分悲痛,含着眼泪说:"老白家是为支援咱们才被抓的,咱们对不起他们哪!"队伍把白家送来的粮食藏起来,然后转移到别处去了。

白克义听说家里出了事,向朴吉松请了假,刚一进村,就被埋伏的警察抓住,关进了伪铁力监狱。

刚被抓的头几天,日本鬼子对白家的人礼遇有加,不仅不审讯他们,常常把他们"请"到办公室"好言开导",用大鱼大肉"款待"他们,还把年事已高的白明久放回家候审。这一套黄鼠狼给鸡拜年的把戏，白家人心里自然明白，所以，无论敌人如何花言巧语，利诱哄骗，几个人都一口咬定：就用马驮着送过两次，而且是抗日队的人硬逼着，不得不送。这些说法与鬼子汉奸掌握的情况相差太远，鬼子恼羞成怒，凶相毕露，撕下了所有伪装，对几个人严刑拷打——上大挂，鞭子抽，夹手指，洋油辣椒水加小米往鼻子里灌……不到一个月，过了五六次堂，没有一次不动刑的。

白家事发后一个多月，朴吉松队上出了个姓孟的叛徒，把他知道的给抗联送过粮的老百姓的情况全部告诉了日本人。鬼子为了利用这个叛徒诱骗出白家的口供，演了一出苦肉计。他们故意给这个叛徒弄了点皮外伤，把他与白家人关在一起。可这个叛徒编的谎话很快就被从队上回来的白克义和经常上山送粮的薛连春识破了，口供没骗出来，人还差点被白克义掐死。

一计不成，又生一计。鬼子汉奸根据叛徒提供的抗联埋粮地点，带着大队人马到山上起粮食，白家人被五花大绑押到起粮地点。粮食起出来了，敌人把刀架在白家人的脖子上，威逼他们承认这是自己送来的粮食。白家人心里一清二楚：实话实说必死无疑，拒不承认或许还有救。所以任凭敌人怎样恫吓威逼，他们始终咬定这些粮食不是他们送的，谁送的不知道。

敌人无可奈何，折腾了一顿，只好又把白家的人押回监狱。敌人整理好材料，准备把白家的案子移送到绥化日本宪兵队进一步审理。白家得知这一消息，立即带上厚礼，找到负责的翻译和几个汉奸办案人，许之以重酬，请他们帮忙，千万把案子压在铁力。这样，案子终于被压了下来。接着，白家卖车、卖马、卖粮食、倾家荡产，才把人都保释出来。白家经此一劫，由一个富家大户变成了一贫如洗的穷人。为了躲避敌人的不断纠缠和敲诈，1943年春，白家搬回了老家五常拉林镇。

为了支援抗日，白家明知道有危险却绝不退缩，他们所代表的中国民众，是中国抗日战争之所以得以坚持并最终取得胜利的可靠保障。

参考文献

[1] 冯仲云. 东北抗日联军十四年苦斗简史[M]. 北京：中央文献出版社，2008.

[2] 东北抗日联军斗争史编写组. 东北抗日联军斗争史[M]. 北京：人民出版社，1991年.

[3] 孔令波、王承礼. 东北抗日联军[M]. 长春：吉林人民出版社，2005年.

[4] 黑龙江省社会科学院地方党史研究所、东北烈士纪念馆. 东北抗日烈士传[M]. 哈尔滨：黑龙江人民出版社，1980.

[5] 中共黑龙江省党史研究室. 中共黑龙江党史人物传[M]. 哈尔滨：黑龙江人民出版社，2006.

[6] 赵俊清. 赵尚志传[M]. 哈尔滨：黑龙江人民出版社，2002.

[7] 赵亮、纪松. 冯仲云传[M]. 北京：中央文献出版社，2008.

[8] 邹本栋. 铁力抗日斗争史录[M]. 哈尔滨：黑龙江人民出版社，2005.

后　记

　　东北抗联的历史,是中国现代史上一段极为悲壮的战争史。抗联英雄们艰苦卓绝的战斗历程和惊天地、泣鬼神的伟大壮举,时常激荡着我们的心灵,使我们的思想境界得到升华,进而让我们产生一种强烈的责任感和创作冲动,并试图用一种独特的方式来宣扬英雄事迹,讴歌爱国情怀,弘扬民族精神。

　　正是这种对英雄崇高精神的仰慕,激发了我和同事们共同编著此书的热情,希望让英雄们的名字,深深地镌刻在历史的丰碑上,传颂在广袤的黑土地上,永远为后人铭记。

　　本书在编著过程中,借鉴了大量的现有史料和最新研究成果。我们不仅选取在东北抗日战场上人们耳熟能详的著名英雄事迹,而且力图搜集、挖掘鲜为人知的抗联英雄人物,以及与东北抗联密切相关的中共地下党员及爱国群众的英雄事迹,试图谱写出一曲东北抗联的英雄赞歌。本书选取了 100 位英雄人物,截取了他们最具震撼力和闪光的故事。然而，由于受篇幅和资料的局限，人物选取和事迹著述未尽全面，这也许是个遗憾吧。

本书按照所记述英雄故事的侧重点，共分八个部分，每部分都以英雄人物牺牲或逝世的时间为序排列，力图全方位地展现东北抗联斗争的壮丽画卷。当您读完这本书的时候，面对的不仅仅是具体的某个英雄，更是一段正义战胜邪恶，反抗战胜侵略的伟大战争历史。

本书突破了以往对烈士事迹平铺直叙的写法，把历史的真实、文学的描述与艺术的呈现紧密地结合在一起，有生平、有故事，有插图，以求图文并茂，生动感人，同时增强此书的思想性、艺术性和可读性。

在编写过程中，我们得到了中共黑龙江省委党史研究室原副主任、党史研究专家常好礼先生的精心指导和热情帮助，得到了东北烈士纪念馆领导的大力支持，在此谨表示衷心的感谢。

由于时间仓促，水平有限，书中难免有不足和疏漏之处，敬请广大读者批评指正。

图书在版编目（ＣＩＰ）数据

红旗 热血 黑土：100位抗联英雄的故事 / 姜雅
君主编. --哈尔滨：黑龙江教育出版社，2012.10（2020.7重印）
ISBN 978-7-5316-6753-7

Ⅰ. ①红… Ⅱ. ①姜… Ⅲ. ①纪实文学－作品集－中
国－当代 Ⅳ. ①I253.2

中国版本图书馆CIP数据核字(2012)第239276号

红旗 热血 黑土——100位抗联英雄的故事
Hongqi Rexue Heitu——100Wei Kanglian Yingxiong De Gushi

姜雅君 主编

策划统筹	丁一平	
责任编辑	丁一平 李绍楠	
封面设计	周 磊	
设计制作	张 尉 朱建明 孟祥莹 李海波 李维维	
责任校对	刘晓艺	
出版发行	黑龙江教育出版社	
地 址	哈尔滨市南岗区花园街158号（邮编150001）	
印 刷	三河市兴国印务有限公司	
开 本	787毫米×1092毫米 1/16	
印 张	26.75	
字 数	330千	
版 次	2012年10月第1版	
印 次	2020年7月第3次印刷	

书 号	ISBN 978-7-5316-6753-7	定 价 49.80元

黑龙江教育出版社网址：www.hljep.com.cn
如需订购图书，请与我社发行中心联系。联系电话：0451-82529593 82534665
如有印装质量问题，影响阅读，请与我社联系调换。联系电话：0451-82342231
如发现盗版图书，请向我社举报。举报电话：0451-82560814